Literatur verstehen – wozu eigentlich?

55 Antworten

Literatur verstehen – wozu eigentlich?

55 Antworten

Herausgegeben von Nikola Roßbach

Roßbach, Nikola (Hg.):
Literatur verstehen – wozu eigentlich? 55 Antworten

2. Auflage 2017
ISBN: 978-3-86815-595-2
© IGEL Verlag Literatur & Wissenschaft, Hamburg, 2017
Alle Rechte vorbehalten.
www.igelverlag.com

Printed in Germany

Igel Verlag Literatur & Wissenschaft ist ein Imprint der Diplomica Verlag GmbH
Hermannstal 119 k, 22119 Hamburg
Printed in Germany

Die Deutsche Bibliothek verzeichnet diesen Titel in der Deutschen
Nationalbibliografie.
Bibliografische Daten sind unter http://dnb.d-nb.de verfügbar.

Inhalt

Antwort 1	Die da draußen Ulf Abraham	11
Antwort 2	Zehn Lesepigramme oder sehr zahme Xenien Thomas Althaus	25
Antwort 3	Als Limerick geht es gar nicht. Anonymus	27
Antwort 4	Literatur als therapeutischer Tritt in den Hintern Susanne Bach	28
Antwort 5	Nebelkerzen Achim Barsch	30
Antwort 6	Was da steht Jenny Bauer	31
Antwort 7	Betreff: Fwd: Re: Literatur verstehen – wozu eigentlich? – ein digitaler Dialog Constanze Baum / Ronny Müller	33
Antwort 8	Kleine Poetik des Verstehens Friedrich W. Block	41
Antwort 9	Der Sinn des (Un)behagens: ein hermeneutischer Gang mit Pessoa und Barthes Tobias Brandenberger	48
Antwort 10	Literatur – ein Tor zur Welt Helga Brandes	51
Antwort 11	Vom Lesen, Essen und Verstehen der Literatur im Mittelalter Claudia Brinker-von der Heyde	52
Antwort 12	Warum Literatur lesen? Ein Dialog Thomas Bremer	55
Antwort 13	Schimpfen und Lieben. Zu zwei Gedichten von Robert Gernhardt und Sibylla Schwarz Gesa Dane	60

Antwort 14	Aus der Kinderstube des Lesens GRIT DOMMES	68
Antwort 15	DAS MEER IST, HIMMEL!, EIN SCHWIERIGER TEXT GUNDI FEYRER	72
Antwort 16	Gedanken zur interkulturellen Bedeutung des Literaturverstehens FLORIAN GAßNER	84
Antwort 17	Das Selbst- und Sinnfindungsangebot der Literatur und die Unverständlichkeit als Medium des Verstehens. Ein Plädoyer VANESSA GEUEN	89
Antwort 18	unabgeschlossen BRIGITTE GLASER	97
Antwort 19	Sense and Sensibility DANIEL GÖSKE	98
Antwort 20	Literatur und Eigensinn STEFAN GREIF	100
Antwort 21	Der Anti-Grav-Effekt NORBERT GROEBEN	102
Antwort 22	Zenons neues Paradox. Ein Gespräch über die Lust am Missverstehen von Literatur HANS GROTE	112
Antwort 23	Mit der Literatur werden wir nie fertig KATJA HACHENBERG	117
Antwort 24	Die Bibliothek meiner Mutter ENDRE HÁRS	120
Antwort 25	Subkutan MICHAELA HARTL	125
Antwort 26	*Sich selbst verstehn – und nicht ungedultig werden* SABINE HASSINGER	129

Antwort 27	Flibbertigibbets, Sokrates und eine Pflugschar *oder* Warum man sich mit schwierigen Gedichten befassen sollte KATRIN HENZEL	142
Antwort 28	Fünf Thesen zum Literaturverstehen FOTIS JANNIDIS	154
Antwort 29	Einfach drüberhalten. Vom Verständnis echter Dichtung ERNST KRETSCHMER	157
Antwort 30	Literatur verstehen – wozu eigentlich? STEFANIE KREUZER	166
Antwort 31	Verstehen oder Nicht-Verstehen. Ein Geschreibsel ROMAN LACH	167
Antwort 32	In memoriam K. E. oder: Hier verstehe ich, ich kann nicht anders NILS LEHNERT	175
Antwort 33	Lob des Schwebens Eine ornithologische Betrachtung ULRIKE LEUSCHNER	176
Antwort 34	Die Literaturversteher MATTHIAS LUSERKE-JAQUI	184
Antwort 35	DIE VERSTEHENSMASCHINE BERND MAUBACH	195
Antwort 36	Ich und du und wir MICHAEL MECKLENBURG	201
Antwort 37	Verstehensverstehen CHRISTIAN MEIERHOFER	203
Antwort 38	Robert Walsers Wurst. Ein Beitrag zur literarischen Anthropologie HELGA MEISE	208

Antwort 39	So oder so ähnlich Begründungen, warum es notwendig ist, Literatur zu verstehen, wie sie so oder so ähnlich einmal geäußert wurden ANNA-CARINA MEYWIRTH	215
Antwort 40	Vom Nutzen einer Wissenschaft, die im Text Stimmen zu hören vermag und sie zu verstehen sucht URANIA MILEVSKI	219
Antwort 41	Literatur schreibt Kultur DÉSIRÉE MÜLLER	227
Antwort 42	*Tristram Shandy*: Liebeserklärung an einen Roman, oder: lebenslanges Lesen als Verstehensprozess HARTMUT MÜLLER	228
Antwort 43	Auch Literatur bestimmt unsere Lage JÖRN MÜNKNER	232
Antwort 44	Lesen, Bilden, Menschsein KATJA REETZ	234
Antwort 45	Das Unliterarische der Literatur. Versuch einer Kontrafaktur DIRK ROSE	237
Antwort 46	Der goldene Schlüssel NIKOLA ROßBACH	247
Antwort 47	Möglichkeitswelten erschließen JÖRG SCHÖNERT	260
Antwort 48	„Wo ich schreibe, da wächst kein Gras mehr." Über hermeneutischen Kannibalismus GEORG-MICHAEL SCHULZ	261
Antwort 49	Die Leichtigkeit des Textes MARION SCHULZ / ROMANA WEIERSHAUSEN	268

Antwort 50 „Natürlich, eine alte Handschrift". Fragmente über das Lesen und Verstehen, die von dem Mönch Adson aus dem Brand der berühmten Bibliothek des Klosters N gerettet, an anderer Stelle publiziert und nun zeitlich geordnet wurden
PETER SEIBERT 271

Antwort 51 Ein Versuch, Schwedisch zu verstehen (Auf dem Flughafen einer europäischen Kulturhauptstadt 2014)
YOKO TAWADA 273

Antwort 52 Was Literatur versteht
JOSEPH VOGL 274

Antwort 53 Die drei ??? und der verschwundene Sinn
ANDREAS WICKE 275

Antwort 54 Rückfrage
STEPHANIE WODIANKA 281

Antwort 55 Verstehen sind viele
JÜRGEN WOLF 282

Die da draußen

Ulf Abraham

„Das Problem", sagt der alte Mann mit dem Stoppelbart, „ist, dass wir aus eigener Kraft überall hin können, nur nicht zu denen hinaus. Sie müssten schon herkommen."
Es wird still am Tisch. Die sechs Menschen sehen nicht einander an, sondern die ovale Tischplatte, die so dunkel ist, dass sie wie ein schwarzer Teich im Raum zu ruhen scheint. Man könnte denken, sie sei gar nicht da. Durch hohe Fenster schaut man, weil es drunten in der Ebene keinen Schnee gibt, in eine blaugrüne Weite, die wenig erkennen lässt. Dorthin schweift jetzt der Blick des elfjährigen Jungen, der dem alten Mann gegenüber sitzt. Hinaus über die weißen Dächer und grauen Mauern der steinernen Stadt, deren Granit in der fast waagrecht einfallenden Abendsonne farbig wirkt, und weiter über die buckligen Berge darunter und das leere flache Land, in das sie übergehen. Hängen bleibt der Blick des Jungen erst an der feinen Linie, die Himmel und Erde trennt und in der sich vielleicht das Meer verbirgt. Dort wäre der Junge, der Kleinste in der Runde, aufgewachsen, hinter der Werft, die lange schon dichtgemacht hat. Wenn es seine Geschichte schon gäbe.
„Sairon", sagt der Junge, weil er nicht wahrhaben will, dass es ihn genauso wenig gibt wie die andern am Tisch, „Ihr sagt, wir haben noch keine Geschichten. Aber wieso haben wir dann Namen?"
„Keine Geschichte", korrigiert der alte Mann behutsam. „Ich spreche von eurer gemeinsamen Geschichte."
Die anderen schauen nicht den Alten an, sondern den Jungen. Er hat Recht. Natürlich hätten alle, die sich hier zusammengefunden haben, Namen, wenn es ihre Geschichte gäbe. „Dass wenigstens die wichtigsten Menschen in einer Geschichte Namen brauchen, weiß doch jedes Kind," sagt ein älterer Junge, fast schon ein junger Mann.
„Und manche auch Titel", ergänzt das sechzehnjährige Mädchen, das klein, schmal und aufrecht neben ihm sitzt. Ihr Kraushaar ist schwarz und ihre Haut so dunkel, dass das Dämmerlicht des Konferenzraums sie verschlucken würde, wenn die Augen nicht wären.

„Die da draußen wissen doch gar nicht, was *Sairon* heißt", entgegnet der ältere Junge.

„Haben die kein Elbisch-Wörterbuch? Nicht mal Quenya?" fragt der Kleinste. Der nach den Namen gefragt hat.

„Das weiß ich nicht genau, Jan", antwortet der alte Mann mit seiner klaren, ein wenig müden Stimme. „Manchmal denke ich, die wissen alles, manchmal zweifle ich daran, dass sie überhaupt eine Ahnung haben. Aber Ira hat schon Recht. Wenn dies hier eine Geschichte würde, hätte mein Titel einen Sinn."

„Aber Jan hat auch Recht", sagt der ältere Junge heftig. „Wir wissen doch, wer wir sind!" Er ist so aufgebracht, dass er mit dem Finger auf jeden zeigen muss, den er benennt. „Sairon Finn. Jan. Merle. Ira. Drago. Und" – indem er auf sich selber zeigt – „Mark. Außerdem, dieser Ort hat ja auch einen Namen", fügt er trotzig hinzu.

„Frag dich mal, warum grade Jan und Ira so ein Interesse daran haben, dass es unsere Geschichten gibt", wirft mit lauter Stimme ein blasser blonder Junge ein, der größer ist als Jan, aber nicht älter. Obwohl er das sicher nicht wollte, klang es gehässig. Ein wenig leiser und weniger aufsässig im Ton, korrigiert er sich unter dem strengen Blick des alten Finn: „Ich meine, unsere Geschichte."

„Täusch dich nicht über die sogenannten Helden einer Geschichte, Drago", erwidert Finn. „Sie kriegen nichts geschenkt." Und in einem anderen, geschäftsmäßigeren Ton fügt er hinzu: „Ich vergaß zu sagen, Mara Ziegler ist ja heute nicht mehr dabei. Wir können ihr nur Glück wünschen für den Weg, den sie eingeschlagen hat."

Die anderen nicken wortlos. Da Sairon Finn es nun sagt, wissen alle, dass Mara diese Welt kürzlich verlassen hat. Und nicht alle, aber doch immerhin die, die hier sitzen, wissen außerdem, dass auch sie in anderen Welten leben könnten, wenn sie das wollten. Deswegen sitzen sie ja hier, denkt Finn, meine besten Schüler. Schade nur um Mara Ziegler.

„Wo ist sie denn eigentlich genau hin?" fragt der blonde Junge fordernd, so als schulde man ihm genauere Auskunft.

„Sie ist jetzt die künftige Müllerin von Bree", antwortet das dunkle Mädchen mit belegter Stimme. „Hat im *Tänzelnden Pony* den Sohn des Müllers aus dem Talgrund unterhalb von Bree kennen gelernt."

„Mittelerde, dachte ich mir's doch", erwidert der Blonde in einem Ton, der nun beinahe überheblich klingt.

Das weiß ich schon, mein Lieber, denkt Finn, dass du da nicht hin willst. Ein Mädchen, das so alt ist wie Jan und Drago, aber erwachsener zwischen ihnen sitzt, sieht niemanden an, als es abfällig sagt: „Die bloß Mittelerde kennen, gehen halt dorthin. Es gibt aber doch so viele andere Welten!"

Finns Blick, der auf der elfjährigen Merle ruht, ist traurig. Begabt, hübsch und gut erzogen, aber keine Ahnung, warum sie hier sitzt.

Da geht die Tür auf, und eine gebeugte Gestalt schiebt sich herein. „Sairon, Ihr habt nach diesen Büchern verlangt." Die bucklige Bibliothekarin, die über einem beinahe waagrechten Oberkörper den Kopf aufrecht hält wie eine seltene Vogelart, lässt zwei große Bücher mit schweinsledernen Einbänden auf den Tisch fallen. Eine Staubwolke erhebt sich darüber, die Finn mit der Hand beiseite wedelt. Jan niest.

„Das ist auch ein Teil des Problems", sagt Finn, indem er die Bibliothekarin irritiert anschaut – schön, dass es sie gibt, aber wer hat sich die denn so vorgestellt? – und ihr dann doch dankend zunickt. Er wartet, bis sie den Raum verlassen hat, dann fährt er fort: „Die da draußen kennen so etwas kaum."

„Keine Bücher?" fragt Jan erschrocken.

„Doch, Bücher haben sie schon, aber die sind meistens schon voll."

„Volle Bücher, was sollen sie denn damit?" ruft Jan. Merle und Drago lachen, Mark schmunzelt. Ira bleibt ernst.

Finn reibt sich die Bartstoppeln am Kinn, dann sagt er in entschuldigendem Ton: „Die meisten lesen sie nur."

„Aber Bücher sind doch zum Schreiben da", murmelt Jan verwirrt. Wenn er hier, in der Schule der leeren Bücher, etwas schon gelernt hat, dann das.

„Irgendwer muss sie aber geschrieben haben", sagt Mark trocken.

„Gewiss", bestätigt Finn. „Einige wenige schreiben, was die andern lesen. Die Bücher werden maschinell hergestellt. Ungefähr so wie bei uns die Wochenzeitung aus der Hauptstadt."

Jan tauscht einen Blick mit Ira. Befremden liegt darin und, tatsächlich, Angst. Finn sieht es und weiß in diesem Augenblick, wer an der Schule zur Zeit an den interessantesten Büchern schreibt.

„Wenn sie nur lesen", sagt der große Mark langsam, weil der Gedanke sich in seinem Kopf erst formen muss, „dann können sie die Geschichten wechseln wie ich meine Hemden?

„Oder gar wie Merle ihre Blusen", steuert Drago süffisant bei. Merle schießt das Blut ins Gesicht.

„Drago!" sagt Finn scharf, und dann in seinem gewöhnlichen ruhigen Ton: „In der Tat liegt für unser Empfinden darin eine gewisse Beliebigkeit."

„Aber ist das denn so schlimm?" fragt Ira. „Wir gehen doch auch manchmal einfach nur eine Stunde spazieren, sagen wir mal am Hafen von Havnor, in Lyras Oxford oder im Mattiswald, und kommen dann hierher zurück."

„Aber das ist doch nicht nur zur Unterhaltung!" sagt Jan hitzig. „Wir lernen jedes Mal was. Dafür sind wir doch hier." Er schaut eine Sekunde mit gerunzelter Stirn die Tischplatte an, dann fügt er leiser hinzu: „Außerdem ist es ja nirgends ganz ungefährlich."

Finn nickt nachdrücklich. Jans erste Weltreise ist ihm auf einmal in Erinnerung. Im falschen Tal gelandet und von Tengils Häschern verhaftet worden. War gar nicht so einfach, ihn dort wieder herauszubekommen: Es wundert ihn selber, dass er das denken kann. Seit wann gibt es denn ein Vorher?

„Dann haben die da draußen wohl auch keine Erzählerämter und keinen Großerzähler?" fragt Drago, und Finn hebt erstaunt die Brauen. Die Frage ist scharfsinnig; vielleicht hat er Drago, das Großmaul, doch unterschätzt.

„Nein, haben sie meines Wissens nicht."

„Der Großerzähler hat sowieso zu viel Macht und gehört abgeschafft", erklärt der so ermunterte Drago. „Mein Vater sagt ..."

Finn macht mit der waagrechten Handfläche eine kurze schnelle Bewegung, und Drago verstummt. Wissen wir, denkt der alte Mann, dass dein Herr Vater sich gerade als Reformer in Stellung bringt. Gnade uns, wenn in der Hauptstadt drunten der amtierende Großerzähler stirbt; man sagt, er sei nicht mehr recht gesund. Seine Schule hat er jedenfalls lange nicht besucht, zu beschwerlich der Weg auf den Berg. Wenn hier alle Klassen auf einmal in Zweierreihen nach Mittelerde ausgewandert wären, er hätte es ja nicht einmal bemerkt.

„Maschinell hergestellte Bücher", sagt er, „haben sicher ihre eigenen Probleme. Schnell kann es mehr davon geben, als die da draußen lesen können, auch wenn sie viele sind. Aber ihr müsst zugeben, dass selbst bei uns nur wenige schreiben."

„Die andern lesen allerdings auch nicht", murmelt Merle verächtlich.

Finn nickt. Wo sie Recht hat, hat sie Recht. Um das Thema zu wechseln, klappt er das obere der beiden Bücher auf, die vor ihm auf dem Tisch liegen, und hält es hoch, so dass die brüchigen Goldlettern auf dem Einband lesbar werden:

Großerzählerin Gertrude
Die Konfuse
2609–2689 n.H.
5. Buch

„Die da draußen hätten zum Beispiel keine Ahnung, was das bedeuten soll", sagt Finn.
Jan schüttelt den Kopf. „Wo ist das Problem? Großerzählerin Gertrude, genannt die Konfuse, lebte von 2609 und 2689 nach Homer, und das hier ist ihr fünftes Buch."
„Ja schon", sagt Ira, „aber womöglich haben sie eine andere Zeitrechnung?"
„Treffer", sagt Finn.
„Nach welchem Großerzähler rechnen sie denn?" fragt Merle spitz. „Und kennen sie tatsächlich Homer nicht?"
„Das kann ich euch leider nicht sagen", entgegnet Finn.
Die fünf schauen die Tischplatte an und schweigen. Das ist alles sehr verwirrend. Finn legt das riesige Buch zurück, lässt es auseinanderfallen und schaut hinein. Nach kurzem Suchen zitiert er: „Die Geschichte beginnt eigentlich vor der Geschichte."
„Ist was dran", murmelt Ira.
„Es kommt noch ärger", erwidert Finn fröhlich und blättert dreimal um. Dann liest er vor: „Jede Geschichte berichtet von einem Verlust. Der Verlust ist der Gewinn."
Mark ächzt. „Die haben keine Chance, oder?"
Finn antwortet nicht; es ist nicht klar, ob er das für schwerer verständlich hält, oder für leichter. Noch einmal umblätternd, beugt er sich über das Buch und kneift die Augen zusammen. „Oder das", sagt er. „Herbstknospen, Winterblüten/ Frühjahrslaub und Sommerfrost/ Auf den Händen gehe ich/ durch das Jahr."
„Schräg", murmelt Mark.
„Man hätte sie wegsperren sollen", sagt Drago feindselig. Merle nickt dazu.

„Nein, das ist schön", sagt Ira leise.
Der kleine Jan sagt nichts. Das geht ihm alles zu schnell. Noch nicht lang genug ist es her, dass er sie kennen gelernt hat, die Bücher, in die man schreiben kann.
„Es geht aber nicht nur um Gertrude, obwohl ich gestehen muss, dass sie meine Lieblingserzählerin ist", sagt Finn in das sich ausbreitende Schweigen hinein, klappt das Buch zu und schiebt es von dem zweiten herunter, so dass er dieses hochheben kann.

Großerzähler Maro
Der Komische
2680–2771 n.H.
7. Buch

Nach kurzer Lesezeit legt er es ab und lässt es auseinanderfallen, so dass er eine Stelle zum Vorlesen finden kann. Er entscheidet sich für diese: „Nach der Geschichte ist vor der Geschichte." Auch hier ein paar Seiten umblätternd, findet er: „Geschichten entwickeln sich von selbst. Nachrichten dagegen muss jemand hervorbringen. Dass die meisten Menschen glauben, es sei umgekehrt, ist nicht gut und manchmal gefährlich."
„Ob die da draußen das alles kapieren oder nicht", wirft Drago ungeduldig ein, „es geht doch nur darum, dass sie jetzt mal *kommen*, oder?"
„Aber", sagt Jan vielleicht nur, um Drago zu widersprechen, „wenn das hier so schwierig für sie ist, warum sollten sie denn überhaupt kommen wollen? Was hätten sie davon?"
„Man kann doch auch Sachen interessant finden, die man nicht versteht", sagt Ira, was Finn bemerkenswert findet, denn sie ist mit Drago selten einer Meinung.
„Vielleicht könnten wir so eine Art Rätsel für sie sein?" sagt Mark.
„Wie meinst'n das, ein Rätsel?" will Merle in herausforderndem Ton wissen.
„Ich hab ja nur gedacht", erwidert Mark, und seine Stimme verrät Unsicherheit, „manche Leute lösen doch gern Rätsel und freuen sich, wenn sie es geschafft haben."
„Brauchbarer Vorschlag", sagt Finn. Es ärgert ihn, wie sich der große Mark von der kleinen Merle einschüchtern lässt. Das Arbeiterkind von der Schreibertochter. Immer das Gleiche.

Jan schaut von einem zum andern, und da niemand mehr etwas sagt, wendet er sich an den alten Lehrer: „Sairon, was meint denn jetzt Ihr?"
Finn lässt sich mit der Antwort viel Zeit. Hinter den Fenstern saugt der einsetzende Abend die Farben aus einer Landschaft, deren Konturen gleichzeitig deutlicher werden. Noch nicht wahrnehmbar von der steinernen Stadt aus, hat unten in den Tälern der Buckelberge und in der Ebene zum Meer hin die Geschichte begonnen, sich zögernd zu bewegen, wenn auch mit der Trägheit eines alten Mühlrads, das lange stillstand. Da sitzen alte Bäuerinnen auf Bänken vor Hauswänden, in denen der Schwamm hockt, und sortieren verkrüppelte Kartoffeln; die Höfe sind unheimlich still, weil die Jungen sich davon gemacht haben. Noch weiter drunten und meerwärts, entlang der staubigen Buchtstraße, schenken in ihren windigen Buden Wirte mit ledernen Gesichtern Schnaps an Tagelöhner aus, die erst gehen werden, wenn der Lohn versoffen ist. Und im Palast des Präsidenten, dessen bröselndes Blattgold vielleicht an vergangene Zeiten erinnert, sicher aber an das Vergehen der Zeit, geht gerade eine Ratsversammlung zu Ende, in der zum hundertsten Mal die Ära der Elfenherrschaft gepriesen und die schäbige Gegenwart beklagt worden ist.
Noch dreht sich das Mühlrad langsam, aber es wird schneller werden.
„Es ist schwer für uns, die da draußen zu begreifen", sagt Finn endlich behutsam. „Vielleicht schätzen sie dann mehr, was sie selber haben, wenn sie bei uns gewesen sind?"
In der sich verdichtenden Dämmerung sitzen die fünf etwas ratlos um den Tisch. Sie verehren Sairon Finn, aber so recht überzeugend finden sie diese Erklärung erst einmal nicht. Dann aber sagt Mark beinahe hoffnungsvoll: „Kennen die vielleicht sowas wie unsere Tagelöhner vom Archipel gar nicht?"
Ein Schaudern ist zu spüren, als er das sagt. Alle haben Bilder im Kopf von dunkelhäutigen Männern, die in der Hoffnung auf eine Zukunft vom fernen Archipel gekommen sind, im Unterdeck unvorstellbar enger Segelschiffe, aber dann oft keine Arbeit finden und deshalb die Tage in den Fuselkneipen entlang der Großen Bucht verdämmern.
„Und keine Namenlosen Viertel?" ergänzt Ira.
Finn hebt die Schultern. „Womöglich doch. Und angesichts unserer Geschichte würden sie eher anfangen, das eine oder andere zu vermissen, was sie nicht haben?"

Das ruft wieder Jan auf den Plan. Denn wenn das Mühlrad schneller wird, ist er der einzige eines Jahrgangs barfüßiger Schiffbauer- und Netzknüpferkinder, der auf diese Schule durfte. „Sie haben wohl keine Schulen, in denen sie lernen in einer Geschichte zu leben?"
„So weit wir wissen, nein."
Jan nickt befriedigt. Immerhin eine Antwort. „*Können* sie dann überhaupt in Geschichten leben?"
„Das glaube ich nun wiederum schon", antwortet Finn bedächtig. „Wahrscheinlich gibt es überhaupt keine Menschen, die das nicht irgendwie können."
„Aber sie müssen dabei ihren Körper zurücklassen?" fragt Drago, sich gespannt vorbeugend.
„Ja, das müssen sie wohl."
„Und sie können nicht zaubern?" fällt Merle ein, als ginge es darum zu beweisen, wie armselig wenig die können, die da draußen.
„Kaum", sagt Finn knapp.
„Wir aber auch nicht mehr", sagt Drago, „obwohl wir angeblich von den Elfen abstammen."
„Du vielleicht, Drago. Ich sicher nicht", sagt Ira ohne jeden Versuch, freundlich zu klingen.
Stille. Alle wissen, dass Iras Vater, den sie nie gesehen hat, vom südlichen Archipel stammte und ihre Mutter eine dieser Frauen im Namenlosen Viertel der Hauptstadt war.
„Jedenfalls habe *ich* einen Namen", sagt Drago patzig. „Es kann doch nicht jeder Dahergelauf..."
„Dass bei uns nicht jedem ein Nachname zusteht", unterbricht Finn, kälter im Ton und Drago nicht aus den Augen lassend, „können sie sicher nicht nachvollziehen."
„Aber dann begreifen sie ja auch nicht, warum Ira hier eigentlich gar nicht sein darf!" platzt Jan heraus. Dass ihn das so wütend macht, hat zwei Gründe, von denen er selber nur einen kennt: Er bewundert Ira; sie hat, wenn die Geschichte endlich beginnt, ebenfalls eine Kindheit ohne Schuhe hinter sich, und sie hat es trotzdem zur Schulmeisterin gebracht. Den zweiten Grund kennt nur Finn: Es gefährdet die ganze Geschichte, wenn sie zu schwer verständlich ist.
„Das begreifen sie vermutlich schon, Jan", sagt er deshalb sanft. „Manche Dinge sind in allen Welten leider ziemlich gleich."

Wieder schweigen sie. Der große Tisch zwischen ihnen hat jetzt im letzten Licht des Tages eine Maserung. Eiche. Aus einer Zimmerecke tritt merkwürdig klar ein Schrank hervor, vielleicht weil seine Glastüren das Abendlicht spiegeln.
Drunten in der Ebene, die jetzt tatsächlich schon ein paar Wege hat, prescht ein einzelner Reiter durch eine Allee, deren Bäume noch nicht mehr sind als Schemen, und springt, kaum dass er sein Pferd gezügelt hat, vor einem stattlichen Gebäude ab; es könnte einen neuen Anstrich vertragen. Der Reiter ist noch auf der Freitreppe, da öffnet sich ein Türflügel, und ein blasser, dünnlippiger Mann in Schwarz erscheint. „Herr Vizepräsident, Ihr wolltet sofort Bescheid haben", keucht der Bote und übergibt ein zusammengefaltetes Blatt. Der Mann öffnet es und nickt befriedigt. Dann dreht er sich halb um und ruft scharf ins Haus hinein: „Ausrücken!" Sofort öffnet sich auch der andere Türflügel, und zwei Dutzend Uniformierte drängen heraus. Sie gehen schnell, aber ohne Hast zu vier Kutschen. Die stehen lang, schwarz, mit je vier Pferden im Geschirr, neben dem Haus bereit und waren, das könnte der Betrachter schwören, eben noch gar nicht da. Die letzten Männer haben die Schleiflacktüren mit den verhangenen Fenstern noch nicht hinter sich zugezogen, da fahren die Kutscher schon an. „Den Alten verhaften! Die Schüler nach Buckelberg bringen!" schreit der Blasse hinterher, aber das wäre gar nicht nötig. Die Instruktionen sind lange schon klar. „Das neue Jahr wird gut beginnen", murmelt er, dreht sich um und wirft die Türflügel hinter sich zu. Kleine Putzbrocken lösen sich von der Wand und fallen auf die oberste Stufe.
„Ich denke", sagt Drago so laut, als könne er die Stille nicht mehr ertragen, „die wären einfach gespannt, wie es weitergeht, hier bei uns!"
„Aber es hat doch eigentlich noch gar nicht angefangen", flüstert Jan. „Wie kann es dann schon weitergehen?"
Finn antwortet Jan, schaut aber Drago dabei an. „Doch. Wenn es eine Geschichte ist, tut es genau das."
„Das versteh ich nicht", sagt Mark heftig. „Und man muss doch verstehen, was man erzählt?"
Finn schüttelt den Kopf. „Man muss erzählen, was man verstehen möchte."
„Und die da draußen," ruft Mark verzweifelt, „kennen uns die jetzt? Wir bräuchten doch einfach jemanden, der uns kennt!"

„Das brauchen alle Menschen", sagt Finn gleichmütig. „Meine Vermutung ist, dass es uns deswegen gibt." Noch einmal zieht er Gertrudes Buch zu sich heran, blättert, liest, schaut auf. „,Manche Menschen fürchten sich davor, ins Ungewisse aufzubrechen. Aber man stelle sich vor, man müsste aufbrechen ins Gewisse!'"

Es ist wie ein Schlusswort, niemand sagt mehr etwas. Finn blickt auf und schaut in die Runde. „Ich wünsche euch einen schönen Abend und ein gutes neues Jahr. Nächste Woche sehen wir uns hoffentlich wieder."

Stühle werden gerückt. Sie gehen alle fünf hinaus. Finn bleibt noch sitzen. Es ist nun fast dunkel in diesem Raum, den es ganz zuerst gab und der nur wenige Male im Jahr benutzt würde, lüde er sie nicht immer wieder ein, drei aus der ersten und drei – jetzt noch zwei – aus der letzten Klasse, um mit ihnen über die ersten und letzten Dinge zu reden.

Im neuen Jahr, denkt er, wird es Zeit für sie zu begreifen, dass sie nie etwas sein werden, wenn nicht bald von da draußen jemand kommt. Und dass die da draußen genau wie Mara vom Zieglerfeld eine gewisse Vorliebe für die einfacheren Geschichten haben.

Nicht zum ersten Mal, das weiß er plötzlich, fragt er sich, ob er die Richtigen ausgesucht hat. Oder ob sie es am Ende alle machen werden wie Mara, die eine schöne Geschichte wollte, eine, die es schon gibt, und zwar *jetzt*. Sie ist jung, denkt er trüb, wer wollte es ihr verübeln. Überhaupt, wer sind wir zu urteilen über die, die in irgendeine andere Welt verschwinden? Eine mit besser in Gut und Böse einteilbaren Menschen, ergreifenderen Geschichten oder grandioseren Gefahren?

Wenn alle hier die Gabe des Weltenwechsels hätten, denkt Finn düster, ich stünde bald vor leeren Schulzimmern. Von denen, die sie haben, und da ist er sich auf einmal sicher, ist nun noch Mark Steinbrecher da, der einen guten Kopf hat und die Geradlinigkeit der einfachen Leute von der Nordküste. Drago Walter, der seinen mächtigen Vater, den zweiten Mann hinter dem senilen Präsidenten, zugleich hasst und bewundert. Die verwöhnte Merle Schreiber, deren Vater im Regierungsviertel arbeitet und die die elenden Siedlungen in der Großen Bucht vermutlich nie betreten hat. Jan Schiffbauer, der von dort kommt, so zäh ist wie schmächtig und so wach, wie er verträumt wirkt. Und natürlich Ira, die nicht einmal Netzknüpfer heißen darf, und die einen goldenen Zorn in sich trägt. Sie sind nicht viele, aber sie würden ihre Geschichte schon finden. Sie kämen

zurecht, auch wenn fünfzig Generationen nach dem Aussterben der Elfen hier niemand mehr zaubern kann.
Aber die da draußen, denkt Finn und stemmt sich mühsam aus seinem Stuhl hoch, können das ja auch nicht. Nicht, dass ich wüsste. Und doch können sie uns das Leben schenken.
Vom Treppenhaus her hört er noch Stimmen.
„Also gibt es uns doch, Iri?" fragt Jan.
„Ja jetzt", sagt Ira.

Der Neujahrsabend ist schon immer ein besonderer Abend gewesen: Ja, auf einmal gibt es ein Vorher. Wie könnte man sonst sagen, Finn habe wie jedes Jahr nach dem Abendessen noch mit den anderen *Sairolli* und dem Direktor zusammengesessen, und wie jedes Mal sei das Jahr besprochen worden? So wie größere Bäume, denkt Finn, längere Wurzeln brauchen, so wachsen auch Geschichten immer in zwei Richtungen, nach oben und unten. Eine Tradition des Neujahrsabends ist es, auf alle anzustoßen, die im Lauf des Jahres ihre Geschichte irgendwo anders gefunden haben und gegangen sind. Diesmal sind es ausschließlich Schüler und Schülerinnen gewesen; sie wurden in der Reihenfolge der Klassenstufen genannt. Es hat aber auch schon andere Jahre gegeben. Einmal ist ein junger, sehr beliebter Lehrer verschwunden, ausgewandert nach Erdsee. Wahrscheinlich, denkt Finn bitter, ist er inzwischen der Erzmagier von Roke. Und ein anderes Mal war es des Gärtners junge Frau, von der niemand gewusst hat, dass sie die Gabe besaß. Fort mit unbekanntem Ziel. In solchen Jahren schmeckt der Wein, mit dem man darauf anstoßen soll, ein wenig bitter.
Nach dem letzten Gläserklingen, es galt Mara Ziegler aus der Abschlussklasse, ist er früher als alle anderen aufgestanden und hat sich in sein Zimmer zurückgezogen. Er will allein sein. Immer öfter hat er in letzter Zeit das Gefühl, von Gedanken bedrängt zu werden, die zu ordnen, zu klären und festzuhalten sind.
Gerade hat er zwei Kerzen angezündet, damit er am Schreibtisch genügend Licht hat, und sein Buch aufgeschlagen. Der letzte Eintrag, zwei Tage alt, lautet: *Je älter ich werde, desto mehr bekümmert mich etwas, worüber ich früher gar nicht nachgedacht habe: Wieso können wir unsere eigene Welt so wenig verstehen? So überschaubar sie ist (wenn wir von vielleicht noch unentdeckten Inseln absehen), so wenig Sinn ergibt sie in*

mancher Hinsicht. Wieso zum Beispiel erzählen wir hier meisterhaft Geschichten, in denen Menschen Großes erreichen und ganze Welten gerettet werden, und haben selber keinen Plan, keine Idee und kein Ziel?
Finn greift zum Federhalter und taucht die Feder ins Tintenfass.
Ist der Wille des Schöpfers unergründlich? Wieso gibt es – er zögert und entschließt sich dann zu einer ungeordneten Aufzählung, das ist besser als nichts – *etwa die sinnlos herumstehende Garde vor dem Präsidentenpalast (wer sollte den denn angreifen?), die Folianten mit den Zaubersprüchen der Elfen im Keller dieses Hauses (wer sollte dafür Verwendung haben?), oder das Namenlose Viertel (warum muss man Menschen ächten, weil sie arm sind oder unehelich geboren?).*
Finn taucht die Feder wieder ein, hält aber dann inne, weil draußen vor dem Fenster der Wind in die alten Föhren fährt und den Schnee in Wolken von den Ästen fegt. Ein großer Tintenfleck ist die Folge. Ärgerlich drückt er ein altes Löschblatt darauf und fährt dann fort: *Und das Wichtigste: Wieso gibt es unsere Schule noch immer, obwohl wir niemanden mehr das Zaubern lehren können? Schreiben, das ist doch nur ein Ersatz dafür. Ich sehe eigentlich nur zwei Erklärungsmöglichkeiten: Entweder der Schöpfer selber hat keinen Plan, keine Idee und kein Ziel, oder er hat irgendein Problem, das wir in unserer Beschränktheit nicht erkennen, und kann es anders nicht lösen.*
Welches Problem hat der Sch
Finn legt erschöpft den Federhalter weg. Er fühlt sich plötzlich wie ein Läufer, der Seitenstechen hat und aufgeben muss. Selten hat es ihn so angestrengt, ein paar Sätze niederzuschreiben. Draußen pfeift der Wind um die alten Mauern. Als er einen Augenblick aussetzt, hört Finn gedämpft die Kollegen lachen, die immer noch beim Wein sitzen. Es ist der schwere und teure Ore-Wein aus dem südlichen Archipel. Von *Oiolaire*, der Immersommerinsel. Die Arbeiter dort, sagt man, sehen allerdings wenig von dem Erlös.
Könnte es nicht auch sein, dass die da draußen uns besser als wir uns selber verstünden?
Ja, auch das könnte sein.
Es gibt fast nichts, was nicht sein könnte. Das, was ist, ist immer eine Einschränkung.
Der Kopf tut ihm vom Denken weh.

Der Wille des Schöpfers ist wohl nicht größer als dieser Fleck, und genauso schwer zu deuten.
Mit einer entschlossenen Bewegung verschraubt der alte Lehrer das Tintenfässchen und schiebt es von sich weg. Dann drückt er das Buch mit der zur Faust geballten linken Hand auf den Tisch und reißt mit der rechten, die ein wenig zittert, an der eben beschriebenen Seite. Die Bindung gibt nach, die Seite lässt sich heraustrennen.
Wegen des Tintenflecks, denkt Finn. Nur wegen des Flecks.
Er schließt das Buch und sieht auf. Ein anhaltendes Knirschen nähert sich, wie von schweren Eisenreifen über Schotter. Und Getrappel von Pferden.
Von merkwürdig vielen.
Finn steht auf, beugt sich über die beiden Kerzen und bläst sie aus. Dann setzt er sich im Dunklen auf sein Bett, um zu warten.

Ira steht an ihrem Fenster, als Schülerin der Abschlussklasse hat sie ein Zimmer für sich allein. Sie horcht auf die sich nähernden Geräusche und späht hinunter in den Hof, der noch leer ist. Das Tor steht offen. Auch geschlossen, denkt sie, wäre es kein Hindernis. Ihr Mund lächelt, aber die Augen bleiben kalt. Auf die von draußen haben wir gewartet, aber es kommen die von drunten. Entschlossen wendet sie sich um, rafft einige Kleidungsstücke zusammen und stopft sie in eine abgewetzte Leinentasche. Mit der läuft sie, die Zimmertür nicht mehr schließend, durch den Flur und das Treppenhaus hinunter zu den Stuben der Erstklässler. „Jan?" ruft sie, noch während sie klopft, „Jan, schnell." Der Junge steckt verwundert den Kopf aus dem Türspalt.
„Ich muss weg."
„Wie, weg?"
„Ganz weg, Jan. Kommst du mit?"
Zu ihrer Erleichterung fragt der Junge gar nicht weiter, sondern nickt einfach.
„Du hast eine Minute."
Er nickt nochmals und geht packen. Auch er hat nicht viel.
Ira, dunkel im dunklen Flur, wartet reglos.
Vom Hof her Quietschen, Klappern, Rufen.

Wohin gehen wir? Oft hat sie sich das gefragt, aber noch nie hat sie wirklich entscheiden müssen. „Jedes Wohin beginnt mit Woweg". Gertrude die Konfuse.
Da steht Jan vor ihr, der die Stubentür lautlos zugezogen hat.
„Lyras Oxford?" flüstert er, tatsächlich mit in der Dunkelhaut leuchtenden Augen, und legt sich seinen löchrigen Seesack über die Schultern.
Er hält es für ein Abenteuer, denkt Ira. Verfolgung als Abenteuer. Frag mal die Verfolgten, was sie davon halten.
„Nein", sagt sie mit fester Stimme. „Zu viel Technik, die wir nicht verstehen. Gont ist ein guter Ort. Gont in Erdsee."
Vom Treppenhaus her hört man gestiefeltes Stampfen.
Wozu hat man hier was gelernt? Ira nimmt Jan fest bei der Hand und wiederholt, was sie zuletzt gesagt hat.

Zehn Lesepigramme oder sehr zahme Xenien

THOMAS ALTHAUS

Dicke Wälzer.
Großes Versprechen beim Blättern: Es ist an ein Ende der Reise
Schier nicht zu denken, kein Ufer des Lesens in Sicht.

Umgang mit Büchern.
Sie werden mundtot bleiben, wenn du sie nicht zitierst,
Und werden höflich schweigen, falls du sie nicht kapierst.

Schicksal des Bücherwurms.
Seite für Seite, es ist ihm ein Fest. Bis im Text er vertrocknet,
Hat er ihn wirklich verdaut und ihn nach Kräften durchbohrt.

Hebel und Kleist.
Lissabon, Polen und Struensee, Bergleute, Schmiede und Müller,
Die Türken und General Stein... Was soll daraus folgen?
Zusammenhang gibt es nur dort, wo wir ihn für uns erzeugen.
Nur nicht des Guten zu viel! Kehrt wer die Ordnung noch um?
Engel und Teufel, Madame, beider tut's Not, beider in einem!
Ruhe ist nichts ohne Sturm. Lest auch den unsteten Kleist.

Ernst Meister und Paul Celan.
Kundschafter beide im Zeichengewirr: Prüft das Wort mit der Lupe,
Sonst könnt ihr nicht folgen, und kerbt eure Narben hinein.

Schönste Resonanz (gegen Lichtenberg).
Wenn Kopf und Buch zusammendröhnen,
Wenn beide hohl sind, beide tönen.

Zincgref adjö.
Sprüche, wer klopfte sie nicht? Der Deutschen kurzsinnige Weisheit,
Heute versammelt im Stream, wird sie getwittert, gebloggt.

Bücherabwesenheit, nach Edmond Jabès*.
Viel wildes Volk, ich halt's mir vom Leibe! –
   Was machst du dann? Bist selbst ohne Bleibe.

Bestseller.
Palettenweise verkauft man sie unter der eigenen Würde,
   Doch wer sie liest, macht sie frei, macht sich den Sklaven zum Herrn.

Grabstein der Literatur.
Liest er Fahrpläne nur, keine Oden, dann reicht es ihm wirklich.
   So einem dehnt sich die Welt nicht mehr ins Mögliche aus.

* „Verlässt man das Buch, so verlässt man es nicht: man haust in seiner Abwesenheit."

Als Limerick geht es gar nicht.

ANONYMUS

Man fühlt sich als Leser in Kassel
ganz oft im Lektüre-Schlamassel
Der Textsinn macht dicht,
Man versteht's einfach nicht.
Mal ganz ehrlich, grad das ist doch klasse.

Als Sonett auch nicht.

Lässt im Sonett der Sinn sich nicht erschließen,
bleibt dir, oh Leser, wenigstens die Form.
Du schaust nur hin und denkst, das ist enorm,
Wie diese vierzehn Zeilen sich ergießen.

Wenn bei Quartetten wir's bewenden ließen,
so fehlte Antithetisches, das wär nicht form-
idabel und auch nicht die Norm.
Da könnte das Sonett sich glatt erschießen.

Wenn die Terzette dann das Gegenteil vertreten,
dann wird das Ganze erst so recht hermetisch,
der Nicht-Sinn ruht in einem harten Bett.

Doch paradoxer Sinn kommt meistens ungebeten,
Und Form allein wirkt wenig energetisch,
O.k., dann schreib ich also kein Sonett.

Literatur als therapeutischer Tritt in den Hintern

SUSANNE BACH

Wenn ich Literatur lese, dann höre ich die Stimme des Verfassers, über Zeit und Raum und Kultur hinweg. Wenn ich mich auf ein Werk einlasse, dann stehe ich selbst im Hintergrund und setze mich zunächst den Fantasien eines anderen aus. Das kann beunruhigen und beängstigen, aber auch beglücken und den eigenen Horizont erweitern. Psychoanalytiker würden mir vielleicht attestieren, dass Lesen eine aktives Einüben in Toleranz ist, weil es die Subjekt-Objekt-Trennung auflöst, aber wenn ich zuerst auf meine eigene, wissenschaftlich nicht reflektierte Erfahrung höre, dann weiß ich, dass sich beim Lesen meine Welt erweitert, dass Literatur ein Weg ist, auf dem ich Fremdes neu und Vertrautes anders erleben kann und letztlich mit den Augen eines anderen sehen lerne.

Das kann mir so kein anderes Medium geben. Der Film legt mich auf die Fantasie eines Regisseurs fest. Für eine Theateraufführung gilt ähnliches, außerdem ist sie nicht wiederholbar. Fotografien entwickeln sich nicht; *no pun intended*. Romane dagegen sind einzigartig, weil sie sich paradoxerweise der Bilder in meinem Kopf bemächtigen, um mir die Realität eines anderen zugänglich zu machen. Steht in einem Werk geschrieben: „Ein attraktiver Mann trat ins Zimmer...", so sieht jeder Leser eine andere Person; junge sehen etwas anderes als ältere Menschen, Frauen etwas anderes als Männer. Es sind (zentrale) Banalitäten wie diese, die die Einzigartigkeit von Literatur belegen.

Also gut, eine Binse: Wenn ich Literatur verstehe, verstehe ich mehr über mich und über die Welt. Ich lasse mich in intimer und sicherer Distanz ein auf die Fantasien eines anderen Menschen; lasse zu, dass sie sich aus dem Fundus *meiner* Bilder und *meiner* Erfahrungen bedienen, stelle diese für Liebesszenen oder Horrortrips zur Verfügung. Manche Bücher sind sperrig oder bewegen ein ganzes Leben lang, immer wieder; andere sind wie Cheeseburger in einem Fastfood-Restaurant, ein bisschen klebrig und pappig; sie sättigen schnell und erwartbar, ohne Überraschungen.

Lesen bildet, hieß es in meinem Deutschunterricht, zum Glück aber bildet es anders, als der Lehrer damals wohl meinte. Literatur verstehen heißt Denken, Literatur verstehen übt gleichzeitig Kritisieren ein, Literatur verstehen ist Distanzieren. Literatur verstehen heißt aber auch Schwelgen, Emotionen zulassen, Abtauchen, Vergessen, Aufgehen-in-. Literatur wirklich verstehen bedeutet im besten Fall einen therapeutischen Tritt in den Hintern und verhindert, dass man im drögen Kalk seiner vorgefassten Meinungen versteinert und im schalen, alten, abgestandenen Stallgeruch seines Credos schon mit 20 oder 30 vergreist.

Nebelkerzen

ACHIM BARSCH

„Ach, so ist das; ich glaub', jetzt hab' ich's gecheckt."

Auf jeden Fall, aber ist das alles? Gehört noch mehr dazu? Einige Vorschläge:

„Ich hab's begriffen, Mensch bin ich gut."
„Mein Gott, das Ende war aber cool."
„Von der muss ich jetzt aber mal mehr lesen."
„Muss ich unbedingt meiner Schwester von erzählen; sie wird das Buch verschlingen."
„Mal abwarten, ob es auch verfilmt wird."
„Warum hab' ich den noch nicht früher für mich entdeckt?"
„Dass die auch so was schreiben kann, ist mir vollkommen neu."
„Das war schön, drei Stunden einfach nur schön."
„Schade, muss die Traumwelt wieder verlassen."
„Ich habe einen Hang zu *Loser*-Typen und zu geheimnisumwitterten Personen. Das sind so meine absoluten Lieblingsfiguren."
„Das finde ich super, wenn man sich so in ein Buch reinversetzen kann und die Geschichte mit durchlebt."
„Man kann einfach mal für ein Weilchen abschalten und mal gar nicht über irgendwie was nachdenken, sondern einfach nur mal ein bisschen relaxen beim Lesen."
„Manchmal, da denke ich, ist es eigentlich ganz gut zu wissen, dass auch andere Probleme haben, egal, ob das in echt ist oder nicht."

Was da steht

JENNY BAUER

Es ist Wagnis
Sagt die Zukunft
Es ist was es ist
Sagt der Text

Es ist (nicht) Ich
Sagt der Autor
Es ist Nicht-Ich
Sagt das Zeichen
Es ist Ich
Sagt die Kultur
Es ist *so*
Sagt *ein* Text
Es ist kein Diebstahl
Sagt das Zitat
Es ist frrrt bläh mo Bla
Sagt Dada
Es ist sinnlos
Sagt die Postmoderne
Es ist eine runde Sache
Sagt die Hermeneutik
Es ist was es ist
Sagt der Text

Es ist Bildung
Sagt das Bürgertum
Es ist Quelle
Sagt die Geschichte
Es ist Verschwendung
Sagt das Zeitmanagement
Es ist fassbar
Sagt der Ehrgeiz

Es ist schwer
Sagt der Umzug
Es ist fertig
Sagt der Verlag
Es ist bald vorbei
Sagt das neue Medium
Es ist was es ist
Sagt der Text

Betreff: Fwd: Re: Literatur verstehen – wozu eigentlich? – ein digitaler Dialog

CONSTANZE BAUM / RONNY MÜLLER

Am 17.03.14 13:46, schrieb C.B.:
Das ist also die Frage. Man kann das natürlich auch mit einem Achselzucken abtun: muss man sich für sein Interesse rechtfertigen? Es ist ja immerhin auch mein Job, Literatur zu verstehen und vor allem für andere verstehbar zu machen. Dabei ist ‚Etwas verstehen wollen' eine ganz basale, menschliche Angewohnheit. Ein Anrecht auf Wissen: Verstehen wollen, wie die Welt funktioniert. Das hat auch etwas mit Ausprobieren zu tun. Wer etwas verstehen will, der probiert es aus, zerlegt es in alle Einzelteile, untersucht es, setzt es wieder zusammen.
Ich fand es immer selbstverständlich, einen Text verstehen zu wollen, weshalb mich die Frage irgendwie irritiert hat. Wie ging es dir im ersten Moment damit?
C.

Am 20.03.14 17:31, schrieb R.M.:
Ja, ich hoffe auch, dass man sich für ein Interesse ebenso wenig rechtfertigen muss wie ein Fach für sein Tun. Und weil die Literaturwissenschaft in der heutigen Evaluationsdogmatik des wissenschaftlichen Betriebs sich zwischen Optimierungsdruck und Sanktionsdrohung grundsätzlich von einem Zwang zur Rechtfertigung befreien sollte, möchte ich sofort von Texten und der Neigung, sich diese aneignen zu wollen, sprechen. Genau dieses ganz selbstverständliche Verstehenwollen, das du erwähnst, ist mir bei Schiller mal als das Streben nach Übereinstimmung mit der eigenen Natur begegnet. Da hat er recht, und er betrachtet den Moment noch vor jedem bewussten Verstehen. Denn so wie in jede Lektüre irrsinnig viele und ganz textfremde Umstände einfließen – Umstände allein des Lesers und seiner Verfassung, die eine Lesart aber, denke ich, nicht delegitimieren –, so folgt wahrscheinlich auf jede Lektüre ein ähnlich wildes und textfernes Aneignen von Textbedeutungen. Aber immer eines unter der Maßgabe des jeweiligen Lesers. Und genau darauf sollte jede Literaturwissenschaft, jeder Verlag, jeder Schullehrer auch

setzen dürfen: Auf einen Blick aus ganz eigenen Erfahrungen, einen Blick, der nicht zuerst verstehen will, sondern der zunächst das sehr eigene Drängen nach einer Beschreibung des eben Erlebten und so das Ereignis der Lektüre stärkt. Jetzt muss vielleicht ein Imperativ her: Lasst uns Texte begreifen als sperrige und hinreißende, als widersprüchliche und verschrobene doch vor allem als zum Weiterdenken aufrufende Werke! Was ich also zunächst nur sagen möchte, ist, dass vor dem Verstehen ein Erleben stehen sollte. Ein Erleben des Einzelnen im Gegenüber des Textes. Denn will nicht jeder nur das verstehen, was ihn begeistert?
Deine Vorstellung des Zerlegens in Einzelteile hat mich in diesem Zusammenhang an die bildhafte Formulierung von Brecht und seiner so populären auch zerpflückt noch immer schönen Rose erinnert. Vor diesem Satz steht ein noch stärkerer, wie ich finde: „In der Anwendung von Kriterien liegt ein Hauptteil des Genusses." Was sagst du?
R.

Am 21.03.14 00:17, schrieb C.B.:
Oh... – Ich dachte, wir führen nur eine kleine elektronische Plauderei. Nun fühle ich mich merkwürdig eingezwängt zwischen Schiller und Brecht und frage mich, ob deine Antwort auf meine Frage denn auch eine Übereinstimmung mit deiner eigenen Natur ist. Ich meine, ich will mich ja nicht streiten, aber mich hat eine spontane Reaktion auf die Frage interessiert, eine intuitiven Haltung zur Frage als Auftakt ... Drei Tage habe ich jetzt auf deine Antwort gewartet. Ich dachte schon, meine Nachricht ist in deinem Spam-Ordner gelandet! Jetzt sehe ich, warum es länger gedauert hat. Du bist die Sache doch gleich etwas grundsätzlicher angegangen. Na gut, warum auch nicht.
Aber genau da möchte ich gleich einmal einhaken: Ich stimme dir ja sehr gern zu, dass literarische Texte „sperrige und hinreißende, [...] widersprüchliche und verschrobene doch vor allem als zum Weiterdenken aufrufende Werke" sein sollten, aber wie viele Texte, die du in letzter Zeit gelesen hast, leisten das? Ich meine jetzt nicht das dicke Buch, das auf deinem Nachttisch liegt, ich meine die anderen, die du die letzten Monate geprüft, kollationiert, für gut oder schlecht befunden hast. Wie viele haben diese Kriterien erfüllt? Wie viele? Und war die Anwendung dieser Kriterien ein Genuss? Ich bin natürlich pampig und möchte jetzt ein wenig provozieren. Ich selbst habe sehr unterschiedliche Ansprüche

an das Erleben von Texten und denke fast: Vielleicht will ich gar nicht alle Texte im selben Maße verstehen und durchdringen müssen und vielleicht verfolgen viele Texte oder vielmehr ihre Autoren auch nicht immer die Idee, verstanden werden zu wollen.

Ich erinnere mich daran, dass ich zu Beginn meines Studiums ein schönes dunkelgrünes Büchlein gekauft habe. Es enthielt einen Text, vielmehr einen Teil eines Textes, in dreifacher Ausfertigung: ich begann begierig zu lesen und verstand kein Wort. Ich wurde wütend, legte das Buch weg und war enttäuscht. Zuerst war ich wütend und enttäuscht von dem Text, dann merkte ich, dass ich eigentlich enttäuscht von mir selbst war, weil ich doch gedacht hatte, mehr verstehen zu können. Ich nahm das Buch erneut in die Hand. Dann habe ich alle drei Versionen gelesen und am Schluss noch einmal die erste, die originale Fassung. Ich fand den Text wundersam, wunderschön. Eine Melodie. Immer noch verstand ich gar nichts, jedenfalls nicht in der Art, wie mein Verstehen von Texten konditioniert war. Aber ich verstand allmählich, dass dieses Kapitel aus James Joyce' *Finnegans Wake* mit dem klingenden Titel *Anna Livia Plurabelle* mit mir etwas gemacht hat. Es hat mich dazu gebracht, mein eigenes Verständnis von Verstehen über Bord zu werfen, jedenfalls für den Moment dieser Lektüre. Ich konnte diesen Text nicht anders lesen als mit einem absoluten Loslassen, jeglichem Verzicht auf Verstehenskontrolle, dann erst wurde er lesbar und erlebbar. Als Rhythmus von Worten, Sounds. Aber das ist eine Anekdote. Und natürlich eine Extremerfahrung. So etwas ist mir in dieser Wucht nie wieder passiert, vielleicht auch, weil ich doch gern die Kontrolle behalte – im Leben wie im Lesen. Soviel zum Weiterdenken.

Aber es gibt eben auch Lektüren, die für mich einfach nur nach einem Schema funktionieren sollen, um damit dem Zweck meiner Unterhaltung und Zerstreuung dienlich zu sein: der Krimi für die lange Zugfahrt zum Beispiel. Aber das zielt vielleicht auf einen andern Aspekt und führt ein wenig am Thema vorbei. Die Frage war ja nicht, „Lesen – wozu eigentlich?", sondern „Literatur verstehen – wozu eigentlich?" Soll ich das nun persönlich beantworten oder mich als Wissenschaftlerin angesprochen fühlen? Als Wissenschaftlerin sehe ich mich der Frage gegenüber, was der Text selbst verspricht, worauf er abzielt, auch, was er verbirgt. Als passionierte Leserin denke ich darüber nach, was der Text in mir hervorruft, ob er etwas in mir anspricht, ob er eine Geschichte erzählt, die

ich mit mir in Verbindung bringen kann, auch wenn er ferne Welten heraufbeschwört.
Ich wollte eigentlich kürzer antworten, das ufert ja ins Romanhafte aus. Wie wäre es zur Abwechslung mit einer kleinen Stichomythie? Auch damit ich nicht wieder drei Tage auf eine Antwort warten muss...
Macht es dir etwas aus, wenn du einen Text nicht verstehst?
C.

Am 21.03.14 21:11, schrieb R.M.:
Naja, langes Schweigen muss nicht mit langem Nachdenken zusammenhängen, und es stimmt schon, dass mir der Plauderton nicht immer leicht fällt – aber genau das führt in unser Thema: Es gibt vielleicht so verschiedene und vielfältige Motive Literatur verstehen zu wollen, wie es Leser gibt. Darum habe ich den Text mit seiner Gegenwart, seinem Leuchten, seiner Assoziationskraft in der ersten Mail so betont. Dort im Text liegt der stille Reiz, weiterzudenken. Und allein dieser Antrieb, meine ich, sollte zum Verstehen leiten. Denn ist das nicht der entscheidende und einzigartige Schnittpunkt, der Kunstwirkung ausmacht: Das Zusammenfinden von Eigenkraft des Werkes und Imaginationswille des Rezipienten? Doch ganz ehrlich: Wozu all das Verstehen, wenn es Wirkung gibt? Dein Joyce-Beispiel zeigt es bestens. Eine offenbar bis heute relevante Lektüreerfahrung ganz fern vom Verstehen. Mir ging es da ähnlich. Wollte ich lernen, las ich Thomas Mann. Wollte ich staunen, las ich Peter Handke. Dass die immanenten Mechanismen dieser Texte, ihre im besten Fall unsichtbaren Wirkprinzipien, sich aber doch herausarbeiten und so klar erkennen und vergleichen ließen, habe ich in der Handhabung des Werkzeugkastens der Literaturwissenschaft ganz praktisch begriffen. Dafür bin ich weniger als möglicher Textversteher, sondern als wahrscheinlicher Textvermittler dankbar. Klar, du hast recht: Nicht viele derjenigen Texte, die mir zuletzt beruflich über den Schreibtisch liefen, haben die Voraussetzungen zur totalen Hingabe erfüllt. Was sicher damit zu tun hat, dass nicht jede Veröffentlichung künstlerische Ambitionen verfolgt – und daher eben nicht neuartig, staunenswert, mehrfach begreifbar, bewusst gesetzt sein muss. Und was vielleicht damit zu tun hat, dass auf diesem Arbeitsplatz im Sinne einer Marktorientierung eigentlich nur Prosa und nur solche zwischen 200 und 500 Seiten liegt. Aber ebenda kommt mir die Fähigkeit Texte zu vermitteln, zu empfehlen, mit ihnen

anzustecken zugute. Auch das heißt einen Text verstehen: Den einen Vorzug erkennen, damit dieses Buch im Meer der Neunzigtausend nicht versinkt.
Und nein, mittlerweile macht es mir nichts aus, einen Text nicht zu verstehen. Aber du hörst, das sage ich jetzt nach einem Prozess der Lektüreerfahrung, in dessen Verlauf mir klarer wurde, zwar das Handwerk der Literaturwissenschaft zu nutzen, aber nicht die Möglichkeiten des Verstehens an erste Stelle zu setzen, sondern die Wirkung des Augenblicks. Also locker machen und annehmen lernen. Aber dir als Wissenschaftlerin sollte viel daran liegen, die sonst so willkürlichen und fluiden, immer einzelnen Eindrücke mit klaren Maßgaben zu verfestigen, sie diskutierbar zu halten, oder?
R.

Am 24.03.14 23:47, schrieb C.B.:
Jetzt habe ich länger nichts von mir hören lassen. So ein richtiger, schneller Schlagabtausch wird das wohl nicht. Himmel, wir sind einfach zu unmodern oder hätten wir doch besser twittern sollen? Es kam mir jedenfalls dies und das dazwischen, Alltagsgeschäfte. Und jetzt muss ich den Faden der Diskussion erst wieder finden und deine letzte Frage aufnehmen: Ja und nein, und in erster Linie: Ja, natürlich, wissenschaftliche Literaturbetrachtung sollte nicht in Plauderei, sollte nicht in Belanglosigkeit abgleiten. Lesen können viele Menschen. Wo wäre da meine Kompetenz, wenn es nur darum ginge, einfach über Gelesenes ins Gespräch zu kommen? Also bin ich natürlich immer auf der Suche den Gegenstand meiner Betrachtung, die Literatur also, mit „klaren Maßgaben zu verfestigen", wie du es so schön gesagt hast. Das klingt irgendwie heiter und viel besser als Systematisierung und Kategorisierung. Deine Frage ließe sich aber auch mit einem Nein beantworten. Denn ich persönlich fürchte nichts mehr als die Starr- und Stumpfsinnigkeit von Systemen und Schubladen, die in ihrem Versuch zu kategorisieren Texte auch beschneiden, einengen, Sachverhalte simplifizieren. Der Text, jenes Gewebe von verdichteter Lebenspoesie, wird dann plötzlich ganz kalt. Vielleicht bin ich so sozialisiert worden – im West-Berlin der 90er Jahre –, dass man grundsätzlich alles Normative unter einen Ideologieverdacht stellt. Ich war jedenfalls immer für die Unterminierung der Normativität, glaubte, in jedem hermeneutischen Axiom die Quelle für

Widerspruch zu entdecken, wollte Goethe als einen anderen verstanden wissen oder am besten gar nicht über ihn reden. Ach, ich bin müde, ... ertappe mich, wie ich schon mit geschlossenen Augen vor dem Laptop sitze. Ich würde dieses elektronische Gespräch jetzt viel lieber mit dir zusammen auf dem roten Sofa fortsetzen, wir kämen auf diese und jene Lektüreerfahrung zu sprechen, griffen mehrfach in das schöne Bücherregal, um einen Romananfang, ein Gedicht, ein Drama in ein, zwei Worten aufflammen zu lassen und würden uns hoffnungslos in literarischen Welten und den Erinnerungen daran verlieren. Dann würde die Frage „Literatur verstehen – wozu eigentlich?" irgendwann keine Rolle mehr spielen, sie würde einfach verschwinden in dem Reden über Texte, die in uns nachklingen.
C.

Am 27.03.14 17:59, schrieb R.M.:
Augenöffnend war für mich die Lektüre der acht Modellanalysen des Bandes *Positionen der Literaturwissenschaft*, die mir in ihrer durchgängigen Plausibilität der jeweiligen Deutung zeigte, wie belastbar ein guter literarischer Text für ganz verschiedene Lesarten und wie wandelbar das geisteswissenschaftliche Urteil sein kann. Was bleibt dann? Die geradezu beliebige Anwendbarkeit ordentlich gebauter und in sich geschlossener Theoriesysteme? Die Betrachtung von sich letztlich immer ergebenden Schattenwürfen genügend großer literarischer Gebirge aus der Perspektive je diverser Lichtquellen? Vielleicht bleibt vor allem die große menschliche Lust, sich Fremdes anzueignen. Und dieser Lust – die doch zugleich Quelle schönster innerer Erfahrungen sein kann? – zu folgen, mag das Momentum schlechthin sein, Literatur verstehen zu wollen. Der, soweit ich sehe, immer wieder auch bei unseren Kindern zu beobachtende Antrieb, Geschichten sich auf ihre ganz eigene Art nachzuerzählen, sie zu begreifen, um sie so erst wirklich in eine Erfahrung als etwas persönlich Reales umzusetzen. Wir möchten Literatur verstehen, denn wir möchten Phänomene übersetzen. Ganz grundsätzlich. Der Grad der Aneignung mag variieren, der der Gesinnung dazu nicht.
R.

Am 27.03.14 23:19, schrieb C.B.:
... schön, dass wir es getan haben. Dass wir die Welt der Literatur wieder einmal hereingelassen haben in unser Leben oder vielmehr, dass wir die Laptops zugeschlagen und den Weg nach draußen gefunden haben. Es war eine schöne Lesung dort am Wannsee. Gerade weil wir in unseren Kämmerchen hier wie festgefroren über die Bedeutung des Literatur-Verstehens nachgedacht haben und das alles halbseiden und halbsubstanzlos erschien. Sich der Anstrengung aussetzen, Literatur ernsthaft zu verstehen, an diesem Abend, zusammen mit den anderen Anwesenden, zusammen mit dem Moderator und dem Dichter selbst, das hat doch wieder an den Kern der Sache herangeführt. Dass es eine Kulturtechnik ist, die uns wertvoll sein sollte. Ein Vermögen, dass uns im gemeinsamen Gespräch und Nachdenken über die tiefere Bedeutung von Mondkratern zu uns selbst zurückbringt. Das waren noch so Nach(t)gedanken...
C.

Am 28.03.14 22:18, schrieb R.M.:
Ich muss einfach mit Frau Sontag meinen Teil der Unterhaltung abschließen – und schließen muss ich, da einerseits arg viel Arbeit anliegt und andrerseits viel Lektüre mich an oder in sich zieht (wir haben uns ja anscheinend still darauf verabredet in dieser Korrespondenz keine Namen zu nennen, vermutlich um eine marmorne Zeitlosigkeit auszustrahlen, ganz ohne den Staubschmutz der Meinungsgegenwart; doch dieser noch fast junge Sachse könnte auch mit seinem neuesten Text über den losen aber eben immer strukturellen Zusammenhang von kapitalistischem System und marginalisierten Berufsbranchen tatsächlich der Großprosaist unserer Tage werden) –, da sie schließlich mit dem Aufsatz zum Thema schlechthin schon 1964 das anmahnte, was du noch später in den ersten Tagen als Studentin und mittendrin in Ideologien und Ideologismen ganz zu Recht instinktiv als solches bloßlegen wolltest, denn zu viel Ordnen erstickt zu viel Leben: „In einer Kultur, deren bereits klassisches Dilemma die Hypertrophie des Intellekts auf Kosten der Energie und der sensuellen Begabung ist, ist Interpretation die Rache des Intellekts an der Kunst." Natürlich ist viel geschehen seitdem – und wahrscheinlich sollten wir Kultur in diesem Sinn als das kleine alte Karussell am Rande der blinklichternden brandneuen Achterbahn sehen – aber bitte, wenn es um die neuen Theatertreffeninszenierungen und Buch-

preisbücher im Hochfeuilleton geht: Lass es krachen und immer feste druff!
R.

Am 29.03.14 00:17, schrieb C.B.:
Du endest mit Susan Sontag, da will ich doch auch im Zitate-Einwerfen mithalten, bevor ich mit einer kleinen, belanglosen Bettlektüre, dem Fall eines Biedermanns, und der Sorge für die nächtens hustenden Kinder den Tag beschließe: „Wie schnell doch das Wunder von gestern in den Alltag von heute verschwindet!" (Gombrich) Das mag stimmen, aber die Wunder bleiben doch: im Leben wie in der Literatur.
C.

Kleine Poetik des Verstehens

FRIEDRICH W. BLOCK

I. Verstehen und Selbstbeschreibung: Gerhard Rühm

(undeutlich gemurmelt:) mache ich mich verständlich?
(pause)
(etwas deutlicher:) mache ich mich verständlich?
(pause)[1]

So beginnt Gerhard Rühms „vortrag", den er 1973 anlässlich des Grazer Symposions „Zweifel an der Sprache" gehalten hat. Der Text kreist um die Frage des Verstehens in der Sprache, sowohl thematisch als auch performativ durch die Art seiner Gestaltung und natürlich seines Vortrags. Das Thema wird diskursiv entfaltet und zugleich im Vortragen durch verschiedene Ausdrucksgesten nuanciert; es wird auf diese Weise gewissermaßen auch am Rand des Sprachlichen umspielt. Die Dichte sprachphilosophischer Argumentation und ihre poetisierte Form machen diesen Text einzigartig im umfangreichen Werk des Künstlers: wie ein Scharnier zwischen seinen poetischen und theoretischen Arbeiten.

Das Hin und Her zwischen Diskurs und Poesie spiegelt sich auch in der Editionsgeschichte des „vortrags"; er wird in Ausgaben unterschiedlich kategorisiert: Jörg Drews ordnet ihn in die von ihm edierte Werkauswahl als ‚theoretischen Text' ein. Am Ort der Erstveröffentlichung dagegen, einem von Rühm selbst besorgten Sammelband, erscheint der „vortrag" nicht im Kapitel „theoretisches zur literatur", sondern als „sprechtext".

Gerhard Rühm gehört zu den Dichtern, die ihr eigenes Werk wie auch das anderer Künstler, die für das eigene Schaffen von Bedeutung sind, intensiv erklärend und reflektierend begleitet haben. Es sind von Rühm mindestens 200 Texte an programmatischen Statements und Essays, Konzept-, Methoden- und Werkkommentaren erschienen, an Synopsen zu bestimmten Bereichen seines Schaffens sowie retrospektiven Darstellungen zur eigenen künstlerischen Entwicklung oder zu bestimmten Voraussetzungen in der Tradition, auch im Zusammenhang mit von ihm besorgten Editionsprojekten.

---

[1] Gerhard Rühm: vortrag, in: Ders.: TEXT – BILD – MUSIK. ein schau- und lesebuch. Wien 1984, S. 81–86.

Dass ausgerechnet die Frage nach dem „Verstehen" in einem performativen Text zwischen Poesie und Diskurs thematisiert wird, der wie gesagt in seiner Art einzigartig in Rühms Poetologie ist,[2] entspricht der Argumentation: Kann man sich verständlich machen? Vollständiges Verstehen gebe es nicht. Ebenso wenig könne die Wirklichkeit erfasst werden. Das Verständliche sei nicht das Konkrete, das die Sprache meint, sondern das Abstrakte, das sie ist. Zwar gebe es eine Art sofortigen Verstehens anhand der Mimik des Gegenübers, doch würde sich das einer genauen Beschreibung in Worten entziehen. Also: „kann / man / den zweifel an der sprache mit / der sprache ausdrücken?"[3] Ja, das kann man, lautet die Antwort, nämlich im poetischen Sprachgebrauch.

Ein Aspekt des komplexen Problems „Literatur verstehen" ist das Verhältnis von poetischer Gestaltung und ihrer beobachtenden und beschreibenden Reflexion, etwa mit der Frage, ob und wie weit ein künstlerisches Werk oder Ereignis durch einen erklärenden Text besser verstanden werden kann, ob ihn vielleicht gar eine vermeintliche ‚Kommentarbedürftigkeit' moderner Kunst (Arnold Gehlen) geradezu nötig macht. Umgekehrt ist die Frage nach Verstehen und Verständlichkeit eine Facette des vielschichtigen Beziehungsgeflechts zwischen Kunst und Kunst(selbst)beschreibung. In abstrakter, über das einzelne Werk oder den individuellen Künstler hinausgehender Hinsicht ist die diskursive und vermittelnde Behandlung von Kunst *in der Kunst* seit der Moderne, insbesondere seit den historischen Avantgardebewegungen, ein Phänomen systemischer Selbstreflexion. Diese hat für die Identitätsbildung und Ausdifferenzierung des Kunstsystems und seiner mehr oder weniger speziellen Bereiche zunehmend Bedeutung erhalten.[4] Hier sind Beschreibungen erklärender, kommentierender, kritisierender oder historisierender Art daher in erster Linie als künstlerische Erscheinungen zu sehen. Diese funktionale Zuschreibung ist nicht unwichtig für Beobachtungen und Einschätzungen aus wissenschaftlicher Perspektive, nicht zuletzt, um die gerade in konkreten Fällen nicht immer deutliche

---

[2] Andere Dichter wie beispielsweise Oskar Pastior, die sich ebenfalls ausführlich poetologisch geäußert haben, liefern ausschließlich hoch poetisierte Selbstbeschreibungen.
[3] Rühm: vortrag, S. 83.
[4] Vgl. Niklas Luhmann: Die Kunst der Gesellschaft. Frankfurt a.M. 1995, bes. S. 393ff.

Unterscheidung zwischen wissenschaftlichen und künstlerischen Texten zur Kunst nicht von vornherein zu verwischen.

Man kann die Auffassung vertreten, dass Texte zur Kunst wie die von Gerhard Rühm und vielen anderen Künstlern die Sprachlichkeit als andere Seite der Performanz künstlerischer Praxis ausdifferenzieren. Das betrifft dann Aussagen zu diesen Texten, die Semantik und Programmatik destillieren, sozusagen die ‚Software' für künstlerische Prozesse. Andererseits wird gerade am „vortrag" deutlich, dass diese Sprachlichkeit auch wiederum ihre materiale, performative Seite hat. Hier tut sich ein spannendes Feld auf, das mehr Aufmerksamkeit verdienen würde: die Untersuchung der Materialität und Performativität poetologischen Denkens bzw. überhaupt des Denkens, die Aisthesis der Durchdringung von Poesie und Theorie. Dabei geht es, gerade beim Thema ‚Verstehen', immer auch um das Problem der Sagbarkeit des Unsagbaren. Der „vortrag" endet wie folgt:

> (kleine pause als überlegte ich noch etwas, sei noch nicht zu ende, dann:)
>
> vielleicht könnte man den bekannten schlusssatz des ‚tractatus philosophicus' von wittgenstein so modifizieren: „Wovon man nicht sprechen kann, darüber muss man" singen.[5]

II. Verstehen von Verstehen: Oswald Wiener

Insbesondere Dichtung, die sich für eine poetische Reflexion ihres Mediums, also der Sprache selbst interessiert, hat sich als ausgesprochen theoriefreudig gezeigt. In Verbindung mit der künstlerischen Orientierung auf Material und Gebrauch der Sprache, auf mediale, semiotische, kommunikative wie auch ästhetische Bedingungen oder auf Prozesse der Produktion und Rezeption, entwickelt sich hier seit langem ein überaus vielseitiger Komplex poetologischer Reflexion, Diskussion und Programmatik. Damit ist ein künstlerisch funktionaler Aspekt berührt: nämlich die Selbstvermittlung, die dann in Rezeption und insbesondere in kritischer oder wissenschaftlicher Verarbeitung dankbar aufgegriffen wird. Ein anderer Aspekt liegt sicherlich im Interesse an sprach-, zei-

---

[5] Rühm: vortrag, S. 86.

chen- und medientheoretischer, philosophischer, ästhetischer, politischer oder sozialer Erkenntnis, an Diskurs und intensiver Beschäftigung mit entsprechender Fachliteratur. Darüber hinaus ist überhaupt die enge Nachbarschaft oder Verknüpfung von Kunst und Wissenschaft von Bedeutung, das Verständnis von Poesie als Medium der Beobachtung, vor allem der Selbstbeobachtung, Erforschung und Erprobung mit anderen Mitteln und unter anderen Vorzeichen als in der Wissenschaft. Ein hervorragendes Beispiel dafür ist das essayistische Werk Oswald Wieners.

Wiener, wie Gerhard Rühm Mitglied der Wiener Gruppe und deren theoretischer Kopf, hat sein Hauptwerk „die verbesserung von mitteleuropa, roman" aus dem Jahr 1969 in zahlreichen Essays seit den 1970er Jahren fortgeschrieben, die ein seltenes Beispiel für eine ungemein kenntnisreiche und feinsinnige Poetologie im Flirt mit der Wissenschaft sind: Theorie experimenteller Kunst, kognitive Linguistik, neopositivistische Erkenntnistheorie sowie vor allem Kybernetik und Künstliche Intelligenz bilden die ineinander verschränkten Bezugsrahmen.

Das Problem, auf das diese Essays hinauslaufen, ist das ‚Verstehen des Verstehens'. Und die Methode, die dafür interessanterweise sowohl künstlerisch wie auch wissenschaftlich favorisiert wird, ist die der Selbstbeobachtung. Der Literatur weist Wiener eine klare Funktion im Kontext der Naturwissenschaften zu; sie hat nur Wert, „insofern sie sich dem großen, dem einzigen thema unserer epoche zuwendet: dem begreifen der elementaren mechanismen des verstehens".[6]

Wiener erschließt sich das Problem des Verstehens über die Frage nach dem Funktionieren ‚innerer', also psychischer Prozesse, vor allem solcher, die vorbegrifflich, also nicht sprachgesättigt verlaufen wie zum Beispiel die eigene ‚Ergriffenheit' in der Reaktion auf Musik in Spannung zu ihrer begrifflichen Reflexion. Um sich die Mechanik des Inneren zu erschließen, bedient sich Wiener insbesondere Theorien des Künstlichen: Die Metapher bzw. das Konzept einer universellen unberechenbaren, doch analytisch zerlegbaren (Turing-) Maschine liefert ihm das Modell für die Beschreibung der ‚Inhalte', an denen er sich abarbeitet:

„ich will die elementare bewegung des erlebnisses als maschine sehen. ich will wissen, welche erlebnisse dieser apparat, welche typen von er-

---

6 Oswald Wiener: Wer spricht? In: Schreibheft (1985), Nr. 25, S. 108–111, hier S. 111.

lebnissen er haben kann."[7] Das Verstehen von Verstehen, ein Verstehen zweiter Ordnung, bedeutet für Wiener die Konstruktion von Modellen, die das Verstehen erster Ordnung als Turingmaschinen beschreiben.[8] Und auch diese Modelle selbst sind wiederum nur – konstruktivistisch – als Turingmaschinen beschreibbar. Aus der Unberechenheit dieser Maschinen werden Freiräume der Kreativität begründet, Möglichkeiten der experimentellen ‚Umorganisierung' oder ‚Modulation'.[9] Der Prozess des Verstehens von Verstehen erhält seine Dynamik also aus der komplementären Spannung zwischen (Selbst-) Beschreibungen und Nichtverstehbarem, Unberechenbarem, Nichtbeschreibbarem. Mit dieser Differenz ergibt sich für Wiener die Funktion aktueller Kunst bzw. von ‚Literatur in den Naturwissenschaften'.

Aus dieser Funktionszuschreibung folgt, dass es der Kunst vor allem ums ‚Machen' gehen muss, nicht um die Ergebnisse von Fiktionen oder Simulationen, sondern um den Prozess der Simulation selbst. Das setzt allerdings voraus, dass man sich des mechanischen Charakters des Verstehens bewusst ist und sich als Erlebender oder Verstehender selbst beobachtet. Experimentelle Introspektion ist daher für Wiener – und nicht nur für ihn – die entscheidende Methode künstlerischer Praxis.

III. Verstehen als Selbstbeobachtung: Carlfriedrich Claus

Der Sprachkünstler Carlfriedrich Claus hat in einer einzigartigen Radikalität das Problem des Verstehens von Verstehen als künstlerische Selbstbeobachtung in einer dichten Durchmischung von Theorie und Praxis verfolgt. Seine experimentelle künstlerische Selbstbeobachtung konzentriert sich auf eigene Schreib- und Sprech- bzw. Artikulationsprozesse, d.h. auf die Performanz von Handschrift und Stimme. Ihn interessieren die Zusammenhänge, gerade auch die Schnittstellen zwischen Kognition, Körperlichkeit und Semiose, Bewusstsein und Handeln, ‚inneren' und ‚äußeren' Abläufen und ihre Bedeutung für das ‚Ich' Genannte. Bearbeitet wird, in Claus' Worten, die „rückwärtige Landschaft des in-

---

[7] Ebd., S. 110.
[8] Oswald Wiener: Persönlichkeit und Verantwortung, in: manuskripte (1987), Nr. 97, S. 92–101, hier S. 93.
[9] Ebd. S. 98.

formierenden Ichs".[10] Dabei sind Handschrift und Stimme auf jeweils sehr unterschiedliche kognitive Bereiche gerichtet: auf das Denken einerseits, auf Affekte andererseits. Was nicht heißt, dass nicht auch auf Wechselbedingungen geschaut würde.

Zu Veranschaulichung sei hier die Arbeit an den visuell-poetischen Sprachblättern angeführt: oft mit beiden Händen gleichzeitig, von rechts nach links und umgekehrt, vorne und hinten, normale und gespiegelte Schrift, im Übergang von sprachlichen in bildliche Codes, von theoretischer, konzeptiver Reflexion in spontane, auch rein gestische Expression. Der Schreibprozess wird zugleich sowohl erprobt und beobachtet als auch notiert. Das Schreiben changiert an Grenzen – zwischen Schrift und Zeichnung, Schrift und Geste, zwischen Lesbarkeit, Unleserlichkeit und Unlesbarkeit, Lesen und Betrachten. Auch die Aufzeichnung ist wiederum einerseits Fixierung eines Schreibvorgangs auf der Fläche bzw. im Raum, andererseits Nachzeichnung eines verkörperten Denkvorgangs. Die Sprachblätter sind, deutlich besonders, wo sie als „Denklandschaften" bezeichnet werden, kognitives Kartieren und schriftmediales Kartographieren. Dabei interessiert das Zugleich von Entbindung und Bindung des Denkens im und durch Schreiben.

Selbstbeobachtung ist bei Claus Experiment; das menschliche Leben bedeutet für ihn generell eine dynamische Versuchsanordnung. Er beschreibt dieses Experimentieren mit Begriffen, die weniger der Psychoanalyse als vielmehr mystischen Traditionen der Achtsamkeitspraxis und der Geistesschulung entstammen: mit „Exerzitium" oder „antikontemplative Meditation".[11] In mystischen Traditionen sind Exerzitium und Meditation Formen der Introspektion, die auf möglichst genaue Beobachtung von Bewusstseinsprozessen und ihre Transformation zielen. Die Art, in der Claus das Exerzitium als entscheidende Start- und Vorbereitungsphase im Vorfeld eines Experiments beschreibt, verrät das Studium kabbalistischer, christlicher, fernöstlicher wie auch naturwissenschaftlicher Quellen, stilistisch insbesondere im Versuch, sehr feine mentale Vorgänge wiederzugeben. Über das Exerzitium bemüht sich Claus, in einen Zustand der Wachheit zu kommen, der von gewöhnlichen

---

[10] Carlfriedrich Claus: Notizen zwischen der experimentellen Arbeit – zu ihr. Frankfurt a.M. 1964, S. 13.
[11] Ebd., S. 15f.

(sprachlichen) Kognitionen in ganz andere, sonst nicht bewusste übergehen kann. Erst in dieser feinstofflichen Sensibilität soll dann mit der eigentlichen experimentellen Arbeit, dem buchstäblich Erfahrungmachen in und mit Sprache begonnen werden. Das erklärt auch das „Antikontemplative" dieser Meditation: Indem sie experimentell verfährt, ist sie nicht nur ruhig betrachtend, auch nicht nur erkennend, sondern prinzipiell auf Veränderung und Transformation aus. Selbstbeobachtung heißt hier demnach, sich an entscheidenden Stellen zu durchbrechen und sich im Beobachten anders, neu, buchstäblich autopoetisch hervorzubringen. Selbstbeobachtung ist sozusagen Beobachtung als Verfahren, ist Konzept, Methode, Technologie. Sie ist Beobachtung zugleich erster und zweiter Ordnung: Verstehen des Verstehens. Foucault hat gezeigt, welch große Bedeutung diese Art von Selbstbeobachtung kulturgeschichtlich von der antiken und christlichen „Sorge um sich" bis zur modernen Selbstforschung bzw. -entblößung hat.[12] In der Wissenschaft ist kognitive Selbstbeobachtung als Praxis – abgesehen von ihrer Blüte in der Gründungsphase der Psychologie besonders im Einzugsgebiet der Würzburger Schule[13] – eher die Ausnahme geblieben. Zu problematisch schienen die Objektivierbarkeit und Systematisierung der aus Selbstbeobachtung gewonnenen Daten sowie die Unterscheidung von Daten und Analyse. Doch sind spätestens seit den 1970er Jahren Rehabilitierungen zu verzeichnen, etwa in Form einer schon von Oswald Külpe entworfenen experimentellen „systematischen Selbstbeobachtung".[14] Diese Tendenzen haben ihr Pendant in künstlerischen Ansätzen, wie sie hier kurz vorgestellt wurden. Im Anschluss an konstruktivistische Ansätze nach Maturana und Luhmann ist Selbstbeobachtung letztlich ein trivialer Vorgang, der nur eine Referenzrichtung (Verwendungsweise der Unterscheidung selbst/fremd) im generellen Geschäft des Unterscheidens angibt. Die Frage ist allerdings, wie sich dies, sofern es sich beim Verstehen zweiter Ordnung um die Mitteilung kognitiver Selbstbeobachtungen handelt, kommuniziert. Dafür liefert gerade die Kunst, respektive die Poesie – ähnlich wie die Mystik – faszinierende Möglichkeiten.

---

12 Michel Foucault [et al.]: Technologien des Selbst. Frankfurt a.M. 1993.
13 Vgl. Paul Ziche: Einleitung, in: Ders. (Hg.): Introspektion. Texte zur Selbstwahrnehmung des Ichs. Wien, New York 1999, S. 1–42.
14 Vgl. Noelie Rodriguez, Alan Ryave: Systematic Self-Observation. Thousand Oaks, London, New Delhi 2002.

Der Sinn des (Un)behagens: ein hermeneutischer Gang mit Pessoa und Barthes

TOBIAS BRANDENBERGER

Zu *durchdringen* sei alles, moniert der Hilfsbuchhalter Bernardo Soares, unsteter Flaneur durch die Straßen Lissabons und in seiner scheinbaren Unscheinbarkeit ein besonders schwer greifbares Semi-Heteronym Fernando Pessoas; und Lesen befördere Verständnis auch dort, wo gar nicht zum letzlich zu Verstehenden etwas geschrieben werde: „Tudo se penetra. A leitura dos clássicos, que não falam de poentes, tem-me tornado inteligíveis muitos poentes, em todas as suas cores." (Pessoa 1998, Abschnitt 228)

Dass hier eine solchgestalt durch die Oberfläche hindurch in die Tiefe gehende, zuhanden eines Verständnisses nicht auf den ersten Blick naheliegender, vielleicht irritierender Bedeutungen oder Sachverhalte („a capacidade de compreender quando o azul do céu é realmente verde, e que parte de amarelo existe no verde azul do céu"), gleichsam ins Mark eines Textes zielende Lektüre, ausgerechnet anhand einer Figur angemahnt wird, welche ständig unterwegs ist, getrieben und rastlos, scheint einigermaßen bedeutsam.
Denn den als Buch (ein Buch, das wie sein Autor – Álvaro de Campos *dixit* –, freilich im exakt inversen Sinn, als solches nicht existiert...) zu Lebzeiten Pessoas nicht veröffentlichten, teils winzigen, an Robert Walser gemahnenden Prosafragmenten – sie stellen weiterhin zum Entzücken der Philologen eine ekdotisch komplexe Herausforderung dar – ist als leitendes Konzept eben *desassossego* vorangestellt: ein Begriff, der in seiner schillernden Semantik Lesende und Forschende gleichermaßen zu verunsichern wie zu faszinieren hat, ja in einer Art *mise en abyme* seinerseits genau auf den Punkt voraus- bzw. zurückverweist, um den es uns hier zu tun ist: Literatur verstehen.
Für den philologisch und etymologisch geschärften Blick enthüllt das so schwer zu übersetzende Lexem Bedeutungsschichten, die in verschiedenen Facetten, insgesamt allerdings einhellig auf Prozesse oder Resultate einer Erschütterung von gewonnener Stabilität verweisen: was sich ge-

setzt hat, zur Ruhe, zum Frieden, zur Stille gekommen war, wird in Bewegung gebracht, durcheinander gerüttelt, reaktiviert...

Mit Pessoa oder Soares weitergedacht: Der literarische Text beunruhigt und verunsichert – und er soll dies auch; denn das ihm innewohnende verstörende Moment ist Bedingung zur Erzeugung eines Unbehagens, das dazu herausfordert, eine „capacidade de distinguir e de subtilizar" weiterzuentwickeln, die Verständnis befördert, vor allem aber ein intrinsisches hermeneutisches Verlangen stützt, das Bedürfnis nach eigener Sensibilitätsschärfung bewusst macht, nach Einsicht, Klarsicht, Weitsicht...

Das Konzept der Unrast/Unruhe impliziert essentiell vorausgesetzte Bewegung und Beweglichkeit; im Umkehrschluss wäre zu postulieren, dass das Bedürfnis Literatur zu verstehen auch ein Umgetrieben-Werden befördert, das durchaus vital ist: Literatur verstehen (wollen) heißt dann In-Bewegung-bleiben, bedeutet Agilität, produktives Sich-Einlassen auf die Schwierigkeit des Textes, aber auch genussvolles Sich-Treiben-Lassen.

Wenn auf die produktiven Implikationen eines sehr ähnlichen Konzepts der Unrast auf der anderen Seite des Atlantiks einige Jahrzehnte später auch ein Altmeister der brasilianischen Literaturwissenschaft wie Antônio Cândido rekurriert, der Literatur (und ihre Kritik bzw. Erforschung) als „atividade sem sossego" (Cândido 1973: 61) definiert, so verweist auf den zweiten, nicht minder relevanten Aspekt der Bewegtheit Roland Barthes' im gleichen Jahr (1973) publizierter Essay *Le plaisir du texte*.

Die Unruhe, die den Portugiesen antrieb, wird hier modifizierend in zweierlei Lust überführt: vom Unbehagen ins Genießen, in den freudiglustvollen *accessus ad textum*, der aber gleichwohl am Moment der Irritation durch das Noch-Nicht-Erschlossene teilhat... und uns ebenso eine mögliche Antwort auf die Frage nach dem Sinn des Verstehens von Literatur offeriert.

Das hermeneutische Element steht bei der ersten Art durchaus im Vordergrund: *plaisir* als Text-Lust anlässlich einer im Idealfall versichernden Sinnherstellung verspricht eine bereichernde wie beglückende Erfahrung für den Leser.

Ungewohnter, stärker der zweite Grad einer Zuwendung und Auseinandersetzung angesichts eines provozierenden Texts –wobei die beiden Stufen nicht definitiv unterschieden sein müssen („il y aura toujours une marge d'indécision", Barthes 1973: 10)–: *jouissance* als Text-Wollust, eine erotische Hingabe oder Hingerissenheit (*ravissement*) des aufgewühlten, fassungslosen Lesers im Lese-Akt, das Ringen mit einem *texte intenable*. Und die Etikettierung der *jouissance* als gleichermaßen *in-dicible* wie *inter-dite* erweist das Potential an Transgression, das so der Lektüre eingeschrieben wird...

Traditionelleres *plaisir* zum einen, radikalere *jouissance* zum anderen: mit der „possibilité d'une dialectique du désir" (11) provozieren, verstören, verführen sie beide, eventuell zusammengleitend in ein Kontinuum von genießerischem, auch sinnenfrohem Zu-Verstehen-Suchen. Dabei trägt das Nicht-Gleich-Zugänglichsein bzw. das Gar-Nicht-Zugänglich-Werden, mithin die Widerständigkeit des Textes während des an ihn herangetragenen Akts einer erfolgreichen oder zugunsten quasi-erotischer Verwirrung aufgegebenen Bedeutungszuweisung dezidiert zur Woll/Lust bei. Verstehen von Literatur wird damit auch zum sinnlichen Erobern(-Wollen): von Bedeutung wie auch – um hiermit zum herumstreifenden Hilfsbuchhalter zurückzukehren – von anderen, neuen Welten: „Ler é sonhar pela mão de outrem" (Pessoa 1998, Abschnitt 229).

Nicht der kleinste Reiz der Literatur besteht in der Herausforderung an die Rezipienten, sich durch ihre Manifestationen in Unruhe versetzen zu lassen: Unbehagen wie Behagen als mögliche Ergebnisse wären gleichermaßen legitime Konsequenzen des Suchens nach Sinn.

Barthes, Roland: Le plaisir du texte. Paris 1973.
Cândido, Antônio: Timidez no romance, in: Alfa 18/19 (1973), S. 61–80.
Pessoa, Fernando: Livro do desassossego. Composto por Bernardo Soares, ajudante de guarda-livros na cidade de Lisboa. Hg. von Richard Zenith. Lisboa 1998.

Literatur – ein Tor zur Welt

HELGA BRANDES

Das Bedürfnis des Menschen, das Leben und die Welt zu verstehen, macht auch vor kulturellen Erscheinungsformen nicht halt. Musik, Kunst oder eben auch Literatur – ältere und neuere – werfen Fragen auf, die beantwortet werden wollen. Wenn es um das Entschlüsseln und Verstehen (insbesondere) literarischer Texte geht, spielt die klassische Hermeneutik eine zentrale Rolle, die allerdings in Zeiten der Postmoderne an Attraktivität verloren hat. ‚Alles ist möglich' heißt es da; das klingt zwar verlockend, stößt aber als methodischer Ansatz aus meiner Sicht als Literaturwissenschaftlerin bald an seine Grenzen. Die Gefahr der Unverbindlichkeit ist dabei sehr groß
Mein Plädoyer geht in eine andere Richtung: Literatur will als ein Dokument ihrer Zeit verstanden, d.h. interpretiert werden. (Das schließt – danach – einen möglichen Bezug zur Gegenwart des Lesers nicht aus.) Sollen spontane, subjektive Assoziationen, die ein Text auslösen kann, aber nicht in reine Spekulationen über ihn enden, ist es zielführend, sich von seinen Besonderheiten (vor allem in historischer, sozialer, politischer, ästhetischer Hinsicht) ein Bild zu machen. Die Vielfalt von Lesarten kommt mittels der so praktizierten *historischen Diskursanalyse* nicht zu kurz – das zeigen auch die Erfahrungen im studentischen Seminar. Fazit: Weder beliebige, unverbindliche, rational nicht nachvollziehbare Literaturdeutungen im luftleeren Raum noch dogmatisch-ideologisch eingeengte Verständnisvorgaben sollten den komplexen Prozess des literarischen Verstehens bestimmen.
Auf einen Bereich des literarischen Lebens und Literaturverstehens sei noch hingewiesen: die Funktion von Literatur als ‚Tor zur Welt'. Das Medium ‚Literatur', das die nationalen Grenzen überwindet und geeignet ist, den Horizont des Lesers zu erweitern, ist nur dank der Kunst kongenialer *Übersetzung* möglich.

Vom Lesen, Essen und Verstehen der Literatur im Mittelalter

CLAUDIA BRINKER-VON DER HEYDE

> Ich lebe in Buchstaben, Buchstaben nicht kenn'
> Ich lebe in Büchern, kein Wissen errenn,
> Verschlinge die Musen, kein Weisheit erkenn.
> (Silo Beatus [1091])

Niemand anderer als der Bücherwurm ist es, der sich so respektlos durch die mühevoll von Hand beschriebenen Pergamentseiten hindurchfrisst. Nichts ist ihm heilig, ihm geht es nicht um Inhalte, nicht um Verstehen, sondern nur um sein leibliches Wohl. Und dafür zerstört er alles, was ihm vor sein gefräßiges Maul kommt. In mittelalterlichen Bibliotheken war er gefürchtet ob seines Heißhungers, mit dem er nicht nur wertvolles Material vernichtete, sondern vor allem auch all die Geistesblitze, Ideen, Entdeckungen, Phantasien, die je gedacht und niedergeschrieben wurden. Doch beinahe genauso gefürchtet waren menschliche Bücherwürmer, die zwar alles lesen, aber nichts davon verstehen wollen und damit Buch und Schrift genauso zerstören wie *der Hagelsturm die Ernte des Landes* (Silos Beatus). Und darum fragt ein mittelalterliches Buch gerne nach, wenn es jemand aufgeschlagen hat:

> Wer hat mich guoter uf getan,
> ist es ieman, der mich kann
> Beidiu lesen und verstên
> [Welch angesehener Mensch hat mich aufgeschlagen?
> Ist es jemand, der mich lesen und verstehen kann]
> (Wirnt von Grafenberg: *Wigalois* [um 1220/30], v. 1ff.)

Gutwillig möge dieser jemand sein, auch mal großzügig über Makel hinwegsehen und vor allem solle er das Gelesene nicht verfälschen, so wie es die Bösen tun, die auch noch das Beste mit ihrer Kritik kaputt mache (ebd., vv. 4ff.). Denn die lesen zwar die einzelnen Buchstaben, Wörter und Sätze, aber sind entweder nicht im Stande, den eigentlichen Sinn hinter den Zeichen zu entdecken, oder wollen absichtlich missverstehen (ebd., vv. 11ff.). Damit aber ist ihre Lektüre zu nichts nutze, weder für die Lesenden selbst noch für das vor ihnen liegende Buch, das gleichsam eine Verkörperung dessen wird, der es geschrieben und sich so redlich bemüht hat, den Sinn der meist ja schon bekannten Geschichte herauszuarbeiten. Und als eine solche Verkörperung des Autors hat das Buch eine Zunge und einen Mund, mit denen es spricht (Hartmann von Aue, *Die Klage*, um 1200), und hat Beine und Arme, mit denen es sich auf die Reise zu einer *frouwe* oder auch zu einem neuen Herrn machen kann, dem es sich auf den Schoß setzt in der Hoffnung, gut aufgenommen und nicht einfach in eine dunkle Kiste eingesperrt zu werden (Thomasin von Zerclaere: *Der Wälsche Gast* [1215/16], v. 14694ff.). Wer ein Buch besitzt, der hat also, abgesehen vom Prestigegewinn, auch und gerade Verantwortung dafür. Lesen ist nicht einfach eine nette Freizeitbeschäftigung zwecks Erholung, nein: Lesen bedarf hoher Konzentration und verlangt den Einsatz des ganzen Körpers. Denn nicht nur die Augen bewegen sich von links nach rechts, auch die Lippen bilden murmelnd die Buchstaben und Worte, der Leib wiegt sich im Rhythmus des Lesens, die Zähne kauen an den Buchstaben, der Rachen verschlingt gierig das Erzählte, weil sich der Lesehunger nicht mehr zügeln lässt. Nicht immer ist allerdings das Einverleibte so leicht verdaulich wie für den Bücherwurm, denn wer so liest, der isst ja mit Verstand und der bemerkt jeden bitteren Beigeschmack. Aber wenn nur lange genug an jedem Bissen gekaut wird, dann liegt der zwar vielleicht schwer im Magen, schmeckt aber im Mund süß wie Honig (Heinrich von Hesler: *Apokalypse* [Ende 13. Jh.], vv. 15308ff.).

Texte Verstehen gehört also wie Essen und Trinken zum (Über)Leben. Anders aber als der nur um seine Leibesfülle besorgte Bücherwurm wählt der verständige Leser nicht nur wohlschmeckende Brocken, sondern nimmt auch Schwerverdauliches in den Mund, wohl wissend, dass man es nur lange genug darin behalten muss, um im Abgang dann ein unvergleichliches, geradezu spirituelles Geschmackserlebnis zu haben. Aber ein solches *verstehen ist nicht gemeine* (Thomasin von Zerclaere: *Der Wälsche Gast*, v. 9328), ist nicht jedem möglich, sondern nur wenigen vorbehalten, wie etwa den *edelen herzen*, die in der Lektüre über die Liebe, das Leiden und das Sterben von Tristan und Isolde, wie es Gottfried von Straßburg erst nach intensivem Quellenstudium ‚richtig' erzählen kann, nicht nur Linderung des eigenen Kummers und Leids finden, sondern denen das Lesen *süeze alse brôt* (Gottfried von Strassburg: *Tris-*

tan [um 1210], v. 236) und damit zu einer eigentlichen Heilserfahrung wird.

Nicht Lesen allein ist also für mittelalterliche Menschen die eigentliche Kulturleistung, sondern Verstehen. Denn wer falsch versteht, der versteht auch die Welt nicht, die direkt vor seinen Augen liegt und in der er lebt. Wer aber richtig versteht, wem mit der *mære so reht wol* ist (Hartmann von Aue: *Iwein* [um 1200], vv. 56f.), der erfährt sogar mehr als diejenigen, die einstmals das, was erzählt wird, wirklich erlebt haben (ebd., v. 58).

Aber was ist denn dieses immer wieder angemahnte ‚richtige' Verstehen? Es ist die Fähigkeit, hinter den bloßen Buchstaben mindestens eine weitere Sinnebene zu entdecken, die – so die mittelalterliche Überzeugung – Gott jedem Ding und damit auch den Buchstaben und Wörtern zugewiesen hat. Und nur wer diese entdecken kann, der kennt die Welt wirklich, weil er nicht nur ein Ding *benennen* kann, sondern auch dessen *Bedeutung* kennt. Ins Profane gewendet heißt Literatur verstehen für mittelalterliche Leser also nicht mehr und nicht weniger als die Welt oder besser die Welten hinter den bloßen Buchstaben zu entdecken, sich einzuverleiben und auf diese Weise mehr über sich oder den Sinn bzw. Unsinn des Lebens zu erfahren als dies die ‚reale' Welt je vermöchte.

Warum Literatur lesen?
Ein Dialog

THOMAS BREMER

A *Warum um Gottes willen soll ich das alles lesen? 300 Seiten? Womöglich in einer Fremdsprache, wo ich ständig Wörter nachschlagen muss?*

B Weil es nützlich ist für dein Leben, auch wenn du's nicht glaubst. Aus mindestens drei Gründen:

1. der historischen Erkenntnis wegen. Ist vielleicht nicht der wichtigste Grund, ist dafür aber relativ offensichtlich. Es ist nützlich zu wissen, was Leute früher gedacht und gefühlt haben. Ich will gar nicht kommen mit der ‚Historizität des Emotionalen' und seiner Bedeutung heute. Aber unsere ganze kulturelle Identität, und unter anderem eben auch ‚unsere' (immer als so individuell und ‚frei' gedachten) Gefühle haben historische Wurzeln. Mit anderen Wurzeln würden wir anders fühlen. Ohne Nationalitätsdiskurse des 19. Jahrhunderts würden wir nicht ‚deutsch' empfinden. Ohne die Zuschreibung nationaler Stereotype würden wir nicht als ‚deutsch' (pünktlich, organisiert, eher humorlos ...) empfunden. Und das ist nur die Seite der Empfindungen, und nur derjenigen mit nationaler Konnotation. Die Frage nach der Nützlichkeit, frühere Texte zu lesen, ist vergleichbar mit der Frage nach der Nützlichkeit, ins Museum zu gehen. Alles andere, was man hier noch sagen könnte, lass ich weg (wäre unter vielem anderen eine schöne Gelegenheit für einen Exkurs zur Theorie des Museums und des Sammelns, vom Aufrollen einer Theorie der historischen Erkenntnis unter besonderer Berücksichtigung beispielsweise Nietzsches ganz zu schweigen ...) und behaupte nur: Wer etwas über sein Herkommen weiß, versteht auch eher das von anderen.

Was uns übrigens im Ultrakurzverfahren zu 2. bringt, nämlich zu 2. der interkulturellen Erkenntnis. Erkenntnis der Differenz ist das wichtigste Element in der Herausbildung einer eigenen Identität, und zwar nicht nur einer ‚nationalen', sondern auch einer individuellen, privaten. Wo bitte sollen Toleranz und Akzeptanz herkommen, wenn nicht aus der Erkenntnis, dass andere anders sind, aber dabei vielleicht gar nicht schlechter? Und das vor allem in einer Zeit der ‚Globalisierung' (die ja im engen Erfahrungsraum des eigenen Ich beim Auslandsurlaub und Erasmus-Aufenthalt anfängt)? Ist übrigens ein Aspekt, der immer wichtiger wird, selbst nordamerikanische Militärs sehen das inzwischen ein. Es gibt die hübsche Geschichte, wie Nixon ‚auf chinesisch' chinesische Staatsgäste zum Abendessen eingeladen hat, leider mit den Schriftzeichen, die in China verboten waren. Man würde meinen, auch damals hätte es in den USA genug Sinologen gegeben, die ihm das hätten sagen können; hätt' man halt fragen müssen. Auch Obama wird womöglich in einer stillen Stunde überlegen, wieviel Geld er hätte sparen können, wenn er Kenner der afghanischen (oder der irakischen oder der ...) religiösen Situation *vor* einem Einmarsch gefragt hätte und nicht nur exklusiv englischsprachige Militärs unter exklusiv ‚strategischem' Aspekt der Überwältigung ... Nicht *allein* Literatur bedeutet interkulturelle Erfahrung, aber sie ist ein Teil davon, und sie vermittelt sie. Und interkulturelle Erfahrung kann man nie genug haben; unter anderem erleichtert sie das (kulturelle Zusammen-)Leben.

A   *Aber Punkt 3 ist nicht etwa Lebenspraxis, oder?*

B   Doch, natürlich. Man könnte es
3. ästhetische Erfahrung nennen, aber wenn du willst, kann mans auch niedriger hängen und sagen: wer verstanden hat, wie literarische Texte ‚gemacht' sind, versteht auch, wie politische gemacht sind. Wer weiß, wie ein Roman funktioniert und wie er geschrieben ist, um genau so zu funktionieren, wie das der Autor gewollt hat, erhält – ohne es groß zu merken, ich nenne das immer die verdeckten Lernziele – ein ‚Wissen vom Text', mit dem

er auch auf Wahlaussagen jedenfalls nicht sofort und ganz naiv und unvermittelt reinfällt. Wenn man gewöhnt ist, sich bei Literatur ‚was zu denken', denkt man sich (sozusagen routinemäßig) auch bei anderen Texten was.

Ist übrigens nur eins der lebenspraktischen Elemente. Wenn man ein paar gute Texte mit Liebesszenen gelesen hat, gerät einem das eigene Liebesgeständnis im Leben vielleicht auch nicht so plump.

(Ich gebe zu, es ist ein Totschlagargument: „lies, bevor du deiner Lotte die Liebe gestehst, erst mal den Werther", könnte man auch erweitern und sagen: „und zieh dir einen gelben Frack an und bring dich nach dem Geständnis um, das ist auch vorformuliert ..." Vielleicht ist das Argument nicht völlig richtig, aber falsch ist es trotzdem nicht. Literatur führt zur Differenzierung der Selbstwahrnehmung durch die kritische Rezeption vorformulierter Rollenmodelle, wenn dus etwas wissenschaftlicher willst. Hartmut von Hentig, der heute straff auf die 90 zugehende und nicht mehr so häufig wie früher zitierte Pädagoge, hat das „die Dialektik von Spielraum und Ernstfall" genannt, da ist definitiv was dran. „Symbolische Konflikterfahrung und Konfliktlösung" und so, aber eben auch Vorformulierung von emotionaler Erfahrung, Einfühlung in das Denken des Anderen/Empathie, all sowas; das übrigens auch in interkultureller Hinsicht, siehe oben.)

A *Und deshalb Literatur- und Kultur-Wissenschaft? Drei, vier, fünf Jahre Lebenszeit?*

B Die einfache Antwort ist: Aus der Lernforschung wissen wir, dass der Mensch alles, so ziemlich absolut alles, mit 10.000 Stunden Studium verstehen kann und zum einschlägigen Experten wird. Insofern ist die Frage 10.000 Stunden Atomphysik oder 10.000 Stunden Literaturwissenschaft eine relative nach den individuellen Interessen. (Und 10.000 Stunden netto, das nur am Rande und für Rechenschwache, ist – wenn man Schlafen, Essen, Facebook Aktualisieren, Musikhören, Rumhängen,

Kneipe und Feiern rausrechnet – deutlich mehr als drei Jahre Bologna.)

Nu isses Quatsch, die Wichtigkeit von Atomphysik gegen die von Literaturwissenschaft auszuspielen. Wie gesagt, Nixon, Obama; die größere Förderung von Geisteswissenschaften hätte vielen Gesellschaften viel Geld gespart, aber das ist eine zumindest partiell andere Diskussion. Die Zeit, wo auch Politiker rausfinden werden, dass womöglich nicht nur die Position in der Grundlagenforschung zur Nanotechnologie, und zwar unter den 10.000 daran beteiligten Universitäten, die alle im selben Feld um die Wette rennen, deren ‚Exzellenz' bedeutet, wird nicht mehr zu meinen aktiven Zeiten passieren, aber womöglich immerhin noch zu meinen Lebzeiten...

Aber: Vertieftes Verständnis bedeutet auch eine dazugehörige Technik. Selten hat ein Werbespruch so viel Richtigkeit gehabt wie „Man sieht nur, was man weiß". Könnte man auch anders formulieren: zum Beispiel mit Habermas als die Relevanz des Erkenntnisinteresses. Mit Gadamer als Relevanz des hermeneutischen Prozesses. Mit Foucault als historischen Ort der Episteme. Mit Bourdieu: als deren sozialen Ort. Undsoweiterundsofort. Kurz gesagt: wer soll dir Fragetechnik beibringen, wenn nicht Wissenschaft? Und wie willst du was rauskriegen ohne Fragestellung? „Historizität der Episteme", sozusagen? Und die gibt's lebenszeitlich nicht im Crashkurs. Denn: manche Erfahrungen muss man selbst machen. Ohne Anleitung geht's nicht, aber ohne eigene Erfahrung gibt's halt keine.

A   *Und wo bleibt das Vergnügen?*

B   Schwierig zu vermitteln, jenseits des schon Gesagten eher ein Fall für Fortgeschrittene. Ein berühmter Burg-Schauspieler, der neulich gestorben ist, hat gesagt, es sei ihm immer eine Freude gewesen, „einer Silbe nachzuspüren", und es gebe die „Lust, ein Komma zu sprechen". Das ist die Dimension des Performativen von Literatur. Können wir hier jetzt aber nicht weiter ausführen.

A   *Und was bleibt dann insgesamt?*

B   Zentral bleibt das Paradox der Literaturwissenschaft, dass es eine Katastrophe ist, wenn das Komma in der kritischen Edition am falschen Platz steht. Und dass andererseits Dreiviertel der Weltbevölkerung gar nicht wissen, was ein Komma ist, und damit problemlos auch leben können. Darüber kommen wir nicht weg.

Schimpfen und Lieben. Zu zwei Gedichten von Robert Gernhardt und Sibylla Schwarz

GESA DANE

Literatur kann als eine Form der Selbstdeutung der Kultur einer Gesellschaft verstanden werden. Sie gehört damit, wie etwa das Recht, die Sprache, wie Kunst, Religion und Mythos zu den „Grundformen des Weltverständnisses".[1] Diesen ist gemeinsam, dass sie als jeweils eigenständige Formen der Darstellung von Wissen, von Normen, Praktiken und Haltungen verstanden werden können. Dabei werden Phänomene nicht nur dargestellt, sondern auch sprachlich gedeutet und reflektiert. Literarische Texte sind allerdings keine schriftlichen Dokumente wie etwa Chroniken oder Gerichtsakten. Literatur greift auf andere Darstellungsmöglichkeiten zurück und verfolgt andere Wirkungsintentionen als diese. Literatur steht in vielfältigen gattungs- und formgeschichtlichen Bezügen, die sich von denen anderer schriftlicher Überlieferungen unterscheiden. Nicht zuletzt hat sie eigene Wirkungsmöglichkeiten und Kommunikationsformen.

Wie verhalten wir uns gegenüber schriftlichen Dokumenten? – Wir rezipieren sie. Mit Blick auf Literatur schließt dies immer häufiger neben der Lektüre auch die akustische Rezeption ihres Vortrags ein. Eine Gemeinsamkeit beider Rezeptionsweisen – Lektüre und Vortrag – liegt darin, dass nicht einfach diffuse Zeichen oder Geräusche wahrgenommen werden, vielmehr werden „stumme Schriftzeichen in Lautzeichen" transformiert, „nach bestimmten lautlichen Regeln" und „nach Kriterien der Bedeutung und des Sinns".[2] Das Verstehen von Texten, auch von literarischen Texten, setzt das Verständnis ihrer Rhetoriziät, des Aufbaus und der formalen Strukturen voraus.

Wie sehr das Verstehen eines lyrischen Textes, also eines Gedichtes, von sprachlichen, historischen und formalen Voraussetzungen abhängen

---

1 Ernst Cassirer: Goethe und die mathematische Physik (1921), in: Idee und Gestalt: Goethe, Schiller, Hölderlin, Kleist, Darmstadt 1989, S. 33–80, hier S. 70.
2 Johannes F. Lehmann: Literatur lesen, Literatur hören. Versuch einer Unterscheidung, in: Text + Kritik, Heft 196: Literatur und Hörbuch, September 2012, S. 3–13, hier S. 3.

kann, zeigt ein Blick auf zwei Gedichte. Das eine stammt von Sibylla Schwarz (1621–1638), das andere hat Robert Gernhardt (1937–2006) verfasst. Das Sonett von Schwarz wurde im Jahre 1650 postum erstmals veröffentlicht,[3] Gernhardts mehr als 350 Jahre später, im Jahr 1974. Der Titel, den er ihm mitgab, stellt einen Bezug zum zeitgenössischen kritischen Diskurs her, spielt er doch auf eine in intellektuellen Kreisen höchst angesehene Reihe im Suhrkamp Verlag an und schlägt zugleich einen großen historischen Bogen zur italienischen Renaissance:

Materialien zu einer Kritik der bekanntesten Gedichtform italienischen Ursprungs

Sonette find ich sowas von beschissen,
so eng, rigide, irgendwie nicht gut;
es macht mich ehrlich richtig krank zu wissen,
daß wer Sonette schreibt. Daß wer den Mut

hat, heute noch so'n dumpfen Scheiß zu bauen;
allein der Fakt, daß so ein Typ das tut,
kann mir in echt den ganzen Tag versauen.
Ich hab da eine Sperre. Und die Wut

darüber, daß so'n abgefuckter Kacker
mich mittels seiner Wichserein blockiert,
schafft in mir Aggressionen auf den Macker.

Ich tick nicht, was das Arschloch motiviert.
Ich tick es echt nicht. Und wills echt nicht wissen:
Ich find Sonette unheimlich beschissen.[4]

Stilistisch ist dieses Gedicht offenkundig in einer Umgangssprache gehalten, die bereits wieder historisch wirkt, aber dennoch als solche erkennbar ist. Nur das erste, im weiteren Verlauf noch zweimal wiederholte Wort des Gedichts ist davon ausgenommen: Sonette. Den gesamten Rest

---

[3] Schwarz' Wunsch nach anonymer Publikation war durch ihren frühen Tod hinfällig geworden, dazu: Gisela Brinker-Gabler: Sibylla Schwarz, in: Dies. (Hg.): Deutsche Dichterinnen vom 16. Jahrhundert bis heute. Gedichte und Lebensläufe. 2. erg. und aktualis. Ausg. Köln 2007, S. 97.
[4] Robert Gernhardt: Materialien zu einer Kritik der bekanntesten Gedichtform italienischen Ursprungs, in: Ders.: Gedichte 1954–1994. Zürich 1996, S. 116f. (zuerst: 1974).

des Gedichts könnte man für eine gereimte Anhäufung von grobianischen, besonders fäkalischen Schimpfwörtern halten – und dies ist er auch. Doch der Text geht darüber hinaus. Denn Gernhardt hat seinen Spott über eine traditionelle lyrische Gattung und zugleich über eine Milieusprache, den Soziolekt der Generation der 68-ger, in eine höchst kunstvolle Form verpackt, eben in die Sonett-Form. Damit wird in gewisser Weise das dementiert, wovon er spricht. Wie gelingt dies? In den beiden Terzetten intensivieren sich die fäkalischen Schimpfausdrücke und erzeugen eine gewisse Steigerung innerhalb des Textes, auch weil er mit einer leicht veränderten Wiederholung des Eingangsverses endet. Der Alltagsjargon wird eingefangen und in eine bekannte Form gebracht, so dass am Ende derjenige, der hier spricht, selber zu den ‚abgefuckten Kackern' gehört. Das Geschimpfe bezieht ihn mit ein, damit vollzieht dieses rüde Gedicht eine subtile Volte. Es wird autoreferentiell. Weshalb die Form eben durch und im Zuge dieser Schimpfereien überlebt, wird immer rätselhafter, und die im Titel angekündigten „Materialien zu einer Kritik" enthüllen ihren Widersinn: Trotz aller Kritik ist diese Form nicht abzuschaffen oder totzuschweigen, sie schreibt sich selbst noch in ihrer Selbstkritik weiter. Das ist das Kunstvolle dieses Beispiels – zu zeigen, dass künstlerische Formen gerade in den und dank der Attacken auf sie überleben. Kunst und besonders Verskunst bedarf immer wieder dieses berserkerhaften kulturrevolutionären Beginnens, um festzustellen, dass sie eine neue Wendung der Tradition bedeutet: Nur Aussteigen ist eben nicht möglich.

Auch wenn Gernhardts Text möglicher Weise im Jahr 2014 nicht mehr provoziert: Friedhelm Kemp hat vor mehr als einem Jahrzehnt in seiner großen Studie über die Gedichtform Sonett den Autor Gernhardt nicht namentlich nennen wollen und ihn als jenen „deutsche[n] Dichter" bezeichnet, der „die Hälfte seines Ruhmes einem Scheltsonett auf das Sonett" verdanke.[5] Diese Deutung nimmt einseitig eine Provokation wahr. Die scharfsinnige Autoreferentialität und Selbstironie dessen, der da schimpft, und das damit verbundene Selbst-Dementi bleiben ausgeblendet. Gegen wen richtet sich das Gedicht? Und könnte das Signalwort ‚Kritik' im Titel nicht eine Falle sein, insofern es hier gerade nicht eine

---

[5] Friedhelm Kemp: Das europäische Sonett. Göttingen 2002, Bd. 1, S. 16.

abwertende Beurteilung bedeutet, sondern vielmehr im Sinn von ‚Prüfen' und ‚Von-einander-Unterscheiden' verstanden werden muss?

Ist Lieb ein Feur

Ist Lieb ein Feur / und kan das Eisen schmiegen /
bin ich voll Feur / und voller Liebes Pein /
wohrvohn mag doch der Liebsten Hertze seyn?
wans eisern wär / so würd eß mir erliegen/
    wans gülden wär / so würd ichs können biegen
durch meine Gluht; solls aber fleischern seyn /
so schließ ich fort: Eß ist ein fleischern Stein:
doch kan mich nicht ein Stein / wie sie / betriegen.
    Ists dan wie Frost / wie kalter Schnee und Eiß
Wie presst sie dann auß mir den Liebesschweiß?
Mich deucht: Ihr Herz ist wie die Loorbeerblätter /
Die nicht berührt ein starker Donnerkeil /
Sie / sie verlacht Cupido dein Pfeil;
Und ist befreyt für deinem Donnerwetter.[6]

Das von Sibylle Schwarz hinterlassene Gedicht „Ist Lieb ein Feur?" ist ein regelmäßig gebautes Sonett, wie es nach Martin Opitz' *Buch von der deutschen Poeterey* (1624) auch in Deutschland üblich war. Es ist in präzise alternierenden 5-hebigen Jamben verfasst, die beiden Quartette jeweils mit umgreifendem Reim, anstelle von zwei Terzetten ein Verspaar mit einem Paarreim und darauf ein weiteres Quartett mit einem umgreifenden Reim. Schwarz zeigt in diesem Sonett einmal mehr, wie sie diese Form beherrscht. Auch Bildlichkeit und Rhetorik des Gedichts sind zunächst nichts Ungewöhnliches: Es drückt die Verwirrung durch die Liebe aus, mit paradoxen Wendungen, scharfsinnigen Schlüssen und Vergleichen, wie sie erstmals von Petrarca entwickelt und von Opitz in die deutsche Sprache übertragen worden sind. Dies mag an einer Petrarca-Übersetzung von Martin Opitz deutlich werden:

Aus dem Italienischen *Petrarchae*

ISt Liebe lauter nichts / wie daß sie mich entzündet?
Ist sie dann gleichwol was / wem ist jhr thun bewust?

---

[6] Sibylla Schwarz: [Ist Lieb ein Feur], in: Dies.: Deutsche Poetische Gedichte. Hg. von Samuel Gerlach. 2 Tle. Danzig 1650. Neudruck hg. von Helmut W. Ziefele. Frankfurt a. M. 1980, Oiii.

Ist sie auch recht und gut / wie bringt sie böse Lust?
Ist sie nicht gut / wie daß man Freudt auß jhr empfindet?
Lieb' ich gar williglich / wie daß ich Schmertzen trage?
Muß ich es thun / was hilffts / daß ich solch trawren führ'?
Thue ichs nicht gern / wer ists / der es befihlet mir?
Thue ich es gern / warumb / daß ich mich dann beklage?
Ich wancke / wie das Gras / so von den kühlen Winden
Umb Vesperzeit bald hin geneiget wird / bald her.
Ich walle wie ein Schiff / daß in dem wilden Meer
Von Wellen umbgejagt nicht kan zu Rande finden.
Ich weiß nicht was ich will / ich will nicht was ich weiß /
Im Sommer ist mir kalt / im Winter ist mir heiß.[7]

Schwarz' Beschreibung der Liebe nimmt, wie Opitz' Petrarca-Sonett, von der Hitze der Leidenschaftlichkeit ihren Ausgang und stellt Wenn-dann-Relationen auf, mit impliziten Vergleichen: Wenn Liebe Feuer ist und Eisen schmelzen kann, so fragt sich das lyrische Ich in der ersten Strophe, aus welchem Stoff ist dann der Liebsten Herz gemacht? Wenn es eisern wäre, würde es dem Feuer erliegen und schmelzen. Die zweite Strophe fährt mit Fragen fort, ohne Antworten zu finden: Wäre das Herz der Geliebten aus Gold, so wäre es in der Glut geschmolzen. Wenn es denn menschlich, nämlich aus Fleisch, sein sollte, müsste es wohl „ein fleischern Stein" sein, wie es in einem Oxymoron heißt, doch könnte ein Stein das Ich nie so „betriegen", wie die Geliebte dies kann. ‚Betriegen' meint aber nichts anderes als den ‚Wahn', die falschen Vorstellungen in demjenigen zu erwecken, der in seiner Leidenschaft – laut barockstoizistischer Affektenlehre – gefangen ist. Die beiden Quartette schließen also mit der vollständigen Ratlosigkeit des Liebenden, ja steigern diese bis zur Verdichtung in einer paradoxen Bildlichkeit, die logisch nicht mehr nachvollziehbar ist. Welche Auflösung bringt der Schluss des Gedichts? Die beiden durch Paar-Reim gebundenen Verse vergegenwärtigen das Dilemma des Liebenden zunächst noch einmal mit einem der üblichen Bilder aus der petrarcistischen Liebesparadoxie. Allerdings wird die Blickrichtung umgekehrt, da nun von der angesprochenen Geliebten ausgegangen wird: Wenn dieses Herz denn aus Frost, kaltem Schnee

---

[7] Martin Opitz: Sonnet. Auß dem Italienischen *Petrarchae*, in: Albrecht Schöne (Hg.): Das Zeitalter des Barock. Texte und Zeugnisse. Studienausgabe. München 1988, S. 716.

oder Eis ist, wie vermag es dann „Liebesschweiß" bei dem Liebenden auszupressen? Wie kann das Kalte Heißes, ja Glühendes evozieren? Im anschließenden Quartett muss nun – nach dieser Steigerung der Ratlosigkeiten und fehlgreifenden Vermutungen – endlich die Auflösung erfolgen und eine Antwort auf die initiale Frage gegeben werden. Und das tut Schwarz' Sonett auch, indem es sich des in Emblembüchern tradierten Wissens bedient:

INTACTA VIRTUS.

Sic illaesa malis constat pulcherrima virtus:
Laurus ut est diris integra fulminibus.

Unantastbare Tugend

So steht, unverletzt durch das Böse, die herrliche Tugend da – wie der Lorbeerbaum unversehrt bleibt, wenn die furchtbaren Blitze zucken.

Abb. aus: Arthur Henkel / Albrecht Schöne (Hg.): Emblemata. Handbuch zur Sinnbildkunst des XVI. und XVII. Jahrhunderts. Stuttgart 1967 (Sonderausgabe 1978), Sp. 204.

Lorbeerblätter widerstehen dem Blitzschlag, was sowohl moralisch als auch allegorisch gedeutet werden kann: Die durch den Lorbeer bekränzte Tugend ist gegen Schicksalsschläge immun und gegen Zufälle der leidenschaftlichen Liebe gesichert.

Die letzten vier Verse von Schwarz' Gedicht exponieren diese Perspektive: Das Herz der Angebeteten ist wie die Lorbeerblätter, die der Blitz gar nicht berühren kann. Jener Gedanke wird noch überboten, denn die Geliebte verlacht solche Blitzespfeile sogar, wie sie Amors Sendbote Cupido auf die Menschenherzen abfeuert. Damit ist sie „befreit" nicht nur von jedem Blitzeinschlag, sondern auch von dem „Donnerwetter", also den Folgen von Cupidos Treffern. Ist dies nun nur eine besondere Immunität, die Teil der gänzlichen Empfindungslosigkeit und Kälte der Geliebten ist? Oder muss man nicht, wenn man der moralisch-allegorischen Deutung der emblematischen Bildlichkeit folgt, noch zu einem ganz anderen Schluss gelangen? Zu dem nämlich, dass das Herz der Geliebten gegen erotische Anfechtungen geschützt ist und, im barockstoizistischen Verständnis, sich gegenüber dem Wahn der Affekte in seiner Tugendhaltung als beständig zeigt. Selbst wenn diese Haltung dem lyrischen Ich, das liebt, ungemeine seelische und körperliche Leiden verschafft, so muss es doch die moralische Superiorität der Geliebten anerkennen. Denn der Liebende ist seiner Passion, seinem Wahn, ausgeliefert.

Das ist nun freilich eine implizite Schlussfolgerung, die nur vor dem Hintergrund der barocken Bildlichkeit und argumentativen Schlusstechnik nachvollzogen werden kann: Letztlich ist es die Tugend, welche Auslöser für die Liebesleidenschaft des Sprechenden ist, die moralische Superiorität, die dem Sprecher eine Lektion ist und zugleich die Geliebte als der Liebe wert zeigt. Auf noch einer anderen Ebene erweist sich dieses Sonett, welches als elegisches Klagegedicht anhebt, schließlich als etwas ganz anderes: als ein Lobgedicht auf die Angesprochene, ein Panegyrikus e negativo: Das Lob des Gegenstandes spiegelt invers sich in den Leidenschaften und der Ratlosigkeit des Sprechenden und ist nur für den, der solche poetischen Spiele entsprechend der lyrischen Codes des Barock zu entziffern vermag, durchschaubar. Eben diese verschlüsselte Botschaft gehört aber zu dem Vergnügen, das das Sonett seinem eingeweihten Leser verschaffen will. Dass der Wahn dessen, der spricht, eine literarische Stilisierung und keine Beschreibung eines tatsächlichen historisch-biografisch ausmachbaren Zustandes der Autorin darstellt, wird schon durch die strenge Form des Sonetts signalisiert. Hier liegt keine Erlebnislyrik vor, es handelt sich vielmehr um ein Rollengedicht. Schwarz, deren Opitz-Studien nachgewiesen werden können,[8] übernimmt die aus der petrarcistischen Tradition bekannten Bilder und die Konstellation, die darin besteht, dass ein Mann die von ihm entfernte und unerreichbare geliebte Frau mit einem Sonett anspricht. In diesem Sonett einer Autorin, Sibylla Schwarz, spricht ganz konventionell ein männliches lyrisches Ich, das sich an eine weibliche Geliebte wendet. Eine Lektüre, die hier eine erotische Liebe einer Frau zu einer anderen Frau ausmacht, verfehlt diese intertextuellen Bezüge sowie die Wirkungsmächtigkeit des Tugendkanons, den das Sonett positiv voraussetzt. Literatur verstehen, das heißt also: ein Verständnis ihrer Formensprache und Überlieferungen, ihrer Intertextualität und kritischen Eingriffsmöglichkeiten zu gewinnen, die sich in jedem Text anders darstellen. Literatur verstehen: wozu? Eine Gegenfrage wäre die nach dem Verständnis von ‚Verstehen'. Literatur: wir lesen sie, wir hören sie, sie fordert geradezu dazu heraus, sich einen Reim auf sie zu machen.

---

[8] Vgl. Helmut W. Ziefele: Nachwort, in: Sibylla Schwarz: Deutsche Poetische Gedichte, S. 11*.

Aus der Kinderstube des Lesens

GRIT DOMMES

„Wie geht es dir?", fragte der König das Buch.
„Das frage ich dich schon die ganze Zeit", sagte das Buch.
(Heinz Janisch / Wolf Erlbruch: *Der König und das Meer*)

Die ersten Bücher sind Bildwörterbücher in der Muttersprache: *Tiere im Garten, Meine allerersten Fahrzeuge, Alle meine Sachen.* Ein Ding auf jeder Seite, mit und ohne Beschriftung. Ganze Wortfelder lassen sich so kennenlernen: Haustiere, Bauernhoftiere, Zootiere. Immer wieder muss das studiert werden. Dann kommt der beglückende Moment, in dem das Kind vor dem Haus einen Hund trifft und „Wauwau" sagt. Das grenzt an ein Wunder, denn der Hund im Bilderbuch sieht entschieden anders aus. Schon diese ganz basale Literatur ist nicht notwendig nachgängig, vermittelt keine Erfahrungen aus zweiter Hand. Das erste Krokodil, das einem Kind begegnet, ist eben oft ein Bilderbuchprotagonist, von ausgestorbenen Phänomenen wie Dinosauriern und idyllischen Bauernhöfen ganz zu schweigen. Und doch sind die Zeichenhaftigkeit der Bilder (und Wörter) und die Referenzialität dieser Zeichen von Anfang an präsent. Beim Verstehen von Literatur geht es im Kern um das Verhältnis von Text und Wirklichkeit.

Schnell kommt die Zeit für Geschichten. Am Anfang geht es um Szenen, die ganz nah am Leben der Lesenden entlang erzählt sind. *Bobo Siebenschläfer* von Markus Osterwalder oder Rotraut Susanne Berners Kaninchen *Karlchen* machen das, was kleine Kinder eben so machen zwischen Aufstehen und Schlafengehen. Beim Anschauen und Lesen kann man den eigenen Alltag nacherleben, Besonderheiten entdecken und über das Erfahrene sprachlich verfügen lernen. 75 000 Wörter zählt Wikipedia zum Standardwortschatz des Deutschen, und da sprachliche Zeichen arbiträr sind, erschließen sie sich in aller Regel nicht von selbst. Ohne permanentes Training ist dieses Pensum nicht zu bewältigen. Die Empfehlung, schon mit kleinsten Kindern so oft wie möglich zu sprechen, fehlt heute in keinem Erziehungsratgeber. Genauso unbestritten ist die Bedeutung des Vorlesens für den Spracherwerb. Kaum ein Buch wird man in dieser Phase nach einmaligem Lesen weglegen können. Auf der letzten Seite, punktgenau am Ende des letzten Satzes erfolgt die Aufforderung „Nochmal!". Elementar ist die Verlässlichkeit dessen, was man Schwarz auf Weiß besitzt (oder eben auswendig kann): Macht man bei einer der zahlreichen Wiederholungen einen belanglosen Lesefehler, liest etwa an einer bestimmten Stelle ‚Kiste', statt ‚Kasten', so wird man empört verbessert. Wer lernt, kann keine Irritationen gebrauchen.

Die Texte werden komplizierter, kleine Lesefehler lassen sich jetzt übergehen. So souverän ist der Umgang mit Sprache inzwischen, dass Wimmel- und Suchbilderbücher mit ihrer Fülle von Erzählanlässen (großartig: Thé Tjong-Khings *Die Torte ist weg!* und *Picknick mit Torte*) jetzt unverzichtbar werden. In dem Maße, in dem die eigene Lebenswelt erschlossen und verstanden ist, können die Stoffe fremder, die erzählten Welten exotischer werden. Und doch bleibt der Bezug zur Wirklichkeit ein Thema: „Ist das echt wahr?" Der Fokus verschiebt sich jedoch auf den Bereich, für den diese Frage verneint werden muss. Literatur geht über die Wirklichkeit hinaus und nimmt die Leser dabei mit. Kinder, deren Lieblingsbeschäftigung das Spielen ist, lieben auch Geschichten. Neben den Rollen, die jeder tagtäglich zu spielen hat, hält die Literatur unzählige weitere bereit, in die man hineinschlüpfen kann oder die man sich lieber vom Hals hält.

Unvergessen, welche Faszination der kleine Satz „Geil, eine ganze Kiste Bier!" aus Kirsten Boies *Wir Kinder aus dem Möwenweg* auf ein Vorschulkind ausüben kann. Bei den Vorbereitungen für das Sommerfest der Möwenweg-Nachbarn ruft ihn der coole Petja, über den die Erzählerin, seine achtjährige Schwester Tara, sagt: „mit zehn ist man schon fast jugendlich". Für einen Fünfjährigen wirft der Spruch von der geilen Bierkiste ein Schlaglicht in eine ferne Zukunft, die mit verbotenen Wörtern und riskanten Genüssen lockt. Immer wieder kann man sich in diese Zeit hineinversetzen, sich dem Kitzel der Gefahr hingeben, um dann unbeschadet, aber ahnungsvoll zurückzukehren. Bei der Vorstellung des Lieblingsbuches im Kindergarten las die Erzieherin die ausgewählte Textstelle vor und ließ dabei diesen allerwichtigsten Satz einfach weg. Die Zensur ist ein trauriger Beleg der Wirkungsmacht von Literatur.

Dafür, dass Texte ihre eigene Realität haben, gibt es zahlreiche Beispiele. In einem eher sachlich gehaltenen Bändchen über den Beruf der Zahnärztin etwa betritt auf einer der hinteren Seiten ein Boxer die Praxis,

dem beim Wettkampf ein Zahn ausgeschlagen wurde. Monatelang blieb das Buch aus dem Kinderzimmer verbannt, denn in Gegenwart dieses grimmigen Kerls ließ sich nicht in Ruhe spielen.
Wenn das Vorlesealter langsam zu Ende geht, weil die Kinder lesen gelernt haben, überrascht vor allem die Schnelligkeit, mit der nun Bücher, Comics, CDs und Filme verschlungen werden. Kaufen ist keine Option mehr, Flohmärkte, Bibliotheken und gut ausgestattete Freunde sind jetzt die Rettung. Wer versucht, einem lesenden Kind eine simple Frage zu stellen, ob es noch etwas trinken möchte, zum Beispiel, erlebt den Sog von Literatur. Falls überhaupt eine Antwort kommt, ist ihr mit Skepsis zu begegnen. Auch in der Erinnerung an die eigene frühe Lesesozialisation nehmen rauschhafte Zustände einen festen Platz ein. Angesichts solcher Lesehaltungen verbietet sich die Frage nach dem Sinn von Literatur beinahe: Man braucht sie einfach.
Auf dem Kinderbuchmarkt spielen Sachbücher eine immer größere Rolle. Das hat auch mit den Eltern zu tun, die sich wünschen, dass ihre Kinder die wertvolle Zeit der Entwicklung mit lehrreichen Beschäftigungen zubringen. Kinder antworten auf die Frage, ob sie lieber Sachtexte oder Geschichten lesen, meist in der Art, dass sie bei den Sachtexten etwas lernen können, aber mit den Geschichten mehr Spaß haben. Das ist vielleicht die größte Raffinesse der Literatur, dass man ihr das Lehrreiche nicht anmerkt. Dabei kann man lesend so viel und auf so vielen verschiedenen Ebenen begreifen, dass das sorgfältig und anschaulich aufbereitete Weltwissen, mit dem die Sachbücher aufwarten, sich dagegen fast spärlich ausnimmt.
Im 21. Jahrhundert hat die Postmoderne auch die Kinderbücher erreicht. Lustvoll werden Bilderwelten hinterfragt und Sinngefüge dekonstruiert wie etwa in David Wiesners *Die drei Schweine*. Das ist ohne Frage ein ästhetisches Erlebnis, aber man darf nicht unterschätzen, wie voraussetzungsreich diese Lektüre ist. Sie entfaltet ihren Witz auf der Folie einer langen Tradition ungebrochen erzählter Kindergeschichten, Wiesner nimmt sie buchstäblich mit in seinen Text hinein. Seine Protagonisten, die drei Schweine, später gesellen sich noch eine Katze und ein Drache dazu, halten es in keiner dieser Geschichten lange aus, sie steigen aus den Bildern aus. Auch auf die Sprache ist kein Verlass mehr, die Wörter lösen sich auf. Am Ende sitzen die fünf Tiere gemütlich um den Tisch vor der dampfenden Suppe. Aber, die tanzende Schrift und der unvollständi-

ge Text verraten es genauso wie der Wolf vor dem Fenster, auch das ist nicht sicher. Eigentlich ein Buch zum Erwachsen-Werden.

Wer mit Büchern groß wird, will verstehen, was er liest. Die Erfahrung, dass Texte als Ganzes oder in Teilen unverständlich sind, ist Kindern ebenso vertraut wie die Genugtuung, einem Text gewachsen zu sein. Kinder gehen selbstverständlich davon aus, dass sich Texte verstehen lassen, wenn man nur entschieden genug nachfragt. Sie treiben die Entschlüsselung von Texten so eifrig voran, wie sie Rätsel oder Kriminalfälle lösen. Woran stirbt der Sohn im *Erlkönig*? Hat der vielleicht Fieber?

Literatur ist Sprachschule, Lebenskunde, Schule der Wahrnehmung, des Nachdenkens und der Selbsterkenntnis und bei all dem – ein großes Vergnügen.

DAS MEER IST, HIMMEL!, EIN SCHWIERIGER TEXT

Gundi Feyrer

Zuerst muss eine/r *Lust* haben, einen sogenannt *schwierigen* literarischen Text zu *lesen*.
Aber: Was heisst lesen, was heisst verstehen und was ist überhaupt ein *schwieriger* literarischer Text? Und für wen ist welcher Text schwierig?
Oder: Für *mich* ist *der* literarische Text schwierig, den ich nicht lesen will, heisst, ihn zu lesen begonnen habe und nicht weiterlese. Er gefällt mir nicht. Wieso?
Es ist seine Sprache und seine Art des Sagens, die den Text einfärben, ihm einen „Charakter" geben, der mir nicht gefällt, weil er mir zu *einfach* ist. Durch Auswahl und Anordnung der Wörter und Sätze ruft er *einfache* und immerwiederholte, kaum hinterfragte Aussagen auf, die er *einfach* voraussetzt: moralische Wert-Vorstellungen (gut-böse, positiv-negativ), immer wieder eingeübte (eingehämmerte) psychologische Reaktions-Muster (der Figuren in einem Roman beispielsweise), Denk-Muster, ranzig gewordene Vorstellungen von Glück und Unglück, gesellschaftspolitische Benimm-Regeln, moralische Interpretations-Muster, genormte Emotionen, Sinn- und Zweck-Denken, etc., kurz, alles das, was unsere Gesellschaft (gerade noch) auf den Beinen hält.
Also: Das, was unter dem ins Aussen Gesagte – der sogenannten Aus-Sage – läuft und fliesst und sich in das Wasser (Meer) eines ganzen Textes mischt, will, von dort aus, unter hier allzu bekannter Oberfläche, in die sich automatisch überschlagenden Wörter und Sätze hineinfliessen, sie drehen und wenden, um auf einer Art Formel-1-Renn-Bahn des Fort-Kommens, Einfluss zu nehmen, also zu siegen, indem es/sie den Leser in einen Zeit-Kreis lockt, um ihn in abgenutzte Vorstellungen von Welt und Leben hineinzuziehen, damit er aufhört zu existieren, und damit notgedrungen nurmehr als Vampyr weiterlesen (weiterleben) kann, indem er sich an ihm fremdem Leben und Denken festsaugen muss (Identifikation), während sich diese sogenannten *einfachen* Texte wie eine Medusa mit mehreren Köpfen und glatter Zunge genauso an ihm fest-saugen, um ihn bald im Bilder-Rahmen seines eigenen Lebens zu fremdem Leben erstarren zu lassen (um zu wissen, wie Wörter und Sätze missbraucht

und vergewaltigt werden, muss man sich nur an die Nationalsozialisten erinnern, die mit *einfachsten* Sätzen, die jeder *verstehen* kann, die Massen hypnotisierten (oder nur bestätigten) und unter dem Motto: „Arbeit macht frei" Millionen von Menschen ermordeten).

Das Ziel, die Botschaft und das Ergebnis sind hier das Tragende, die Wörter, Zeichen und Sätze werden zum wasser-und luft-dichten Material des Formel-1-Renn-Wagens oder Renn-Bootes, das uns den Beton des Rings, das Wasser des Meeres vergessen lassen soll, auf und in dem wir fahren (es uns trägt). Aber wo? Fahren wir? Über was? rasen wir hinweg und in was stecken wir dabei, während wir einer sogenannten Aus-Sage, einem sogenannten Inhalt, einer (genormten) Interpretation, einem gesellschafts-konformen Sinn-Erzeugungs-Apparat nachfolgen? Wir kommen aus dem Meer, leben auf der Erde und sind ohne Sprache nicht möglich. Sprache drückt uns aus, wir sind das was wir denken (was „Denken" genau ist, bleibt hier unklar oder: Ich weiss es nicht), aber wie drücken wir uns aus dieser Tube, genannt „Leben" aus? Mit welcher Sprache? Sprache MACHT uns das denken, von dem wir denken (eher GLAUBEN), dass wir es denken. In der hier sogenannten *einfachen* Literatur wird im Text stillschweigend vorausgesetzt, dass wir mit der jeweiligen Gesellschafts-Ordnung einverstanden sind, ihr ent-sprechen und dienen wollen (Lock-Vogel: ein bisschen „aus-büchsen", die Korrektur, das Wieder-Eingemacht-Werden als bitter-süsse Marmelade, die Resignation, folgen auf dem Fusse): mit den immerselben Emotionen, Gedanken, Schlussfolgerungen, gesellschaftlichen Über-Ein-Künften, diesem „Sinn", also, wie etwas (und alles) zu verstehen, zu übersetzen und zu interpretieren sei.

Es gibt bei diesen *einfachen* Texten keine Stelle zum Innehalten, damit sich der Leser einmal seine eigenen Gedanken machen könnte (eigene im Sinne von: nicht die Gedanken, Ansichten und Meinungen des Autors und damit der ganzen immer wiederholten „Selbst-Verständlichkeiten"), sondern nur Forderung nach Affirmation, innerem und äusserem Kopfnicken. Keine Leerstelle, die den Sinn ab und zu zur Explosion brächte oder der Identifikation des Lesers mit dem Gelesenen ein Schnippchen schlagen würde, sodass Distanz entstehen könnte, zu dem was da steht und als meist subjektiv genanntes Abbild (was hier Individualität bedeuten soll und das Gegenteil davon ist) mit den Mitteln einer „gesellschaftstreuen" Sprache erreicht, um das gängige Denken, das gängige Bild der sogenannten Realität immer wieder zu bestätigen.

Was ist Literatur?
Kafka sagt, Literatur sei „ein ehrliches Wort von Mensch zu Mensch", womit eigentlich schon der Frage nach einer Unterscheidung von *schwieriger* und *einfacher* Literatur der Garaus gemacht ist.
Denn: Wer sagt wem, was schwierige Literatur ist und was nicht? Wer hat diese Schubladen überhaupt erst entworfen und gebaut, wer hat diese Trennung eingeführt, wer behauptet da, wer dürfe, wolle oder könne sich beispielsweise nicht an die Bücher von Kafka, Beckett, Gertrude Stein, Joyce etc. wagen? Man hat den Leuten Angst eingejagt, etwas „falsch" zu verstehen und so trauen sie sich nicht, Texte *einfach zu lesen,* das heisst, zu geniessen, ohne gleich daran zu denken, was die Literatur-Wissenschaft oder die Kritiker dazu sagen, heisst, ohne gleich „das Richtige verstehen" zu *müssen*, also „das Richtige" zu interpretieren, um Bedeutungen darin zu sehen und Texten aufzupfropfen, die vielleicht sogar „falsch" sind?
Aber: Was ist falsch, was ist richtig? Wer sagt, was richtig und was falsch, was gut und was schlecht, einfach und schwierig ist?
Literatur ist für alle da. Nur, da die „Ordnung" gewahrt bleiben soll, die Gesellschaft sich aufspalten soll, in zwei Hälften, nämlich die „geistig-arbeitende" und die „ungeistig-arbeitende" (man denke hier einmal nach, wie *gemein* das ist), müssen die „Ordnungs-Hüter" (z.B. die Kultur-Industrie) die Kultur auf einen Sockel setzen, auf den die meisten nicht zu steigen wagen, weil sie von all diesen Schubladen und Archiv-Kästen verschreckt wurden und sich somit nicht an „solche" Texte wagen, sich nicht *einfach* Zeit zum Lesen nehmen, da ihnen ja von vornherein gesagt wird: „DAS (der Sockel und NICHT die Literatur) ist zu hoch für dich", sprich: schwierige Bücher, einfache Bücher, für geistige Arbeiter und für ungeistige Arbeiter.
Ist die Sprache Kafkas schwierig? Die einer Stein oder eines Beckett? Man braucht weder Griechisch- noch Latein- noch sonstige „Fach-Kenntnisse", um ihre Bücher zu verstehen. Was also ist daran schwierig?
Die Sprache. Heisst es, macht man den Leuten weis. Und in gewisser Weise stimmt es sogar – aber anders, als *gewöhnlich* verstanden, unabhängig von der Unterscheidung zwischen geistigen oder ungeistigen Arbeitern: hier wird (unter vielem anderem) die normale und immer wieder vor-geschriebene, ein-geübte Sprach-Ordnung, der gewohnte Umgang mit Sprache, nicht ein-gehalten. Wie sagte Wittgenstein: „Die

Grenzen meiner Sprache bedeuten die Grenzen meiner Welt". Je mehr man Sprache ausdehnt, an ihrer gewohnten Ordnung rüttelt oder sie gar demoliert, umso grösser wird Welt und damit Leben, ja, umso grösser wird die Möglichkeit, die uns permanent aufoktroyierten gesellschaftlichen Ordnungen und Werte samt ihrer immer menschenverachtenderen politischen und wirtschaftlichen „Reformen" (Euphemismus/Zynismus) zu zerstören, zu untersuchen und zu hinter-fragen, heisst: die Welt, in der eine/r lebt, ist IMMER zu hinterfragen und damit den akzeptierten Mustern, wie etwas zu sehen und zu interpretieren sei, zu widersprechen.

Und das beginnt mit Sprache, *geht* mit ihr, Hand in Hand.

Zum Einen *dient* Sprache im täglichen Leben dazu, uns Wörter und Sätze auf einem Tablett zu servieren: ich bestelle 1 Glas Bier und bekomme 1 Glas Bier und nicht etwa 1 Stapel frischgebügelter Wäsche. Das ist gut und wichtig, damit wir uns mitteilen können, wir grundsätzlich erst einmal überhaupt „verstehen", solange der andere keine Sprache spricht, die wir nicht kennen. Eine Grundvoraussetzung sogenannter Kommunikation.

Anders: Was heisst verstehen?

Etwas auf einen Punkt bringen? Um etwas verstehen zu können, braucht man eine Struktur, ein Modell, eine Ordnung, um das zu Verstehende dort hineinpressen zu können, einordnen zu können. Aber jede Aus-Sage, jedes Ins-Aussen-Sagen kann immer auf mehrere Arten „verstanden" werden, ausser, es gibt eine Vor-Gabe, eine Vor-Schrift, einen oder mehrere Vor-Schreiber, die sagen: „SO und nicht anders muss dieses jetzt verstanden werden." Ich muss wissen, in welchem Zusammenhang etwas zu verstehen ist, ich muss die Aussagen „dorthin-übersetzen". Zum Einen weiss ich aus der Erfahrung, aus den Über-Ein-Künften, dass, wenn ein Arzt mir sagt: „Machen Sie sich frei" , er nicht will, dass ich die Arme ausstrecke und zu singen und zu tanzen beginne, sondern „verstehe", damit ich das tue, was er jetzt damit *meint* und will (ich funktioniere). Anderes verstehe ich aus einem „ge-wissen" Wissen heraus, sogenannter „Bildung" und wieder anderes aus der Intuition oder eines (erworbenen oder mir *einfach* an-gehörigen) Feingefühls. Dazu kommt, dass grundsätzlich jeder nur das versteht, was er auch verstehen will, nur das sieht, was er sehen will, hört, usw., heisst, der Grossteil unseres Verstehens ist subjektiv bestimmt.

Nun: Muss man literarische Texte *verstehen*? Muss man Poesie *verstehen*? Muss man das Meer *verstehen*? Liest man Texte nur, UM sie zu verstehen, sie zu übersetzen und in bestehenden Klassifikations- und Interpretations-Mustern abzulegen und zu klassifizieren? Angenommen, jemand hat *einfach Lust*, einen sogenannt *schwierigen* literarischen Text zu lesen, hat er das nur, weil er ihn *verstehen* will? Wo bleibt die *Lust* am Text? Denkt man beim erotischen Akt nur an das Ziel, das „Ergebnis", den Orgasmus? Das wäre ja doch „herab-würdigend", eine Art Roboter-Haft. Und geht es nicht vielmehr in der Literatur auch um den *Körper* von Texten, also um die Sinne und nicht nur um den Sinn? Und damit darum, über das Verstehen, das Ablegen und Archivieren in Sekundärtexten hinauszuwollen? Heisst verstehen hier nicht reduzieren, den Text nur auf eine Ebene dieser oder jener Übersetzung hinunterzuziehen? Muss denn jeder literarische Text eine Sinn-Erzeugungs-Maschine sein? Ist nicht jeder erotische Akt eine Sinn-Zerstörungs-Maschine? Es „bringt nichts", ist sinn-los, ausser, man bekleidet das Sich-Lieben mit dem „moderneren" pragmatischen Mäntelchen: „Geschlechts-Verkehr hält gesund", was uns, wie bereits gesagt, ja nur auf das Niveau einer Art Maschine herunter-ziehen soll.

Ist Literatur nicht vor allem etwas, das *einfach* die *Freiheit* und die *Lust* zu denken (vor uns) her-stellen kann? Und das tut sie doch besonders dann, wenn auch das, aus was sie besteht, das, was sie *macht*, bildet, ihre Elemente, Bausteine, ihre Wörter und Sätze aus der gewohnten Ordnung herausgelöst werden (Verlust von anerkannter Ordnung, Autoritäts-Verlust), um endlich einmal *auch* als eigenständige und freie Teile von Texten in Erscheinung zu treten, um einmal zu sehen, was das denn ist: unsere Sprache, mit der wir so umgehen, als sei es „nichts", als sei sie nichts als nur unser Abbild und damit identisches Abbild von Welt und Leben.

Wenn ich sage: „Ich sage blau" bezeichnet das etwas anderes als wenn ich sage: „Ich blau sage". Sobald an der Satz-Ordnung gerüttelt wird, verändert sich der Inhalt, sogar schon bei einem so simplen Beispiel. Nicht zu reden von einem Satz wie:

(Satz 1): *„Er sieht auf das Meer und dreht sich danach der Strasse zu".*

Natürlich: Die Satz-Ordnung als die Ordnung, die erst einmal das alltägliche Zu-Recht-Kommen, Verstehen (womit schon wieder sehr viel mehr gemeint ist) garantieren soll, so, dass das, was eine/r sagen will, auch

mehr oder weniger so verstanden wird, um daraufhin das „Richtige" oder auch „Rechte" zu tun (Funktionieren Sie!).
Literatur und damit Schreiben ist aber erstens kein Sprechen – ein Sagen schon – zweitens soll sie, die Literatur, ja Leben be-zeichnen und abbilden, das Mensch-Sein (wer wir sind und wo und wie wir leben) und vieles mehr, heisst, sie hat die Freiheit, uns aus der, durch den alltäglichen funktionellen Umgang mit gewohnter Sprache erworbenen Routine (Fahrlässigkeit), dort, wo sie uns nur als Werkzeug dazu dient, *um* etwas Bestimmtes zu sagen und die Möglichkeiten anderer gerade nichtgemeinter Interpretationen, Bedeutungen auszuschliessen, Wege ins Hinaus zu zeigen. Das Hinaus aus der ein-geübten Sprache ist das Hinaus aus dem ein-geübten Leben, der ein-geübten Wahrnehmung und dem ein-geübten Denken, hinein in etwas, das man Freiheit nennen könnte.
Es geht darum, zu zeigen, dass Welt und damit Leben, von vielen Seiten aus gesehen werden kann und nicht nur von einer. Dass die normale gängige Sprache zwar eine nützliche Uniform, aber nur EINE FORM ist und zwar die, die uns im täglichen Leben funktionstüchtig macht. Literatur muss mit anderer Sprache und in unzähligen Formen sprechen und sagen, um daran zu erinnern, dass Welt und Leben grösser sind als das was in diese eine Form, dieses Korsett, das wir zum täglichen Kommunizieren brauchen, passt.
Wird die gewohnte Ordnung von Satz 1 durcheinandergebracht, treten zuerst die einzelnen Wörter in Erscheinung, gewinnen ein Eigenleben, zum Beispiel:
(Satz 2): *„Das Meer dreht Strasse das danach auf und zu sieht er sich."*
Der „Sinn", das Bild, die Aus-Sage von Satz 1 verpufft, es bieten sich andere und ungewohnte Bilder, Bildfetzen oder sogar Interpretationen, hin zum „Sinn", an wie:
„Das Meer dreht Strasse"
könnte uns beispielsweise erklären, dass, aufgrund der Form des Meeres, bzw. seiner Grenze zum Land hin die Strasse hier kurvig gebaut werden musste, sie „gedreht" wurde, aus ihrem an sich praktisch-linearen Ver-Lauf heraus. Das verdeutlicht den „Grund" jener Kurve, erklärt uns etwas, das wir normalerweise *„einfach so mitnehmen"*.
Oder:
„... dreht Strasse das Danach auf"

könnte heissen, die Strasse, als etwas, das wegführt, ins Danach (in 1 Minute bin ich einige Schritte oder sogar Meter weiter und mein jetziger Standpunkt wird Vergangenheit sein); oder man denkt an einen Wasserhahn, der geöffnet, „aufgedreht" wird und uns auf ähnliche Weise wie vorher die Strasse zeigt, dass dieses Wasser, das jetzt gerade aus ihm geflossen ist, auf immer im Erdboden verschwunden sein wird, dieser Moment dieses Ge-Wahr-Worden-Seins auf immer „verflossen" ist.

Wäre alles kleingeschrieben, würde der „Sinn" noch weiter ausgedehnt:
(Satz 3): *„und zu meer dreht danach er und sich sieht das auf strasse der"*
Einzelne zerschnittene Bilder kommen uns hier „in den Sinn", Fragmente unserer Wahrnehmung, samt den Löchern in dem Ge-Webe, das hier „Wirklichkeit" heissen soll.

Und, wenn man gar phonetisch Ähnliches sucht:
(Satz 4): *„unzum Heer dreht da nachher Umsicht da sauf Strass-Eber"*
entstehen Bilder, Bild-, Wort- und Sinnfetzen, die keinen „einen Sinn" hergeben, sondern unzählige neue „Sinn-e", die erst noch zu bauen oder gar zu er-finden sind, das, was jetzt Un-Sinn heisst oder „ohne Sinn", das, was das von uns alltäglich eingeübte „Auf-den-*(einfachen)* Punkt-Bringen" vor den Kopf stösst. „Sinn" soll nur das haben, was eingeordnet werden kann, in den Kasten dessen, was man gemeinhin „Denken" (Zweck) nennt. Das Denken, das gar kein Denken ist, sondern nur immer wieder geübtes Zu-Ordnen, Erfüllung immer wiederholter „Schlüsse" (Pragmatismus, Kalkül): hier ziehen wir diesen Schluss wie einen Faden aus dem oder jenem Gewebe heraus, dort jenen; wir folgen dabei „richtig-folgernd", längst abgesegneten und aber IMMER überholten Wegen (das „Abgesegnete", Anerkannte ist IMMER zu ent-segnen und ab-zu-erkennen), um dahin zu kommen, wo der „gesunde" Menschenverstand und nicht der „kranke" (wie soll dieser aussehen?) Menschen-Verstand hinkommt. Dieser sogenannte Menschen-Verstand bezieht sich aber auf die Masse ALLER Menschen, die hier also alle den gleichen Verstand haben sollen und nicht auf den Einzelnen, der als von der Gesellschaft, in der er lebt, ge-fragt wird und ist.

Anders: Hat die Tatsache „Sinn" (erzeugt), wenn uns beispielsweise die Physik (bereits vor mehr als 60 Jahren) beweist, dass ein und dasselbe Objekt sich gleichzeitig an mehreren Orten aufhalten kann? Viele, u.a. Einstein, haben daran gezweifelt, obwohl es anwendbar ist (erfolgreich, es „funktioniert"). Die Folge dieser Aus-Sage war und ist aber, dass wenn

DAS stimmt – mathematisch stimmt es wohl – unsere gesamte Wahr-Nehmung, Sicht der Dinge, Sicht von Welt, NICHT stimmt (EPR-Paradoxon). Und es scheint, dass die gewohnte Sprache, unser immer wieder brav funktionierender Sinn-Er-Zeugungs-Apparat hier leer- oder vielleicht sogar falsch-läuft, das heisst, sich aus-dehnen, be-reichern und er-neuern muss.

Seit jeher ist es die Naturwissenschaft, die uns sogenannte „Tatsachen serviert" – immer wieder neue, andere, widersprüchliche (das liegt in ihrer und somit unserer Natur) – die immer weniger mit der alltäglichen und brav geübten Sprache ausgedrückt werden können, anfangs „sinnlos" erschienen. Mittlerweile hat man sich an Einiges „gewöhnt", die gewohnte Sprache ist reicher geworden.

Oder: „Fledermäuse sehen mit den Ohren" ist ein genauso *einfacher* wie *schwieriger* Satz. Was Sprache tut, ist Realität schaffen, und immer auch jene, die wir zuerst nicht *verstehen*. Sprache ist ein Spiegel der Realität, und nicht die Realität selbst.

Noch einmal derselbe Satz von Wittgenstein: „Die Grenzen meiner Sprache bedeuten die Grenzen meiner Welt." Wenn wir NUR erst einmal die gewohnte Ordnung der Sätze durchbrechen, auflösen, treten die einzelnen Wörter in Erscheinung, und wir sehen wie leicht und schnell sich unser Begriff von Welt, ja, unsere kleine Welt auflöst, in Bild- und Wort-Fetzen „ohne Sinn", als hätte sie der Wind auseinandergerissen und wirble sie jetzt durch die Luft. Diese Welt, die wir mit Wörtern und Sätzen bauen, um sie danach wieder von ihnen abzuleiten: wir erzeugen uns den Grund und Boden für unser „geistiges und sinnvolles" Darauf-Stehen und somit Nicht-Umfallen selbst, das heisst, dieser Grund und Boden ist mehr als anzweifelbar, illusorisch, da wir ihn selbst konstruiert haben und immer wiederholen, darauf bestehen. Unser Wahr-Nehmen von Welt (Leben) ist damit als äusserst fragil und immer weniger vertrauenseinflössend wahr-zu-nehmen. Es wird deutlich, dass wir in einem mit dem Material der Sprache selbstgebauten Konstrukt leben, das in jedem Moment zusammenbrechen kann, bzw. sofort zu bröckeln beginnt, wenn wir uns einmal mit Sprache beschäftigen.

Wir hängen an ihr, an der Sprache, diesem Wind, dieser Wand, hinter die wir blicken möchten und nicht können, weil wir die Wand dazu brauchen, um nicht hinunterzufallen und *um* hinter sie zu blicken. WIR aber errichten diese Wand mit den Mitteln der Sprache, und vielleicht sogar, *um* nicht hinter sie blicken zu *können*?

Eine Katze sieht nicht sich im Spiegel, er-kennt sich nicht, sondern sieht eine andere Katze, die sie, sofern möglich, hinter diesem Spiegel suchen geht.

Wir, immerhin, haben die Möglichkeit, uns darin zu er-kennen, wieder zu (er)-kennen, sollten aber nicht der Illusion verfallen, dass wir unser Spiegelbild selber sind. Wir sind nicht aus Glas und jeder, der versucht hat, sich im Spiegel (darin?) die Haare zu schneiden, weiss wovon ich rede.

Sprache im Hals des Spiegels der Wirklichkeit, von der ich mich, Schicht, je näher ich dem Spiegel komme, umso weiter davon entferne (heiter).

Sprache ist das, ohne das wir nicht leben können und je nachdem, ob ich sie nur gebrauche, ohne sie an-zusehen, sie ignoriere und nur für meine Zwecke einsetze, um etwas Bestimmtes damit zu sagen, oder ob ich ihr – und mir – die Freiheit gebe, ihr die Hunde-Leine abnehme und sie immer wieder, dank sogenannter *schwieriger* Literatur, auch einmal frei-laufen lasse.

Ich sage: „Schere" und sehe eine Schere, aber das was ich „Schere" nenne, ist noch etwas anderes, „es" existiert, auch wenn ich „dieses Ding" XY4 oder BÄR *nenne;* mit der Zeit würde BÄR zum Gewohnten und, nachdem immer wieder brav ein-geübt, wäre es am Ende das, was uns die SCHERE finden liesse, sollten wir einen BÄR gesucht haben.

Die sogenannte *schwierige* Literatur macht uns – unter vielem anderen – DARAUF aufmerksam. Auf das, was Sprache ist, auf das Ge-Stell, auf die Wand, an der der Jasmin entlang und in die Höhe, Breite und Tiefe wächst. Um zu sehen, wie das geht. Das Nichts und das Alles, unser Ge-fangen-Sein im Gewohnten, immer wieder Vor-Geschriebenen und von uns Ein-Geübten, dem immer wieder abgenutzten Umgang mit Sprache, der uns nur das Immergleiche (Wertvorstellungen, Denk-Muster, Gefühle, Ein-Stellungen) immer wieder herstellt.

Dass Sprache nicht gleich Ich ist, sondern etwas, das wir gebrauchen und benutzen, während sie uns aus-macht und prägt, während wir es aber in der Hand und auf der Zunge haben, ihr und damit uns, Freiheit zu schenken, um Welt, Menschen, Tiere, Pflanzen und die Dinge neu und anders zu sehen. Sie ist nichts Festes, sie ist weich wie der ZEMENT, aus dem die

Wand besteht, die WIR aus ihr machen, das heisst, dieser Zement IST weich, weil WIR ihn zerschlagen können.
Sie ist kein identisches Abbild von uns selbst.
Ähnlich wie das Auge automatisch das Bewegte sucht, unwillkürlich danach springt, wie der Hund nach der Wurst, springen der Verstand, der Geist, die Sinne, immer nach DEM Sinn, der uns Sinn macht, je nachdem in welcher Welt wir gerade leben. Der eine lebt in einer geordneten und gesellschaftlich abgesicherten Welt (Leben) und will geordnete und gesellschaftlich abgesicherte (erlaubte) Sätze lesen, um dem darin ordentlich ausgedrückten Sinn zu folgen. Die andere lebt in einer un-ordentlichen und gesellschaftlich un-abgesicherten Welt (Leben) und will un-ordentliche und gesellschaftlich un-abgesicherte (unerlaubte) Sätze lesen, um etwas über den Dschungel menschlichen GEISTES zu erfahren, seine Umwege, Abwege, Berg-Wege, Un-Wege, Tal-Wege, Krater-Abgründe, Höhlen, Aus-Wege und Müllkübel sich selbst er-fahren.
Es geht um die Leerstellen, die Sinn-Leerstellen, die Stellen, wo das Wasser des Nichts aufscheint, aus dem wir alle kommen, die Stellen, wo nichts mehr Sinn macht, heisst, die Sinn-Erzeugungs-Maschine Literatur ihren Dienst verweigert.
Aus: *Georges Bataille, Eine Thanathografie II, Bernd Mattheus, Seite 163*
„Weil nämlich der Ungehorsam, wenn er sich nicht auf das Gebiet der Bilder und der Worte erstreckt, immer nur eine Ablehnung der äusseren Formen ist (wie es die Regierung, die Polizei sind), während die geordneten Worte und Bilder in uns die Erben eines Systems sind, welches im Laufe des Gesprächs die ganze menschliche Natur der Nützlichkeit unterwirft. Der Glaube an, vielmehr die sklavische Abhängigkeit von der wirklichen Welt ist ohne den geringsten Zweifel eine Grundlage jeglicher Knechtschaft. Ich kann einen Menschen nicht als frei betrachten, der nicht den Wunsch hat, in sich die Bande der Sprache durchzuschneiden. Daraus folgt jedoch nicht, dass es einen Augenblick lang genügt, dem Reich der Worte zu entfliehen, um das Bemühen, keiner Sache zu unterwerfen, was wir sind, so weit wie wir können vorangetrieben zu haben."
JA! Worin besteht also der Reiz und worin liegt der Sinn, (*schwierige*) literarische Texte verstehen zu wollen?
NEIN! Es macht und hat keinen Sinn, (*schwierige*) literarische Texte verstehen zu wollen, denn wenn ein Text literarisch genannt werden soll, fordert er mehr als Verstehen. Er fordert (und fördert) die Lust, ein frei-

er Mensch sein und werden zu wollen, das heisst, ein Mensch, der seinen eigenen Gedanken nachgeht, die Gedanken und Schluss-Folgerungen, Werte anderer hinterfragt, um selbst etwas darüber zu erfahren. Für diesen ist Literatur keine TAFEL Schokolade, von der man, nachdem sie auf-gegessen ist, acht-los *einfach* das Papier wegwirft. Wir, Welt und Leben, sind keine Schokolade und die Wörter und Buchstaben mehr als bedrucktes Papier. Sie machen uns zu dem was wir sind, also zu dem was wir denken und dem was wir tun; sie geben unserem Handeln Stimme. Welche, hängt von uns ab.

Somit: Einen (*schwierigen*) literarischen Text zu lesen, ist sinnlos, entbehrt jeden Sinns, weil dieses Tun, dieses Lesen (UND Verstehen-Wollen) weder Erfolg im Leben noch Befriedigung – Befriedung – des eigenen Daseins verspricht (und kaum her-gibt).

Dieser (Un-)Sinn liegt in einer schmutzigen Pfütze, auf einem Auto-Friedhof oder gar in einem windigen Flussbett: er ist alles, selbst.

Wir sagen, etwas macht Sinn, wenn *etwas dabei herauskommt*, heraufkommt, heisst, wir dabei etwas gewinnen (Gewinn machen), etwas angefügt wird, es uns etwas (Wind) bringt – ein Zweck und ein Interesse sollen dahinterstehen, inter-esse, zwischen dem, der liest und dem was gelesen wird, soll sich etwas bilden, soll *etwas herauskommen*, aber nicht etwas, von dem wir nicht wissen, was es ist, sondern es soll *ETWAS GUTES*, etwas, das uns bereichert, *herauskommen*.

Aber das GUTE und Be-Reichernde be-reichert uns nur in begrenzter Weise, ist es doch meist das NICHT-GUTE, das SCHLECHTE, das Widrige, das uns be-reichert oder ver-armt, weil wir uns an ihm den Kopf anstossen, während es genauso uns vor den eigenen Kopf stösst, die Gedanken und Ideen anstösst, damit *wir einmal herauskommen*, aus dem, was wir oft Denken nennen, aber nichts als automatisches Abspulen längst abgesegneter Gedanken-Ketten ist, die uns ins Immer-Gleiche hinein-fesseln.

Oder: Wenn wir einen sogenannten *schwierigen* Text lesen, werden wir meist Verwirrung, Verstörung und Un-Verständnis ernten, weil wir damit etwas lesen, das nicht überall und längst und immer wieder *gesagt* wird.

Verwirrung stiftet es und Freiheit stiftet es, er, dieser Zustand, bei dem das Geordnete in Unordnung gerät – eine Kiste geordneter Papiere verwirrt wird, wirr wird, weil man sie offenstehen hat lassen und der Wind hineingefahren ist und man nun alles neu, d.h., aufs Alte hin, so wie es vorher war, wieder ordnen muss. Aber vielleicht merken wir dabei, wenn wir dieses Neue und – für uns Verwirrte – uns Ver-Wirrende lesen, dass das Alte über-holt worden ist, vom Wind, von den „Sturmhöhen", auf denen wir uns mit einem Mal befinden, damit uns die Haare vom Kopf gerissen werden sollen und wir das in Un-Ordnung Geratene einmal neu sehen und anders an-sehen, um zu sehen, dass die alte Ordnung vom Lauf der Zeit, also von uns selbst über-holt worden ist. Vielleicht will eine/r in seiner alten Ordnung bleiben, damit alles an seinem alten Platz bleibt: dieser sollte es besser unter-lassen, dem Lassen des Windes zu folgen. Eine/r, die und der sich gern in die unergründbaren Tiefen und Weiten menschlichen Denkens und menschlicher Vorstellung hineinbegibt, hat von vornherein (eben deshalb) LUST, etwas zu lesen, das ihm seine bisherige Welt durcheinanderbringt, indem es ihm neue und unbekannte Möglichkeiten des Denkens zeigt.

Eine Art Schluss:

Das Meer liegt da und ist und war lange vor uns da. Wir lieben es oder es ist uns gleichgültig: eine riesige LEERE Fläche, in der es kaum Abwechslung gibt. Dieser An-Blick beruhigt uns, wenn wir es an-sehen, nicht nur darüber hinweg-sehen, wenn wir an ganz etwas anderes denken.

Der Reiz und der Sinn liegen hier, dort und darin, hat unzählbare Augen, Ohren und Gesichter, die alle nach etwas suchen, von dem niemand weiss was es ist.

Der Sinn liegt in uns selbst, wir und in und ob und als das einzige Meer, gemacht aus Nichts, in dem wir selber schwimmen und in dem alles was wir denken, ist.

Wasser, gefasst von unserem Denken, das Augen, Ohren, Nasen, ja unser Gesicht selber ist.

Das Meer ist ein schwieriger Text, unergründbar flach und schwer an Gewicht, gemacht aus unzählbaren Tropfen, die alle unter sich verkettet und verbunden sind und doch vereinzelt Wellen durch den Vorhang der Luft hindurch-schlagen, deren Schaum uns manchmal trifft.

Er nahm das Schwert und schlug Medusa den Kopf ab
er medusa nahm den kopf ab und schlug das schwert

wärme Susa namen klopf kapp Hund schluck was Pferd

Gedanken zur interkulturellen Bedeutung des Literaturverstehens

FLORIAN GAßNER

Die Frage nach dem Sinn des Literaturverstehens eröffnet nicht nur eine Diskussion über den gesellschaftlichen Stellenwert von Literatur. Sie zielt überdies auf eine grundsätzliche Debatte über den Nutzen einer altgedienten Kulturtechnik: der Fähigkeit, literarischen Texten eine Bedeutung abzugewinnen. Die Bereitschaft, diese Fähigkeit zur Disposition zu stellen, ist im deutschen Kontext nicht selbstverständlich, sondern historisch spezifisch. Man führe sich allein die Bedeutung des Literaturverstehens für das Bibelstudium vor Augen und versuche sich dann eine entsprechende Debatte im frühneuzeitlichen Europa der Konfessionskriege vorzustellen. Doch auch in säkularen Gesellschaften finden sich Phasen, in denen die Fähigkeit ‚richtig' zu lesen von herausragender Wichtigkeit war. Als Deutscher mag man beispielsweise des neunzehnten Jahrhunderts gedenken: Unter dem Zeichen Goethes und Schillers verstand und präsentierte man sich als das Volk der Dichter und Denker und pilgerte zum Lesezirkel wie einstmals zur Messe. Sogar in Arno Holz' und Johannes Schlafs Milieustudie über Sozialverlierer, dem Drama der *Familie Selicke* (1890), hängt im Unterschichtenwohnzimmer noch eine Szene aus den *Leiden des jungen Werthers* (1774). Eine grundsätzliche Debatte über Sinn und Unsinn des Literaturverstehens wäre für diese Epoche nicht zeitgemäß gewesen. Vielmehr galt ein fundiertes Verständnis von Literatur (und Kultur im weiteren Sinne) – also die Fähigkeit, Literatur ‚richtig' zu verstehen – als das *sine qua non* für die Zugehörigkeit zum bürgerlichen Sozialverband.

Dass eine Debatte über den Sinn des Literaturverstehens auch kulturell spezifisch ist, das erweist heute der Blick über die deutschen Grenzen hinweg. Dabei muss man nicht allzu weit schweifen: Schon in der unmittelbaren europäischen Nachbarschaft beobachtet man eine ungleich höhere Wertschätzung von Literatur und der Fähigkeit, diese zu deuten. Auf dem Balkan, beispielsweise, schwelt nach wie vor der Streit darüber, wessen Geist sich im Werk des Literaturnobelpreisträgers Ivo Andrić verwirklicht hat: Der des kroatischen, des bosnischen, oder des serbischen Volkes. Georgien untermauert derweil seinen Anspruch auf nationale Souveränität unter Berufung auf seine reiche Kulturgeschichte, insbesondere auf eine für die Kaukasusregion einzigartige literarische Blütezeit im Hochmittelalter. Und das ukrainische Volk rechtfertigt seinen Status als eigenständige Nation gerne mit dem Hinweis darauf, dass es selbst unter der Zarenherrschaft eine Literatur hervorgebracht hat, die sowohl der Sprache als auch dem Geiste nach ukrainisch war. Der gesellschaftliche Stellenwert der Literatur ist in diesen Regionen ein anderer als in Deutschland: Sie steht, wenn nicht im Zentrum der öffentlichen Auseinandersetzung, so doch in Zentrumsnähe. Literatur ist wichtig – noch wichtiger aber ist die Fähigkeit, dieser Literatur die ‚richtige' Botschaft abzugewinnen. Dementsprechend fehlt es an Debatten über den Sinn des Literaturverstehens, nicht aber an Bemühungen, diese Fähigkeit zu entwickeln und zu trainieren.

Nun muss man diesen Umstand als Außenstehender nicht zwingendermaßen begrüßen. Gewiss – manch einer mag mit Neid auf Gesellschaften blicken, die die Bedeutung ihres kulturellen Erbes so hoch veranschlagen. Die oben angeführten Beispiele lassen jedoch auch erahnen, dass diese Wertschätzung nicht unproblematisch ist und dass sie bisweilen mit einem bedeutenden Konfliktpotenzial einhergeht. Die zum Teil heftig geführte Debatte um Ivo Andrić zeigt es besonders deutlich: Im Zentrum der Aufmerksamkeit stehen hier Fragen nationaler Identität und staatlicher Souveränität. Die Begeisterung für Literatur speist sich in diesem Fall also auch aus nationalistischen, vielleicht sogar aus nationalchauvinistischen Motiven. Je nachdem, wie man über den Nationalismus denkt, kann man also sagen: Mehr – in Bezug auf die gesellschaftliche Relevanz der Literatur – muss also nicht gleich besser sein. Vom Bildungsstandort Deutschland aus mag man den hohen Stellenwert der Literatur und des Literaturverstehens in manchen Nachbarkulturen bewundern – offen bleibt dabei, ob man sich diese Kulturen in der Tat zum Vorbild nehmen sollte.

In Deutschland hat die Literatur schließlich nicht ganz ohne Grund in der zweiten Hälfte des Jahrhunderts viel an Bedeutung verloren. Gewiss mag es auch am Medienwandel liegen, dass kaum noch ein Autor oder eine Autorin mit nachdrücklicher Wirkung in das öffentliche Tagesgespräch eingreift. Doch haben Fernsehen, Kino und Internet auch andere Länder erreicht, ohne dass das literarische Medium ähnlich ins Abseits geraten wäre. Somit gilt es im deutschen Kontext weitere Ursachen mit zu bedenken. Dem historischen Erbe darf man dabei gewiss eine Sonderrolle zusprechen: Deutschland hat eine wohl einzigartige Erfahrung mit den Abgründen des Nationalismus gemacht, und zu dieser Erfahrung gehört auch die fatale Überhöhung des Nationalliteraturgedankens im Dritten Reich. Zur Stunde Null schien daher nicht nur ein politischer Neuanfang geboten, sondern auch eine neue Einstellung zum literarischen Kanon, der sich für die nationalsozialistische Ideologie als allzu zweckdienlich erwiesen hatte. Die Idee eines deutschen Klassikers war anrüchig geworden, und so wurden diese Klassiker nun einer nach dem anderen gewogen und oftmals für zu leicht befunden.

Im Fall von Friedrich Schillers *Wilhelm Tell* (1804), zum Beispiel, war es der Regisseur Hansgünther Heyme, der mit einer Aufführung aus dem Jahr 1965 die Rezeptionsgeschichte des Dramas in eine neue Richtung lenkte. Im Zentrum der Aufmerksamkeit standen dabei kritische Fragen zur Wirkung des Stücks unter der Herrschaft der Nationalsozialisten. Besonders prägnant formulierte Heyme diese Kritik in der Szene auf dem Rütli: Während des Schwurs, der die Eidgenossen zum Kampf bis in den Tod verpflichtet, spielte der Regisseur das Horst-Wessel-Lied ein. Schmerzhaft vergegenwärtigte er dadurch, wie der *Tell* der Ideologie des Dritten Reichs geradewegs in die Hand gespielt hatte. Heyme hatte damit das Drama als Gegenstand nationaler Selbstreflexion disqualifiziert. Ähnlich, wenn auch ungleich raffinierter, verfährt Elfride Jelinek in *Wolken. Heim* (1988): Texte von bedeutenden Autoren der deutschen Kulturgeschichte, unter ihnen Friedrich Hölderlin und G. W. F. Hegel, müssen hier Rede und Antwort stehen zu national-chauvinistischen Inhalten, die sie möglicherweise vermitteln. Jelinek geht es dabei weniger darum, die Herren Hegel und Hölderlin anzuklagen und zu überführen. Vielmehr pflegt ihr Text das Unbehagen, das man in Deutschland seit 1945 oftmals mit Begriffen wie Nationalliteratur oder Nationalkultur verbindet.

Diese selbstkritische Ausrichtung des deutschen Kulturbetriebs scheint, eingedenk der jüngeren deutschen Geschichte, vernünftig. Mit Blick auf die Indienstnahme der deutschen Kultur durch das Dritte Reich mag man es sogar begrüßen, dass die Literatur ihre herausgehobene Rolle in der deutschen Gesellschaft eingebüßt hat. Doch auch diese Schlussfolgerung kann man nicht verallgemeinern – wiederum ist es eine Frage der Perspektive. Man nehme an dieser Stelle zum Beispiel den Standpunkt Viktor Jerofejews ein, eines in Deutschland geschätzten russischen Schriftstellers. Frei von historischen Bedenken warnt er die Deutschen vor ihrer eigenen Kulturverdrossenheit, und er bemerkt mit Unbehagen, wie sich eine ganze Nation von ihrer Kultur ab-, und einer scheinbar wertneutralen Konsumwelt zuwendet (FAZ vom 20. März 2014). Jerofejew zufolge ergingen sich die Deutschen allzu sehr „im einseitigen Streben nach Komfort, Bedürfnisbefriedigung, Sicherheit", und zwar „auf Kosten metaphysischer Sinnfragen, was das europäische Menschenbild flach und fad mache". In anderen Worten: Er befürchtet, dass sich Deutschland zu einer Nation wandelt, der Kultur nur mehr als Unterhaltung dient.

Man beachte hierbei, dass Jerofejew nicht etwa die deutsche Kulturproduktion, sondern ganz gezielt die deutsche Einstellung zur Kultur kritisiert. Angewendet auf den für uns interessanten Bereich der Literatur: Es geht ihm nicht um einen Mangel an bemerkenswerten Texten, solche gibt es zweifelsohne. Stein des Anstoßes ist für ihn vielmehr die Unwilligkeit oder Unfähigkeit, sich mit diesen Texten intensiv auseinanderzusetzen. Ob ‚intensiv' dabei tatsächlich heißen muss: mit Blick auf die letzten Fragen, das bleibe dahingestellt. Die Analyse jedoch, die dem Urteil zugrunde liegt: dass die Deutschen nur in sehr begrenztem Maße die Auseinandersetzung mit Literatur und Kultur suchen und schätzen – diese Analyse wird man wohl gelten lassen. Schließlich ergibt sich gerade aus dieser Befindlichkeit heraus die (typisch deutsche, typisch westliche?) Fragestellung: „Literatur verstehen – wozu eigentlich?" Vertraut man dem Urteil Jerofejews, so stellt sich diese Frage in seiner russischen Heimat nicht, oder zumindest nicht in diesem Maße. Man könnte also – in historischer Umkehrung – von einem ost-westlichen Kulturgefälle sprechen.

Dieses Gefälle ist problematisch, doch nicht etwa, weil auf der westlichen Seite abstrakte Bildungsziele verfehlt würden. Das Problem liegt darin, dass eine grundlegende Kulturtechnik zweierlei Wertung und somit zweierlei Verbreitung erfährt. Die eine Gruppe misst dem Literaturverstehen gesellschaftserhaltende Bedeutung bei und pflegt es entsprechend; einer anderen Gruppe gilt diese Fähigkeit als entbehrlich. Leitet man von hier zur Frage des interkulturellen Verstehens über, so ist klar, dass es zu Kommunikationsproblemen kommen wird: Es fehlt auf der einen Seite an grundlegenden Kompetenzen, um den Standpunkt des Gegenüber umfassend zu würdigen. Dies ist ein Missstand, der sich meines Erachtens nicht hinnehmen lässt. Eingedenk der Notwendigkeit, das internationale Miteinander voranzubringen, scheint es mir nicht akzeptabel, das Literaturverstehen vom Rang einer zentralen Kulturtechnik zu einem Freizeitvergnügen für Feingeister zu degradieren. Zwar erhebe ich für dieses Urteil keinen absoluten Geltungsanspruch. Womöglich wäre es sogar erstrebenswert, dass eines Tages alle Kulturen ihre Identität nicht aus literarischen Fiktionen, sondern aus einer pragmatischen Realitätsbetrachtung heraus gewinnen. Doch solange ein Großteil der Nationen dem literarischen Kanon eine gesellschaftsstiftende Rolle zubilligt, solange gilt es auch in kulturverdrossenen Gesellschaften die Fähigkeit der kritischen Texterschließung weiter auszubilden.

Das Selbst- und Sinnfindungsangebot der Literatur und die Unverständlichkeit als Medium des Verstehens. Ein Plädoyer

VANESSA GEUEN

> In der Poesie [...] brauchen wir alles, woran wir uns nicht gewöhnt haben;
> wir brauchen es, um Poesie überhaupt anfangen zu können,
> und wir brauchen es,
> um mit Poesie etwas anfangen zu können, etwas, das ein Beginnen ist.[1]

Wollen wir Literatur wirklich verstehen? Müssen wir Literatur wirklich verstehen? Sollen wir Literatur wirklich verstehen?

Zuerst gilt es zu klären, was hier der Begriff ‚Literatur' meint. In den folgenden Überlegungen schließe ich wissenschaftliche Abhandlungen, Sachbücher, Zeitschriften und Zeitungen usw. – also jede Art von Gebrauchsliteratur – aus, dienen solche Texte meist vor allem dem Bedürfnis nach Information und persönlicher Bildung. Mir geht es um ‚literarische Literatur', um fiktionale Texte. Jenseits von Kanonisierungsambitionen beziehe ich hierbei alles von Höhenkammliteratur bis Trivialliteratur ein; ebenso jenseits von Gattungsgrenzen alle literarischen Formen aus Lyrik, Drama und Epos.

Was die Frage nach dem Verstehen betrifft, so muss man vielleicht zunächst einmal fragen: Was ist mit ‚Verstehen' gemeint? Geht man hier von einem rein rationalen, nachvollziehbaren, mehr oder weniger einlinigen Verstehen aus, so lassen sich die drei Eingangsfragen schnell mit einem eindeutigen Nein beantworten. Wir wollen, müssen und sollen Literatur weder rational noch nachvollziehbar noch einsinnig verstehen. Wozu auch?

Ausgeklammert wird hier ebenfalls die wissenschaftliche Auseinandersetzung mit Literatur. Das Interpretieren und Deuten mittels wissenschaftlicher Methoden und Theorien ist ein professionalisiertes und institutionalisiertes Verstehen, um das es mir hier nicht geht.

---

[1] Ernst Jandl: Die schöne Kunst des Schreibens. München 1983, S. 96.

Was kann dann ‚Verstehen' meinen – entrationalisiert und entprofessionalisiert? In Bezug auf die Kunst und somit die Literatur ist Verstehen vor allem ästhetisches Erleben. Es geht um Genuss. Es geht um das Eintauchen in Parallelwelten und fiktionale Figurenidentitäten. Es geht um die Kraft der Imagination. Um Phantasie. Es geht um Emotionen aller Art. Es geht auch um Ablenkung, vielleicht sogar um Flucht vor Alltag und Lebensrealität. Es geht um die Konstituierung von Möglichkeitswelten. Der Text ist zunächst ein Angebot; seine Buchstäblichkeit ist die Basis für jeden Leser, Eigenes und Fremdes zu fusionieren und ein höchst individuelles, sich permanent veränderndes Universum imaginierter Möglichkeiten zu erschaffen. Dabei ist es nicht unbedingt relevant, ob Handlungsfolgen und Figurenverhalten, ob die erzählte Welt zu den Erfahrungswerten und zu dem (vermeintlich) gesicherten Wissen um die Beschaffenheit der außerliterarischen Realität passen und diese spiegeln. Es geht nicht darum, fiktionale Welten in die Strukturen faktualer Tatsachen und Begebenheiten einpassen zu wollen, zu müssen, zu sollen. Es geht um ein ästhetisches Verstehen, das in erster Linie eine freiwillige Leistung des Lesers (oder auch des Autors) ist. Es geht damit um ein Sich-Einlassen auf das Angebot, das der Text macht und dessen konstitutionelle Deutungsoffenheit ihn bedingt.
Wozu eigentlich?
Vielleicht lässt sich diese Frage – zugegeben etwas pathetisch – mit der anthropologischen Bedingtheit des Menschen beantworten. Der Mensch ist stets auf der Suche. Der Mensch sucht Bestätigung, Identifikation, Verortung, Sicherheit – und Sinn. Der Mensch sucht seit jeher sich selbst, er sucht sich zu erkennen. Vor allem in der pluralisierten, heterogenen und ambivalenten Komplexität der Postmoderne, im Zuge von zunehmender Freiheit und Freizeit, von wachsenden Potenzialen und Chancen, aber auch von Entfremdung, Verlorenheit und Unordnung finden sich immer mehr (und teilweise immer abstrusere) ‚Selbst- und Sinnfindungsangebote'.
Ein solches Angebot macht – seit jeher – auch die Literatur und das auf vielfältige Weise. Zum einen kann sie ein Identifikationsangebot machen. Sie kann Bestätigung und Verortung bieten. Sie kann Sicherheit und Geborgenheit geben. Sie kann Sinn stiften und Selbsterkenntnis evozieren. Freilich kann Literatur ihr Angebot auch ex negativo machen: über

Nicht-Identifikation, Ablehnung, Verlorenheit, Gefahr, Verlust, Unsinn, Reflexionsverweigerung.

Literatur kann dies alles leisten, weil sie eine temporäre, wenn auch unendlich wiederholbare, und eine kognitive Reduktion der Komplexität der Welt ist. Aus der Beziehung zwischen Leser und Text (genauso wie aus derjenigen zwischen Autor und Text) entsteht ein Drittes: ein wie auch immer geartetes Erkennen – mosaikartig und fragmenthaft, unendlich und veränderbar und mit jeder Lektüre neu und anders.[2]

Mit dieser Art des Verstehens geht etwas einher, das im außerliterarischen Bezug oftmals schwer(er) auszuhalten und zu akzeptieren ist: das Nicht-Verstehen. Leerstellen, Widersprüche, Unerklärtes, Lücken, Paradoxa, Brüche, Unverständliches sind ebenso Bestandteile von Literatur wie ihre Antagonismen. Diese wesentliche Eigenschaft von Literatur lässt sich im Rekurs auf die romantische Literaturtheorie vor allem Friedrich Schlegels als Plädoyer für die Unverständlichkeit als Medium des Verstehens begreifen.

Elementar ist dabei folgender Gedanke: Die eigene Überzeugung und Auffassung ist begrenzt. Das erkennende, selbst-reflexive Subjekt mit seinen individuellen Erfahrungen rückt in den Mittelpunkt und setzt sich in Beziehung zu Geschichte und Gesellschaft. In Kunst und Literatur arbeitet es sich ab an ästhetischen Merkmalen.[3] Man könnte sagen, der Text dient hier als Lebensform. Walter Benjamin schreibt lakonisch: „Die Romantiker wollten die Gesetzmäßigkeit des Kunstwerks zur absoluten machen."[4]

In den *Athenäum*-Fragmenten formuliert Friedrich Schlegel – latent verklärt –, was Literatur und Realität idealiter zusammenbringen und identisch werden lassen soll:

> Es gibt eine Poesie, deren eins und alles das Verhältnis des Idealen und des Realen ist, und die also [...] Transzendental-

---

[2] Einige dieser Überlegungen verdanke ich den Anregungen und Ideen von Davor Pavičić.
[3] Vgl. Herbert Uerlings: Einleitung, in: Ders. (Hg.): Theorie der Romantik. Stuttgart 2000, S. 9–42, hier S. 31ff.
[4] Walter Benjamin: Die frühromantische Kunsttheorie und Goethe, in: Ders.: Gesammelte Schriften I,1. Hg. von Rolf Tiedemann und Hermann Schweppenhäuser. Frankfurt a.M. 1974, S. 115.

poesie heißen müßte. Sie beginnt als Satire mit der absoluten Verschiedenheit des Idealen und Realen, schwebt als Elegie in der Mitte, und endigt als Idylle mit der absoluten Identität beider.[5]

Transzendentalpoesie im Sinne Schlegels meint das Reflektieren der Bedingungen der Möglichkeiten des Schreibens. Neben dem Interesse für das Dargestellte wird vor allem auch nach der Darstellung selbst, nach der Form, gefragt. Die Art der Präsentation, ihre Struktur, wird in Bezug gesetzt zur lebensweltlichen Struktur. Aus diesem Grund ist für Schlegel das Fragmentarische in all seinen Facetten und Formen die einzig gültige Darstellungsmöglichkeit. Denn auch das Leben setzt sich zusammen aus Fragmenten, aus Bruchstücken von Erfahrungen und Reflexionen. Diese Setzung der Kunst als Absolutes, die Voraussetzung, dass der Text eine Lebensform darstellt und die niemals abschließbare Selbstreflexion der Transzendentalpoesie sollen Text und Welt verschmelzen lassen. Eine klare Trennung wird unmöglich; die Gefahr, nur noch sich selbst zu spiegeln und das Leben außerhalb des Textes zu vergessen, ist immens. Bei Schlegel sollen Text- und Weltbezug gleichermaßen wichtig werden.

Das Unverständliche ist für ihn dabei von elementarer Bedeutung. Er schreibt: „Eine klassische Schrift muß nie ganz verstanden werden können. Aber die, welche gebildet sind und sich bilden, müssen immer mehr draus lernen wollen."[6] Schon auf der ersten Seite seines Textes *Über die Unverständlichkeit* schreibt er weiter, dass er den Unverstand nicht leiden könne, noch weniger aber könne er den „Unverstand der Verständigen"[7] leiden. Was heißt das? Auf den folgenden Seiten gibt es hinreichende Hinweise dafür, dass Schlegel mit diesen „Verständigen" jene meint, deren erklärtes Ziel es ist, alles verstehen und durchdringen zu wollen. Darin begründet sich ihr Unverstand – sie haben nicht verstanden, dass die Unverständlichkeit elementarer Bestandteil unseres Denkens ist.

---

[5] Friedrich Schlegel: *Athenäum*-Fragmente, in: Ders.: Kritische Friedrich-Schlegel-Ausgabe. Hg. von Ernst Behler. Unter Mitwirkung von Jean-Jacques Anstett und Hans Eichner. Bd. II, Abt. 1: Charakteristiken und Kritiken I (1796-1801). Hg. und eingeleitet von Hans Eichner. München, Paderborn, Wien 1967, S. 105.
[6] Friedrich Schlegel: *Lyceum*. Kritische Fragmente, in: Ebd., S. 150.
[7] Friedrich Schlegel: Über die Unverständlichkeit, in: Ebd., S. 363-372, hier S. 363.

Aus diesem Grund habe er sich vorgenommen, mit dem Leser in ein Gespräch einzutreten über diesen Gegenstand. Alle Unverständlichkeit sei relativ, schreibt Schlegel, die Worte verstünden sich oft besser selbst als ihre Verwender. Gerade die Wissenschaften und die Künste – also auch die Literatur – seien es, die, obwohl auf Verständlichmachen angelegt, die größte Unverständlichkeit produzierten. Man möge aufhören, „mit Worten zu kramen".[8]

Er halte „die Kunst für den Kern der Menschheit" und „Poesie und Idealismus sind die Centra der deutschen Kunst und Bildung",[9] so Schlegel. Hiermit gelangt er zum Kern und Zentrum seines Textes. Er deklariert die Ironie als genuine Form des Paradoxen, in ihr soll „alles treuherzig offen und alles tief versteckt" sein: „Sie enthält und erregt ein Gefühl von dem unauflöslichen Widerstreit des Unbedingten und des Bedingten, der Unmöglichkeit und Notwendigkeit einer vollständigen Mitteilung".[10] Schlegel meint mit dem Begriff der Ironie das gesamte Feld der Poesie, der Philosophie und Kunst, die gesamte Kultur. Wenn er hier also die Eigenarten und Merkmale der Ironie pointiert, geht es ihm um die Gesamtheit kulturellen Denkens und Bewusstseins.

Jene Ironie also ist bestimmt durch Nichtidentität, Verschiedenheit, Dissimulation, Imagination. Artikuliert werden kann sie nur durch das Aufzeigen ihrer Gegensätze, zwischen denen sie sich bewegt. Das Sagen durch Andersheit, das Indifferente und Nicht-Bestimmbare, das Erfassen eines Sinns ex negativo, also über den Nicht-Sinn, das Negieren von Ironie als Entität – all das kennzeichnet die Formel vom „Widerstreit des Unbedingten und des Bedingten" und von der „Unmöglichkeit und Notwendigkeit einer vollständigen Mitteilung". Wissen und Denken also formieren sich über ihre Grenzen, über das Nichtwissen und das Undenkbare.

> Ja das Köstlichste, was der Mensch hat, die innere Zufriedenheit selbst hängt [...] irgendwo zuletzt an einem solchen Punkte, der im Dunkeln gelassen werden muß, dafür aber auch das Ganze trägt und hält, und diese Kraft in demselben Augenblicke verlieren würde, wo man ihn in Verstand auflösen wollte. Wahrlich, es würde euch bange werden, wenn die ganze Welt,

---

[8] Ebd., S. 364.
[9] Ebd., S. 366.
[10] Ebd., S. 368.

wie ihr es fodert, einmal im Ernst durchaus verständlich würde. Und ist sie selbst diese unendliche Welt nicht durch den Verstand aus der Unverständlichkeit oder dem Chaos gebildet?[11]

Schlegel spitzt seine Gedanken zum Unverständlichen zu, wenn er fortfährt: „Aber ist denn die Unverständlichkeit etwas so durchaus Verwerfliches und Schlechtes? – Mich dünkt das Heil der Familien und der Nationen beruhet auf ihr".[12] Das Unverständliche bei Schlegel hat verschiedene Facetten: Zunächst versucht es, das nicht Beschreibbare zu beschreiben. Die Lücken im Verstehen, die Begrenztheit des Denkens werden hierin ausgedrückt: „[E]s bleibt immer etwas zurück, was sich nicht äußerlich darstellen läßt, weil es ganz innerlich ist."[13] Das Unverständliche lässt sich aber auch interpretieren als Neu- und Andersverstehen.

Kritik als Auseinandersetzung bietet einen nachvollziehbaren Raum für diese Deutung des Unverständlichen. Kritik muss immer auch Selbstkritik sein – der unabschließbare Prozess unendlicher Reflexion. Wie soll eine solche unendliche Selbstkritik möglich sein, wenn nicht im Verstehen eine Dynamik entsteht, die sich aus dem Erkennen des Neuen, des Anderen und aus den dunklen Stellen des Nicht-erkennen-könnens konstituiert? Die Politik des Gegensätzlichen, die Schlegel für seine Universalpoesie programmatisch fordert, kann ohne eine solche Dynamik nicht eingehalten werden. Zerrissenheit und Nichtidentität sind nicht möglich auf dem Boden eines *common sense*, gewährleisten kann sie nur ein *open mind*.

Und erst recht kann die Schlegel'sche Ironie als Sagen durch Andersheit nicht bestehen ohne dieses Unverständliche. Wie sollen Bedingtes und Unbedingtes miteinander streiten können ohne das Dunkle, Undurchdringbare? Wie soll eine vollständige Mitteilung unmöglich und notwendig sein, wenn nicht von diesem Bereich jenseits des Erkennens ausgegangen wird, wenn es nicht vorausgesetzt wird? Hier kann der Kritiker einwenden, dass falsch herum gedacht wird. Das Unverständliche ist die Ursache dafür, dass Darstellungsmittel wie Ironie und Para-

---

[11] Ebd., S. 370.
[12] Schlegel: Über die Unverständlichkeit, S. 370.
[13] Friedrich Schlegel: Lucinde. Ein Roman. Studienausgabe. Kritisch hg. von Karl Konrad Polheim. Stuttgart 1999, S. 86.

dox gefunden werden müssen. Aber wenn hier schon der Versuch gewagt wird, das Progressive, das Chaos im Schlegel'schen System, das Imaginäre und das ewige Werden im Hinblick auf die titelgebende Frage dieses Bandes *Literatur verstehen – wozu eigentlich?* darzustellen, dann darf eine solche Umkehrung der Verhältnisse in diesen Reflexionen nicht verboten sein. Dann darf eine solche Wechselwirkung, die eben nicht auf dem Prinzip Ursache-Wirkung beruht, auch konsequent verfolgt werden – hin *und* zurück.

Durch die Annahme, dass das Unverständliche auch das Neu- und Andersverstehen meint, entsteht eine zusätzliche Bewegung innerhalb des Denkens: Der Versuch, Gedachtes immer wieder neu zu durchdringen, muss damit beginnen, immer wieder neu anzusetzen und das Gedachte von verschiedenen Seiten anzugehen, um es zu fassen. Stellt man sich das Gedachte vor als etwas, das umkreist wird und hinter dem das Nicht-Denkbare liegt, so verschiebt sich dieses Unbestimmbare immer an eine andere Stelle. Ein Fehlschluss wäre es allerdings, zu denken, dass in diesem Bild so das nicht Erschließbare früher oder später vollständig erkannt werden kann, wenn der Kreis einmal abgeschritten ist. Etwas bleibt stets im Dunkeln, von welcher Seite man auch kommt. Es verschiebt sich, wird weiter geschoben und bleibt dunkel.

Im steten Bemühen, Literatur in einem solchen nicht rationalen, nicht kausalen Sinne immer wieder, immer wieder neu und anders verstehen zu wollen, ist das Unverständliche also notwendig. „Man kann [...] sagen, daß die Unabgeschlossenheit unserer Interpretationen nicht Zeichen eines Bestimmtheitsmangels ist, sondern unvordenkliche Startbedingung möglichen Gelingens, daß ‚Mißverstehen' nicht Anzeige kollabierender Kommunikation, sondern Medium des Verstehens ist".[14]

Wozu nun eigentlich Literatur verstehen?

Weil Literatur ein einzigartiges Universum imaginierter Möglichkeiten ist und damit Selbst- und Sinnfindungsangebote macht. Weil Literatur ein einzigartiges Sich-Einlassen erfordert und in diesem ästhetischen Verstehen (Selbst-)Erkenntnis generieren kann. Weil Literatur als einzigartige ‚Lebensform' immer etwas Unverständliches in sich trägt, aus dem heraus wir „immer mehr [...] lernen" können. Weil dieses einzigartig

---

[14] Gerhard Gamm: Nicht nichts. Studien zu einer Semantik des Unbestimmten. Frankfurt a.M. 2000, S. 198.

Unverständliche der Literatur so als höchst kreatives Medium des Verstehens gedacht werden kann. Weil es für die Einzigartigkeit der Literatur, weil es für die Einzigartigkeit literarischen Verstehens kein Äquivalent gibt.

So schließe ich mein Plädoyer mit dem Appell, man möge auf gar keinen Fall aufhören „mit Worten zu kramen"!

unabgeschlossen

BRIGITTE GLASER

Literatur verstehen ist immer etwas Unabgeschlossenes
  – wiederholte Versuche, Nachrichten zu dekodieren, die nicht für uns bestimmt sind
  – erneute Aufbrüche zu Reisen in unbekannte Länder

Sense and Sensibility

Daniel Göske

„Great poetry can communicate before it is understood" – große Dichtung kann uns etwas mitteilen, bevor man sie verstanden hat. T.S. Eliots Bemerkung in einem Essay über Dante nehme ich als Lizenz zum Genuss all dessen, was der angestrengten Sinnsuche und dem rationalen „Verstehen" schwieriger literarischer Texte vorausgehen und sie begleiten kann, was eher unsere Sinne, unser Sensorium anspricht als unseren Verstand: der Rhythmus von Silben und Sätzen, der Hallraum der Worte, die Aura ominöser Anspielungen (die sogar Meister Google nicht auflösen kann), die Wirkung lakonischer Leerstellen. Auch gute Prosa kann das: Ein Gefühl, eine Ahnung übermitteln, bevor das Hirn wach und warm wird. Und fragt: Was passiert da gerade mit mir und warum? Mit der Frage, warum mich ein Text rührt und ergreift, beginnt das Verstehen und Begreifen, die disziplinierte Sinnsuche, der Versuch einer literaturwissenschaftlichen Deutung. Oft stellt sich heraus, dass das, was man als „Sinn" eines literarischen Textes endlich dingfest gemacht hat, letztlich eher banal oder doch wohlbekannt ist: eine Erzählerin, ein Jemand, eine Stimme ist verwirrt, begeistert oder versonnen, abgrundtief einsam, verzweifelt gläubig, wahnhaft weltfremd, selbstverliebt nostalgisch, traumatisiert und doch tapfer, voll Scham, Überschwang, Selbstekel oder Hoffnung. Hinter den Worten oder Lauten dieser Stimme steckt eine Autorin, ein Autor, und was die im Blut oder im Unterbewussten oder im Sinn hatten, mag mit jenem „Sinn" zusammenhängen, den kluge, vielleicht auch wissenschaftlich gebildete Leser in diesen Texten zu erkennen glauben. Aber der höhere Sinn von großer Literatur erschöpft sich nicht in ihrem bloßen Verstehen. Ihre Kraft ist nicht aufgebraucht, nachdem man sie „verstanden" und intellektuell verstaut hat – als Ausdruck einer Welt-Anschauung, eines psychischen Zustands, einer literarischen Epoche oder Bewegung. Große Literatur sagt mir auch etwas, *bevor* und *nachdem* ich sie verstanden habe. Darin gleicht sie einer Musik, die mir immer wieder in den Sinn kommt. Wie diese Verse, die ich im April 1980 zum ersten Mal las, halblaut, in meinem zweiten Semester, und die mir nicht mehr aus dem Kopf gehen:

April is the cruellest month, breeding
Lilacs out of the dead land, mixing
Memory and desire, stirring
Dull roots with spring rain. . . .

                                                                Im April 2014

Literatur und Eigensinn

STEFAN GREIF

Um die Frage nach dem Verstehen von Literatur beantworten zu können, müsste zunächst geklärt werden, was ‚Verstehen' eigentlich bedeutet und ob (und welcher!) Literatur ein ästhetisches, politisches oder ‚transzendentes' Potential innewohnt, das ähnlich wie ein historischer oder naturwissenschaftlicher Sachverhalt *verstanden*, mithin intellektuell nachvollzogen und als zutreffend anerkannt werden kann. Ein so verstandenes Verstehen hat zu tun mit dem Befolgen intellektueller Regeln und gesellschaftlicher Affirmation. Es hält der empirischen Überprüfung stand, dafür fehlt es ihm aber an ‚Eigensinn', wie ihn Dichtung provozieren kann.
Nun verfügt auch Literatur über analysierbare Aspekte, die sich im Falle von Motiven, ironischen Anspielungen oder etwa stilistischen Besonderheiten präzise benennen lassen. Auf dieser teils inhaltlichen, teils formalen Ebene lässt sich Literatur insofern verstehen. Doch Dichtung kann etwa in Form nicht konsensfähiger Einsprüche, ungewohnter Perspektivierungen des scheinbar Vertrauten oder überraschender Sinnverweigerungen weitere Ansprüche an Leser stellen, die sich nur jenseits reglementierter Verstehensprozesse erschließen lassen. In diesem Fall handelt es sich um individuelle Interpretationen, für welche zwar hermeneutische ‚Kunstgriffe' zur Verfügung stehen. Ferner lassen sich solche Deutungen auf verständliche Weise mitteilen. Und schließlich kann sich eine bestimmte Lesergruppe (Deutschlehrer, Professoren oder literarische Gesellschaften) auf eine bestimmte Sicht auf ein Werk verständigen, etwa weil man sie aktuell für besonders angemessen hält. In allen genannten Fällen wäre aber nicht Literatur, sondern deren ‚Übersetzung' ins Kommode oder weltanschaulich Taugliche verstanden worden.
Um solchen hegemonialen Leseakten zu entgehen, scheint es angemessener, die Interpretation von Literatur als immer nur teilweise, dafür aber kreative Aneignung eines Textes zu denken. Ohne damit wieder dem Irrationalen, Zeitlosen oder Auratischen in der Kunst das Wort reden zu wollen, lässt sich nunmehr die Frage, ob und wie Literatur verstanden werden kann, mit ‚Nein' beantworten. Lässt man die These

gelten, sie wolle ohnehin nur ‚vielsagend' bleiben, wäre Dichtung überdies vom Zwang entbunden, verstanden werden zu müssen. Von dieser Freisprechung profitieren aber nicht nur literarische Werke, sondern auch alle Leser, die etwas in einem Roman oder Gedicht nur Angedeutetes aus einer realen, historisch beschreibbaren Perspektive heraus mit Sinn füllen. Einerseits nämlich erfahren sie sich als bedeutungsstiftende Subjekte, die aus einem endlich ‚verstandenen' Zweck heraus an Dichtung handeln, sie gleichsam vollenden. Andererseits können sie jetzt Literatur, die sich auf Affirmation und Konsensualismus beschränkt, mit blankem Unverständnis begegnen.

Der Anti-Grav-Effekt

NORBERT GROEBEN

Lieber Youngster,
du weißt, wie leid es mir tut, dass ich bei der Vorbereitung deiner Hausarbeit nicht zuhause sein und mit dir diskutieren kann. Aber ich muss deine Großmutter in ihrem Todeskampf begleiten, wie du es ja auch selbst gesagt hast, selbst wenn sie bewusstlos ist und vermutlich nicht mehr aufwachen wird. Wir können nur hoffen, dass sie auf irgendeine Weise meine Anwesenheit spürt und sich nicht verlassen fühlt. Zugleich würde sie aber sicher nichts dagegen haben, dass ich dir währenddessen per mail einiges zu deinen Fragen aufschreibe. Schließlich warst du immer ihr Lieblingsenkel! Und mir selbst hilft diese Beschäftigung sogar ein wenig gegen den Fontane-Satz „Das Leben ist kurz, aber die Stunde ist lang." (aus dem „Stechlin"). Sicherlich ist damit die eigene Todesstunde gemeint, die ich aber in dieser Situation so intensiv vorausfühle wie noch nie in meinem Leben...
Also: Natürlich hast du recht, *Die Judenbuche* von Annette von Droste-Hülshoff ist kein einfacher Text. Und ich verstehe auch, dass man sich dabei fragt, was es überhaupt für einen Sinn hat, solch schwierige literarische Texte verstehen zu wollen. Ich hab mich das während der Schulzeit auch gefragt – und die Antwort eigentlich erst im Studium gefunden, da aber mit umso größerer Begeisterung. Am liebsten würde ich dir deshalb gleich diese Antwort aufschreiben, aber dich interessiert selbstverständlich viel mehr, was ich zur *Judenbuche* sagen kann, damit du Ansatzpunkte für deine Hausarbeit hast. Also schlage ich einen Kompromiss vor: Ich mache mir die Mühe, zuerst etwas zur *Judenbuche* aufzuschreiben, und du machst dir die Mühe, meine anschließende Antwort auf die ‚Sinnfrage' durchzulesen, okay?!
Was die *Judenbuche* angeht, so erinnere ich mich genau, dass mich in der Schulzeit nur eine einzige Sache daran fasziniert hat: die persönliche Unbestechlichkeit der Autorin Annette von Droste-Hülshoff. Denn die Ausgangssituation der ganzen Geschichte besteht ja in dem sog. ‚Holzfrevel' der westfälischen Bevölkerung Ende des 18. Jahrhunderts. Die meisten Leute waren so arm, dass sie sich kein Holz fürs Heizen im Winter

kaufen konnten, also haben sie es sich aus den Wäldern des Gutsherrn geholt – unrechtmäßig, wenn man von den geltenden Eigentumsverhältnissen und Gesetzen ausging, aber doch auch berechtigt, wenn man ihre Lebensverhältnisse berücksichtigte. Diese Unterscheidung von Legalität und Legitimität war für die Droste eine besondere Leistung, weil es sich bei der Judenbuche im Prinzip um eine wahre Begebenheit handelt – und der Gutsherr, dem das Holz ‚gestohlen' wurde, war ihr Großvater! Dass sie trotzdem die legitime Unausweichlichkeit dieses ‚Diebstahls' gesehen und anerkannt hat, fand ich damals sehr beeindruckend (und tue es auch heute noch)! Die Droste hätte sich also zum Beispiel, so mein Schluss, während des Nationalsozialismus nicht an enteignetem jüdischem Eigentum bereichert; und sie hätte in der DDR die Unrechtmäßigkeit des Schießbefehls an der Grenze zur Bundesrepublik kritisiert! Aber zugleich hätte sie vermutlich die Schützen nicht verurteilt, das zumindest lese ich unter anderem aus der *Judenbuche* heraus.

Dafür spricht schon dieses Gedicht, das der Erzählung vorgeschaltet ist, ein Gedicht über das Bibelzitat „Wer unter Euch ohne Sünde ist, der werfe den ersten Stein". Das läuft aus meiner Sicht auf die Botschaft hinaus, dass man nicht verurteilen soll, ja dass man es nicht darf. Auch die Hauptfigur der Erzählung, Friedrich Mergel, ist nicht zu verurteilen. Denn er wächst von Anfang an in zerrütteten Familienverhältnissen auf. So schließt er sich den Blaukitteln an, der Bande, die den Holzklau systematisch betreibt und dabei auch von den Förstern nie geschnappt wird, unter anderem weil Friedrich sie immer warnt. Den Oberförster Brandis kann er jedoch auf die Dauer mit seiner Rolle des unverdächtigen Kuhhirten nicht täuschen, es kommt zur Auseinandersetzung, an dessen Ende Friedrich den Förster in einen Hinterhalt der Blaukittel schickt. Er wird getötet, vermutlich von Friedrichs Onkel, der Friedrich allerdings erfolgreich ausredet, seine Mitschuld in der Beichte zu bekennen. Durch die Mitgliedschaft bei den Blaukitteln kommt Friedrich zu Geld, bleibt aber trotzdem dem Juden Aaron 10 Taler für eine Uhr schuldig, mit der er auf dem Dorffest protzt, so dass die Einforderung des Geldes durch Aaron umso peinlicher ist. Als Aaron erschlagen aufgefunden wird, fällt der Verdacht folglich sofort auf Friedrich, der sich einer Verhaftung jedoch durch die Flucht entzieht, und zwar zusammen mit seinem Vetter namens Niemand, der ihm äußerlich außerordentlich ähnlich ist. Den Juden wird vom Gutsherrn gestattet, in die Buche, an der ihr Glaubensbruder gefunden wurde, einen Spruch in hebräischer Sprache einzuritzen. Nach 28 Jahren kommt einer der beiden Geflohenen zurück und wird als Niemand auf dem Anwesen des Gutsherrn aufgenommen. An einem Septembertag (?) des Jahres 1788 allerdings verschwindet er wieder und 14 Tage später wird seine Leiche an eben jener ‚Judenbuche' erhängt aufgefunden. Der herbeigerufene Gutsherr bemerkt an dem toten Körper eine Narbe, durch die er für ihn als Friedrich Mergel erkennbar wird. Also hat sich die hebräische Inschrift an der Judenbuche, die da lautet: „Wenn du dich diesem Orte nahest, so wird es dir ergehen, wie du mir getan hast." schlussendlich doch bewahrheitet?

Die Schwierigkeit des Textes, aber auch die Faszination, die er mittlerweile auf mich ausübt, liegt daran, dass dieser Schluss letztlich unsicher bleibt. Eigentlich, dass alles unsicher bleibt! Es gibt zu jeder Information, zu jeder möglichen Bewertung des Geschehens, ein Andererseits. Das ist aus meiner Sicht das durchgehende Gestaltungsprinzip der Erzählung. Ich schreib dir einige dieser Andererseits' aus einer späteren Arbeit von mir zur Droste auf – natürlich ohne dass du die einfach abschreiben sollst, nur zur Anregung, damit du selbst über diese Widersprüchlichkeiten nachdenkst und zu deinem eigenen Urteil kommst. Also, wie gesagt, ausgehend von dieser Unbestechlichkeit der Droste, die mich schon in der Schule beeindruckt hat:

Der Holzfrevel verstößt gegen das geltende Recht, gegen das Eigentum des Gutsherrn – *andererseits* hat sich aber doch nicht ohne Grund das Gewohnheitsrecht ausgebildet, das abweichende Rechtsgefühl, dass die armen Leute Holz schlagen dürfen, weil sie sonst nicht überleben können.

Friedrich lässt sich durch den Onkel zum Bösen (den Blaukitteln) verführen – *andererseits* vermag er durch seine Erziehung und Lebensumstände das Unrechtmäßige dieser Handlungen nicht, zumindest nicht rechtzeitig, einzusehen.

Friedrich fällt, nachdem er durch die Teilnahme am Holzfrevel zu Geld gekommen ist, der Prunksucht und dem Hochmut anheim – *andererseits* sind Menschen nahezu unausweichlich auf das festgelegt, was sie in ihrem Leben am schmerzhaftesten haben entbehren müssen.

Friedrich reagiert rachsüchtig auf die Beschimpfung durch den Förster Brandis, indem er ihm den falschen Weg zeigt, der ihn in die Hände der

Blaukittel-Bande führt – *andererseits* kann Reue von der Schuld erlösen, und Reue fühlt er.

Doch obwohl Friedrich Reue empfindet, lässt er sich durch den Onkel von der Beichte abhalten und verfehlt so die Befreiung von der Schuld – *andererseits* ist es vielleicht eine Überforderung, von ihm zu verlangen, dass er das falsche Argumentieren des Onkels durchschaut, nachdem er keine Schulbildung erfahren hat und von ihm abhängig ist.

Friedrich gerät durch seine Prunksucht in eine öffentliche Blamage, indem der Jude Aaron ihn vor allen Leuten beschuldigt, die silberne Uhr noch nicht bezahlt zu haben, was nahe legt, dass er es ist, der Aaron erschlagen hat – *andererseits* ist die öffentliche Meinung immer schnell, vielleicht zu schnell, bei der Hand mit einer Schuldzuweisung an den ersten besten!

Friedrichs Flucht ist, wie in solchen Fällen üblich, als Schuldeingeständnis zu werten – *andererseits* gibt es da ein halbes Jahr später das entgegenstehende Geständnis des Lumpenmoises, dass er den Glaubensbruder Aaron erschlagen habe...

Friedrich nimmt den Vetter Johannes Niemand mit auf die Flucht, quasi als sein unverzichtbares alter Ego – *andererseits* hat Johannes ja nichts verbrochen, so dass unklar ist, welches Ego eigentlich das Böse ist, ja eventuell sogar, wie viele Egos es in Friedrich wohl noch geben mag...

Nach Auffinden der Leiche, die an der Judenbuche hängt, kann der Gutsherr den Körper anhand einer Narbe eindeutig als den vom Friedrich Mergel identifizieren, der sich also selbst gerichtet hat – *andererseits* bleibt unklar, woher der Gutsherr diese Kenntnis hat und wieso dieses Zeichen auf einmal endgültige Sicherheit bedeutet, wo doch alle Zeichen vorher bloß Anhaltspunkte und Verdachtsmomente waren!

Die hebräische Inschrift an der Judenbuche macht am Schluss der Erzählung klar, dass damit das Gesetz von ‚Auge um Auge, Zahn um Zahn' erfüllt ist – *andererseits* hat doch Friedrich den Sinn dieser Zeile gar nicht verstehen können (und auch sonst niemand von den nicht-jüdischen Personen des Geschehens), also handelt es sich um ein sinnlos waltendes Schicksal?

Zwar hängt die Leiche so hoch am Baum, dass sich ein gebrechlicher alter Mann wie Friedrich kaum selbst erhängt haben kann – *andererseits* ist das vielleicht nur ein Symbol dafür, dass Schuld am Ende immer Selbstzerstörung bedeutet?

Und für diese Schuld gibt es in der Geschichte Anzeichen, Hinweise, Indizien zuhauf – *andererseits* ist das ‚Wahre eben nicht immer das Wahrscheinliche' (wie in der Geschichte selbst zitiert wird)...

Also muss sich der Leser selbst ein Urteil bilden, muss ein Urteil fällen über Schuld und Wahrheit – *andererseits* entziehen ihm die unvollständigen, widersprüchlichen Informationen der Erzählung gerade dafür jede Grundlage...

Das macht die Erzählung für mich so schwierig und zugleich faszinierend: dass sie so viele ineinander geschobene, miteinander vernetzte, schwer durchschaubare Ebenen enthält, genau wie das reale Leben auch. Und es gibt auch entsprechend viele Interpretationsperspektiven, die sich in den sicher noch erweiterbaren Andererseits zeigen: von der sozial-historischen über die soziologische, politische, theologische, juristisch-kriminalistische bis zur psychologischen und erkenntnistheoretischen Ebene. Diese letzte, allgemeinste Konsequenz ist für mich die entscheidende Einsicht: dass die Komplexität des Geschehens keine ausreichende Grundlage bildet für ein sicheres Urteil – und schon gar nicht für eine (moralische) Verurteilung! Wenn man ganz penibel liest, entdeckt man im Übrigen noch einen weiteren, völlig unverständlichen Widerspruch: Am Anfang des letzten Teils steht, dass der Rückkehrer (Friedrich Mergel/Johannes Niemand) am Vorabend des 24. Dezember 1788 in seiner alten Heimat eintrifft. Andererseits wird am Schluss der Erzählung versichert, dass sich all dies (einschließlich des Todes von Friedrich Mergel) im September des Jahres 1788 ereignet hat. Das wirft die Frage auf: Hat sich die Autorin da schlicht vertan oder ist das ein von ihr beabsichtigter Widerspruch? Sollte letzteres zutreffen, dann würde man das heute in der Literaturwissenschaft ‚unzuverlässiges Erzählen' nennen, also eine autorseitige Erzählhaltung, die Unklarheiten oder sogar Fehler in die Erzählung einbaut, um die Leser an einem zu einfach-eindeutigen Verstehen des Textes zu hindern. Vielleicht kannst du ja damit deine Deutsch-Lehrerin beeindrucken. Allerdings vermutlich nur, wenn sie das literaturtheoretische Konzept bereits kennt. Aber wie sagst du immer: No risk, no fun!

A propos fun: Der Reiz beim Lesen solch schwieriger Texte liegt für mich darin, dass ich schließlich doch eine sinnvolle Interpretation zustande bringe, auch wenn es lange dauert und ziemlich kompliziert sein kann. Wie eben auch bei der *Judenbuche*. Sie ist deshalb für mich ein typisches

Beispiel für einen schwierigen literarischen Text, der letztlich genauso viele Unklarheiten und Widersprüche enthält wie das reale Leben. Vielleicht sogar mehr, zugegeben. Aber gerade deshalb kann man daran etwas lernen. An erster Stelle Geduld und Unsicherheitstoleranz, d.h. die Fähigkeit, auch unklare Situationen auszuhalten, ohne gleich in Schwarz-Weiß-Denken zu verfallen. Man muss warten können, bis man möglichst alle für den Textsinn relevanten Bedeutungen beisammen hat, und sich erst dann festlegen, was die Textaussage sein könnte. Bei der *Judenbuche* zum Beispiel muss man eigentlich bis zum letzten Satz warten, der die deutsche Übersetzung der hebräischen Inschrift darstellt. Und das ist für viele schwierige literarische Texte typisch: die erhellende Auflösung der Textbedeutung vom Schluss aus. Dadurch kann man eben im besten Fall die Fähigkeit erwerben, uneindeutige, unklare, komplizierte Situationen auszuhalten, ohne sich vorzeitig festzulegen, ohne kurzschlüssig irgendeine schlecht oder nur scheinbar begründete Position einzunehmen. Solch ein kurzschlüssig dogmatisches Denken droht immer, wenn sich Menschen existenziell verunsichert fühlen. Das reicht von Vorurteilen gegenüber Menschen aus anderen Kulturen bis zum Ruf nach dem ‚starken Mann' (d.h. de facto nach einem Diktator) in Zeiten wirtschaftlicher Unsicherheit. Das Verstehen schwieriger literarischer Texte gibt mir demgegenüber die Gelegenheit, in fiktiven Welten spielerisch jene Unsicherheitstoleranz einzuüben, die mich dann auch im realen Leben in die Lage versetzt, existenziell belastende Situationen (besser) auszuhalten.

Dieses Aushalten von komplizierten, belastenden Situationen ist aber selbstverständlich nur die Basis, von der aus ich dann versuche, eine möglichst konstruktive Lösung zu erreichen. Beim Verstehen literarischer Texte besteht die Lösung in der Interpretation, mit der ich mir einen anfangs vielleicht völlig undurchschaubar erscheinenden Text dann doch noch verständlich mache, eine (für mich) sinnvolle Bedeutung erarbeite. Und wieder gilt im Prinzip das Gleiche auch für das reale Leben. Auch in der nicht-fiktionalen Wirklichkeit gibt es immer wieder Situationen, in denen z.B. unsere Entscheidungen von der Interpretation abhängen, mit der wir uns selbst und unsere (Um-)Welt verstehen. Die bei dir anstehende Entscheidung für ein Studium mit der darin enthaltenen Berufsperspektive ist sicherlich auch ein solcher Fall, weil darin zumindest vom Ansatz her der Entwurf eines ganzen Lebenslaufes enthalten ist. Da gehen wie im Fall der ‚Judenbuche' dann alle möglichen

Dimensionen ein, von den sozialen und politischen Lebensbedingungen über moralische und ggf. auch religiöse Werte bis zu persönlichen Begabungen und philosophischen Grundüberzeugungen, in jeweils ganz individueller Gewichtung natürlich. Sowohl in der Rückschau als auch in der Vorschau unseres Lebens suchen wir nach einem befriedigenden Sinn, das ist ein anthropologisches Grundbedürfnis der Menschen. Dieses Bedürfnis ist so stark, dass uns bei belastenden Problemen wie etwa Krankheit sogar schon mit dem bloßen (interpretativen) Durchblick ein Stück weit geholfen ist. Wenn ich undefinierbare Schmerzen in der Brust habe, löst das u.U. erhebliche Ängste aus, die bereits durch eine Information über die Ursache der Schmerzen verringert werden können. Das gilt sogar, wenn es sich um eine sehr bedrohliche Information (z.B. in Bezug auf eine Herzerkrankung) handelt, weil ich dann weiß, worauf ich mich einzustellen habe. Die Psychologie nennt das ‚kognitive Kontrolle'. Selbst wenn ich eine Situation nicht handelnd verändern und damit kontrollieren kann, verschafft mir der kognitive Durchblick aber doch einen Grundstock von Kontrolle, indem ich nicht mehr unkontrolliert meinen (z.B. Angst-)Emotionen ausgeliefert bin. In der Regel eröffnet mir diese kognitive Kontrolle dann aber letztlich auch die Möglichkeit, die mir offen stehenden (kleinen oder großen) Handlungsoptionen optimal zu nutzen!

Der Sinn des Verstehens schwieriger literarischer Texte besteht also darin, meine Techniken der Sinnsuche zu entwickeln und zu optimieren. Das betrifft, wie gesagt, vor allem die Fähigkeit zur Unsicherheitstoleranz und die Interpretationskompetenz als kognitive Kontrolle – auch für das reale Leben. Da wirst du allerdings vermutlich gleich ein zentrales Gegenargument anführen – ich hätte es in deinem Alter sicher auch vorgebracht. Nämlich: Das hört sich ja prinzipiell alles ganz schön und plausibel an, aber wieso müssen die literarischen Texte dabei unbedingt so unsinnig schwierig sein? Warum solch eine künstliche, unrealistische Schwierigkeit, die es in dieser Form bzw. diesem Ausmaß eben im wirklichen Leben gerade nicht gibt? So viele unklare oder widersprüchliche Informationen, so viele Einerseits-Andererseits, wie sie für das Paradebeispiel *Judenbuche* sicher berechtigt sind, kommen im realen Leben doch gar nicht vor! Als Antwort könnte ich einerseits das Argument anführen, dass du vielleicht die Kompliziertheit des Lebens (noch) unterschätzt; dass es im späteren Leben durchaus Situationen geben kann und wird, die der Komplexität schwieriger literarischer Texte nicht nachstehen. Aber andererseits sind solche auf das Alter abzielenden Argumente nicht nur (gerade bei den jugendlichen Adressaten) unbeliebt, sondern sie machen es sich vielleicht auch zu einfach. Denn der Sinn des literarischen Verstehens sollte eigentlich auch bestehen bleiben, wenn die Schwierigkeit der Texte die des Lebens übersteigt. Und in der Tat gilt das meines Erachtens auch in diesem Fall! Glücklicherweise kann ich hier ein Bild aus deiner bevorzugten Literatursparte, der Science Fiction, übernehmen und anwenden. Da gibt es doch diese Strategie, dass Menschen, um ihre psycho-physische Leistungsfähigkeit zu erhöhen, auf einen Planeten mit größerer Gravitation (als die Erde) zum Training geschickt werden. Überschwere Planeten heißt das wohl in der SF-Literatur? Wenn sie einige Monate unter 2 oder 3 G gelebt und trainiert haben und danach zur Erde zurückkehren, dann fühlen sie sich unglaublich leicht und sind phantastisch leistungsfähig. Nimm es doch einmal genauso: Schwierige literarische Texte sind so etwas wie überschwere Planeten, auf denen du die Techniken der Sinnsuche trainierst, mit denen du dich im realen Leben dann ganz leicht, fast schwerelos fühlen kannst. Das Verstehen schwieriger literarischer Texte wirkt also wie eine Art Anti-Grav für unsere Lebenstüchtigkeit!

Aber, das ist klar, um in den Genuss dieses Anti-Grav-Effekts zu kommen, muss man erst einmal die Mühen des schwierigen Verstehens von überschwerer Literatur auf sich nehmen und durchstehen. Allerdings hält gerade die überschwere Literatur eine interessante Trainingshilfe bereit. Gleichzeitig mit der Sinnsuche kann, ja muss ich beobachten, wie diese Überschwere zustande kommt, wie sie gemacht ist. Und wenn ich erkenne, welche künstlerischen Mittel eingesetzt sind, um die jeweilige Textaussage zu erreichen, dann gibt mir das nicht nur Sicherheit in Bezug auf die Angemessenheit meiner Interpretation. Sondern die Schwierigkeit des Textes bedeutet für mich sogar einen ästhetischen Genuss. Wenn ich zum Beispiel als Textbotschaft der ‚Judenbuche' die Warnung vor jedem unzulässigem (Ver)Urteilen ausgemacht habe, dann kann ich all die Kunstgriffe, mit denen mir als Leser das Urteilen schwergemacht wird, mit Befriedigung, ja Genugtuung entdecken und verarbeiten. Dann nerven mich die Unklarheiten, Lücken und Widersprüche in der Darstellung nicht mehr, sondern ich bin fasziniert davon, kann mich geradezu daran erfreuen. Diese Freude an der künstlerischen Gestaltung der Überschwere zieht uns in die Autor-Perspektive hinein, lässt uns nicht nur an den

Mühen, sondern auch an den Freuden der Sinn-Produktion teilhaben. Denn jede Sinn-Suche ist auch Sinn-Produktion. Deshalb ist die moderne Literaturwissenschaft zu dem Schluss gekommen, dass jeder literarische Text erst von den Lesern/innen zuende geschrieben wird, dass jede Text-Rezeption auch Text-Produktion ist. Wenn du dich auf diese Weise an überschwerer Literatur in der Sinn-Produktion übst, dann gewinnst du eine genussvolle Zuversicht auch für die Sinn-Suche im realen Leben. Dann bist du in der Lage, an deinem eigenen Lebenslauf mitzuschreiben, vielleicht sogar kunstvoll mitzuschreiben! Das wäre dann der Anti-Grav überschwerer Literatur als eine Art Lebenskunst?!

Dein Oldie

P.S.: Es gibt noch ein Beispiel aus meiner eigenen Lebensgeschichte, das für mich mit diesem Anti-Grav-Effekt des Verstehens überschwerer Literatur zusammenhängt. Ich bin mir allerdings unsicher, ob ich es aufschreiben soll, weil es leicht den Eindruck einer ‚Moral von der Geschicht' machen kann, als ob ich dich damit erschlagen wollte. Andererseits gehört es für mich nun einmal zu dem Verstehensproblem dazu, und wenn ich dir ehrlich meine Überzeugung darlegen will, muss ich es mit anführen. Also schreibe ich es doch auf, aber wenn du eine andere Erklärung dafür hast, dann nimm ruhig die – auch Lebensgeschichten sind manchmal ‚schwer' genug, um mehrere Interpretationen zu vertragen...
Du erinnerst dich sicher, dass ich vor gut drei Jahren diese Krebs-Diagnose bekommen habe. Glücklicherweise ‚nur' Prostata-Krebs, der in der Regel der am langsamsten wachsende Krebs ist. Trotzdem ist eine solche Diagnose ein Schock, weil sie sich als Todesurteil erweisen kann. Man möchte so schnell wie möglich alles tun, was einen von dieser Lebensgefahr befreit. Das ist mir auch nicht anders ergangen! Und der Arzt, der mithilfe von Gewebeproben die Diagnose gestellt hatte, bot mir als schnelle und sicherste Lösung auch gleich die sog. Radikaloperation an. Dabei wird einfach die gesamte Prostata entfernt, dieses Organ, in dem die männliche Samenflüssigkeit produziert wird. Da sie aber direkt hinter der Harnblase liegt, ist bei der Radikaloperation die Gefahr einer Inkontinenz sehr groß, dass man also die Harnblase nicht mehr kontrollieren kann. Die Mediziner, die diese Operationsmethode propagieren, reden die Inkontinenzgefahr allerdings meistens unrealistisch klein.

Zumindest habe ich das festgestellt, als ich mich nach dem ersten Schock doch etwas näher mit den verschiedenen Therapiemöglichkeiten beschäftigt habe. Denn davon gibt es mittlerweile sogar eine ganze Menge: von externer über interne (radioaktive) Bestrahlung bis zur Zerstörung der Prostata mit Ultraschall, Hitze oder Laserstrahlen. Das Problem für den Patienten ist dabei, dass die meisten Mediziner diejenige Methode, die sie selbst beherrschen, als die allein selig (also gesund) machende anpreisen. Das bedeutet, dass man letztlich als Laie über den wissenschaftlichen Streit zwischen den Operations- bzw. Therapie-Methoden entscheiden muss. Eine ganz vertrackte Unsicherheitssituation mit extremer existenzieller Belastung, weil es ja um das eigene Leben geht und man außerdem möglichst schnell entscheiden sollte. Da muss man schon einiges an Unsicherheitstoleranz besitzen, um sich nicht vorschnell zu entscheiden, sondern weitere Informationen einzuholen, Pro- und Contra-Argumente zu finden und sie abwägend zu interpretieren. Sich hier auch nur halbwegs den Durchblick zu erarbeiten, die kognitive Kontrolle zu erreichen, ist wahrlich nicht einfach, weil es ebenfalls außerordentlich viele potenziell relevante Entscheidungsdimensionen gibt, die zudem auch noch fachsprachlich verschlüsselt sind (für Außenstehende eine Art von hermetischer Wissenschaftslyrik). Man kann nur auf bestimmte Anzeichen achten, die einem die Tragfähigkeit der verschiedenen Argumente wahrscheinlich machen können. Bei mir war es der (mehr oder minder selbstkritische) Umgang mit den Statistiken, der schließlich den Ausschlag für die interne Bestrahlung gab – vielleicht erinnerst du dich: radioaktiv strahlende Nadeln (sog. seeds), die in die Prostata geschossen werden und von innen die Krebszellen zerstören (sollen). Praktisch ohne Inkontinenz-Gefahr! So wie es bisher aussieht, hat das in der Tat bei mir geklappt: Ich bin von der Unsicherheitstoleranz zur kognitiven Kontrolle und von dort aus sogar zur (erfolgreichen) Handlungskontrolle gekommen – und fühle mich fast ein bisschen wie ein Lebenskünstler... Vielleicht findest du es übertrieben, dass ich darin den Anti-Grav-Effekt des Verstehens schwieriger literarischer Texte sehe. Vielleicht denkst du, dass mich nur diese Theorie des Anti-Grav-Effekts in die Lage versetzt hat, die existenzielle Unsicherheit auszuhalten und konstruktiv aufzulösen. Mag sein. Aber dann ist das doch zumindest eine ganz schön effektive Theorie, oder?
D.O.

Zenons neues Paradox
Ein Gespräch über die Lust am Missverstehen von Literatur

HANS GROTE

Kampanische Landschaft im Herbst 1959. Reste einer hellenischen Agorà: Grundmauern, Säulentrümmer usw. Im Hintergrund eine Eisenbahnstrecke; ab und zu schallt das rhythmische Scheppern von Zügen herüber. Dahinter die Häuser von Ascea Marina und das in der Nachmittagssonne glitzernde Tyrrhenische Meer.
Personen:

    ACHILLES *(sportlich, ruhelos, agil, leicht unbeherrscht, ungeduldig)*
    ZENON *(auf einem Säulenstumpf sitzend, vergeistigt, bedächtig, scharfsinnig)*
    SCHILDKRÖTE *(zunächst reglos, gänzlich im Panzer)*

ACHILLES *(etwas atemlos, zu Zenon herabgebeugt)*
    Was liest'n da?

ZENON *(deklamiert)*
    „Fresca rosa novella,
    piacente Primavera,
    per prata e per rivera
    gaiamente cantando,
    vostro fin pregio mando – a la verdura."

ACHILLES
    ???

ZENON
    Eine Ballata von Guido Cavalcanti.

ACHILLES
    ???

ZENON
    Zweite Hälfte 13. Jahrhundert.

ACHILLES
>   Ach – so altes Zeugs – kann ich mir auch nix für kaufen.

ZENON
>   Musst du ja auch nicht.

ACHILLES
>   Ich lauf noch 'ne Runde!

ZENON *(liest)*

SCHILDKRÖTE *(bewegt langsam das linke Hinterbein aus dem Panzer)*

ACHILLES *(etwas atemlos)*
>   100 Meter in nich mal 13 Sekunden – nich schlecht was?

ZENON *(nickend)*
>   Nicht schlecht:
>   „Lo vostro pregio fino
>   in gio' si rinnovelli
>   da grandi e da zitelli
>   per ciascuno cammino;"

SCHILDKRÖTE *(bewegt das rechte Hinterbein aus dem Panzer)*

ACHILLES
>   Mann Mann – häng doch nich dauernd hier rum, lass uns lieber mal wieder zusammen auf Piste gehn! Heute Abend is unten inner Strandbar Livemusik angekündigt, und die Küken ausm Dorf sind sicher alle da. Das wird 'n Riesenspaß!

ZENON
>   Genau darum geht es ja auch in der Ballata.

ACHILLES
>   ???

SCHILDKRÖTE *(bewegt zügig beide Vorderbeine aus dem Panzer)*

ZENON
>   Na um die Liebe! Oder wie die alten Griechen sagen würden, um den Eros!

SCHILDKRÖTE *(stößt heftig ihren Kopf aus der Panzeröffnung hervor und schaut sich besorgt um)*

ZENON
> Ja, damals war das so: Man hat die Schönheit einer Frau besungen und damit ihre Tugendhaftigkeit gelobt.

ACHILLES
> Der Guido Dingsbums war also in seine Rosa verliebt und hat ihr 'n Gedicht geschrieben?

ZENON
> Na ja – ob sie nun Rosa hieß, wissen wir nicht.

ACHILLES
> Und: Was hatte sie für Maße?

ZENON
> Wie wissen nicht mal, ob es die Frau jemals gegeben hat; hier geht's ja eigentlich eher um ein Ideal.

ACHILLES
> Also 90 – 60 – 90!

SCHILDKRÖTE *(schaut sorgenvoll und gibt durch ihre Bewegungen eine gewisse innere Unruhe zu erkennen)*

ZENON
> ???

ACHILLES
> Na – ihre Idealmaße!

ZENON
> „e càntine gli augelli
> ciascuno in suo latino
> da sera e da matino
> su li verdi arbuscelli."
> Eine Ideallandschaft, ein locus amoenus.

ACHILLES
> Was isn das?

ZENON
> Na, so eine Art Strandbar des Mittelalters, wo sich die Typen und die Küken getroffen haben.

ACHILLES
> Und dann ging auch damals schon die Post ab!

SCHILDKRÖTE *(mahnend)*
> Na! Na! Na!

ZENON
> Sicher – aber davon steht hier nichts; hier geht's mehr um die inneren Werte.

ACHILLES *(spöttisch)*
> Die inneren Werte ... darauf fahrn die Weiber auch heute noch ab. Lass mich ma lesen:
> „Tutto lo mondo canti,
> (poi che lo tempo vene)
> sí come si convene,
> vostr' altezza pregiata;
> ché siete angelicata – crïatura."
> Ein engelhaftes Geschöpf – damit krieg' ich Laura rum, die Tochter vom Bäcker, die fährt auf sowas ab!

SCHILDKRÖTE *(entrüstet)*
> Jetzt reicht's aber! Das ist Weltliteratur! Der Dolce Stil Novo hat den großen Dante beeindruckt und geprägt! Das ist kein billiges Schlagergesäusel, um ahnungslose Mädchen zu betören!

ACHILLES
> Na – ich weiß nich, ob die Laura soooo ahnungslos is ...

ZENON *(seufzt)*
> Lass gut sein – lauf' lieber nochmal 'ne Runde.

SCHILDKRÖTE *(entspannt sich)*

ZENON
> „Angelica sembianza
> in voi, donna, riposa;
> Dio, quanto aventurosa
> fue la mia disianza!"

ACHILLES *(keuchend)*
>14 Sekunden! Dein Literaturgedöns kostet mich noch die Kondition!

ZENON *(weniger vergeistigt):*
>„quanto aventurosa fue la mia disianza!" – Komm, lass uns losgehen! Ich muss schnell noch meine Nietenhose anziehen, das macht Eindruck!

SCHILDKRÖTE *(in aller ihr möglichen Eile den beiden nachkriechend und verzweifelt rufend):*
>Diese Hosen liegen so eng an und sind unschicklich – das verwirrt die jungen Damen und dann geschieht etwas, das man nicht wieder gut machen kann!

ACHILLES und ZENON *(laufend, im Chor)*
>„Vostra cera gioiosa,
>poi che passa e avanza
>natura e costumanza,
>ben è mirabil cosa."

ACHILLES
>Siehste: Es geht doch auch ohne costumanza!

ZENON *(etwas atemlos)*
>Wart' auf mich und schlepp mir ja nich' die Angelina ab! Die gehört heute mir!

SCHILDKRÖTE *(blickt sorgenvoll auf die Ruinen, hinter denen die beiden verschwunden sind, zieht sich dann in ihren Panzer zurück und tippt eifrig auf der Tastatur ihrer brandneuen Olivetti Elea 9003).*

Mit der Literatur werden wir nie fertig

Katja Hachenberg

„Das Licht war so fahl am Mittag, dass Pelayo, nachdem er die Krebse fortgeworfen hatte, beim Heimkehren nur mit Mühe wahrnahm, was sich da hinten im Hof bewegte und jammerte. Er musste ganz nahe herantreten um zu entdecken, dass es ein alter Mann war, der mit dem Gesicht im Schlamm lag und sich trotz großer Anstrengungen nicht aufrichten konnte, weil ihn seine riesengroßen Flügel daran hinderten…"

Verstehen-Wollen ist ein im Menschen tief verwurzeltes Bedürfnis, und nichts erscheint störender als die Störung des Verstehens selbst, ganz gleich, in welcher Form es auftritt: als rein akustisches Nicht-Verstehen, als ein Nicht-Verstehen, das sich auf bestimmte Vorgänge oder Verhaltensweisen bezieht, als ein Nicht-Verstehen, das existenzielle Phänomene betrifft.

Die Störungen des Verstehens im Bereich des Literarischen zu beheben sind literaturwissenschaftliche Werkzeuge bemüht, die Transparenz herzustellen und Verstehbarkeit zu schaffen trachten. Als begriffliche Konzepte errichten sie stabile Geländer, ziehen Grenzen, öffnen Schubladen, in denen Texte und Autoren sich (mehr oder weniger bequem) verstauen lassen. Sie schaffen den strukturierenden Rahmen, innerhalb dessen Deutung und Sinnzuschreibung sich vollziehen.

Und dennoch: Allen vermittelnden Bemühungen zum Trotz bleibt stets ein nicht auflösbarer Rest. Und genau dieser Rest ist es, der Literatur zu Literatur macht: als ihr niemals zu durchdringender, schlammiger und fruchtbarer Bodensatz, ihre ursprüngliche Kraft, die im Imaginären, im Fiktionalen gründet, im Bildhaften, Erdachten und Erdichteten.

Der sehr alte Mann mit den riesengroßen, zerrupften und schmutzigen Aasgeier-Flügeln, dieser Kahlkopf mit den wenigen verblichenen Strähnen, widersetzt sich so zäh und beharrlich jeglichem Versuch, ihn begrifflich zu vereinnahmen und zu unterwerfen, wie etwa ein Gregor Samsa Kafkas oder ein Nathanael E. T. A. Hoffmanns.

„Hey", raunt er mit der fremd klingenden Stimme eines gefallenen Engels, „hey, willst du mir nicht aufhelfen? Ich hab es satt, immerzu angestarrt zu werden wie ein dressiertes Zirkustier!"

Und mit einem Mal erhebt er sich von der Buchseite, wird Fleisch und Blut, steht da in voller Größe mit durchnässten Flügeln, einsamer Schiffbrüchiger und letzter Bote einer verschollenen, sehr fernen Welt, die von etwas ganz anderem erzählt, von der Lust zu fallen und sich besudeln zu lassen, vom Schlamm als Sediment der Geschichte(n), davon, dass wir Menschen ohne Geschichten nicht nur nicht leben wollen, sondern nicht leben können. Vom Erzählen als Magie.

„Die Literatur ist ungeschlossen", heißt es in den Frankfurter Poetik-Vorlesungen Ingeborg Bachmanns, „ein nach vorn geöffnetes Reich von unbekannten Grenzen". Ihre ganze Vergangenheit drängt sich in die Gegenwart hinein, mit der Kraft aus allen Zeiten drückt sie gegen uns. Bachmann zufolge versteht die Literatur sich nicht aufs Sterben, auf den Himmel, auf keine Erlösung, sondern auf die stärkste Absicht zu wirken in jeder Gegenwart, in dieser oder der nächsten.

Wie Menschen hat Literatur ihren eigenen Kopf. Texte, lebendige, nicht logische Beispiele für Leben, funktionieren den ihnen innewohnenden Gesetzen und Rhythmen des Fiktionalen gemäß. Außer dem Text haben wir letzten Endes nichts, auch der Autor ist eine untergeordnete Instanz. Das, wofür wir ihn verehren können, ist, dass er sich zum Werkzeug machen lässt, dass er sich dem Auftrag des Schreibens nicht aus Bequemlichkeit oder Angst entzieht.

Mit dem Verstehen von Literatur ist es wie mit dem Verstehen der Liebe: Es ist schlechterdings unmöglich. Mit der Literatur werden wir so wenig fertig wie mit den Menschen, die wir lieben.

„Du sollst dir kein Bildnis machen", notiert Max Frisch in einem seiner Tagebücher, und weiter: „Es ist bemerkenswert, dass wir gerade von dem Menschen, den wir lieben, am mindesten aussagen können, wie er sei. Wir lieben ihn einfach. Eben darin besteht ja die Liebe, dass sie uns in der Schwebe des Lebendigen hält, in der Bereitschaft, einem Menschen zu folgen in allen seinen möglichen Entfaltungen."

Weil unsere Liebe zu Ende geht, schreibt Frisch, weil ihre Kraft sich erschöpft hat, darum ist der Mensch fertig für uns. Wir künden ihm die Bereitschaft, auf weitere Verwandlungen einzugehen. Wir verweigern ihm den Anspruch alles Lebendigen, das unfassbar bleibt.

Das passt ohne Abstriche auf die Literatur: Sie bleibt unfassbar, weil sie lebendig ist. Sie bleibt lebendig, weil sie widersprüchlich ist und offen, Fluss ohne Ufer, Sog ohne Halt, Fall ohne sicherndes Netz. Wir lieben sie, weil sie uns Unwahres für Wahres vorgibt, Erdachtes für Echtes, weil sie mit schamloser Selbstverständlichkeit Fallstricke auslegt, in die wir nur allzu gern hineingeraten. Wir lieben sie, weil sie uns verwirrt und eben darum nicht loslässt, lieben sie für ihr Unbequemes, Überbordendes, und dafür, dass sie dasjenige ist, das uns satt macht, auch wenn es im Mund knirscht wie Steine im Brot.

Der Riss in der Literatur ist dem Riss in der Wirklichkeit selbst verschwistert. Er unterminiert unser Harmonie- und Sicherheitsstreben und lässt uns stolpern. Die Literatur wird niemals aufgehen wie eine mathematische Gleichung oder Funktion. Sie ist differenzierter als alle Differenziertheit, unübersichtlicher als jegliche Unübersichtlichkeit. Sie ist Komplikation, Einfaltung und Verwicklung, schlechthin – und: sie ist es mit Lust.

Vergnügt und verspielt, narzisstisch, radikal und rücksichtslos lässt sie, wie es in einem aktuellen Feuilletonbeitrag zu Alice Munro heißt, „die Dämonen einfach tanzen".

Der Tanz der Dämonen, der besinnungslose Wirbel des Erzählten, die Anziehungskräfte des Absurden und Paradoxen: Sie sind es, die das Begehren am Text wach und lebendig halten und dafür sorgen, dass er sich stetig erneuert, in jedem Lektüreakt, ins Unendliche hinaus.

Von der Literatur lassen wir uns nur allzu bereitwillig blenden, vor ihrer Schellenkappe ziehen wir ohne zu zögern den Hut.

Die Bibliothek meiner Mutter

Endre Hárs

Als Letztes sind mir nur noch diese Kartons übriggeblieben. Ich habe sie selbst gepackt, als ich den großen Kleiderschrank meiner Mutter entleerte. Ich wusste davon und war dennoch erstaunt über die Menge der Bücher, die in nicht enden wollenden Dreierreihen aus dem unteren Schränkchen eine Kiste nach der anderen füllten. Meine Mutter hatte auch ein Katalogheft angelegt, um über die hinteren Reihen ständig im Klaren zu sein. Jetzt stand alles bei uns zu Hause und musste wieder geleert werden. Ich schaute ratlos herum und versuchte es zunächst mit den Bücherregalen. Auf Anhieb ist es mir gelungen, *David Copperfield* und eine uralte Übersetzung von *Die Pickwickier* zwischen der *Grammatologie* und Hilde Domins *Wozu Lyrik heute* unterzubringen. Ähnlich erfolgreich war ich mit Romain Rollands *Die verzauberte Seele*, zwei Bände passten gerade noch zwischen Michael Roes und Philipp Roth ins Regal hinein. Mit Thomas Mann hatte ich es schwieriger. Meine Mutter liebte Thomas Mann, sie hat den *Zauberberg* im Fünfjahresrhytmus immer neu gelesen. Jetzt wollten aber die ganzen Manns zwischen Alberto Manguels *Eine Geschichte des Lesens*, Geschenk eines Siegener Freundes, und Paul Mantegazzas *Die Physiologie des Weibes*, ein Flohmarktschnäppchen, gar nicht mehr so richtig in die vorgesehene Nische passen. Sollte ich vielleicht Markiewicz' *Hauptprobleme der Literaturwissenschaft* ins Institut abschieben, und zwar bis über die Emeritierung hinaus? Irgendwann hatte ich es aufgegeben und stellte auf einem der Kleiderschränke im Schlafzimmer, ein solides Erbstück meiner Tante, die Dreierreihen wieder auf: Nach vorne kamen Hemingway, Stendhal, Maugham und Roger Martin du Gard. Und dann noch jede Menge Jane Austen. Dahinter verschwanden Thackeray, Maupassant, Turgenew, Sienkiewicz und ein Set ungarischer Unsterblicher. Ganz hinten kamen etliche andere, darunter H. G. Wells, eine der Brontës, Irwin Shaws *Die jungen Löwen* und Herman Wouks *Die Cain war ihr Schicksal* unsortiert zu stehen. Eigentlich war meine Mutter ganz schön weltliterarisch orientiert, das kann man schon sagen.

Jetzt war ich fertig. Die Bibliothek meiner Mutter war der meinigen einverleibt, zugeschlagen, nur die aus Raumnot entstandene kleine Kollektion im Schlafzimmer erhielt noch etwas von ihrem eigenen Profil. Sonst verschwand sie unter den Reihen deutscher und ungarischer Klassiker und Zeitgenossen, verfremdet durch Klassiker und Zeitgenossen der Literaturtheorie, mit deutlicher französischer Dominanz dekonstruktivistischer Jahre. Lediglich eine kleine Sektion katholischer Pflegeliteratur, einige Pater Brown-Geschichten und populärtheologische Werke habe ich in die benachbarte Kirche gebracht und ungefragt in deren Vorraum einfach liegen lassen. Ob der Küster sich darüber gefreut oder geärgert hat? Alles andere war gerettet. Es blieb nur die Frage offen, warum ich das überhaupt getan hatte. Was wollte ich und was konnte ich davon noch jemals lesen? „Und wann wirst du das alles lesen?", fragte mich meine Mutter schon während des Studiums immer wieder und wiederholte ihre Frage des Öfteren auch später, vor meinen Bücherregalen stehend. „Irgendwann schon", habe ich ihr erwidert, und: „Das ist in meinem Fall irgendwie anders, Mutter, ich habe eine andere Beziehung zu den Büchern." Diese Erklärung genügte ihr nicht, und obwohl sie ab irgendwann auch Bücher von mir bei sich stehen hatte, brachte sie ihre lebenslangen Erfahrungen mit mir anlässlich einer Lektüre, in der ich ihr nicht sofort – und eigentlich gar nicht – folgte, klipp und klar auf den Punkt: „Ach ja, denn du liest ja nicht."

Dies schwere Urteil musste sich ein Literatur-, und späterer Kultur-, ja sogar Medienwissenschaftler eben gefallen lassen und musste natürlich, wenngleich äußerst irritiert, der neunmalklugen Referenzperson seiner Kindheit dann doch Recht geben. Aber die Frage, wer hier eigentlich liest, war natürlich auch die nach der richtigen Ausübung und – Auslegung literarischen Verstehens. Also versuchte ich zu beweisen, dass ich wenigstens zu begreifen weiß, was ich gelesen habe, und habe meiner Mutter nicht nur meine Bücher geschenkt, sondern ihr – rechthaberisch, gar rachsüchtig – immer wieder auch vereinzelte Aufsätze zugeschoben. Da gestand sie, mich selbst sicher nicht verstanden zu haben, und verstaute meine Gaben – ab irgendwann ‚unaufgeschnitten' – in dritten Reihen ihres Bücherschranks. Und mein Onkel, ebenfalls beschenkt, erklärte mir selbstsicher, ich sollte mich lieber mit Literatur beschäftigen anstatt diese Beiträge darüber zu schreiben. Ihm, dem Physiker, versuchte ich beizubringen, dass es auch in meinem Metier so etwas wie Wissenschaft und deren Sprache gibt. Alles war umsonst. Denn warum sollte eine Sprache, die das Herz erhebt und das Interesse fesselt, durch eine andere ersetzt, abgewürgt – unverständlich gemacht werden?

Dabei ist es geblieben. ‚Haben' heißt noch nicht ‚gelesen zu haben', ‚können' heißt noch nicht ‚verstanden zu haben', und die Möglichkeit, jederzeit Titel aus dem Regal holen zu können, bürgt nicht dafür, dass man das, was dahinter steckt, auch tatsächlich erworben hat. „Ihr wisst", pflege ich heutzutage zur Entschuldigung meiner Fernsehgewohnheiten im Freundeskreis zu sagen, „wenn ich den ganzen Tag gelesen habe, werde ich mich abends sicher nicht bei einem guten Buch entspannen wollen". Mögen Dickens & Co. noch so vorwurfsvoll um mich herum überall an den Wänden stehen. Und dennoch: Wie das Leben so verläuft, macht man sich darüber immer Gedanken und mit zunehmenden Jahren vielleicht immer mehr. Dabei kann leicht passieren, dass die Liebe zu den Büchern – die nicht unbedingt in ihre Lektüre mündet – in Abneigung und Ekel ausartet. Wie bei einem meiner Uni-Kollegen, der im Wahn, aufräumen zu müssen, seine Bücher stapelweise und wahllos auf den Mitnahmetisch des Instituts gestellt hat. Von wo ich dann wahllos wieder fast alles in unser gemeinsames Arbeitszimmer, nunmehr auf die eigenen Regale einsammelte. Auch habe ich mich daselbst, vom Nachlass eines verstorbenen Literaten kistenweise ummauert, mit dem Geruch vermoderten Kellerguts umgeben, der für einige Zeit die täglichen Besprechungen in Mitleidenschaft zog, indem er jüngere Kolleginnen verscheuchte. Zur Trennung der Spreu vom Weizen, und sei es zwecks kritischer Selbstfindung und Befreiung häuslicher Regalmeter, bin ich offensichtlich noch nicht herangereift.

Da hilft nur eines: die Anfänge aufzusuchen und den mit fiktiven Welten eh vertrauten Profi wenigstens zur Illusion verlorener Unschuld zurückzuführen. Und das heißt in diesem Fall, die Bibliothek meines Großvaters in Erinnerung zu rufen, vor deren zimmerhohen Schränken mir als Kind nicht nur nach Besitz schmachtete, sondern auch nach Lektüre. Es war eigentlich eine Bedingung, die mir mein Großvater stellte, dass er mir nur Bücher schenkt – und in Antiquariaten wieder für sich besorgt –, die ich sogleich zu lesen bereit bin. Das tat ich übrigens gern, handelte es sich doch etwa um Romane von Jules Verne und um die seiner ungarischen Zeitgenossen, etwa des ungarischen Fabulierers Maurus Jókai, und dergleichen mehr. Bei der Nennung von Titeln wie *Fünf Wochen im Ballon, Abenteuer des Kapitän Hatteras, Das namenlose Schloß* oder *Der letzte Pascha von Ofen* wird das Herz auch heute noch warm. Was also, wenn ich auf dieser Spur zum wegtrainierten Bücherkonsum zurückfinde? Und verstehen werde ohne einen Zugriff darauf anzustreben, was und wie ich verstanden habe? Wenn ich unter der geistigen Schirmherrschaft meiner Mutter und meines Großvaters Einkehr halte und zu Büchern greife, die lediglich gelesen werden wollen? Dieser Wunsch wurde mir letztes Jahr um ein Haar sogar auch erfüllt. War ich doch zu einer Tagung eingeladen, an der ich anhand deutscher Übersetzungen der Romane Jókais einen Vortrag über den ehemals und vielleicht auch heute noch viel gelesenen Ungarn hielt. Und dem sind Monate, darunter entlastete Sommerwochen der Lektüre vorangegangen, in denen ich Augenblicke gehabt habe, in denen es tatsächlich nur darum ging, die nächste Seite aufzuschlagen. Und habe ich mich nicht schon davor populären Geschichtswerken des frühen 19. Jahrhunderts zugewandt, zu deren Analyse, einem Ertrag von wenigen Aufsatzseiten, Dutzende von Büchern zu schaffen waren, deren Sinn sich im historischen Plot und in – wenngleich nicht immer vorhandener – erzählerischer Spannung erschöpfte? Und wenn wir schon dabei sind, war ich nicht gerade vor kurzem bemüht, anstatt die über fünfzigste postkolonialistische Interpretation der *Verlobung in St. Domingo* zu schreiben, mich durch vier Bände des Haiti-Romans Theodor Mügges und weitere tausend Seiten einer parallel verlaufenden romantisch-historischen Schauergeschichte durchzuarbeiten? So dass es mir nur so schauderte?

Hinsichtlich der Lesererwartungen, mit denen man seit je zusammenlebt – denen man als Hausaufgaben des Sohnes bald wieder von klein an und kanonisch zu begegnen hat –, ist der Wiedereintritt ins familiäre und (inter)nationale Kollektiv der Literaturkonsumenten dennoch leicht danebengegangen. Quantitativ und episodisch mag ich wieder dem Lesen verfallen gewesen sein, qualitativ habe ich den Großen Bücherschrank dann doch wieder nicht geöffnet. Meine Freunde lesen definitiv anderes. Und selbst unter Profis, wie mir ein Kollege versicherte, ist es ‚karrierestrategischer Selbstmord', sich statt weniger, viel gelesener Autoren den vielen ungelesenen zu widmen. Nicht zuallerletzt ist es unehrlich und verständnislos, lesen zu glauben, wenn dabei wieder einmal nur diese Aufsätze herausspringen. „Und wann wirst du das alles lesen?", fragte mich neulich meine große Tochter, zu Besuch bei uns – sie, die Pharisäerin, die leichterhand und unbeschwert ihre ganzen Thomas Brezinas und Jacqueline Wilsons bei uns zurückgelassen hat. Die sie natürlich alle gelesen hat und ich selbstverständlich nicht weiterverschenkt, sondern bei uns brav stehen gelassen habe. Zur Sache gehört, dass letztlich auch noch meine Frau, praktizierende Verlagslektorin, übergelaufen ist: Irgendwann fand ich sie mit *Nicholas Nickleby* im Bett. Sie hat regelrecht angefangen, die Bibliothek meiner Mutter aufzuarbeiten – habe ich sie doch selbst im Schlafzimmer deponiert.

Da stehen sie nun, die (von mir) Ungelesenen, die ich, Häretiker, falscher Prophet zeitlebens auch so verstehen zu können und im Griff zu haben glaubte. Für deren Erhalt ich nach wie vor – mit Staubwedel- und Tastaturaktivitäten – Sorge trage. Deren Gemeinschaft sich, in anderen Händen und unvermerkt, in elektronischen Dimensionen täglich vervielfacht und meiner als deren Kenner und Könner harrt. Mögen es andere, die obsessiven, Tag und Nacht zum Buch greifenden Leserinnen, die zwischendurch und nebenbei, auf Reisen, im Park, am Strand, im Wartezimmer lesenden Leserinnen auch besser wissen müssen. Wartet nur ab! Nächstes Mal erkläre ich euch wieder, was da geschrieben steht! Auch wenn es niemand zu sehen bekommt. Habt ihr doch immer nur diese Bücher in der Hand...

Subkutan

MICHAELA HARTL

> *Mit Klett Lektürehilfen weiß man, worum es geht –*
> *dank ausführlicher Inhaltsangaben mit Interpretationen.*
> school-scout.de

> *Ein hölzern Würfelhaus ist meine Ruhe.*
> *Die leiseste Besorgnis macht mein Haus schwanken,*
> *Die leiseste Besorgnis...*
> *Das ist der Augenblick, in dem ich alles verspielen*
> *Oder gewinnen kann.*
> Emmy Hennings, Gesichte II

Man stelle sich folgendes Bild vor, jemand_ich? platziert es hiermit in deinen Kopf (hinein): ein Kind im Grundschulalter, blond (beinahe weiß, das kommt von der Überbelichtung des Fotos) lernt Fahrradfahren. Der Lehrer/Begleiter/Hilfesteller ist der Vater (den wir im Moment nicht sehen können, denn wir haben uns vorübergehend die Augen des Kindes ausgeliehen, und das sitzt auf dem Fahrrad und der Vater geht hinter ihm und stützt das Fahrrad am Gepäckträger). Wir (ich, das weißhaarige Kind und du, denn du bist natürlich schon mit drauf/drin, dabei, auf dem Fahrrad/im Boot) fahren also die eher kurze (für das Kind aber lange) Straße entlang, die an seinem Elternhaus vorbeiführt (du hast sie schon oft gesehen, diese Straßen der Kindheit, sie sind staubig, und auf ihren Boden fällt ein zweideutiges Licht, sagt W. B.), und fahren ganz ruhig und sicher (man könnte sagen *zuversichtlich*), bis uns eine Ahnung/Unsicherheit erfasst (noch nicht aus Worten gemacht, das kommt erst, wenn man älter ist, *wir* – merkst du, jetzt hab ich dich schon ganz hinübergezogen – beschreiben es hiermit dennoch in Worten, für Kinder allerdings ist es mehr so etwas wie ein Nagen am Ellenbogen, ein Knabbern, das von Außen an die Knochen heran will), so à la *Vielleicht sollte ich mich jetzt kurz einmal umdrehen*, und wir drehen uns um (und unsere bürgerliche Bildung hält an dieser Stelle kurz ein Schild hoch, auf dem steht, was mit denen passiert, die sich umwenden weil sie zweifeln, genau, sie verlieren unwiederbringlich etwas ihnen Liebes und Teures). In diesem Moment sehen wir den (unseren) Vater ganz am Ende der Straße stehen, und nicht wie erwartet dicht hinter uns, den Gepäckträger haltend (das *Dicht Dahinter* erweist sich als Irrtum), und die Erkenntnis, dass wir in Wahrheit ganz alleine gefahren sind, zerstört das Gleichgewicht und bringt uns zu Fall. Weil wir (remember: du + ich + das weißhaarige Kind) jetzt nun einmal zusammen hier hineinverstrickt sind, als hätten wir alle einen gemeinsamen/miteinander geteilten (Allgemeinheits)Kopf, ist es fast nicht nötig zu erklären, was verloren wurde beim Blick zurück (wir sitzen doch zusammen im Boot, oder nicht?). Aber so funktioniert das Spiel nun mal, der Allgemeinheitskopf (ein Märchen aus alter Zeit) muss (möglichst geräuschlos/unauffällig) erfunden und gebastelt und erklärt werden (auch Fahrräder, sonst gibt es keine Boote). Also weiter: verloren haben wir ein für das Zustandekommen sämtlicher unserer Unternehmungen (zumindest der, auf die es ankommt) notwendiges Nichtwissen (das, welches, du weißt, das Fahrrad im Gleichgewicht gehalten hat). Es geht hier um eine recht spezielle Art (Unterart) von Nichtwissen, das sich nämlich von ganz allein und sachte (*mit wenig Kraft*, sagt unser/e Freund/Maschine Duden) seine Bahn bricht (klingt wie ein Widerspruch, ist es aber nicht), direkt in unsere allgemeine (das ist: die literarische, künstlerische, wie man das so nennt, weil es auf die doch ankommt) Lebens/funktionstüchtigkeit hinein, genau so ist das. Es ist ein ganz vollkommen notwendiges (brotnotwendig, so wie Essen) Nichtwissen für manche wie uns (die besondere Sätze essen und zu essen geben), das sie brauchen, damit sie überhaupt auch nur irgendwie in der Welt auf Dauer auftreten können. Was dabei herauskommt, ist ein aus Nichtwissen geborenes Können (also Nichtkönnen?). Wir (ich meine jetzt meine Spezies, ob du noch im Boot sein willst, entscheide selbst), haben dies Nichtwissen nur in seltenen, besonderen Momenten, weil unsere Köpfe schon so umgegraben sind vom Wissenmüssen. Die wichtigen (auf die es ankommt) Sätze aber, die können wir nur hervorbuddeln, wenn es *Nichtwissen* läutet (auf der Turmuhr steht der Zeiger drauf), weil da gräbt es sich tiefer hinunter. Was das weißhaarige Kind dazu zu sagen hat, ist, *Schön war die Zeit vor dem Umdrehen*, als wir so rumgeflattert sind und im Gleichgewicht waren (wo bist du in dem Bild/Foto/Boot). Mit dem Nichtwissen im Gepäck kann man und *Können* (so wird das ab jetzt geschrieben) ist schön. *Das* Können (erworbenes Vermögen, auf einem bestimmten Gebiet mit Sachverstand, Kunst[fertigkeit] Ä. o. etwas [Besonderes] zu leisten, sagt Duden) ist hier allerdings nicht gemeint, denn Können wird hier nicht gekonnt. Des *Könnens* wird man nur habhaft (in der Tat, im Sinne von Besitz), wenn es einem in Kopf und Hände rutscht (gleichzeitig). Überfordert? Beordern wir den Erklärbären: Nichtwissen und Graben gehören im *Können* zusammen wie zwei, die sich ein Bett teilen. Und alles ist ganz leicht und tänzelt so herum. Und das verliert, wer sich umdreht (das Kleine mit den weißen Haaren, du weißt). Verloren wurde (verrutscht ist) übrigens auch ein bestimmter Faden, der das hier ursprünglich zusammenhalten sollte. Eine Art Einfall war zu mir gekommen (erinnere mich nur noch dunkel), eine Hausaufgabe für dich zu erledigen, die der Durchdringung und (befriedigenden) Erhellung eines bestimmten Gegenstandes dienen sollte. Wie wenig zielführend und unzureichend ich *dir* gegenüber (genau, ich nenne dich jetzt nochmal ganz deutlich bei deinem Namen, denn dieses bezaubernde *Wir* war und ist und wird es immer sein: so etwas wie eine Illusion) doch diese Aufgabe bisher bearbeitet habe. Die Enttäuschung darüber muss aber noch nicht vollkommen sein, denn die Erhellung (wie auf dem überbelichteten Foto) wird dem Zug, den ich hier losgeschickt habe, gleich noch zusteigen (evtl.). Erst kläre ich auf, was es mit diesem sagenumwobenen *Können* auf sich hat. Du kennst sicher solche Menschen: Verlierer. Entweder du bist auch einer (und schon müde vom Ausweichen auf der Straße, gemeint ist jetzt nicht die geheimnisvolle staubige, die W. B. ins Zwielicht seines sexuellen Erwachens geführt hat, sondern die aus deinem langweiligen Alltag) oder du bist von ihnen umgeben (und bemitleidest sie). Diese (spezielle) Spezies (Klassifikationen dienen doch von alters her der Erhellung, stimmt's?) ernährt sich von der strikten Überzeugung (sie glaubt daran ganz partout, ist irgendwie versessen darauf), nichts zu können (Denkblase: was soll das immer mit dem E/essen?). Von ihnen ist nicht viel zu holen, außer, was *Können* ist, aufzuklären, dafür sind sie gut (deswegen werden sie hier als Beispiel herangezogen). Um irgendwas zu *verwirklichen* (*wahr zu machen)*, in die Welt hineinzustellen, dürfen sie nicht wissen, dass sie gerade etwas wirklich (alleine) tun. Genau deshalb kommt für sie nur dieses (spezielle) *Können* infrage, das ohne jedes Bewusstsein zustande kommt, das unter der Haut sitzt. Sowas (ich zerschreibe es hier fast schon, aber noch nicht ganz), das in der Hemmung des Bewusstseins/Denkgehirns geboren wird (zu viel Pathos? Ich hasse *Natur* auch, mir gefallen aber Tierpräparationen, die sowohl mit *geboren* als auch mit *Haut* zu tun haben, auf die ich wiederum durch Duden, einen meiner besten Kumpels wie gesagt, gestoßen bin, ein Vorgang, bei dem mithilfe der künstlichsten Künstlichkeit, Chemikalien, ein toter Fell- oder Federnkörper, denkbar auch etwas Echsiges, anlehnend an sein charakteristisches Auftreten zu Lebzeiten – das sagt man über Tiere normalerweise nicht –, also quasi künstlich *natürlich* wiederhergestellt, wiedergeboren werden soll). Die Hemmung, um die es hier geht, hat nichts am Hut mit Drogen, sondern eher mit Schlaf (der ja irgendwo in der Nähe der Knochen liegt, die manchmal im Innern jucken, an denen wir [angeblich] nie nagen, nach denen wir immer wieder graben, wir Nichtwisser, in Betten und in der Erde, in der auch W. B. zu graben pflegte, und sich dabei, so ist zu vermuten, die Hände dreckig gemacht hat, bis sie so ausgesehen haben wie die Hände der Frauen der *asphaltenen Bänder*, die nach ihm gegriffen haben in den Hinterhöfen und ihn ausgezogen haben). Wir Gehemmten/*Könner*, wir Grabenden, die Sätze essen und zu essen geben, nämlich die, auf die es ankommt, wir Weißhaarigen (im Boot ist noch ein Platz für dich frei) spielen mit dem, was drunter liegt und tänzelt. Man gräbt es heraus und besieht es und es geht davon nicht kaputt (weil es aus Erde ist und alten Geschichten und zu den Knochen gehört und unter der Haut leuchtet, im Dunkeln, unter der Haut hell ist, eine Helligkeit, die niemand sieht oder versteht, doch alle kennen). Wir bauen aus Sätzen Wehmutsfahrräder und sie werden wahr (weil du kein Spielverderber bist). Ich weiß nicht, hat W. B. auf seinem Weg durch die Pyrenäen noch Reste vom Winterzucker der Siegessäule in den Taschen gehabt? Ich habe das erfunden im Moment des Umdrehens/Aufwachens. Wenn das liebe Nichtwissen davonfliegt wie ein runder Ballon, der im Himmel verschwindet, weil man einen Faden zu fest hält (den Zusammenhalte-/Wissenmüssenfaden), weil man dem Nichtwissen nicht über den Weg getraut hat, weil der nimmermüde Zweifel wieder einmal seine verfluchte Rückversicherung eingefordert hat, weil man die Schritte hinter sich nicht gehört hat und sich nicht darauf verlassen hat (so wie man sich in den Wind hineinlehnt), dass es trotzdem gutgehen wird, in der Unterwelt oder auf den staubigen Straßen unserer Kindheit.

Sich selbst verstehn – und nicht ungedultig werden

SABINE HASSINGER

„Der Buchstabe mag immerhin gedruckt sein, der Verstand und Sinn lässt sich nicht drucken", hat Johann Georg Hamann (1730 Königsberg – 1788 Münster) einmal angemerkt und damit das Verstehen eines Textes als grundsätzlich problematisch erkannt. Zudem beklagt der „Magus in Norden", dessen Texte lange als dunkel und unverständlich galten, die mangelnde Bereitschaft seiner Zeitgenossen, sich auf einen schwierigen Text einzulassen: *„Blindheit und Trägheit des Herzens ist die Seuche, an welcher die meisten Leser schmachten."*
„Wenn der Leser nicht zaubern kann ..." Worin besteht der Reiz und worin liegt der Sinn, schwirige literarische Texte verstehen zu wollen? Das war die Magus-Preisfrage 2013.
Die kursiven Textstellen sind Originalzitate von Johann Georg Hamann.

Der Titel ist mir das Gesicht, und die Vorrede der Kopf, es gilt: die zauberhafte Sprache der Mutter zu durchdringen, irgendwo jenseits in einer anderen Schwingung landen, frische Abenteuer machen mit gut gefütterter Sprache, Höhenflüge in Unabhängigkeiten in ungeahnte Verknüpfungen Reizungen, Sinne und Reize gen Rausch. Sinn bis zum Knall, Knallerbsenspaß, Kichererbsenmus, Frau Schneider kocht aus der Hand raus, aber ein Entrée geben einem Menschen, den sie mit etwas konfrontieren möchte, das geht inzwischen, und sehen Sie, sagt die Schneider dann dem Arzt, wir kennen uns nun schon zwölf Jahre.

Dass Frau Schneider dieses Jahr noch keinen Spargel, kurz vor Juli schon, ich saß zwischen Mitternacht und Morgengrauen auf dem Balkon und hörte wieder das Schnarchen eines Nachbarn von gegenüber, von der anderen Seite der kleinen Straße durch die jetzt prächtig belaubten Straßenbäume ein penetrantes Röhren, aß ich nicht kürzlich verkochte Beilagenspargelstangen? nicht einmal selbst zubereitet, bedeutungslos und gleichzeitig den Schrecken vorbereitend, plötzlich keine Lust auf Spargel zu spüren, ein Nahrungsmittel so lange ich denke unter den engsten Freunden unter den fröhlichen Lebensmitteln, Frau Schneiders frische Lieblinge, die nach Johanni, also morgen, vom Markt verschwinden werden. Dass Frau Schneider und die erste Person beide dieselbe erste Person sind, kann natürlich sofort aufgeklärt werden, das Schweben ein gerade angenehmer Reiz dem einen, dem andern längst ein Ärgernis. *Identität und Widerspruch sind von gantz gleicher Gewisheit, beruhen aber oft auf einem optischen oder transcendentellen Schein, Gedanken-Schatten und Wortspiele.* Die ehemals Hauptperson verschwand im letzten Schnee, es gab Schneewehen und gleich nach der Knallerei von Sylvester starb eine weitere Hauptperson aus jener Zeit,

die jedes Mal wenn wir damals einen Spargelstand passierten und Frau Schneider sich kaum zurückhalten konnte mit dem Schwärmen, drastisch ihre Abscheu gegenüber Spargel demonstrierte, hatte auch eine Spargelmutter, die Frau und Frau Schneider erklären sich wie die Mütter über die Stränge schlagen, nur dass eine eigene Mutter es nicht hingekriegt hat und dass die andere eigene Mutter es irgendwie hingekriegt hat, das war der wesentliche Unterschied, die Frau ist gestorben nachdem Frau Schneider sie ein halbes Jahr nicht gesehen, ihre Mutter brachte ihr vom dritten bis zum vierten Geburtstag das Lesen und das Schreiben bei, damit die Mutter nicht ein Buch mehr vorlesen musste, die veränderten Empfindungen gegenüber Spargel erinnern daran, die Frau hat mit vier Jahren alles gelesen was sie erwischen konnte und sie sagte aber nein, das ist es ja gerade, natürlich konnte ich nicht verstehen, *ich habe von neuen bemerkt, wie meine Hitze im Lesen* dieser Ungeheuerlichkeiten *mich in Affect und Leidenschaft setzt, die mich fortreißen*,

und im letzten Sommer im Abschiedsfrühsommer vor ihrem ungeahnten Tod war das Spargeltheater an warmer frischer Luft, das wir uns im öffentlichen Raum Jahr für Jahr mit Vergnügen boten und gönnten, ihre köstliche Abwehr und Frau Schneiders naive Begeisterung für Spargel oder für sonst etwas, sie waren schließlich etwa gleichalt, schon nicht mehr vorhanden, die Frau konnte doppelt so schnell lesen wie ich. Frau Schneider und die faszinierende Frau haben sich regelmäßig gegenseitig aufgeklärt und was das Wissen betrifft, hatte die Mutter mit der zauberhaften Sprache zur Folge, dass die Abteilung für Wissen auf Durchzug gestellt werden musste, und die andere Mutter hatte zur Folge, dass Aneignung von Wissen eine radikal selbstverständliche Überlebensstrategie wurde. Viele Menschen, die einer Sprache beggenen die schwebt und Verbindung offen hält, nehmen sich auch den Angsttrigger zu Nöten mit der Entzifferung sprachlicher Mitteilungen, traumatische Momente der Kränkung des Versagens, schlimm und schwierig werden die Worte erlebt. *Es ist reiner Idealismus Glauben und Empfinden vom Denken abzusondern.*

Möglicherweise haben die Schneiders auch letzten Sommer schon weniger häufig Spargel gekocht als die Frühsommer zuvor, mit Mutter hat Frau Schneiderlein aber den Spargel nochmals gekocht und wie, der letzte Spargel ihres Lebens, *ich sehe in diesem Wirrwarr einen beßern Plan, als ich mir selbst entwerfen könnte*, und die Mutter war so glücklich Spargel zu essen, ein Pfund pro Person mindestens, dass es fast nicht zum Aushalten war, weil man das Glück nicht essen kann, aber gutes Essen natürlich ein Glücksfall ist, lebenslänglich und ohne dass sie Speck ansetzte, eine große Gier und eine große Lust, jede Mutter macht damit etwas anderes, so sind die Sachen mit der Sprache eng mit der Mutter verbunden dem Verstehen was die Mutter sagt wie die Mutter versteht, Spuren gehen weit zurück und in die Pannen der Mütter mit der Sprache, Mutterängste, ihr Versagen etwas nicht zu wissen etwas nicht verstanden zu haben, das zusätzlich von wieder anderem Versagen ablenkt, die Schneider spricht, und das Schönste ist dass wir sehr viele verschiedene Sachen miteinander gesprochen haben und das viele tausend Stunden lang, ein neues Buch entsteht, Johann Georg Hamann wird uns anvertraut, wir begrüßen ihn hier wörtlich in Gestalt einiger Zeilen aus den Briefen an Jacobi, *kursiv* gesetzt.

Die Menschen nahebei beginnen an allen Ecken und Enden, hinreißend wenig erschrocken, die unübersehbar deutlichen Details des Hinschwindens an sich selbst und an abwechselnd einem Nächsten zu erkennen, *innwendig sind Magen, Herz und Kopf im ewigen Zwiespalt*, in der Gewissheit dass ein allernächstes kräftiges Erschrecken wieder und wieder gegeben oder von Nöten, Birnen, die guten, die nach dem Biss fast tropfen, Äpfel, die guten, die nicht nach dem Biss fast tropfen, Frau Schneider mag es gern, aufzublühen in kleinen Bildern, die man mit dem gerade Gesagten oder mit dem was dann kommen mag sehr schön in Kontakt bringen kann oder auch nicht, hallo das ist doch völlig frei gestellt, auf bildlichen Darstellungen gibt es solche Feinheiten, zum Beispiel Frau Schneider muss zwei Mal kurz verreisen, während der drei Tage zwischen den Reisen befanden sich bewegliche Alltagsgegenstände zu Hause spürbar auf der Durchreise, eine absonderliche Zusammenkunft von Gegenständen, sonst nicht länger als ein paar Sekunden als Nachbarn sich ertragen zum Beispiel auf dem Küchentisch, Schauplatz Umschlagplatz zentral der Küchentisch die Mitte der Wohnung, was auf dem Küchentisch wie aufgebahrt oder plötzlich ohne jede Aufmerksamkeit zurück gelassen, die benutzte Gabel berührte einen offenen Hygieneartikel und ein Mobiltelefon, Frau Schneider schrieb einen Brief, und die Vorstellung dass diese Zeilen empfangen werden schien mir ein Problem zu lösen, doch bereits am selben Abend, ich hatte den Brief noch nicht abgeschickt, wusste Frau Schneider dass sich nicht mehr als Lösung anfühlt was zuvor eine Lösung war, diesen Brief zu schicken oder länger mit diesem Brief hier zu sitzen.

Frau Schneider war erstaunt, dass ich die Sache ohne Zögern hinter mir ließ und gleich weiter gehen wollte, ich wollte keine Lösung mehr. Ach was ist schon dabei, wenn die Nähe zu einem eng vertrauten Lebensmittel, Spargel zum Beispiel, vorübergehend oder langfristig nicht stattfindet. Es war ja alles da. Ein Gedanke, der ein Mal kommt kann nicht mehr verloren gehen, auch wenn Frau Schneider den Gedanken schon im ersten Moment nach seinem scheinbar ersten Auftreten, nicht mehr greifen kann und nicht in kommenden Stunden, was bleibt ist doch das Gefühl, der Hintergrund des Gedankens, noch weniger genügsam. Es kommt jemand zur Tür rein und fragt: kann ich in deinem Bette schlafen. Ich gehe ums Bett herum und Frau Schneider versucht mir diese schon schlafende Person einzuprägen. Das steht an dieser Stelle, weil es mir an dieser Stelle aufgefallen, das Gefühl von Frau Schneider. *Es geht mir mit Büchern wie mit Menschen,*

die postmoderne Wehmut ist mein Forschungssektor, Frau Schneider hat noch kein Buch darüber gefunden, zum Beispiel die Mengen die Frau Schneider an Essen und Trinken zu sich nimmt unterscheiden sich von Tag zu Tag nicht sehr stark, die Schwankungen sind unerheblich, das bringt mich ganz durcheinander und wie ist es mit den anderen Dingen, die du von Tag zu Tag zu dir nimmst Frau Schneider? sie sind wahrscheinlich unerheblich, ich verstoffwechsle schnell und bald kann Frau Schneider es wagen, aufzuweichen und dann sieht sie dass sich nichts abstellen lässt, dass ich nichts abstelle, Frau Schneider sehnt sich danach und es sehnt mich von anderen Dingen zu sprechen, egal was sich hier aber einfindet es muss zunächst mitkommen, *ueberall ist meine Weide. Mir schmeckt auch alles. Ist es pica oder Hunger- aber ich muß in beyden Fällen büßen.* Frau Schneider hingegen liebt es, das Gegebene auszuhalten, da sich nichts abstellen lässt, möchten Dinge von selbst sich abmelden, und da neu hinzukommende Dinge spontan sich mit Dingen zusammentun die sich im selben Moment verabschieden, und dass ein Mensch für sich selbst bestimmt wie viel Leben, wie viel Tod im Leben, wie viel Tod wann, andere sagen der Frau war nicht mehr zu helfen: sich selbst aushalten oder sich selbst zerstören, sie hat sehr viel gelesen, aber keine zeitgenössische schöngeistige Literatur, das schien ihr ausnehmend fremd, sie war ansonsten gewohnt, alles Gelesene auf Anhieb zu verstehen und als Wissen im Gedächtnis zu bewahren, diese große Befriedigung, Frau Schneider möchte gerne wissen ob andere ihre Erfahrung teilen, dass es möglich ist das linke Auge einzeln zu zu quetschen, nicht aber das rechte einzeln, mit den ortsansässigen Muskeln. Frau Schneider hat sich viele tausend Stunden dafür interessiert wie andere Menschen Bewegungen machen, jetzt habe ich mein Interesse verändert, *und ich finde so viel Beziehungen auf meine Ideen mit denen ich schwanger gehe,*

zum Beispiel es war so, früher hat Frau Schneider für mich und andere Menschen Spargel eingekauft geschält und bereitet, ob ich Spargelspitzen nehme oder Spargelbruch mittelmäßigen langen dicken oder dünnen, liebevolle Ausdauer ist in jedem Fall gefragt gewesen und die letzte Spitze ist hautfrei ohne Beschneidung, Menschen die es richtig gut aushalten mit sich selbst und manche durchgehend, *die Kunst Geister zu beschwören besteht in Worten,* andere Menschen die es fast durchgehend fast gar nicht aushalten mit sich selbst, dann alles Mögliche dazwischen, schichtweise ineinander geschoben, Gedanken die es auszuhalten gilt, die dicken Gefühle und leichte bis schmerzhafte körperliche Missempfindung, Ipsationsversuche, du kleine Klitoris mit dem großen Erfolg, wie es geschieht die Gedanken ziehen zu lassen und wie Frau Schneider ist einverstanden, den besten Gedanken zu verlieren, dann kommt schon der nächste das kann interessant sein, die Stimmbänder wollen sich in Töne reiben, bin gehemmt laut zu stöhnen zu schreien, Frau Schneider möchte es gerne tun. Die Spargelsaison endet am Johannitag, damit der Spargel noch ausreichend Zeit hat einen grünen Busch zu bilden, bis zum ersten Frost sind es mindestens hundert Tage, der Spargel braucht Zeit um genügend Kraft für das nächste Jahr zu sammeln, der immer neue Versuch, einen Stamm in die Höhe wachsen zu lassen, aus dem dann der Busch wachsen kann. Bis zu sieben Mal versucht der Spargel es, daher kann man in der Regel aus einer Spargelpflanze sechs Spargelstangen ernten, die siebte Stange muss man durchwachsen lassen, damit man auch im nächsten Jahr wieder ernten kann. Und damit diese Stange durchwachsen kann, hört man am 24. Juni mit dem Spargelstechen auf. Frau Schneider zitiert aus einer beliebigen Internetseite über Spargel, ich gebe gerne an wo ich Sachen finde, wenn es mir unerheblich vorkommt lässt Frau Schneider es weg, es ist schon vorbei. Stets und unermüdlich hat die Mutter in tiefer Begeisterung aus ihrem tragischen Leben erzählt und sich dabei innere Quellen aufgetan, Bild und Gefühlsangaben übermächtig andere Angaben wenig.

Frau Schneider mochte schwierige Pferde reiten die schwierige Musik anhören die schwierigen Bücher lesen die allerschwierigsten Menschen sprechen, der Reiz war die Vorstellung, dass es besonders viel kennenzulernen und zu verstehen gibt dass es so schnell nicht aufhört, es schien eine intensivere Erfahrung zu sein was andere schwierig nannten, Frau Schneider verstand die Zurückhaltung der Menschen nicht, ich mache gerne intensive Erfahrung, *Wahrheit kehrt sich nicht an Vorsicht noch Ton; ist vierschrötig,* natürlich hat Frau Schneider keine Vorstellung davon was schwierig ist, nur bei Sachen wofür man Fähigkeiten und Wissen profilieren müsste um weiter zu kommen, wofür man regelmäßige vorsätzliche Einübungen braucht, sie werden schwierig wenn man sie nicht aus freien Stücken ausreichend trainieren kann, aber das ist sehr leicht zu durchschauen und gar nicht schwierig wenn die Schneider versteht was ich tue und was ich nicht tue. Liest Frau Schneider in meiner Muttersprache etwas, das ich nicht auf Anhieb verstehe, frage ich Frau Schneider, ob sie den Text kennenlernen möchte: ob der Text Sog entwickelt, ob etwas für mich drin steht? ob er eine echte Überraschung ist.

Einzelne Händler bieten frischen Spargel auch über den 24. Juni an. Das passiert in den Jahren, in denen man eine Spargelanlage zum letzten Mal sticht, weil sie zu alt ist. Auch begegnen Menschen Texten mit Abwehr weil sie sich für AllesSofortVersteher halten und sich selbst nicht anders aushalten, dann muss man keine Rücksicht nehmen, dem Spargel für das nächste Jahr ausreichend Kraft zu geben und kann bis zum letzten Trieb stechen. Es kommt auch vor, dass Trieb als Wort eindeutig als Teil einer Pflanze gesehen wird. Im Zusammenhang mit Spargelstangen bekommt die Beschreibung der Vorgänge rund um den Spargel animalische Züge, es geht darum, einige der früheren Hauptpersonen zu verwandeln, oder wird es keine Pläne geben? Wenn ich aufschreibe was sich zuträgt, zum Beispiel im Rahmen des Wehmutprojekts, wird Frau Schneiders Schnabulierbedürfnis und der Besuch von Musikveranstaltungen nicht wegzudenken sein, es kommt nach und nach vor was sowieso vorkommt, aus Frau Schneiders Sicht, ich sitze vor mir. *Schönheit ist ein mimischer Engel des Lichts, deßen Nachahmung ich zum Muster nehme, so sehr ich den Sinn verabscheue.* Im Krönungskutschensaal hängen rundherum einzelne Scheinwerfer von der Galerie herab, mit ihren in unterschiedliche Winkel geöffneten Klappen, wie Ampelmännchen wie Engel.

Nach dem Ende der Spargelsaison schnellen die Apfelpreise steil in die Höhe, der Vorrat an deutschen Äpfeln vom Vorjahr geht dem Ende zu, die ersten Kläräpfel brauchen noch sechs Wochen, im Billigsupermarkt wo es jetzt noch günstige angeblich deutsche Äpfel gibt liegen auch die Billigzeitungen ein nackter Mann der sich mit einem Messer im Neptunbrunnen selbst verletzt, der Polizist der in den Neptunbrunnen kommt und vom nackten Mann fordert Messer weg, der nackte Mann geht aber mit dem Messer auf den Polizisten zu und der Polizist weicht zurück, nach wenigen Sekunden schießt er auf den Mann und trifft den Mann tödlich, ein heftig organisierter Selbstmord und gleichzeitig eine Tötung, deren Unabdingbarkeit heftig zu bezweifeln, gibt es für Polizisten im einundzwanzigsten Jahrhundert keine anderen Waffen? Warum muss ein Polizistenmann als schwacher Held mit einer Pistole alleine auf den Messermann zugehen? gibt es in dieser Situation nur den Todesschuss? Warum wissen die Polizisten nicht zu respektieren, dass der Messermann gar kein Held ist, so wird der Messermann abgeknallt statt ihn zu beschützen, *meine impertinente Lage von außen und von innen verbietet mir alles Urtheilen* teile dann Frau Schneider mit, dass mir noch zwanzig Jahre bleiben, *Vernunft ist für mich ein Ideal, deßen Daseyn ich voraussetze, aber nicht beweisen kann durch das Gespenst oder die Erscheinung der Sprache und ihrer Wörter*, das Bewusstsein vom Lebendigsein zusammenpacken, Frau Schneider darf jeden Gedanken jederzeit ziehen lassen jetzt eine verrückt neue Erkenntnis wie kann diese Erlaubnis etwas zusammenhalten zum Aufschreiben, Frau Schneider darf darauf verzichten festzuhalten, ich darf allein und wehmütig sein und die Freunde machen alles für ihr gesichertes Dasein und dass die mannigfachen Bemühungen sich und ihren Nächsten ein Beweis sind zu leben, wie selbstbestimmt, Frau Schneiderlein will gar nicht mehr glauben, dass ein Mensch sich versage, selbstbestimmt zu leben der Mensch weiß wie das geht, Sachen von sich aus zu tun und hat ein Bedürfnis danach, andernfalls ist es eine Angelegenheit, die jemand hoffentlich zusammen mit dem Menschen verstehen möchte, man hatte doch tatsächlich die Vorstellung die Gebärmutter gerate von selbst in Unruhe, wandere wenn sie nicht oft genug Samen bekommt, und verursache so die damals mit Hysterie benannten Zustände. Haben die Frauen nichts gesagt? konnten Männer als Ärzte vor hundert Jahren absurde Dinge behaupten ohne das Körpererleben der Frau mit in Betracht zu ziehen? einerseits Tabufeld andererseits Theorien, die Grenzen des höchsten Anstands überschreiten, oder wurde es nicht als gewaltsam empfunden, wenn ein Mann annimmt dass eine Frau gesundheitlich von männlichem Samen abhängig ist? niemand ist auf die Idee gekommen, dass das entsprechende Geschehen in der Gebärmutter der Orgasmus ist? dass die Muskeln sich zusammenziehen wollen von selbst und bis es nicht mehr anders geht als sich zu befreien, durch Selbstbetätigung Liebesbetätigung Sexbetätigung gewöhnlichen Geschlechtsverkehr kann in der Gebärmutter ein Orgasmus stattfinden, aus Gründen der gesundheitlichen Selbstfürsorge Forschungsfeld Nummer zwei, denn ein Ausbleiben des orgastischen Geschehens ist stärker mit Scham behaftet als der gelingende Vollzug, verwandelt sich die Scham in Erfolg, können die existenziellen Dinge des Lebens nicht mehr übersehen werden und nicht länger getrennt betrachtet werden, die große Durchblutung ist sehr angenehm, die fließenden Bewusstseinszustände, *sich selbst verstehn – und nicht ungeduldig werden*, bis der Reiz und der Sinn und die Sinne sich ins Gegebene zusammenziehen und weiten, in die Tage und Nächte kommen Orgasmen rein.

Der Arzt greift Schneiders Lachen auf, ich glaube ich habe ihn wieder gekränkt, er fragte Frau Schneider was sie eigentlich beruflich mache, Frau Schneider hat mich dann entschuldigt es sei im Gegenteil so, dass ich mit Respekt bemerke diese Frage die von Ärzten heutzutage kaum, nur es sei dann etwas plötzlich oder aufwendig die Frage in gebotener Kürze zu beantworten da komplex und man wolle ja nicht den anderen mit den Details langweilen, oder die Sphinx möchte ihn gerne verschonen, da er ein auffälliges von Mal zu Mal wachsendes Ausmaß an den Tag legt und das als Arzt, *sollte die sinnliche Erkenntnis nicht apodictischer seyn als die Vernunfterkenntnis?* ich frage mich wo geht das denn hin oder Frau Schneider macht sich Sorgen nämlich wegen seines Berufs, es ziemt sich nicht extrem übergewichtig zu sein als Hausarzt in das Übergewicht immer weiter reinzuwachsen, das verbreitet Schrecken, ich kenne Sie nun schon zwölf Jahre, Pause und Reaktion abwarten, Ihr Übergewicht wächst so sichtbar dahin, dass man sich doch große Sorgen macht und mit ihrer tabuisierten Erscheinung, die anständigerweise wortlos hinzunehmen ist, komme ich nicht ganz gut zurecht, Sie machen sich damit unnahbar und wenn Sie in der Rolle des Arztes fragen wie es der Schneider mit den sozialen Kontakten geht, macht sich Frau Schneider Gedanken um die sozialen Kontakte des Arztes, eine traurige Ausstrahlung hat er, spreche hingegen gerne von unsichtbaren Dingen, am See traf ich einen Angler, einen Bekannten, wir sprachen belanglos dahin, der Angler sagte ich zeig dir jetzt was und Frau Schneider, Tage später, schämt sich dass sie ihm nicht geduldig auf die Angel und die Finger schaut, wie wäre es, Angeln als Hobby?

Es fing alles damit an, dass Frau Schneider mit dreizehn die Innenwelt der Außenwelt der Innenwelt gelesen hat und als nächstes Deutschstunde, *durch einen Zufall der auch auf mich wirkte und neue Empfindungen nebst parallelen Ideen oder Begriffen in mir hervorbrachte.* Frau Schneider hätte damals abfahren können oder ausflippen. Wenn die Zuckung kommt dass ein Fisch anbeißt schnell und richtig handeln, das ist wahrscheinlich doch nicht so nahe einem Orgasmus, zuckt es nur ein Mal beim Angeln? Okay das Ziehen an der Rute und dann die Kraftanstrengung des Aufrollens, den Fisch an Land kriegen, ein Babyfisch wird wieder ins Wasser geworfen, der nackte Mann im Neptunbrunnen sieht im Internet groß aus, der Polizist sieht kleiner aus, selbstverständlich nehmen alle den Polizisten in Schutz,

der Schuss des Polizisten hat alles Elend, das der Neptunbrunnenmann empfunden haben muss, vor allem sein allerhöchstes Gespanntsein mit einem Schlag beendet, ein Mann hat im Zentrum der Stadt das Leben eines anderen Mannes für immer gestoppt, das kommt so selten nicht vor, es schieben sich globale Ebenen ineinander, ich verstehe nicht was Sie machen Frau Schneider, hört Leute es kann nicht gut sein was Frau Schneider mit der Sprache macht, ich bin einer der bedeutendsten Kenner zeitgenössischer Literatur, wie jeder weiß Frau Schneider Sie haben andauernd diese persönlichen Fürwörter so geht das nicht, was Sie da lesen und sprechen ist belanglos und überladen worum geht es hier denn eigentlich, ich habe keine Lust mich damit zu befassen, es langweilt mich, bestimmt bilden Sie sich ein Sie haben ein wunderbares Stück Literatur zustande gebracht und gehen davon aus, uns damit zu verzaubern, ich muss Sie enttäuschen, leider nein, kein Interesse verstehen Sie, es war verrückt Frau Schneider hat minutenlang nicht verstanden was der Herr spricht, wie man akustisch etwas nicht versteht ist ihm geglückt, fast taub ist ihm das geglückt, hat Frau Schneider mit seiner Abwehr erwischt, teuflische Zauberei wie sein Abwehrschauspiel sich einmischt hinterrücks, die Reihe der alten Abwehrattentate aufmischt. *Ich erhole mich von dem Paroxysmo meiner kritischen Muthlosigkeit,* denn das Verstehen von Literatur hängt nicht vom Text ab, vom menschlichen Gegenüber allein, das Bewusstsein entscheidet wie das Interesse ausfällt, und das Gemüt entscheidet, Geist und Seele schmecken den Text oder schmecken nur ab, die Autorin gibt ihr Bestes, das ist eine Sache für sich: sein Bestes geben, Verstehen ist: Begnadetsein oder eine Gnade: wahrnehmen, kennenlernen, auch: nehmen, aufnehmen, sich gewöhnen an, aus dem Gemoll Lexikon.

Eine Solistin und ein Solist spielen die Stücke eines Komponisten und einer Komponistin, sie haben die Stücke immer wieder gelesen, sie haben die Stücke kennengelernt und sich daran gewöhnt, sie verstehen die Stücke, Verstehen ist harte kontinuierliche Arbeit, zugleich ein warmer weicher Vorgang, ich verstehe gerne was ich verstehen möchte je fremder um so intensiver möchte ich etwas erfahren, es könnte passieren, dass Frau Schneider etwas Neues versteht, wirklich etwas neu versteht, *ich kann es nicht aufgeben, so lange ich noch Hoffnung habe, die von Glauben und Vernunft unterstützt wird,* erst nach Schritten der Annäherung ist es würdevoll zu urteilen wie diese Sache sich anfühlt, ob Verständnis aufkommt? Wir kürzen ab, wir sagen irgendwie passt der Geruch von guter Scheiße besser in den kahlen Toilettenraum mit Bauwänden, Frau Schneider hat die Tapete gerne runter gerissen. Sie kam in ganzen Streifen, so viel Gegebenes ist inzwischen schon liegen geblieben, die alte Tapete habe ich aber sofort entsorgt, dass Frau Schneider etwas nicht auf Anhieb versteht, nicht sofort einen Zugang findet und gleich bemerkt, dass ich auch später wahrscheinlich nicht viel von jenem Text jenen Zeilen verstehen möchte, mit schwierig hat das nichts zu tun, eher mit Neugierde, in der Mitteilung dass etwas schwierig ist, teilt der Mensch etwas über sich selbst mit. Manchen ist schwierig, längere Zeit ruhig zu sitzen in einem Konzert, ein nicht mehr junges Pärchen in der Reihe vor mir, der Mann platziert geschickt in einer sehr kleinen Pause seinen Rucksack minimal um, die zarte Frau reicht ihm daraufhin von oben ihre fette Tasche die er auf den freien Stuhl direkt vor mir, auf dem der Programmzettel für uns alle liegt, abplumpst in die gerade fremder werdende Musik, im weiteren Verlauf machen sie immer wieder solche Sachen, Frau Schneider bewundert den Mann, der sich nicht aus der Ruhe bringen lässt und keine abwehrenden Gesten seiner Begleiterin zukommen lässt, die ist liebevoll unruhig.

Nach dem ersten Termin hat Frau Schneider die Symptome, die ich dem Arzt nur angedeutet hatte, Tag für Tag besser gespürt, Frau Schneider konnte eine gewisse Besorgnis in den Griff kriegen, indem sie mir sagte für den Fall daß es wirklich schlimm wird, werde ich den ärgsten Schmutz und die schwierigste Unordnung in der Wohnung umgehend beseitigen, dass ich mich jeder Zeit frei fühlen werde, die Wohnung zu verlassen ohne zu wissen was dann passieren wird. Frau Schneider hat das Geschirr gewaschen. Wenn das Körpergefühl schlimmer geworden wäre, hätte Frau Schneider die nächste Angelegenheit in Ordnung bringen müssen. Ich habe mich gefreut, dass Frau Schneider mit brauchbaren Einfällen für gute Laune sorgt, *Geselligkeit ist das wahre Principium der Vernunft und Sprache, durch welche unsere Empfindungen und Vorstellungen modificiert werden,* wie eigenartig ist es doch, das Pulsieren aus der eigenen Blutbahn als akustische Liveübertragung und intim wie aus Kopfhörern quellend und wie wunderbar es ist in deutlich fortgeschrittenem Alter die Spiele der Unabhängigkeit und Frau Schneider? wie verhält sie sich in der Gesellschaft? Natürlich kommen Impulse für nahestehende Menschen mit Lebensmitteln, Lebensreiz und Lebenssinn bereit zu sein, vielleicht habe ich Glück und existiere außer Konkurrenz und Frau Schneider bringt heimische Erdbeeren aus dem öffentlichen Raum, ich wusste wirklich nicht wie gesund Erdbeeren sind, Erdbeeren sind ein Symbol für Demut und Bescheidenheit, nach der Ernte so bald wie möglich genießen oder verarbeiten, sie waren mir oft verdächtig.

Der Schneider kommen die buntbestückten Innentexte und was sie tut ist: sie erzählt was sie nicht versteht, also ein Mann beschreibt seine Eltern und ihr Leben, dann sagt er dass Vater und Mutter zufrieden sind mit ihrem Leben, ja dass es bei deinen Eltern im Unterschied zu Frau Schneider und zu Frau Schneiders Eltern so etwas gibt sage ich, ja es ist nicht wie bei dir, ja ich werde mein ganzes Leben lang auf dem Weg sein irgendwo hin, das war ein erstaunliches Gespräch und einige Zeit später teilt der Mann Frau Schneider mit, dass er ein Kompetenzsimulator ist, und Frau Schneider hat sich zunächst keine Gedanken gemacht und so weiter, noch fremd wenn ich mit mehreren Stimmen und aus verschiedenen Kanälen spreche, leider habe ich wieder nicht genau verstanden was der Rohrleger in Jordanien kraftwerksmäßig zu tun hatte, er hat dann noch köstliche Spots aus seinem Berufsleben als Rohrleger, ja er möchte ein Buch darüber schreiben, das Problem seien nur die Namen, er bräuchte schon die richtigen Namen der Auftraggeber im Text, Frau Schneider findet diesen Beruf mit dieser von ihm praktizierten Berufsbezeichnung sehr interessant, Klempner klingt verklemmt und Rohrleger klingt ziemlich nach Befreiung, aber im Internet steht Rohrleger sind ein Typ von Arbeitsschiffen, die Rohre für den Transport von Öl oder Gas auf dem Meeresboden legen, dann kommen Abbildungen und Erklärungen, die ich mit meinem Verstand und mit Frau Schneiders Allgemeinbildung nur zum Teil gleichzeitig lese ich alles einmal durch in der Art des persönlichen Forschens und Frau Schneider entdeckt die Ankerziehschlepper, der Rohrleger sagt ich bin unmusikalisch, Frau Schneider sagt es ist zunächst die mangelnde Bereitschaft, der Rohrleger schließt die Umhausung der Gastherme, er hat eine Wartung gemacht und sitzt jetzt auf dem großen Hocker mit Blick in den Kücheninnenraum, greift zur Wasserflasche die Frau Schneider ihm zum Austrinken überlassen hat, warum ist mir die Berührung der Hand meines Freundes, meiner Freundin so angenehm und warum bereitet sie mir so viel Vergnügen? Das ist ein Zitat von Louis Bourgeois und hängt an der Wand wohin sein Blick fällt. Worin besteht der Reiz und worin liegt der Sinn, schwierige literarische Texte verstehen zu wollen? Das ist ein Zitat aus einer Wettbewerbsausschreibung, Frau Schneider hat die Preisfrage schließlich ausgedruckt auf den Küchentisch gelegt und endlich wird klar, weshalb ich mir diese einfachen Worte nicht einprägen kann: sie konkurrieren im Klang mit der Frage von Bourgeois, die über den Gewürzen hängt.

Flibbertigibbets, Sokrates und eine Pflugschar
oder
Warum man sich mit schwierigen Gedichten befassen sollte

KATRIN HENZEL

Ein Buch soll es sein, zu Weihnachten. Langweilig? Ein schöneres Geschenk kann ich mir kaum vorstellen. Lyrik soll es sein. Ein kleines unscheinbares Buch, eher ein Heftchen, eingebunden in gelbem Karton. Mit dunkelbraunen Lettern darauf der Name. Mit hellbraunen Lettern darunter der Titel. Mehrere Versuche waren nötig, um das Buch schließlich in den Händen zu halten. Umso größer die Freude auf den nun noch um seinen Wert gesteigerten Schatz, der endlich in meinen Händen liegt, bereit zum Aufschlagen. Jeder Text hält für Leser und Zuhörer Überraschungen bereit. Gepaart mit der jeweiligen Lesesituation erhält der Text – im konkreten Fall meines Weihnachtsgeschenks handelt es sich um Gedichte des irischen Nobelpreisträgers Seamus Heaney aus der Sammlung *The Spirit Level*[1] – eine dem Leser ganz individuelle Zugangsweise. Liegt darin der Reiz der Lektüre? Was bedeutet das individuelle Lesen? Gibt es Gemeinsamkeiten beim Lesen und Interpretieren? Oder liegt im privaten ästhetischen Genuss der Texte der einzig wahre Wert? Wozu lohnt die Auseinandersetzung mit Literatur? Die Frage nach Sinn und Zweck der Literatur ist ganz bestimmt so alt wie die Literatur selbst – vielleicht liegt in ihr sogar ihr Ursprung. Es liegt in der Beantwortung dieser Frage die Gefahr, abgedroschen wirkende Antworten zu liefern, die keinen neuen Wert mehr besitzen, da sie sich einem Mantra gleich ewig wiederholen.

Daher versuche ich es einmal umgekehrt. Ich möchte ein Gedicht vorstellen, mit dem ich mich in den letzten Wochen intensiv beschäftigt habe, oder vielmehr: das mich beschäftigt hat. Von einem qualifizierten Beitrag zur Erforschung des Leseverhaltens kann man hierbei ganz unmöglich sprechen. Doch wäre nicht schon viel erreicht, die Lust auf das Lesen – – – und Sprechen – – – und Hören – – – ja, Singen – – – weiterzugeben?

---

[1] Seamus Heaney: The Spirit Level. London 2014 ([1]1996).

Dazu dieses eine konkrete Gedicht, das aus der bereits genannten Sammlung entnommen ist.

‚Poet's Chair'[2]
for Carolyn Mulholland

Leonardo said: the sun has never
Seen a shadow. Now watch the sculptor move
Full circle round her next work, like a lover
In the sphere of shifting angles and fixed love.

1

Angling shadows of itself are what
Your ‚Poet's Chair' stands to and rises out of
In its sun-stalked inner-city courtyard.
In the *qui vive* all the time, its four legs land
On their feet – catsfoot, goatfoot, big soft splay-foot too;
Its straight back sprouts two bronze and leafy saplings.
Every flibbertigibbet in the town,
Old birds and boozers, late-night pissers, kissers,
All have a go at sitting on it some time.
It's the way the air behind them's winged and full,
The way a graft has seized their shoulder-blades
That makes them happy. Once out of nature,
They're going to come back in leaf and bloom
And angel step. Or something like that. *Leaves*
On a bloody chair! Would you believe it?

2

Next thing I see the chair in a white prison
With Socrates sitting on it, bald as a coot,
Discoursing in bright sunlight with his friends.
His time is short. The day his trial began
A verdant boat sailed from Apollo's shrine
In Delos, for the annual rite
Of commemoration. Until its wreathed
And creepered rigging re-enters Athens
Harbour, the city's life is holy.
No executions. No hemlock bowl. No tears
And none now as the poison does its work

---

[2] Ebd., S. 46f.

And the expert jailer talks the company through
The stages of the numbness. Socrates
At the centre of the city and the day
Has proved the soul immortal. The bronze leaves
Cannot believe their ears, it is so silent.
Soon Crito will have to close his eyes and mouth,
But for the moment everything's an ache
Deferred, foreknown, imagined and most real.

3

My father's ploughing one, two, three, four sides
Of the lea ground where I sit all-seeing
At centre field, my back to the thorn tree
They never cut. The horses are all hoof
And burnished flank, I am all foreknowledge.
Of the poem as a ploughshare that turns time
Up and over. Of the chair in leaf
The fairy thorn is entering for the future.
Of being here for good in every sense.

Lautes Lesen eröffnet mir den ersten Zugang zu diesem Gedicht. Trotz einiger erster Leseschwierigkeiten – bedingt durch mir fremde Wörter und die Metrik – zieht mich der Rhythmus mit, gleich einem Pferd lässt er mich aufsitzen und galoppiert voran, dann wird er langsamer, lädt zum Verweilen ein, um dann wieder eine andere Gangart einzulegen. Die Worte sind gut gewählt, passgenau – als hätte der Dichter sie in einem genialen Gedanken aus dem Ärmel geschüttelt, sodass sie in die Feder fallen und sich auf das Papier ergießen. Sofort kommen mir Gedichte Heines in den Sinn, die mit gleicher Leichtigkeit daherkommen. In Wahrheit jedoch sind alle Verse das Ergebnis harter Arbeit – ganz sicher bei Heaney wie bei Heine. Ich konzentriere mich auf den Klang. Um auf der Klaviatur nicht orientierungslos hin- und herzuhüpfen, helfen mir Alliterationen und Repetitionen („No executions. No hemlock bowl. No tears / And none now as the poison does its work"). Wie Schilder am Wegesrand stehen sie da, so geschickt gesetzt, dass sie mich meinen Weg durch das Gedicht gehen lassen und nur an unübersichtlichen Stellen einen Orientierungspunkt setzen, um mir schmeichelnd vorzulügen, ich würde mich weiterhin ohne fremde Hilfe durchschlagen.

Was für eine Sprache ist das? Sie scheint verschiedene Zeiten zu spiegeln. Ganz markant und nachhaltig im Ohr klingend das archaischrhythmische, fast beschwörende Sprechen in der letzten Strophe („My father's ploughing one, two, three, four sides"). Davor eine Zeitreise von Leonardo zum Hier und Jetzt (erste Strophe), weiter zu Sokrates (zweite Strophe). Man möchte mehr erfahren. Der Flibbertigibbet beflügelt die Phantasie.

Ich tippe das Gedicht ab. Das Wiederholen der Worte und Sätze, das Setzen der Absätze hilft mir, einen anderen Weg einzuschlagen, der doch zum selben Ziel führt. Nun sind es nicht die Klänge und Rhythmen, nun konzentriere ich mich auf Syntax und Berichtetes. Es dominiert nun die Wanderung des Stuhls, das narrative Moment rückt in den Vordergrund, was wohl dem Umstand geschuldet ist, dass ich in Schule, Studium, Beruf wie auch Freizeit Literatur in erster Linie lautlos lesend, nicht sprechend erfahren habe und erfahre. Lyrik braucht Zeit. Die Dreiteilung des Gedichts wirkt beim Abschreiben nun nicht nur optisch, sondern auch inhaltlich stärker. Insbesondere die letzte Strophe zieht mich in eine Geschichte hinein. Hier erfährt man von der Kindheit des Sprechers, man kann die vom gepflügten Feld aufkommende erdige Luft förmlich atmen, Bilder entstehen im Kopf, Geräusche der Landarbeit und der Natur mischen sich darunter. Diese Zeitreise wirkt ungleich stärker, da authentischer, als die in die – literarisch vermittelte – Antike.
Metaphern strahlen nun viel intensiver. Der Dornenbaum lässt einen sofort an Exodus 3, 2 denken. Plötzlich ertönt Johnny Cash in meinem Ohr („And the whirlwind is in the thorn tree").[3] Ein Bild ist für meinen persönlichen Zugang zum Gedicht von zentraler Bedeutung: „Of the poem as a ploughshare that turns time / Up and over." Hier fallen alle Ebenen des Gedichts, zeitlich, räumlich wie materiell, zusammen. Bei dieser so ausdrucksstarken letzten Strophe kommt mir plötzlich in den Sinn, was Jesper Svenbro und Klaus Reichert vor wenigen Wochen erst bei einem Autorengespräch über ihre Arbeit berichteten:[4] Während Rei-

---

[3] Es handelt sich um einen Vers aus dem Refrain des Songs „The Man Comes Around" vom Album *American IV: The Man Comes Around* (UMG 2002). Das Lied handelt von der Apokalypse nach der Offenbarung des Johannes.
[4] Das Autorengespräch zwischen Klaus Reichert und Jesper Svenbro, moderiert von Anne Bohnenkamp, fand unter dem Titel *Im Dialog mit der Weltliteratur* am 21. Ja-

chert beim Schreiben von Gedichten mit Worten und ihren Assoziationen spielt und experimentiert, abstrahiert, bevorzugt Svenbro die narrative Form, in der er persönliche (Kindheits-)Erinnerungen mit allgemeinen Beobachtungen, historischen Personen oder Texten zueinander in Beziehung setzt. Die Lyrik Svenbros steht der Heaneys ganz nahe, meine ich.

In einem dritten Schritt wage ich mich an das Übersetzen des Gedichts. Damit meine ich nicht nur den Sprachwechsel, sondern den Vorgang, sich die Worte zu eigen zu machen. So würde ich nicht nur mit einem fremdsprachigen Text verfahren. Es hilft mir die Lebenswelt des anderen zu erkunden und auf die meinige zu projizieren – ob affirmativ oder distanzierend, spielt dabei keine Rolle. Kurt Flasch, gefragt, warum er Dante übersetzt habe, antwortete:

> Ich tue es vor allem für mich selbst. Denn wer übersetzt, muß genauer lesen. Er muß dem Text in die letzten Winkel folgen. Wir lesen alle zu schnell. Wer übersetzt, muß langsam lesen. Das ist die erste Wohltat – für mich selbst. Ich entdecke originelle Sätze und schöne Stellen. Und ich habe die glückliche Erfahrung gemacht: Wenn ich mich zunächst nur ganz für mich in einen großen Text vertiefe, sogar mich in ihm verliere, dann interessiert mein Ergebnis auch andere.[5]

Das Übersetzen von Lyrik stellt bekanntermaßen eine besondere Herausforderung dar. Die Übersetzung bleibt immer defizitär. Auf was kann und will man am ehesten verzichten? Auf den Rhythmus? Den Reim? Oder den wortwörtlichen Sinn? Der Fremdsprache inhärente Bilder gehen verloren, nicht jeder Wortwitz wird erfasst. Eigene Konnotationen treten hervor und erlauben einen ganz persönlichen Zugang zum Gedicht, es wird Teil (auch) meiner Welt, es wird „lesbar".[6]

Stück für Stück, Zeile für Zeile arbeite ich mich gleich dem im Gedicht genannten Pflug als Allegorie auf die Dichtung durch das Kunstwerk

---

nuar 2014 in Frankfurt a.M. statt und gehört zur aktuellen Gesprächsreihe *Europäische Begegnungen*, die die Deutsche Akademie für Sprache und Dichtung in Kooperation mit den Schwester-Akademien in Budapest, Kopenhagen, London, Stockholm und Tallinn durchführt.

[5] Kurt Flasch: Nachwort, in: Dante Alighieri: Commedia. In deutscher Prosa von Kurt Flasch. Frankfurt a.M. 2013, S. 595–636, hier S. 623.
[6] Ebd., S. 624.

(man erlaube mir in diesem Kontext die anmaßende Aneignung; sie ist einfach zu schön). Ich hoffe, dass ich dabei keine Pflänzchen zerdrücke oder Tiere verschrecke. Die Erde wird aufgelockert – dadurch verändert sie ihre Struktur, die Sprache wird eine andere (einfacher, dilettantisch, aber sie atmet auch). Doch hin und wieder bleibe ich an einem Stein hängen – erneut Anlauf nehmen, und weiter geht es.

Ein solcher Stein ist schon im Titel versteckt: Nehme ich das Kompositum „Poetenstuhl" oder den Genitivus possessivus? Ich entscheide mich für die zweite Möglichkeit, wohl, weil es sich um die Überschrift handelt. Später werde ich merken, dass ich in den Strophen davon abrücken werde. Es folgt die Dedikation. Mit einem vierzeiligen Motto beginnt das Gedicht nun immer noch nicht, wie die optische Differenz zu den Strophen (kursive Schrift ohne vorangestellte Zahl) zeigt. Ich lasse mich von der Leichtigkeit der ersten Zeile täuschen und bin schon in der zweiten mit den Problemen beim Übersetzen konfrontiert: Ich habe große Schwierigkeiten, die tänzerisch-kreisenden Bewegungen auf die Bildhauerin im Umgang mit ihrem Objekt zu übertragen.

> *Leonardo sagte: Die Sonne hat niemals*
> *Einen Schatten gesehen. Nun schau wie die Bildhauerin*
> *Ihr nächstes Werk umkreist, einem Liebhaber gleich*
> *In der Sphäre wechselnder Winkel und fester Liebe.*

Folgt man den metrischen Vorgaben, müsste es im trochäischen Rhythmus „Leonardo sagt'" heißen. Und in der zweiten Zeile die letzte Betonung auf „-in" legen zu müssen, schmerzt. Stolz, die vierte Zeile mehr oder weniger erfolgreich gebannt zu haben, kapituliere ich doch vor dem Ausgang des Mottos – wie soll man auch „fixed love" in dieser Prägnanz in die Zielsprache ‚hinüberretten'? Ein Blick in eine schon vorhandene Übersetzung von Giovanni und Ditte Bandini[7] hilft beim Verstehen, setzt doch aber den Akzent anders, indem die koordinierte Ebene von „angles" und „love" verschoben wird zu einer hierarchischen Anordnung: „[...] wie eine Verliebte, die / Wechselnde Bahnen zieht über festem Liebesgrund."[8] Es liegt mir fern, in den Wettstreit mit zwei versierten Überset-

---

[7] Seamus Heaney: Die Wasserwaage. The Spirit Level. Gedichte. Englisch und Deutsch. Aus dem Englischen von Giovanni und Ditte Bandini. Hg. von Michael Krüger. München, Wien 1998, S. 94–97.
[8] Ebd., S. 95.

zern zu treten. Ich möchte aufzeigen, wie wichtig es ist, sich selbst auch die Worte zurechtzulegen und diesen einen Sinn zu geben, bevor man sich auf eine vorgegebene Lesart konzentriert, die den Blick auf andere Möglichkeiten versperrt. Das Gedicht begreifen heißt es sprachlich und inhaltlich zu erfassen.

1

Wechselnde Schatten seiner selbst sind das
Woraus dein ‚Poetenstuhl' hervorgeht und wofür er steht
In seinem sonnengestielten innerstädtischen Innenhof.
Die ganze Zeit wachsam, landen seine vier Beine
Auf ihren Füßen – Katzenpfötchen, Ziegenfuß, großer weicher
Spreiz-Fuß auch
Seinem geraden Rücken entsprießen zwei bronzene und
begrünte Triebe.
Jeder Flattergeist in dieser Stadt,
Alte Schachteln und Schluckspechte, Nachtpinkler, Küssende,
Alle probieren ein Weilchen auf ihm zu sitzen.
Es ist die Art, wie die Luft hinter ihnen beflügelt und schwer
ist,
Die Art, wie ein Sprössling ihre Schulterblätter ergriffen hat,
Die sie glücklich macht. Einmal aus der Natur heraus,
Werden sie zurückkehren in Blatt und Blüte
Und Engelsleiter. Oder etwas Ähnliches. *Blätter
Auf einem verdammten Stuhl! Würdest du es glauben?*

Und bereits mit der ersten Strophe breche ich die Regel, die Metrik durchzuhalten. Um den Text zu verstehen, setze ich die Semantik höher als das Versmaß. In der Beschreibung Heaneys der Städter, die den Stuhl besteigen wollen, liegt eine ansteckende Heiterkeit. Hier sollte es auch verwundern, wenn jede Übersetzung haargenau identisch mit der anderen sein sollte, oder? Der als „Katzfuß" von G. und D. Bandini wiedergegebene „catsfoot" beispielsweise weckte in mir eher die Assoziation mit der botanischen Pflanze *Antennaria dioica*, was mir gerade bei einem so naturverbundenen Lyriker wie Heaney nur allzu naheliegend schien. Den „Flibbertigibbet" möchte ich eigentlich gar nicht aus dem deutschen Text verbannen – dem „Flattergeist" („Herumtreiber" bei Bandini/Bandini) sind zumindest noch nicht die Flügel gestutzt. Doch sind es jetzt die „alten Schachteln" oder doch die „alten Käuze" (Bandini/Bandini), wenn die „old birds" dazukommen? Zu gern möchte ich das vor Ort bei den Dublinern selbst erfragen. Ein Blick in die Sekundärliteratur macht mir jedoch schlagartig klar: Ich lag grundlegend falsch: „[...] Heaney observes in a parody of Yeat's ‚Sailing to Byzantium', the old birds and boozers, ‚late night pissers and kissers' [...]".[9] Und hier wird nun eine persönliche Assoziation durch den ersten Vers aus W.B. Yeats' Gedicht lebendig, die so gar nichts mehr mit den ursprünglichen Versen Heaneys gemein hat: die einprägsame Erscheinung des Anton Chigurh (gespielt von Xavier Bardem) im Spielfilm *No Country for Old Men* der Brüder Coen nach der gleichnamigen literarischen Vorlage Cormac McCarthys. Da lasse ich doch lieber die liebenswürdigen alten Schachteln auf dem Stuhl sitzen, als den Killer mit der Pagenfrisur auch nur in die Nähe des Stuhls zu rücken!

Der „Engelstritt" in der gedruckten Übersetzung, die ich vergleichend herangezogen habe, überzeugt mich hingegen gleich – möglicherweise ist hier tatsächlich auf das Lyrik-Vokabular des späten 18. Jahrhunderts Bezug zu nehmen? Hilflos zudem meine ersten Versuche, das „bloody" einzuordnen. Kein blutiger Stuhl, ein „verdammter" eben. Chigurh hat sich doch eingeschlichen.

2

Dann seh' ich den Stuhl in einem weißen Gefängnis
Mit Sokrates auf ihm sitzend, völlig kahl
In strahlendem Sonn'licht mit seinen Freunden redend
Seine Zeit ist kurz. Am Tag, als sein Prozess begann
Segelte ein grünes Boot von Apolls Schrein
In Delos los, für die alljährliche Gedenk-
Zeremonie. Bis seine umkränzte
Und umrankte Takelage wieder eintritt in Athens
Hafen, ist das Leben der Stadt heilig.
Keine Hinrichtungen. Kein Schierlingsbecher. Keine Tränen
Und jetzt auch nichts wenn in ihm arbeitet das Gift
Und der meisterliche Häftling seinen Gefährten von
Den Stufen der Betäubung spricht. Sokrates
Im Zentrum dieser Stadt und dieses Tags
Hat die Unsterblichkeit der Seele bewiesen. Die bronzenen
                                        Blätter
Können ihren Ohren nicht trau'n, so still ist's.

---

[9] Daniel Tobin: Passage to the Center. Imagination and the Sacred in the Poetry of Seamus Heaney. University Press of Kentucky 1999, S. 291.

> Bald wird Kriton sein' Augen und Mund schließen müssen,
> Aber für den Moment ist alles ein verzögerter
> Schmerz, vorausgeseh'n, vorgestellt und am meisten real.

Sorgte beim ersten lauten Lesen die erste Strophe für größte Verwirrung, halte ich nun beim eigenen Übersetzen tatsächlich die zweite für die schwierigste. Die Zeitreise zu Sokrates gerät zu einem philosophischen Diskurs. Die Geschichte ist bekannt: Sokrates wird zum Tode verurteilt, darf aber während der Feierlichkeiten zu Ehren Apolls nicht hingerichtet werden. Statt aber dieses ‚Zeitfenster' zur Flucht zu nutzen, fügt er sich stoisch in sein ihm bestimmtes Schicksal und nimmt dabei weiterhin die Rolle des mit seinen Freunden redenden Philosophen ein. Exakt diese Geschichte (mit den gleichen Details und in gleicher Abfolge) erzählt Heaney hier, verbal minimalistisch, und doch in beinahe epischer Breite. Die erste Hälfte der Strophe führt den Stuhl wieder ein und lässt in einer Zeitreise Sokrates darauf Platz nehmen. Den Stuhl stelle ich mir, auch beeinflusst durch die erste Strophe, als Möbel aus Holz vor, mit den besagten Trieben. Er steht damit in Kontrast zum weißen Gefängnis (bei Bandini/Bandini die „Zelle") und ist vom selben Material des Schiffs, das von Delos aufbricht. Heilig also auch er, reliquienverdächtig. Die Kränze und Ranken, die das Schiff schmücken, verleihen ihm etwas Organisches, gleich dem Stuhl, aus dem die Triebe hervorgekommen sind.

Harte Arbeit verbinde ich mit diesen (Teil-)Versen: „Und jetzt auch nichts wenn in ihm arbeitet das Gift / Und der meisterliche Häftling seinen Gefährten von / Den Stufen der Betäubung spricht. [...]" Bandini/Bandini haben die ausgesprochen komplizierte Konstruktion wie folgt aufgelöst:

> Und auch jetzt keine, da das Gift sein Werk vollbringt
> Und der erfahrne Wärter der Versammlung
> Die Stadien der Betäubung expliziert. [...]

An dieser Stelle gilt es besonders ehrlich zu sein: Meine Übersetzung stockte so sehr, dass ich mir gar nicht anders zu helfen wusste als die professionelle heranzuziehen und mit ihrer Hilfe die meinige zu überarbeiten. Auch das ist Interpretationsarbeit. Und dazu die Einsicht: Literatur wird erst dann richtig wirksam, wenn man sich mit anderen darüber austauschen kann, sei es im Gespräch, schriftlich oder durch Lektüre.

3

> Mein Vater pflügt eins, zwei, drei, vier Seiten
> Des Weidelands wo ich sitz' allsehend
> Im Mittelfeld, mein Rücken am Dornbusch
> Den sie nie schnitten. Die Pferde sind alle Huf
> Und polierte Flanke, ich bin alles Vorausgesehene.
> Des Gedichts als einer Pflugschar die die Zeit
> Auf- und umdreht. Des Stuhls in Laub
> Der der Feendorn künftig sein wird.
> Des Daseins hier für immer in jedem Sinn.

Diese so bildgewaltige Sprache der dritten Strophe lässt sich nun wiederum leichter übersetzen. Vielleicht liegt es daran, dass diese Strophe von Kindheit und Natur handelt? Und dass sie dabei mit schlichten Worten auskommt, die doch so eindrucksvoll auf einen wirken. Um es mit Eichendorff auszudrücken: Hier hebt die Welt an zu singen, denn das Zauberwort ist getroffen. Einem einfachen Möbelstück wird poetisch Leben eingehaucht, das Lied zieht uns in seinen Bann.

Von zentraler Bedeutung in diesem Gedicht ist also die Rolle des Dichters. Sprecher und Dichter fallen hier zu einer Person zusammen. Er vermag durch Zeit und Raum zu reisen, Geschichte(n) verdichtend und neu kombiniert zu erzählen – er ist auch und vor allem Philosoph. Der Natur verbunden (bedingt durch seine Kindheit auf dem Land) und den Göttern nah (als Dichter von jeher), weiß er um die großen Zusammenhänge: „I am all foreknowledge." Sinnbildlich dafür steht der Stuhl: gemacht aus Holz des (heimatlichen) Dornbuschs, wird er verarbeitet zum Möbelstück als Zeitzeuge eines für die Menschheitsgeschichte bedeutsamen Ereignisses im klassischen Athen, und zum Kunstwerk als Vermittler zwischen Stadt und verdrängter Natur.

Bewusst habe ich die Suche nach der von Carolyn Mulholland geschaffenen Skulptur nicht an den Anfang gestellt. Es ist wie mit einem Buch, das zur Filmvorlage wurde: Liest man es, nachdem man den Film gesehen hat, stellen sich nur noch die bereits fertigen Bilder aus der Kamera vor die Augen, man kann gar nicht anders, die Personen sehen haargenau aus wie ihm Film, gleichermaßen die Räume, bis hin zu den kleinsten Details. Bei meiner Suche im Internet werde ich bei der *Bronze Art fine art foundry* fündig, die Mulhollands Stuhl in einer Fotogalerie in verschiedenen Aufnahmen zeigt.[10] Mit dem Anblick dieses Stuhls verändert sich auch mein inneres Bild von diesem unwiederbringlich. Man hat hier eine organische Vorstellung von Kunst vor Augen, und das Gedicht öffnet nun eine weitere Perspektive. Die vier bronzenen Stuhlbeine sind schlank und geschwungen und vermitteln den Eindruck Holz zu imitieren. Die beiden im Gedicht genannten Triebe bilden die Rückenlehne. Aus ihnen wachsen am oberen Ende viele grüne Blätter hervor, die sich zu einer Baumkrone verdichten. Ich stelle mir vor: Setzt sich eine Person auf den Stuhl (wie groß ist er eigentlich?), bildet die Baumkrone einen Blätterkranz, gleich der antiken Dichterkrone. Und an Lorbeer erinnert tatsächlich das Blattwerk. Verstärkt wird dieser Eindruck durch das goldene Band, das am unteren Ende beider Triebe gespannt ist wie bei einem Regisseurstuhl. Der Stuhl vermittelt Antike, wie die zweite Strophe des Gedichts. Was bedeutet nun das Anlehnen? Dichtung bietet dem Menschen Halt, aber auch Entspannung (die Beine können baumeln), unter dem Blätterdach findet man Schutz, Geborgenheit, aber auch Rauschen (der Wind verleiht den Blättern Stimme). Kunstwerke sind also nicht nur Schmuck, auch Ertrag und Obhut.

Es ist vor allem das Material, das reizt. Und wohl auch Heaney zum Schreiben dieses Gedichts veranlasst hat. Der Stuhl besteht komplett aus Bronze. Dieses Material wurde schon früh in der Kunst verwendet, vermittelt den Eindruck des Archaischen und Ehrfurchtsvollen. Sofort kommen mir Bilder einer Ausstellung in den Kopf: Im Frühjahr 2013 konnte man im Frankfurter Liebieghaus in der Ausstellung *Zurück zur Klassik. Ein neuer Blick auf das alte Griechenland*[11] Bronzeskulpturen bewundern und Einblicke in deren Herstellung gewinnen. Diese Skulpturen wirkten so lebendig und feingliedrig, das Farbenspiel wird auch in Mulhollands Poetenstuhl eingefangen. Sie zieht so materiell wie ästhetisch die Verbindung von Irland zur griechischen Antike, Heaney tut es ihr gleich durch die Thematisierung des sterbenden Sokrates.

---

[10] Am eindrucksvollsten zeigt sich das Bild hier: http://www.bronzeart.ie/wp-content/uploads/ 2013/12/Poets-Chair.jpg (Abruf 29.3.2014).

[11] Einen Blick auf die Ausstellungsstücke und spannende Einblicke in die Techniken der Herstellung, insbesondere die Oberflächengestaltung, bietet der zur Exposition erschienene Katalog: Vinzenz Brinkmann (Hg.): Zurück zur Klassik. Ein neuer Blick auf das alte Griechenland. Eine Ausstellung der Liebieghaus Skulpturensammlung, Frankfurt a.M., 8. Februar bis 26. Mai 2013. München 2013.

Gedichte erschließen sich meist nicht beim ersten Lesen, man muss ihnen Zeit geben. Laut lesen. Nachdenken. In einem Interview mit der FAZ Ende 2011 wurde Heaney gefragt, ob Lyrik heutzutage noch Relevanz besitze. Er antwortete:

> Ich denke schon, dass die Lyrik in einer Welt, in der der Einzelne von morgens bis abends, sei es an seinem Mobiltelefon oder im Internet, einer Vielzahl von oft nicht sehr eindringlichen linguistischen Begegnungen ausgesetzt ist, ein guter Kompass sein kann. Wir erwarten von jedem Gedicht eine Ahnung dessen, was in der Sprache möglich ist, und spüren sofort, wenn es ihm daran ermangelt.[12]

Wozu weiterhin ein solches Gedicht? Für mich? Ich habe mich über mehrere Wochen mit diesem Gedicht beschäftigt, mich seiner Sprache angenommen und es in die meinige übertragen. Dabei habe ich persönliche Erfahrungen und Erlebnisse assoziiert. Dieses Konglomerat wird nunmehr selbst zu einem Ereignis – Gespräche, Museumsbesuche, Lektüre verbünden sich und brennen sich so in mein Gedächtnis ein. Eine Art Mnemotechnik. Literatur wird angeeignet, um Vergangenes zu erinnern – eigenes als auch des Dichters (seine Kindheit, der Stuhl) oder kollektiver Art.

Eine erneute und letzte Zeitreise sei mir an dieser Stelle gestattet: Ein Blick in Johann Georg Hamanns Streitschrift *Sokratische Denkwürdigkeiten* offenbart, dass auch Hamann eigentlich nicht anders verfahren ist. Das Leben und Denken des berühmten antiken griechischen Philosophen – der, das betont der *Magus in Norden*, Sohn eines Bildhauers und auch selbst bedeutender Bildhauer war[13] – bezieht er auf seine eigene Situation. Anmaßend? Geschickt! Denn durch diese Parallelführung wird das Gesagte allgemein bedeutsam. Der Leser sollte die zahlreichen Anspielungen als Angebot, selbst zu philosophieren, dankbar annehmen.

---

[12] Thomas David: *Retten Gedichte unsere Seele, Mr Heaney?* In: Frankfurter Allgemeine Zeitung, 23.12.2011, Nr. 300, S. Z 6. http://www.faz.net/aktuell/feuilleton/im-gespraech-seamus-heaney-retten-gedichte-unsere-seele-mr-heaney-11577956.html (dort S. 3, Abruf 29.3.2014).

[13] Johann Georg Hamann: Sokratische Denkwürdigkeiten. Aesthetica in nuce. Mit einem Kommentar hg. von Sven-Aage Jørgensen. Stuttgart 2011, S. 31. Heaneys Gedicht scheint geradezu wie eine Replik auf Hamann.

Fünf Thesen zum Literaturverstehen

FOTIS JANNIDIS

1) ‚Verstehen' ist systematisch vieldeutig.
Für meine Zwecke will ich wenigstens zwei Varianten unterscheiden, nämlich „ich habe verstanden, was sie gemeint hat" und „ich habe verstanden, warum sie das getan hat". Im ersten Fall bedeutet ‚verstehen' soviel wie das Nachvollziehen einer kommunikativen Intention. Im zweiten Fall bezeichnen wir damit die Subsumtion einer individuellen Handlung unter eine oder mehrere allgemeine Kategorien. Im Folgenden geht es stets um Verstehen im ersten Sinn.

2) Verstehen und Interpretation sind nicht prinzipiell unterschiedlich.
Interpretation als regelgeleitete, auf intersubjektive Verbindlichkeit abzielende Tätigkeit scheint auf den ersten Blick etwas ganz anderes zu sein als das Verstehen. Das wird noch verstärkt dadurch, dass viele Interpretationstheorien und -praktiken sich auf die sekundären Kontextualisierungen konzentrieren, aber stets ist das Verstehen im Sinne einer primären Kontextualisierung – der Text wird als Artefakt, als intentionales Objekt wahrgenommen – der erste, für die meisten selbstverständliche und unproblematische Schritt in der Interpretation. Im Rahmen von Interpretationen wird im besten Fall auch dieser Schritt reflektiert vollzogen, aber die zugrundeliegenden Operationen sind die gleichen wie im Falle eines spontanen Verstehens.

3) Der größte Teil der Literatur ist selbstverständlich.
Wer einen Unterhaltungsroman liest, etwa den grandiosen Horrorroman *ES* von Stephen King oder Rowlings zu Recht gerühmte *Harry Potter*-Reihe, der braucht niemanden, der ihm hilft, den Roman zu verstehen. Literaturwissenschaftler können natürlich immer noch viel Sinnvolles mit diesen Texten tun, angefangen von einer Analyse ihrer stilistischen, rhetorischen oder narrativen Strukturen bis hin zu Kontextualisierungen, indem man thematische Verbindungen, zeitgenössische Emotionskodierungen oder intertextuelle Relationen recherchiert und herausarbeitet. All das ist erhellend und interessant, aber notwendig, um den Text

zu verstehen, ist es nicht. Anders gesagt: hier irrte Schleiermacher bzw. seine Position ist nur akzeptabel, wenn man gerne in romantischen Unendlichkeitsdimensionen denkt.

4) Es gibt unverständliche Literatur.
Und das hat viele Gründe: Die zeitliche oder kulturelle Distanz kann uns das Verstehen von literarischen Texten erschweren: Worte werden nicht (mehr) verstanden, zentrale Konstellationen werden nicht (mehr) durchschaut, Symbolisierungen werden durch neue Markierungen unrettbar verdorben. Letzteres kann man recht gut an *Emilia Galotti* oder *Soll und Haben* ablesen. Lessings Drama um die Gefahren, die ein verliebter Prinz für einen Staat darstellt, wurde aus Anlass eines fürstlichen Geburtstags aufgeführt. Nach der französischen Revolution wird aber sehr schnell aus dem Prinzenspiegel eine Kritik am Adel. Die Figur des Prinzen repräsentiert nicht mehr den in seiner Rolle versagenden Einzelnen, sondern den ganzen Stand, der eine solche Machtfülle hat. Gustav Freytags Roman mit einem Juden als negative Kontrastfigur erhält – trotz seines offensichtlichen Bemühens, das Negative der Hauptfigur zu individualisieren und durch eine positive jüdische Figur falsche Schlüsse zu vermeiden – schon wenige Jahrzehnte später durch den neu entstandenen biologischen Rassismus eine neue Bedeutung, die ihn spätestens nach dem Holocaust endgültig unerträglich macht. Ein weiterer Grund für Unverständlichkeit kann die Komplexität der Darstellungsweise und / oder der inhaltlichen Positionen sein, man denke nur an Goethes *Faust II* oder Musils *Mann ohne Eigenschaften*. Außerdem kann Literatur unverständlich sein, weil es nichts zu verstehen gibt: Die intendierte Bedeutung wird nicht vermittelt, weil die falschen kommunikativen Mittel verwendet werden, also Mittel, die für die meisten nicht das bedeuten, was kommuniziert werden sollte.

5) Das Wohlwollen der Literaturwissenschaft kennt heute keine Grenzen.
Der Prozess des Verstehens kann an manchen Punkten irritiert werden, zum Beispiel weil die gewählten Mittel nicht ausreichend kodifiziert sind oder weil die intendierten Inferenzen nicht naheliegend und offensichtlich genug sind. An diesen Stellen gehört es sich herkömmlicherweise für den wohlwollenden Hermeneuten, die Irritation zu ertragen und gedul-

dig nach weniger manifesten Codes oder Inferenzen zu suchen. Die Komplexität der so gefundenen Bedeutung wird statussteigernd dem Deuter als Finder und dem Dichter als Schöpfer zugeschrieben. So ertragreich dieses Wohlwollen zumeist ist, so problematisch wird es, wenn es keine Möglichkeit gibt, seine Grenzen zu bestimmen. Das berechtigte Nicht-Verstehen, also ein Nicht-Verstehen des tatsächlich Unverständlichen, hat kaum Platz in der Literaturwissenschaft der Gegenwart. Was aber sagt das über ein Fach, wenn sein grundlegendes Verfahren nicht scheitern kann?

Einfach drüberhalten.
Vom Verständnis echter Dichtung

ERNST KRETSCHMER

Gustav wohnte oben im Berg in seinem kleinen Haus, auch wenn dieses noch nicht fertig war. Das muss ja nicht sein, sagte er, und hat später noch Zeit. Dass es ein Dichterheim war, fand Karl dank des Wilden heraus. Dieser war Kassierer des Porta-Wandervereins und hatte die Kolonne dazu verpflichtet, einmal im Monat den Fuß des Kaiser-Wilhelm-Denkmals und die Wege darum herum von Unrat zu befreien, wie er sich ausdrückte, was sich in der Dienstsprache Rudis als Kaiser-Wilhelm-Säuberung niedergeschlagen hatte. Für die Kolonne war die Befreiung des Kaisers pro Monat ein lästiger Müßiggang, denn in seinem Stolz als Kassierer überschätzte der Wilde die Anzahl der Denkmalbesucher, die dort ihren Unrat hätten lassen können. Das eigentliche Problem bestand indes darin, dass er sie heimlich dort besuchte, seinen Ford unten parkte und horchte, ob es auch klapperte in ihren Eimern. „Kaiser-Wilhelm-Säuberung", hieß es, wenn es so weit war, „Männer, ihr wisst, was zu tun ist." Mit den Blecheimern im Bus fuhr die Kolonne die Weser entlang und dann die dunklen Windungen zum Kaiser Wilhelm hinauf, der, den linken Fuß leicht vorgestellt auf seinem Stufensockel stand und mit gegossener Würde weit über die Weser hinaus in die Ferne blickte, bis nach Frankreich hinein, nach Versailles vielleicht, wenn die Richtung stimmte, wo Fräulein Maus ihn in prächtiger Uniform hatte ausrufen lassen, zum Kaiser der Deutschen, wohlverstanden.
Auch als Karl der Benjamin zum ersten Mal daran teilnehmen durfte, war der Unrat des Kaisers schon vor dem Frühstück aufgesammelt, Flaschen und Dosen, Tüten, Papier aller Art, ein Pornoheft auch darunter, das Rudi angewidert zwischen zwei Fingern hielt, um es ihnen zu zeigen. Nach dem Frühstück verteilte die Kolonne sich am Berg, hinein in die Büsche, wo sie alle bis zur Mittagspause mit Steinen auf ihre Eimer klopften.
Kalle und Gustav hatten sich einen schattigen Platz mit Blick auf den Fluss gesucht und saßen dort, die Eimer wie Trommeln zwischen den Beinen, wie zwei alte Mohikaner, denen im Leben nicht mehr geblieben war, als ihre Jahre in diese hineinzuzählen. Unten glänzte in sonniger

Stille die Weserschleife, und Gustav sagte in gestochenen Worten: „Sanft windet sich die Weserschleife durch das satte Gelb der Felder. Leicht streicht der Wind durch dunkelgrüne Wälder. Die Zeiten im Sommer sind golden."
„Das klang ja", sagte Karl, „wie ein Gedicht."
„Ja genau, das war auch eins."
„Und wer hat das geschrieben?"
„Keiner", sagte Gustav.
Karl erinnerte sich nicht mehr an die Gedichte, die Fräulein Maus sie hatte lernen lassen. Des Dichters Größe, die sie darin suchen mussten, stand ihm vor allem in der wütenden Verzweiflung vor Augen, mit der das arme Fräulein daran scheiterte, ihren Jungs das westfälische R auszutreiben, das sich als A in ihnen eingenistet hatte. Die Glocke von Schilla brachte sie aus der Fassung, Goethes Dea Fischa an den Rand des Wahnsinns, wie sie selbst gestehen musste. Daran konnte auch Martin Luthir, mit dessen Größe Sabine Sandmann sie entzückte, letztlich nichts ändern. Eine Tatsache aber stand für sie alle außer Frage: ein Gedicht stammte, wie wäre es anders möglich gewesen, von einem Dichter, der, auf die eine Art oder die andere, seine Größe dort eingepflanzt hatte.
„Wie, keiner?", fragte Karl, „das ist doch gar nicht möglich."
„Das hat noch keiner geschrieben", lachte Gustav, „weil es noch nicht geschrieben ist. Das habe ich eben gedichtet."
Gustav dichtete. Er konnte es sogar erklären, das Dichten. Zu Füßen des Kaisers sprach er lachend von der Schönheit, der es zuzuschreiben sei, vom Wind des Dichtens, der aus der Wärme der Schönheit und der Kälte des Alltags entstehe und einen, wenn man sich nicht ducke, mir nichts dir nichts mit sich nehme. Wie der wirkliche, der da durch dunkelgrüne Wälder fahre, sei auch der Wind des Dichtens ein Naturereignis, das einfach so geschehe.
„Guck dir mal die Weser an", führte er ein Beispiel an, „wie schön sie da unten liegt. Manchmal ist sie überhaupt nicht schön. Nehmen wir mal einen dieser trüben Tage, wenn einem morgens schon der Kopf in Stücke springt, und man sieht die alte Eisenbahn, wie sie da schmutzig und laut den Fluss lang fährt. Dann sagt man ganz normal: Ach Gott, die alte Weser mit der schmuddeligen Eisenbahn da dran. Wenn sie aber schön ist und man will dann etwas über sie sagen, dann kann man das nicht einfach normal sagen. Verstehst du, Kalle?"

Karl kam das Prangen in den Sinn, das sie in ihrem Glauben an Fräulein Maus als ein Wort ihrer Sprache hingenommen hatten, ein Erker auf seine Art, obwohl sie mit den goldenen Sternlein, in die Mathias Claudius durch das Prangen seine Größe hatte legen können, nichts anzufangen gewusst hatten. Denn wer sagte das schon, prangen, meinte Karl.
Gustav gab ihm recht: „Wie auch die Sternlein ganz und gar unnormal sind", fügte er hinzu. „Und siehst du Kalle, das ist es, da liegt der Hund begraben. Wenn man was nicht normal sagt, sondern was schön sagt, dann dichtet man. So einfach geht das."
So einfach das zu gehen schien, so blieben bei Karl doch Zweifel. Ob manche nicht auch dichteten, wenn sie traurig sind, fragte er, was ja eigentlich nicht so schön sei. Trotzdem sagten sie dann etwas Nicht-Normales und Schönes darüber.
„Ja, das stimmt, Kalle, da hast du recht. Das kommt natürlich drauf an. Sagen wir mal so, was Schön und Traurig verbindet, ist, dass sie beide was Besonderes sind, eben anders als das Normale, und das Besondere will man vielleicht eben besonders schön sagen. Nehmen wir mal an, deine Frau ist mit einem Macker abgehauen und du guckst jetzt runter auf die Weser, dann würdest du natürlich was ganz andres dichten als ich vorhin. Dann würdest du vielleicht dichten: Nebel auf der Weserschleife. Feucht und schwer das Gras. In die Wirbel hinab zieht es das spröde Laub. Da muss man sich beim Dichten drauf einstellen, verstehst du? Die Hauptsache ist, dass du es anders als normal sagst. Eben nicht einfach: Meine Frau ist mit einem Macker weg, und ich laufe zum Klo, um zu reihern. Das wäre keine Dichtung. Pass auf, Kalle, ich mache es dir noch mal vor, noch mal so richtig schön."
Gustav stellte den Eimer an die Seite und stand auf, verschränkte die Hände auf dem Rücken und hob den Kopf ein wenig an, um mit seinen Bernsteinaugen in das Wesertal hinabzublicken. Die Wirbel seines Feuerhaars standen lodernd empor. Er sagte:

> „Wo versteckte ich mich?
> Im Gelb der Sommerfelder?
> Oder täuscht der Nebel
> Doch so gewaltig?
> Oder sitze ich
> Auf der Abendsonne
> Die eben verschwand

>   Aber niemals verschwindet
>   Nur zum Schein
>   Sich hinter den Bergen verbirgt?
>   Der Abenddunst wird bald
>   Zum Morgentau."

„Mensch, Gustav", sagte Karl, als der sich setzte, und meinte es ehrlich, „das war schön, das war wirklich echt gedichtet."
Gustav lachte, wie er oft lachte, wenn er der Kolonne etwas aus dem Stand gedichtet hatte und sie ihn dafür lobte. Es war ein seltsames Lachen, überspannt und überhöht, mit dem Karl schwer zurechtkam, bis er merkte, dass es den anderen ebenso ging, und er sich ihnen anschloss, indem auch er zu lachen begann, sobald Gustav den Einsatz gab. Mit ihrem Lachen fingen sie das seine auf, so dass es abfedern und sich schließlich darin beruhigen konnte.
„Das ist nicht weiter schwer", sagte Gustav schließlich, „man muss sich nur ein bisschen zusammenreißen. Aber hast du was gemerkt? Hast du gemerkt, dass die Porta und die Felder in dem Gedicht noch vorkommen, dass es da aber schon Abend ist, obwohl es doch jetzt gleich erst Mittag ist? Wenn ich was dichte, dann hängt das immer davon ab, wo ich gerade bin, und davon, wann ich da bin, überhaupt nicht. Ist das nicht merkwürdig? Sagen wir mal so, ich könnte jetzt auch was dichten von gestern oder vorgestern, aber ich müsste jetzt hier immer von der Porta runterdichten. Verstehst du?"
Karl vermutete, dass jeder echte Dichter wohl seine Eigenarten habe, einen Tick vielleicht, wie er meinte.
„Wahrscheinlich ist es so", setzte Gustav den Gedanken fort. „Denn man kann sich ja auch einen vorstellen, der den ganzen Tag in seinem Garten sitzt und nur im Kopf von der Porta runterdichtet, obwohl er da gar nicht ist, der aber nicht von gestern oder vorgestern dichten kann, sondern der dichtet dann aus seinem Garten raus: Ich sitze auf der Porta hier und kraule mir gerade die Klöten."
Da war es wieder, dieses Lachen, das hart gegen die Bäume schlug, springend am Hang sich verfing und Karl zu der Frage drängte: „Sag mal, Gustav, wenn du dichtest, dichtest du immer Gedichte?"
Meistens, meinte er gefasst, aber er könne auch Geschichten. Ob Karl eine hören wolle. Und ob, sagte dieser. Den Blecheimer zwischen den Beinen, einen Stein darin rollend blickte Gustav suchend in das Tal hin-

unter. „Da, guck mal", sagte er schließlich, „siehst du das Haus da hinten an der Eisenbahn? Da dichte ich jetzt mal rüber."
Er stand auf, nahm die Brille ab, behauchte von innen und außen die Gläser, putzte sie zwischen Daumen und Zeigefinger mit einem Zipfel seines Blaumanns, setzte sie wieder auf und rückte sie umständlich hinter den Ohren zurecht. Die Hände verschränkt auf dem Rücken, hob er den Kopf ein wenig, atmete durch und hielt das Haus an der Eisenbahnstrecke jetzt fest in seinem Blick. „Der Titel", sagte er, „heißt: Saustall."
Während Karl sich wie eine Kirchenmaus verhielt, trug Gustav, ohne einmal nur zu stocken oder einmal nur sich zu versprechen, seine Dichtung vor:
„Die erste, Lewitte im Westen weit umgrenzende Linkskurve der Eisenbahnstrecke streifte mit ihrer Innenseite das Streckenhaus von Finkenbeck, das man Saustall nannte. Der Name ging auf den Streckenwart Starke zurück, der seinen Dienst im Saustall schon dreiunddreißig Jahre lang gewissenhaft versah, und dieser Starke war Bahnbeamter aus Leidenschaft. Auf die Frage, wann der Winterfahrplan des vorletzten Jahres den letzten Zug von Lewitte nach Holberg schickte, schüttelte er den Kopf und antwortete fest, es gebe niemals einen letzten Zug. Solange er, Starke, dabei gewesen sei, habe auf jeden stets ein Nachfolger gewartet, um das Wort ‚letzter' in einem immer wiederkehrenden Akt aufzuheben. Als er zwei Jahre lang bei der Reichsbahn gewesen war, es war im Januar 1935 und er arbeitete seit dem Jahreswechsel im Streckenhaus, trennte er sich von seiner ersten Frau, um, wie er den Verwandten knapp mitteilte, endlich der Arbeit, seiner wahren Geliebten, mehr Zeit zu widmen. Und um mit ihr ganz ungestört zu sein, ließ er sich noch einmal seine drei blauen Dienstanzüge reinigen, packte eine Dose schwarze Schuhcreme, Stoff-, Zahn- und Schuhbürsten und seine breiten silbergrauen Hosenträger in einen harten Weihnachtskarton, verschnürte diesen und zog damit in das Streckenhaus hinüber, um dort, mit seiner Arbeit nun vereint, bis an sein Lebensende zu bleiben. In Finkenbeck sprach man über Starkes Umzug mit Verständnis. Dass er seine Arbeit liebte, war lange bekannt. Verwirrung und schließlich Ablehnung stellten sich ein, als Starke einige Wochen später auf dem Standesamt das Aufgebot bestellte: Er habe nun auch vor, sie zu heiraten, eine wilde Ehe widerstrebe seinem sittlichen Empfinden. Der Weigerung des Pfarrers und des Standesamtmanns aber, ihn und sie zu trauen, fügte Starke sich nicht. Er

wolle vielmehr gegen den Verfall der Arbeitsmoral und Moral überhaupt öffentlich Klage führen. Den Pfarrer aber, den Standesamtmann und die Gemeinde Finkenbeck aus ihrer Not befreiten im September desselben Jahres die Nürnberger Gesetze. Er, Starke, könne sie, seine Arbeit, nun nur noch heiraten, wenn sie nachweislich keine Jüdin sei. Da Starke das nicht nachweisen konnte und auch gar nicht wollte, zog er sich mit seiner Liebe für immer in sein Streckenhaus zurück, ohne jemals wieder eine andere Person zu treffen. Und da sich der Verdacht hielt, dass er dort gemeinsam mit einer Jüdin wohne, nannten der Pfarrer, der Standesamtmann und die Gemeinde Finkenbeck das Streckenhaus fortan den Saubau. Den Nationalsozialismus hindurch, den zweiten Weltkrieg hindurch, arbeitete Starke, und als dann alles vorüber war, wagte niemand, ihn zu besuchen. Die Arbeit werde aber, so berichtete man sich, noch immer liebevoll verrichtet."

„Mensch, Gustav", sagte Karl, wollte weitersprechen, hielt schon den Stein in der Hand, der in den Blecheimer sollte, aber Gustav setzte sich nicht, sondern richtete die Brille und ließ, während er wieder die Hände auf dem Rücken verschränkte, seinen Blick über die Weserschleife schweifen. „Putzger Sumpf", sagte er und sprach nach kurzer Pause abermals an einem Stück:

„Jeder zahnlose Alte wird, ohne sein Zigarillo aus dem Mund ziehen zu wollen, bestätigen, dass der Putzger Sumpf sich schon ewig, also wenigstens schon seit vor dem ersten Weltkrieg, auf der linken Seite des Bahndamms feucht und gefährlich ausgebreitet und in jedem neuen Frühjahr, wenn die Weser schmutzig über die Ufer trat, das Hochwasser aufgesogen habe, um auch in trockenen Sommern mutige Kinder anlocken und auch die verschlucken zu können. Er wird sich gut an jenen lauen Herbstabend mit Freibier und Blasmusik erinnern, als ein Vertreter des großen norddeutschen Versandhauses dem Vorsitzenden des Schützenvereins das neue Festzelt übergab und tags darauf dem Gemeinderat den Vorschlag antrug, den Sumpf für eine große Summe Geld als Bauland zu erwerben – sumpfig oder nicht sumpfig, das Gebiet liege mit seiner Nähe zur Bahn verkehrsgünstig. Der Sumpf aber war zugleich ein Naturschutzgebiet, denn ein einzigartiger Vogel mit farbigem Gefieder hatte sich ihn zum Brutplatz erwählt und damit zu einem Mekka der Vogelforschung gemacht. Entdeckt hatte den Vogel der Lateinlehrer Behrensmeier, und als dieser von den Plänen des großen norddeutschen Versandhauses hörte, gründete er den gemeinnützigen Verein zur Verbreitung des außerordentlich bunt schillernden Vogels im Putzger Sumpf, als dessen Vorsitzender er geeignete gerichtliche Schritte einleitete, die das Bauprojekt zunächst vereitelten. Bis in den Mai des folgenden Jahres hinein war vom großen Geschäft nicht mehr die Rede, weder im Lokalteil der Zeitung noch nach Feierabend über die Gartenzäune hinweg oder beim Bier bei Heinrichsmeier. Nur einige Herren in dunklen Anzügen und Limousinen waren bisweilen hier, bisweilen dort, bald bei diesem, bald bei jenem. An einem lauen Maiabend überreichte bei Freibier und Blasmusik der Vorsitzende des Schützenvereins dem Lateinlehrer Behrensmeier eine Medaille, nannte ihn Heger und Pfleger der Vogelwelt und pries ihn als großen Gelehrten und jener Ehrendoktorwürde mehr als würdig, die eine Universität in Norddeutschland ihm soeben verliehen habe. Zwei Monate später, in einer heißen Julinacht, kam die Gemeinde nicht zur Ruhe, und am folgenden Morgen drückte die Luft so schwer auf den Sumpf, dass sie faulig über seine Ränder quoll. Am Nachmittag räumten sie die Gemeinde. Vom Sumpf her hatte sich ein Gestank verbreitet, der unbeschreiblich, aber zweifelsfrei gesundheitsschädlich war, da er zu Brechanfällen und Ohnmachten führte. Im Putzger Sumpf vermoderten zu hunderten Kadaver von Kühen und Schweinen, die in unruhiger Nacht dort versunken waren. Jeder zahnlose Alte weiß, dass das Licht in den Lagerhallen des großen norddeutschen Versandhauses, die nun auf dem Sumpfgebiet liegen, was keines mehr ist, auch des Nachts nicht erlischt, ganz anders als Zigarillos zum Beispiel, die man wegschnippen kann."

„Gustav, Mensch, Gustav", sagte Karl zum dritten Mal, „wie machst du das bloß?"

Gustav lachte. Die Töne sprangen den Hang hinunter, bis sie zerplatzten. „Kalle", sagte er, „das ist wirklich nicht schwer. Nimm nur die Dichtung vom Saubau. Guck mal, der Kotten ist dir vielleicht noch gar nicht aufgefallen, aber da unten steht der noch. Da denkst du den Gedanken rein, dass einer seine Arbeit heiraten will, schiebst den Gedanken dann ins Dritte Reich zurück und erzählst das Ganze anders als normal. Mir nichts dir nichts hast du so über den Kotten was rübergedichtet. Mit Lagerhallen funktioniert das genauso. Kirchen, Freudenhäuser, was du willst, einfach drüberhalten und fertig."

Er hatte sich gesetzt und legte sich nun zurück, die Hände unter dem Kopf ins buschige Gras. Seine Augen blickten ausdruckslos zum Himmel hinauf.

„Der Schluss war gut – oder?" sagte er nach einer Weile. „Mit den Zigarillos, die man wegschnippen kann. Das musst du dir merken, Kalle, mit dem Schluss steht und fällt so eine Dichtung, besonders so eine kurze. Und was du dir noch merken musst, ist dieses: Wenn du über so ein paar Lagerhallen zum Beispiel rüberdichtest, dann kannst du nicht einfach ‚Otto Versand Hamburg' sagen oder so einfach Lateinlehrer ‚Kleinemann' oder ‚bei Lückemeier', dann musst du das ein bisschen abändern, damit nicht gleich jeder merkt, um was es da geht."

Gustav war müde. Er schloss die Augen, und während Karl noch nach kleineren Steinen suchte, um das Geschepper zu dämpfen, war er ruhig atmend eingeschlafen. Karl kam das dichterische Prangen noch einmal in den Sinn, das Gedicht des Mathias Claudius, in dem Fräulein Maus sie nach dessen Größe hatte suchen lassen. Von wo aus und worüber dieser Dichter wohl gedichtet hatte? Er erinnerte sich nur an ihrer aller schlechtes Gewissen damals, weil sie sich über seine zwölf Kinder vor Lachen ausgeschüttet hatten. Der Mond ist aufgegangen, hatten sie es zu erklären versucht, wenigstens verstünde man da, für wen er das gedichtet habe. Dass Fräulein Maus errötete, hatten sie nicht gewollt. Ihr Schlingel, sagte sie verschämt.

„Es ist nicht weiter schwer", sagte Gustav, als er aufgewacht war und sich in der Sonne streckte, „aber wenn man so an einem Stück hintereinander wegdichtet, ist das doch ganz schön anstrengend. Darum sind auch Gedichte viel leichter. Da hat man zwischen dem einen Gedicht und dem nächsten immer eine Pause und kriegt trotzdem schnell ein paar davon auf die Reihe."

„Gustav", sagte Karl, „beide Geschichten, die du da vorhin gedichtet hast, waren irgendwie so traurig. Das erwartet man gar nicht von dir, wenn man dich so kennt."

„Ja, das stimmt, Kalle, jeder denkt, der Gustav da mit seinen ganzen braunen Sommersprossen im Gesicht und dieser dösig dicken Brille vor den Augen, das ist ein komischer Vogel. Und das stimmt ja irgendwie auch. Wenn ich aber irgendwo rüberdichte, dann wird da fast immer eine traurige Dichtung draus. Das ist so, und da will ich auch gar nicht mehr gegen an. Das ist wohl meine Natur."

Weit hinten im Tal zogen die Wolken einer Lokomotive auf und formten still einen Schweif. Als man den Zug näher kommen hörte, waren sie als Bäusche zu erkennen, die das Stampfen der Dampfmaschine einzeln aus dem Schornstein trieb. Auf der Weserbrücke ließ der Führer pfeifen.
„Und?" fragte Karl, „wann schreibst du es auf?"
Gustav lächelte leise. „Das geht nicht, Kalle", sagte er. Er nahm die Brille ab und blinzelte schweigend ins Tal hinunter, so als müsse er, um die Weser zu sehen, die Augen an ein neues Licht gewöhnen. „Die Gedanken wollen das nicht", sagte er. „Solange sie in der Luft schweben, nur so als Schall und Rauch, folgen sie mir aufs Wort. Will ich sie aber am Schlafittchen packen, um sie mit Tintenkringeln auf Papier zu binden, werden sie streng und widerspenstig."
„Das tut mir leid", meinte Karl und konnte nichts weiter dazu sagen.
„Ach was, ich kann das gut verstehen, denn wer will schon gern gebunden sein. Hut ab sogar, vor den Gedanken, auch wenn dann alles futsch ist."
„Weißt du was", sagte Karl, „das glaubt mir keiner, dass ich mit einem echten Dichter aus einer echten Kolonne auf der Porta gesessen habe und dass der direkt von der Porta runtergedichtet hat."
„Kalle", sagte Gustav, „sag doch einfach, das hättest du dir gedichtet, und ich hätte in Wirklichkeit Hagemeiers Werner geheißen. Und dann sagst du, das ist nämlich so beim Dichten, sagst du, dass man das so sagt, dass nicht jeder gleich Bescheid weiß."
Rudi war inzwischen auf den Sockel des Kaisers gestiegen, hatte seine Hände vor dem Mund zu einem Sprachrohr geformt und rief: „Mittag, Männer. Kaiser-Wilhelm-Säuberung für eine halbe Stunde unterbrechen!"

Literatur verstehen – wozu eigentlich?

STEFANIE KREUZER

Als Leben – für's Leben!

Verstehen oder Nicht-Verstehen. Ein Geschreibsel

ROMAN LACH

Zugegeben: ich hab erstmal im Ritter nachgeschlagen, im *Historischen Wörterbuch der Philosophie* unter „Verstehen". Zur Inspiration, aber eigentlich will ich frei weg schreiben. Schleiermachers Hermeneutik möcht ich später mal lesen. Das interessiert mich, weil mir das Nicht-Verstehen da am ehesten in Betracht gezogen zu werden scheint in seiner Wichtigkeit für das Verstehen. Zwar zielt er – so romantisch ist er doch nicht – auch, wie die meisten, immer schon aufs Verstanden-haben ab, aber das Nicht-Verstehen bleibt doch immer im Spiel als Möglichkeit und – ich hoffe – als Notwendigkeit. Johann Peter Hebel ist noch einer, der die Wichtigkeit des Nichtverstehens verstanden hat. Nicht nur in *Kannitverstan*. Verstehen. Das Wort, die Sache, ärgert mich schon. Wer verstehen will, will auch immer gleich erklären. Dank dem Ritter – oder dank Karl-Otto Apel, der den Artikel „Verstehen" geschrieben hat – weiß ich, dass Verstehen und Erklären eigentlich nur von wenigen Philosophen in Zusammenhang gebracht werden (der Charakter dieses Schreibens, das ein Geschreibsel werden soll, um es einem Genre zuzuzählen, das Adalbert Stifter erfunden hat, erlaubt nicht, dass ich das nochmal nachsehe und genau zitiere). Aber für die Versteher gehört es, scheint mir, doch immer zusammen. Versteher sind meistens auch Erklärer. Dem Beruf nach sollte ich selbst einer sein und bin es vielleicht auch ohne es zu wollen – trotzdem. Vielleicht, weil ich jetzt in einem Land lebe, in Korea, wo verstehen und erklären so selbstverständlich als einziger Sinn und Zweck von Kunst und Literatur angesehen wird. Neben jedem Kunstwerk findet man immer eine Erklärung. In Kinderbüchern, die aus anderen Sprachen übersetzt sind, fügt man Erklärungen hinzu, was die Geschichte bedeutet. Es gibt eine regelrechte Panik vor dem Nicht-Verstehen, einen *horror ignorantiae* oder so. Meine Koreanischlehrerin (sie ist sehr nett) stellt ihre Gescheitheit unter Beweis, indem sie Buchdeckel oder herumliegende Abbildungen in Windeseile erklärt. Ein bisschen, wie wenn *Good Will Hunting* (ich kenne nur den Trailer) dem Psychologen erklärt, was das See-Stück bedeutet, das dieser gemalt hat („Vielleicht wurden Sie nur Psychologe, um diesen Sturm zu überleben"). Geschwindigkeit scheint bei diesem Erklären-Verstehen eine enorme Rolle zu spielen. So schnell wie möglich die Schleusen der Irritation zudrehen (deshalb wird wahrscheinlich in solchen Filmen auch so schnell gesprochen). Wahrscheinlich ist es ein evolutionär bedingter Reflex, die Hirnforschung wird's wissen.

Egal. Verstehen. Ein veloziferisches Prinzip also. Wer versteht, hat schon verstanden. Aber dagegen ein Kunstwerk betrachten, heißt doch, sich eine längere Zeit damit zu beschäftigen, das Nicht-Verstehen auszudehnen, an kein Ende kommen? Auch literarisches Lesen ist doch zunächst einfach das Gegenteil von Powerreading. Eine Achtsamkeit aufs Detail, ein Zurückspringen und Nochmallesen, Verknüpfen, Assoziationen folgen, mit Absicht ausgedehntes Nicht-Abschließen, Nicht-Verstehen.

Ich will den Versuch machen und an mir selbst beobachten, wie dieser Prozess funktioniert. Greife zu einem beliebigen Band der Münchener Goethe-Ausgabe – aber wähle dann lieber ein Buch, mit dem ich noch gar nichts verbinde. Weder habe ich es gelesen noch habe ich viel darüber oder über seinen Autor gehört (außer ein paar Anekdoten). Hinter mir steht Hubert Fichtes *Versuch über die Pubertät* (Frankfurt a.M. 1979). Natürlich peinlich, zuzugeben, dass das ein weißer Fleck auf meiner Karte ist. Bei einer Lesung in der Lettrétage in Berlin hab ich Auszüge gehört und es mir gekauft. Jetzt schlag ich es an irgendeiner Stelle auf.

> Ich wußte ja nicht, wie verfolgt wir eigentlich waren. Das ist mir erst hinterher bekannt geworden, daß also Leute meines Schlages in Konzentrationsläger eingeliefert wurden und vergast wurden.
> Ich habe da viele Parties mitgemacht in Berlin, mit Ausländern in Atelierwohnungen und auch in Parks und im Tiergarten war ziemlich viel los. Überhaupt auch während der Kriegszeit und während der Verdunkelung. Es gab ja auch Lokale, die waren nicht verboten. Und ich erinnere mich, ich kann jetzt nicht sagen, ob das nach 45 war oder in den Hitlerjahren, an eine Sauna in Berlin, wo es so zuging wie jetzt in gewissen Saunen hier in Hamburg. (S. 116)

Sofort weiß ich, dass mit „Leute meines Schlags" die Schwulen gemeint sind. Wahrscheinlich, weil ich soviel doch schon über Fichte weiß, dass es bei ihm oft um Schwule geht. Überhaupt bin ich erschrocken, wie viel ich verstehe. Nicht der Funke eines Nicht-Verstehens. Auf der einen Seite Konzentrationslager, ein Bild von Baracken und grauen Gestalten blitzt auf – auf der andern Tiergarten, Sauna (also Schwulentreffpunkte) – kein unbestimmtes Ahnen, kein Geheimnis, nicht mal „taghelle Mystik": im Augenblick des Lesens steht mir klar vor Augen, was hier gemeint ist. Jeder weiß das, denke ich. Ich brauche dazu gar nicht die Erinnerung an die Radfahrten von der TU zur Stabi durch den Tiergarten. Es ist geradezu erschreckend, wie lückenlos ich alles verstehe. Das liegt natürlich am Verfahren des Autors. Erkennbar soll ja hier alles ganz unliterarisch, in reportagehafter Deutlichkeit vorgeführt werden (auch das „versteht sich" wie von selbst). Der Duktus des Sprechens ist den Worten des Sprechenden eingeschrieben. Ein Protokoll, ein Tonbandmitschnitt, hinter dem eine Autorabsicht steht, die das so will. Also, vielleicht habe ich das falsche Beispiel gewählt. Vielleicht mache ich aber auch etwas falsch. Oder vielleicht kommt man nicht um das Verstehen umhin. Vielleicht folge ich viel zu schnell dem Reflex, die Sache für verstanden abzutun. Wahrscheinlich weiß die Hirnforschung warum.

Viel verstörender ist ja aber (aufs „Verstörende" sind auch alle Versteher aus – bzw. die Verständnisvollen, noch schlimmer), wie schroff hier „Konzentrationsläger" (der Einschlag in den Dialekt stellt die Naivität des Sprechenden noch provokanter heraus) und Partys aneinander gefügt sind, was hier behauptet wird: Ich habe während der Nazizeit nie das Gefühl gehabt, verfolgt zu sein. Will hier jemand etwas schönreden, sich aus der Opferrolle herausreden? Oder hat man es nur mit unvorstellbarer Dummheit zu tun, verantwortungslosem Epikureismus noch in Anbetracht der schlimmsten Verbrechen? Die Fragen, die jetzt auftauchen, sind eigentlich eher psychologischer und moralischer Natur. Es geht doch immer auch um Psychologie und damit auch um ein Persönlich-Nehmen, den Text für wahr und als ein Gegenüber nehmen, zu dem man sich ins Verhältnis setzt. Ich fang schon an zu empathieren. Ich zwinge mich aber doch noch einmal zum Nachdenken, mein literaturgeschichtliches Erinnerungsvermögen einzuschalten (in diesem Punkt bin ich doch berufskrank, dass ich, wenn ich Zeit zum Nachdenken habe, hier nachkrame, eigentlich ein detektivisches Verfahren, Miss Marple überlegt auch immer, ob es in ihrem Dorf schon eine ähnliche Geschichte gab). Brigitte Mira in *Angst essen Seele auf* fällt mir ein, die sich merkwürdig ungebrochen an die Nazizeit erinnert und gar keinen Widerspruch zu ihrer jetzigen Situation erkennt, Imre Kertész' *Roman eines Schicksallosen* fällt mir ein, sein töricht mit allem einverstanden scheinender Ich-Erzähler, so einer könnte hier sprechen, ein Simplizissimus, der keine andere Welt kennt als die, in der er überleben muss. Das ist auf einmal sehr viel Interpretation und geht wahrscheinlich viel zu weit – aber so zwischen Empathie und Verallgemeinerung geht es hin und her. Es ist ein Prozess, der nur deshalb nicht unendlich ist, weil jetzt so etwas wie Spannung aufkommt und ich einfach wissen will, wie es weiter geht. (Zu einem späteren Zeitpunkt, wo ich diese Klammer einfüge, schlage ich übrigens doch auf die Seite einer hier schlichtweg zu konstatierenden Dummheit aus. Ich verstehe gar nicht mehr, wie mir Kertész in den Sinn kommen konnte. Klammer zu.)

> Als Referendar bei der Staatsanwaltschaft lernte ich mal einen Hitlerjugendführer kennen, mit dem fuhr ich zum Baden und anschließend in mein möbliertes Zimmer [...]
> Das führte zu einer Anzeige und ich kriegte ein Verfahren wegen Paragraph 1, Heimtückegesetz und wegen Paragraph 175a, Versuch, und dann habe ich mir einen Anwalt genommen, daß diese beiden Verfahren eingestellt wurden.
> Allerdings mußte ich meinen Austritt aus der Justiz erklären und habe aus diesem Grund mein Assessorexamen nicht machen können (S. 116.)

Jetzt ist die Interpretationsmaschine nicht mehr zu stoppen. Keine Kontemplation, Aufgeregtheit. Ich kann gar nicht mehr unterscheiden, ob das eigenartige, mir sehr bekannte Lustgefühl eigentlich noch etwas mit dem zu tun hat, was ich lese, oder ob es nur den vielen in meinem Kopf hin- und herspringenden Gedanken und Assoziationen entspringt. Die Beiläufigkeit der Schilderung, der Verfolgte sieht sich selbst kaum als Verfolgter an, Strafverfahren, Berufsverbot und das so nebenher und nachdem behauptet wurde, man habe eigentlich keine Verfolgung erlebt. Eindeutig bereitet mir das Empfinden, etwas zu „verstehen", ein großes Vergnügen – mag es ein psychologisches Verstehen sein, eine Ahnung von etwas Bekanntem oder sogar mir Vertrautem, oder das Gefühl, einer Struktur auf der Spur zu sein, ein Prinzip zu erkennen. Beim Weiterlesen: ja, es ist diese unglaubliche Verbindung von „Schicksal" und Beiläufigkeit des Berichts, Sich-Kleinmachen der Stimme. Eine Passivität gegenüber der

Ungeheuerlichkeit der eigenen Lebensgeschichte ("Ich bin praktisch geheiratet worden"), die mich anbeißen lässt (eben noch meinte ich, der Jäger zu sein, aber eher bin ich die Beute). Es ist ein einziges Verstehen, aber es hat nichts mit Verstanden-haben zu tun, es ist ein Hochgefühl gemischt aus einer Freude über diesen Zufallsfund und das Glück des Verstehen-Könnens (sei es auch nur ein projiziertes Verstehen, was ich aber in diesem Augenblick nicht glaube). Sogar schwer zu sagen, WAS genau ich eigentlich zu verstehen glaube, die Gedanken kommen erst hinterher. Dieses Gefühl ist zunächst einfach ein Gefühl von Teilhabe. Es ist auch nicht mehr das Verstehen, das ich zuerst, beim ersten Absatz, zu haben meinte, das war noch ein Abchecken nach Bekanntem. Obwohl, das ist es jetzt auch noch, aber es ist mehr in mir als vor mir jetzt. (Auch hier wieder, im Abstand von einem Tag: mir jetzt überhaupt nicht mehr nachvollziehbar, diese Reaktion, die offenbar durch "Mitgefühl" zustande kam, eine Empathie, die anscheinend völlig am Gegenstand vorbei ging, das Sich-Kaprizieren auf die Hilflosigkeit, das Kleine, Schlicht-Menschliche, das mir gestern irgendeine universelle Wahrheit zu exemplifizieren schien und mir heute nur banal erscheint. Ich glaube nicht, dass meine "wissenschaftlichen" Lektüren weniger abhängig sind von solchen subjektiven Schwankungen gegenüber dem Gegenstand. Im Gegenteil, ich erinnere mich gut an viele solcher Schwankungen – nicht nur der Sym- und Antipathie, sondern im grundsätzlichen Verständnis von Texten. Es ist wie irgendwo bei Wezel: "Wenn ich einen Teller Erbsen gegessen habe, kann ich nicht an die Unsterblichkeit der Seele glauben". Meine Verstehensapparatur verfügt über gar keine verlässlichen Maßstäbe. Müsste man nicht also doch besser vom Verstehen absehen, nur beschreiben, zum Beispiel?)

> Aber ich will Bücher lesen, systematisch. Da ich sie nicht mehr anschaffen will und das Geld dafür ausgeben will, weil ich es in dem Alter für überflüssig halte, werde ich mir also eine Leihbibliothek aussuchen und mir Bücher, insbesondere archäologische Werke, geschichtliche Werke, auch geschichtliche Romane, gute, ausleihen und lesen.
> Dann werde ich viel spazieren gehen und werde versuchen, wenigstens einmal in der Woche schwimmen zu gehen und mich körperlich, also so weit das möglich ist, fit zu halten.

> Wovor ich mich fürchte, ist, daß ich so herumgeistern könnte. Ich sehe so viele solcher Typen auf Toiletten, in Parks, weil man ja denn viel Zeit hat.
> Das will ich auf jeden Fall versuchen zu vermeiden oder mindestens zu beschränken auf die Fälle, wo ich solche Orte eben passieren muß, auf einer Fahrt durch die Stadt oder so. Aber nicht, daß ich bewußt dorthin fahre oder beispielsweise Nächte im Stadtpark verbringe oder so etwas. (118)

Ja, ja! Totale Extase. Es ist ein bisschen wie das, was Roland Barthes über die Fotografie geschrieben hat. Der Text, obwohl er ja ziemlich ausgedehnt ist, ich lese bestimmt 10 Minuten daran und mit der Schreiberei zusammengenommen, viel länger, ist doch eine Art Punctum, ein Pfeil, der auf mich abgeschossen wird, wie auf die heilige Theresa oder der Fliegerpfeil auf Robert Musil. So etwas erlebt man wahrscheinlich nur in der Fremde, so ein Gefühl von Teilhabe über 8000 Kilometer und 40 Jahre hinweg. Keine Teilhabe an Hubert Fichte oder dem Ich-Erzähler, Teilhabe an etwas Überpersönlichem, am Verstehen. O Gott, ich proklamiere eine neomystische Einfühlungsgermanistik. Nein. (Wie lächerlich – wieder mit einem Tag Abstand geschrieben – dass er Bücher lesen will, hat mich total überwältigt, das war mein „Punctum" gestern. Gestern habe ich diesen Text tatsächlich irgendwie religiös aufgefasst. Wie kann man bei derart starken Schwankungen verlässlich über Texte schreiben? Ok. In einer Analyse des Textes hätte ich nicht über meine Einstellung zum Text, sondern über meine Beobachtungen geschrieben. Ich würde versuchen, den Prozess meiner Beschäftigung auf das zusammenzuziehen, was mir über diesen Zeitraum als konstant erscheint. Natürlich gibt es allerhand Begriffsinstrumentarium, um über das Prozessuale der Beschäftigung mit Texten hinwegzutäuschen und so zu tun, als formuliere man etwas Endgültiges, wenn man über einen Text schreibt. Es wäre anders auch umständlich und letzten Endes uninteressant für den Leser, den die Ergebnisse interessieren. Aber es ist doch erschreckend, welche Unstetheit am Grund eines solchen „Verständnisses" liegt, welche Hysterie auch.)

Verstehen ist dynamisch. Ein Hin-und-her, das nicht auf Verstandenhaben geht. Das weiß man eigentlich und es ist doch gut, es sich in Erinnerung zu rufen. Nicht-Verstehen als eine Art teilnahmsloses Wohlgefallen, in dem womöglich die Dinge selbst, der Text selbst in seinem So-Sein erscheint, gibt es wahrscheinlich nicht. Wissenschaftlichkeit kann in diesem Sinne wohl nur bedeuten, dass man sich hinterher wieder heraussubtrahiert. Und dass man genauer beschreibt, als ich es jetzt getan habe in der Hast.

> Und ich sage mir mit – ich weiß nicht, wer es gesagt hat – Epikur, glaube ich: Solange wir da sind, ist der Tod nicht da; wenn der Tod da ist, sind wir nicht da. –
> Das ist eine kleine Täuschung. (118)

Man könnte auch sagen: schon verstanden. Die Philosophie im Boudoir, die Weisheit der Straße. Das ist doch alles gemacht. Aber schön gemacht. Eine halbe Stunde später fühle ich mich, als wäre ich auf eine Jahrmarktsinszenierung hereingefallen. Womöglich gehört diese Ernüchterung mit zum Verstehen dazu. (Hier, sehe ich jetzt, war ich gestern auch einfach erschöpft vom eigenen, irgendwie inhaltslosen Enthusiasmus. Plötzliche Ernüchterung. Sollte man vielleicht erst schreiben, wenn man da angekommen ist?)

Beim Abtippen der Zitate, die ich jetzt erst oben eingefügt habe, hab ich noch ein Stück über die hier herausgegriffene Stelle hinaus gelesen. Jetzt ist mir dieses Ich ganz unsympathisch geworden und ich stand, während des Tippens, dem Text wieder völlig uninteressiert gegenüber. Ich glaube, jetzt beginnt der Verstehensprozess interessant zu werden. Es ist auch ein großes Wechselbad völlig entgegengesetzter Einstellungen, Gefühle. Ich breche hier ab, der Prozess müsste noch lange weiter gehen, durch viele Aufs und Abs.

Komischerweise verführt gerade auch die Möglichkeit, viele Vergleiche ziehen zu können, viel zu „wissen" oder gelesen zu haben, zu überzogenen Projektionen. Man muss nur an Emil Staiger denken und sein Beharren gegenüber Heidegger, „selig scheint es in ihm selbst" bei Mörike könne nur „videtur", den Schein im Sinne eines „als ob", eines bloßen Scheins meinen, weil Mörike ja ein Epigone und kein Goethe sei. Wie sehr hier Textverstehen auf Voraussetzungen gegründet wird, die für objektiv gehalten werden, einfach, weil man sie „weiß". Leo Spitzer hat damals in diesem Streit um Schein und Sein darauf hingewiesen, dass das Gedicht über die letzte Zeile hinaus ja noch neun weitere Verse habe, die zu betrachten sich durchaus lohne. Der Wunsch zu „verstehen" verführt zu solchen Sprüngen nach der Bedeutung, nach dem Schlüssel, nach der letzten Zeile, nach dem Punctum. Wir verstehen, weil wir verstanden haben wollen. Spitzer beschränkte sich damals darauf, die Bewegung nachzuzeichnen, die sich durch das Gedicht zieht. Ich erinnere mich, dass mir diese bescheidene Lösung bei meiner Lektüre klug, aber auch ein bisschen langweilig erschien – bei Heidegger und Staiger wurden dagegen so große Fragen gewälzt. Trotzdem, so erscheint es mir jetzt, nach meiner viel zu kurzen und unvermittelt abgebrochenen Begegnung mit Hubert Fichte (die wieder aufgenommen werden wird), muss von dieser langen Weile unbedingt etwas in die Art eingehen, wie wir Texte verstehen. Zeit lassen, Bewegungen verfolgen, dabei auch einen Prozess durchleben – das wäre verstehen. Das Verstandene – „der Dichter beklagt die Vergänglichkeit des Schönen" oder „der Dichter feiert die Unvergänglichkeit des Schönen" – erscheint einem im Moment der Ergriffenheit vielleicht als großartig – aber damit verhält es sich letztlich wie mit den Weltformeln, die man im Traum gefunden zu haben meint und die sich nach dem Erwachen als Banalitäten erweisen.

In memoriam K. E. oder: Hier verstehe ich, ich kann nicht anders

NILS LEHNERT

Lob des Schwebens
Eine ornithologische Betrachtung

ULRIKE LEUSCHNER

Der Olympier sah es gelassen. In Band 2 der Werkausgabe von 1815, in Vers 22 des Gedichts *Harzreise im Winter*, hatte sich ein sinnentstellender Druckfehler eingeschlichen. Aus den „Reichen" in ihren behaglichen Sümpfen, Gegenbild zu dem sein Schicksal erforschenden Wanderer auf unwegsamen Pfaden, hatte ein wohlmeinender Setzer „Reiher" gemacht. Dem Prenzlauer Gymnasialrektor Karl Friedrich Ludwig Kannegießer war das nicht weiter aufgefallen, und Goethe konzediert in seiner Antwort auf dessen einfühlsame Interpretation, dass diese Lesart „doch auf einiges Verhältnis zu den Rohrsperlingen hindeuten" möge, die im voranstehenden Vers ihr Unwesen treiben. Zugleich nimmt er im Abstand von 43 Jahren nach der ersten Niederschrift des Gedichts Kannegießers „kleine gehaltreiche Arbeit" zum Anlass einer Rückbesinnung „auf die allerbesondersten Umstände" der Textgenese, lenkt dadurch geschickt die Deutung des Gedichts ins Faktische und mildert in der Überschau, „[d]em Geier gleich", die Entstehungsbedingungen im Zuge der Selbststilisierung seines Lebenslaufs ab. Der Geier des Eingangsverses lehrt das Gedicht nicht nur das Schweben „auf sanftem Fittich", sondern auch das drohende Spähen „nach Beute". Nicht weniger als ein „befestigungs Zeichen" der Götter sucht der Wanderer bei der Besteigung des Brockens, ob für seine Regierungstätigkeit oder sein Künstlertum oder deren Vereinbarkeit, sei dahingestellt.

Ende 1777: Goethe ist seit zwei Jahren in Weimar und hat mit großen Schwierigkeiten zu kämpfen. Die alteingesessenen adligen Räte lassen ihn, den Bürgerlichen, seine niedere Herkunft spüren und boykottieren seine Arbeit nach Kräften. Im Dezember wagt er allein den gefährlichen Ritt in den Harz. Im Mai 1778 unternimmt er mit Karl August eine Reise nach Berlin, die ihm eine empfindliche Schlappe einträgt: Die Offizierstafel in Potsdam führt ihn regelrecht vor, als er seine Unkenntnis über Herzog Bernhard den Großen von Sachsen-Weimar, den Helden des Dreißigjährigen Krieges, eingestehen muss. Noch jahrelang wird ihn der Plan zu einer Biographie Bernhards umtreiben, ehe er endlich, als Weimar ihm „eine zweite Vaterstadt" geworden ist, davon lassen kann. „Es hält iezt sehr schwer dass ich aus mir heraus gehe", hebt denn auch der Brief vom 5. August 1778 an Johann Heinrich Merck an. Ausgehend von der Beschreibung des Ilmtals vor seinem Logis im Gartenhaus, das er sich schön gestaltet, fasst er seine Befindlichkeit in ein großes symbolisches Bild: „Das herzige Spielwerck ist ein Kahn auf dem ich offt über flache Gegenden meines Zustandes wegschwimme. Im innersten aber geht mir alles nach Wunsch. Das Element in dem ich schwebe hat alle Ahnlichkeit mit dem Wasser. es zieht ieden an, und doch versagt dem der auch nur an die Brust hineinspringt im Anfange der Athem, muss er nun gar gleich Tauchen so verschwinden ihm Himmel und Erde. Hält man's dann eine Weile aus und kriegt nur das Gefühl dass einen das Element Trägt und dass man doch nicht untersinckt wenn man gleich nur mit der Nase hervorkuckt, nun so findet sich im Menschen auch Glied und Geschick zum Froschwesen, und man lernt mit wenig Bewegung viel thun." Knapp schildert er die Reise in den Harz, noch knapper und auf die äußeren Umstände beschränkt den Aufenthalt in Berlin und Potsdam. Damit der augurenhafte Freund in Darmstadt aber dennoch erkenne, wie es um ihn bestellt sei, lässt er den Diener Seidel eine Abschrift des Gedichts *Auf dem Harz* nehmen – „auf beyliegendem Blat fliegende Streifen" –, das er unredigiert aus der Hand gibt; nicht einmal das falsche Datum „im Dezember. 1778." hat er korrigiert. Es ist die erste autorisierte Textüberlieferung:

        Auf dem Harz
im Dezember. 1778.

Dem Geier gleich
der auf Morgenschlossen Wolken
Mit sanftem Fittich ruhend
Nach Beute schaut,
Schwebe mein Lied!
Denn ein Gott hat
Jedem seine Bahn
Vorgezeichnet
Die der Glükliche
Rasch zum freudigen Ziel läuft
Aber wem Unglük
Das Herz zusammenzog

Sträubt vergebens
Gegen die Schranken
Des ehernen Fadens
Den die bittre Scheere
Nur einmal löst.

In dichigts Schauer
Drängt sich das rauhe Wild
Und mit den Sperlingen
Haben längst die Reichen
In ihre Sümpfe sich gesenkt.

Leicht ists, folgen dem Wagen
Den Fortuna führt
Wie der gemächliche Tross
Auf gebesserten Weegen
Hinter des Fürsten Einzug
Aber abseits wer ists
Ins Gebüsch verliert sich sein Pfad
Hinter ihm schlagen
Die Straüche zusammen
Das Gras steht wieder auf
Die Oede verschlingt ihn.

Ach, wer heilet die Schmerzen
Dess', dem Balsam zu Gift ward
Der sich Menschenhass
Aus der Fülle der Liebe trank;
Erst verachtet, nun ein Verächter
Zehrt er heimlich auf
Seinen eigenen Werth
In ungenügender Selbstsucht.

Ist auf deinem Psalter
Vater der Liebe ein Thon
Seinem Ohre vernehmlich
So erquike dies Herz.
Oefne den umwölkten Blik
Ueber die tausend Quellen
Neben dem Durstenden
In der Wüste.

Der du der Freuden viel schaffst
Iedem ein überfliessend Maas,
Seegne die Brüder der Jagd
Auf der Fährte des Schweins
Mit iugendlichem Uebermuth
Fröhlicher Mordsucht!
Späte Rächer des Unbills,
Dem schon Jahre vergeblich
Wehr't mit Knütteln der Bauer.

Aber den einsamen hüll
In deine Goldwolken.
Umgieb mit Wintergrün
Bis die Rose wieder heranreift
Die feuchten Haare
O Liebe deines Dichters.

Mit der dämmernden Fakel
Leuchtest du ihm
Durch die Fuhrten bei Nacht
Ueber die grundlosen Weege
Auf oden Gefilden.
Mit dem tausend farbigen Morgen
Lachst du ins Herz ihm
Mit dem beizenden Sturm
Trägst du ihn hoch empor
Winterströhme stürzen vom Felsen
In seinen Psalmen.
Und Altar des lieblichsten Danks
Wird ihm des gefürchteten Gipfels
Schneebehangner Scheitel
Den mit Geisterreihen
Kränzten ahndende Völker
Du stehst unerforscht die Geweide
Geheimnissvoll offenbaar
Ueber der erstaunten Welt
Und schaust aus Wolken
Auf ihre Reiche und Herrlichkeit
Die du aus den Adern deiner Brüder
Neben dir wässerst.

Der Erstdruck erfolgt 1789; unter dem Titel *Harzreise im Winter* rückte Goethe das Gedicht in den achten Band der *Schriften* ein.

„Geier" ist im zeitgenössischen Sprachgebrauch der Oberbegriff für Raubvögel aller Art. Zu unterscheiden wusste Goethe sehr wohl. *Adler und Taube* heißt eines der vier Gedichte, mit denen er sich, vier Jahre nach den *Annette*-Liedern, im *Göttinger Musenalmanach auf das Jahr 1774* erstmals wieder als Lyriker hervorwagte. Eingebettet in den Ertrag des glorreichen Jahres der Göttinger Hainbrüder, ruft das Gedicht mit dem Gegensatzpaar die beiden Pole der Anthologie auf: Bardiete und Anakreontik waren die zeittypischen Produkte, mit denen auch andere die Sammlung bereicherten: Johann Heinrich Merck mit dem empfindsamen Gedicht *Ein Gemälde* und – er wäre nicht Merck – mit dessen destruierendem Widerpart *An den Mond*, der junge Pfälzer Maler Müller mit dem *Lied eines bluttrunknen Wodanadlers*. Goethes „Adlerjüngling", wenngleich verwundet, mag sich dennoch mit dem Taubenglück der Genügsamkeit am idyllischen Bachufer nicht abfinden.

Ungefähr 140 Jahre später liest der Boxfan in der schwarzen Lederjacke, ein Rocker ante litteram, die Gitarre unplugged, die *Göttliche Komödie*. (Nebenbei: Die erste deutsche Übersetzung in Reimen hatte 1821 Karl Friedrich Ludwig Kannegießer geliefert.) Der rebellische Leser lässt sich speziell vom 5. Gesang des „Inferno" hinreißen. Im zweiten Kreis der Hölle treffen Vergil und Dante auf ein ehebrecherisches Paar, dazu verurteilt, ewig nebeneinander zu fliegen und nie zusammen zu kommen. Bertolt Brecht fasst das in Verse, heraus kommt sein schönstes Liebesgedicht:

>Sieh jene Kraniche in großem Bogen!
>Die Wolken, welche ihnen beigegeben,
>Zogen mit ihnen schon, als sie entflogen
>
>Aus einem Leben in ein andres Leben.
>In gleicher Höhe und mit gleicher Eile
>Scheinen sie alle beide nur daneben.
>
>Daß also keines länger hier verweile
>Daß so der Kranich mit der Wolke teile
>Den schönen Himmel, den sie kurz befliegen

Und keines Andres sehe als das Wiegen
Des Andern in dem Wind, den beide spüren
Die jetzt im Fluge beieinander liegen.

So mag der Wind sie in das Nichts entführen:
Wenn sie nur nicht vergehen und sich bleiben
So lange kann sie beide nichts berühren

So lange kann man sie von jedem Ort vertreiben
Wo Regen drohen oder Schüsse schallen.
So unter Sonn' und Monds wenig verschiedenen Scheiben

Fliegen sie hin, einander ganz verfallen.

Wohin, ihr?
              Nirgendhin.

Von wem entfernt?
                Von allen.

Ihr fragt, wie lange sind sie schon beisammen?
Seit kurzem.
              Und wann werden sie sich trennen?
                                      Bald.
So scheint die Liebe Liebenden ein Halt.

Erst einmal bleibt das Gedicht ungedruckt und wird als Wechselrede zwischen dem Holzfäller Paul und der Hure Jenny im Libretto zur Oper *Aufstieg und Fall der Stadt Mahagonny* der Verwertung zugeführt. Im Mahagonny-Abschnitt der *Hauspostille* bleibt die Passage unberücksichtigt; erst die *Blätter der Reinhardt-Bühnen* zur Spielzeit 1930/31 überführen die Stichomythie wieder in ein Gedicht (die hier zitierte Fassung), das nach der dreiversigen Strophenform, die Dante für die *Göttliche Komödie* erfunden hatte, *Terzinen über die Liebe* überschrieben ist. Mit diesem Titel steht es, ausgewählt von Gottfried Benn und René Sintenis, um 1950 in der Anthologie *Geliebte Verse* unter den „schönsten deutsche[n] Gedichte[n] aus der ersten Jahrhunderthälfte". In den *Hundert Gedichten* 1951 nennt Wieland Herzfelde es *Die Liebenden*, bringt es ohne strophische Einteilung, unterschlägt die letzten drei Verse und erlaubt sich weitere Eingriffe, was die treue Elisabeth Hauptmann in den späteren Auflagen korrigiert.

Keine fade Süße vom „Mond über Soho", kein „Mackie und ich, wir lebten wie die Tauben": Im kalten Mahagonny „scheint" die Liebe ein Halt, fallen Paul und Jenny episch aus der Rolle. Gleich im Anschluss ziehen Männer über die Bühne und preisen das Saufen und Huren und Boxen. Das Gedicht belässt es beim Schein – wie gerne läse man den Realis! Auch läse man es so gerne, dass hier *zwei* Kraniche miteinander den Himmel teilen, und sei es der der Hölle, aber der genauen Lektüre hält das kaum stand. Wahrscheinlicher fliegen ein Kranich und eine Wolke miteinander, ein wahrhaft ungleiches Paar. 18 Verse lang hält die kunstvolle Reimkette, die Grenzen von sechs Strophen überwindend, sie zusammen, dann verlieren sie sich – das Druckbild vollzieht das in der Art eines Gestaltgedichts nach.

Zu beiden Gedichten existieren viele Erläuterungen und Interpretationen, manche davon lesen sich mit großem Gewinn. Muss man aber wissen, dass Goethe unter dem Pseudonym Johann Wilhelm Weber aus Darmstadt unterwegs war, dass der abseits im Gebüsch Irrende der am Wertherfieber erkrankte Student Friedrich Victor Lebrecht Plessing ist, den Goethe als angeblicher Zeichenkünstler aus Gotha in dessen Heimatort Wernigerode besucht hatte, dass „die Brüder der Jagd / Auf der Fährte des Schweins" Karl August und sein Gefolge meint, die in der Eisenacher Gegend schädlichen Wildschweinen nachstellten, dass ein Nebenzweck der Reise der näheren Erkundung des Bergbaus galt, mit dem Goethe in seinen Ilmenauer Amtsgeschäften betraut war, dass er die Formulierung „unerforscht die Geweide" – das Innere des Berges – in der späteren Fassung durch „mit unerforschtem Busen" ersetzte? Muss man wissen, dass Kurt Weill die Musik zu *Mahagonny* schrieb? Dass die Kraniche im „Purgatorio" ein weiteres Mal auftauchen? Dass der tragische Amour fou sich einst in Rimini zugetragen hat? Dass Paul, der in früheren Fassungen noch Jim Mahoney hieß, seinen endgültigen Namen von Francesca da Riminis Liebhaber Paolo Malatesta geerbt hat? Dass Dante nur ihren Vornamen nennt und erst spätere Kommentatoren die Geschichte vervollständigten? Dass Dante das Paar nicht mit Kranichen, sondern mit Tauben vergleicht? Dass die Wolke als Sinnbild der Liebe auch durch das andere ‚schönste' Liebesgedicht Brechts, die *Erinnerung an die Marie A.*, zieht, Flüchtigkeit und Dauer in sich vereinend?

Muss man all dies wissen und viele weitere Rätsel lösen, um sich an diesen Gedichten zu erfreuen?

Ich säge am eigenen Ast. Mein erlerntes Geschäft ist eben dies: Texte sichern, erläutern, interpretieren. Aber es wäre ein lausiges Geschäft, wenn die Texte ohne das nicht auskämen. In jeder Leserin und jedem Leser, auch bei wiederholter Lektüre, ereignet sich, was die Philologie einst „sprachliches Kunstwerk" nannte, immer wieder neu und anders. Was Goethe dem emsigen Lavater ins Stammbuch schrieb, als dieser sich abmühte, das Individuum aus den Gesichtszügen erschöpfend zu erklären, gilt auch für gute Texte:

        Artificium est ineffabile!

Die Literaturversteher

MATTHIAS LUSERKE-JAQUI

Und wer versteht die Literaturversteher? In welchen Zeiten leben wir, wo der Präsident einer deutschen Hochschule einem professionellen Literaturversteher für deutsche Literatur die Frage stellt, weshalb er seinen Unterricht nicht in Englisch halte, angesichts der Fortschritte in Internationalisierung und Globalisierung, nur so könne diese Universität einen Spitzenplatz im nationalen Ranking der Hochschulen erlangen und damit ungehinderten Zugang zu den Fleischtöpfen der Finanzierung sinnentleerter Projektemacherei. Man kennt diese Sprechblasen zur Genüge, sie haben nachhaltig mit zur Insularisierung der Germanistik im Chor der Geisteswissenschaften beigetragen.

Die Literaturversteher, zu denen ich alle rechne, die sich professionell mit dem Deuten von literarischen Texten befassen, sind eine Spezies, die in ihrer Selbstwahrnehmung schwankt. Manche verstehen sich als der bessere Autor. Sie wissen genau, was der Autor meinte, wollte, beabsichtigte, und enden meist in der Diskussion über die Intention des Textes. Den Text besser zu verstehen als seinen Autor, das ist das erklärte ehrgeizige Ziel dieser Literaturdeuter, und sie haben in Schlegel einen kapitalen Vertreter der Zunft.

Mit der Frage nach dem Verstehen von Literatur ist implizit auch die Frage nach dem Nutzen der Literaturwissenschaft in ihrer professionellen, hochschulindizierten Form verbunden. Stellen wir also die Gretchenfrage des zweckutilitaristischen Ökonomismus, der inzwischen längst Wissenschaft und Bildung infiziert hat: Was hat uns das Literaturverstehen gebracht? Die Antwort klingt bestechend einfach: Das wissenschaftliche Literaturverstehen hat uns immerhin ein selten vollkommen geformtes Mineral zu Tage gefördert. Spanische Wissenschaftler haben bei Restaurierungsarbeiten in einer Madrider Bibliothek in alten Folianten sogenannte ‚framboide Pyrite' entdeckt.[1] Pyrite sind Verbindungen

---

[1] Vgl. Nature 388 (1997), S. 631.

aus Eisen und Schwefel, eher bekannt unter dem volkstümlichen Begriff Narrengold, und kommen in Hydrothermalquellen oder Sedimentgesteinen vor. Die Pyritkügelchen in den Büchern entstehen aus Ingredienzien der Tinten, die im 16. und 17. Jahrhundert verwendet wurden. Die zwischen den Seiten herrschende Sauerstoffarmut begünstigt das Wachstum. Möglicherweise helfen ein paar Bakterien mit, die sich von der Cellulose der Buchseiten und von Tintenbestandteilen ernähren. Die Pyrite haben eine nahezu vollkommene Kugelform und erreichen einen Durchmesser von bis zu 140 Mikrometern. Die Entdecker ziehen daraus den Schluss, dass in den Archiven der Madrider Bibliothek über Jahrhunderte hinweg ideale Bedingungen zum Wachstum der Pyrite geherrscht haben müssen. Dann sind Bücher also doch zu etwas nütze, Buchstaben geben Bakterien etwas zu fressen. Allein, von dieser Meldung kann eine Wissenschaft nicht leben, die Entdeckung ist qualitativ zwar wertvoll, quantitativ aber eher bescheiden.[2] Der Haken dabei ist, dass von Tinte und nicht von Druckerschwärze die Rede ist und es sich also um handgeschriebene Bücher und nicht um gedruckte handelt. Literatur verstehen heißt in aller Regel (die Mediävisten und Kodikologen mögen es verzeihen) Druckwerke zu verstehen, gedruckte Texte zu deuten.

Der Wille zum Verstehen treibt allerdings einige Literaturversteher dazu, sich in einer Haltung zu berauschen, die am Ende nicht nur den Autor, sondern sogar den Text selbst überflüssig zu machen scheint. Diese Überlegungen zu Ende gedacht, führen fast zwangsläufig zu den Umrissen einer triangulären Hermeneutik, die sich auf drei zentrale Thesen stützt: These 1: Der Literaturversteher (Interpret) übernimmt die Funktion des Vaters, der sich des Textes bemächtigt. Der Text wird zum Kind, der Autor zur Mutter, welche den Text gebiert. These 2: Der Literaturversteher übernimmt die Funktion der Mutter, welche den Text als Kind in der Deutung nochmals gebiert. Der Autor erscheint dabei als Vater oder als Kind, der Text wird dann zum Vater. Der Autor wird verkleinert, der Text selbst wird zum Übervater, in dessen Dienst alles steht, was zu einer Apotheose des Textes führt, der dann am Ende als Text an sich, als reiner Text ohne soziale oder psychische Einschreibungen erscheint.

---

[2] Vgl. Süddeutsche Zeitung, 21. August 1997, S. 35.

These 3: Der Literaturversteher übernimmt die Funktion des Kindes, das sich verkleinert und in eine ödipale Beziehung zum Text als Vater tritt. Der Autor ist die Mutter oder der Text übernimmt die Funktion der Mutter, die das Kind, den Literaturversteher, gebiert, der Autor übernimmt dann die Funktion des Vaters.[3]

Folgen wir dem buchstäblichen Sinn eines Textes, so erschöpft er sich im Begreifen der Signifikantenketten, also der Abfolge der Materialität der Zeichen. Der sensus spiritualis hingegen intendiert eine symbolische Bedeutungsebene des Textes, die sich eben nicht in der Materialität der Zeichen erledigt. Von dieser Grundunterscheidung lebt jegliche Textinterpretation. Rainer Maria Rilke hat dies 1893 bei der Interpretation von Goethes Gedicht *Der Wanderer* in die Worte gefasst: „Aber ich möchte mich verleitet fühlen, diesem Gedichte noch eine andere *symbolische* Bedeutung zuzusprechen".[4] Um diese symbolische Bedeutungsebene ringt der Literaturversteher. Der geschulte Sinnsucher, der Hermeneutiker Schleiermacher schrieb am 1. März 1808: „Vor wenigen Jahren noch hätte ich es für unmöglich gehalten, [...] auf dem Gebiet der Philologie aufzutreten. Aber die Virtuosen in diesem Fache sind so sparsam mit ihren Arbeiten, daß die Stümper wohl auch herbeigeholt werden müssen".[5] Stümperei oder nicht, ich möchte an dieser Stelle noch einmal ein Plädoyer für das anagrammatische Lesen halten und folge dabei im Kern meinem Buch *Über Literatur und Literaturwissenschaft*.

Mit dem anagrammatischen Lesen ist der Appell zu einer Mikrologie der Ränder verknüpft. Das bedeutet nun nicht, die Arbeit der Kleinlichkeitskrämer – als die man die Mikrologen verstehen kann – gutzuheißen, sondern mikrologische Lektüre heißt Tiefenlektüre. Und genaue Lektüre

---

[3] Reiner Marx und ich haben dazu einen Beitrag geschrieben mit dem Titel: Über eine trianguläre Hermeneutik, in: Matthias Luserke-Jaqui: Über Literatur und Literaturwissenschaft. Anagrammatische Lektüren. Tübingen, Basel 2003, S. 272–276.
[4] Rainer Maria Rilke: Sämtliche Werke. Hg. vom Rilke-Archiv. 6 Bde., Frankfurt a.M. 1987, Bd. 5, S. 286. – Vgl. dazu Matthias Luserke-Jaqui: Einführung in die Neuere deutsche Literaturwissenschaft. Göttingen 2002. 2., überarb. und erg. Aufl. 2007. [UTB 2309].
[5] Schleiermacher an Brinckmann, Brief vom 1. März 1808, zit. nach Ernst Müller (Hg.): Gelegentliche Gedanken über Universitäten [...]. Leipzig 1990, S. 258.

heißt nicht, sich vom Murmeln des Textes einlullen lassen. Die Mikrolektüre des Textes setzt sich fort in der Makrolektüre des Kontextes.

Kleist schreibt in seinem Aufsatz *Über die allmähliche Verfertigung der Gedanken beim Reden*: „Wenn du etwas wissen willst und es durch Meditation nicht finden kannst, so rate ich dir [...], mit dem nächsten Bekannten, der dir aufstößt, darüber zu sprechen. Es braucht nicht ein scharfdenkender Kopf zu sein [...]. Vielmehr sollst du es ihm selber allererst erzählen".[6] Das anagrammatische Lesen setzt sich in Dialog mit dem eigenen Anderen, es stellt sich dem Paradox der Unlesbarkeit des Lesbaren. Und lesbar ist alles, was der Fall ist. Das bedeutet, die wahrheitswillige Lesbarkeit von Welt aufzugeben. Paul Celan nennt dies in seinem Gedicht *Unlesbarkeit* die „UNLESBARKEIT dieser / Welt. Alles doppelt.".[7]

Unica Zürn spricht in ihrem Gedicht *Das Geheimnis findest Du in einer jungen Stadt* von der „Geheimsignatur? Jadestein? Du findest den Sinn.".[8] Ist ‚anagrammatisches Lesen' demnach also eine Geheimsignatur, welche die Unlesbarkeit der Welt und ihre Doppelcodierung von eigentlicher und uneigentlicher Rede weihevoll zelebriert, die lesbar macht das Unlesbare, die Sinn erschließt, wo Sinn erwartet wird? Über den Sinn oder genauer über den „Unsinn, Text auf ein Sinnkonstrukt zu reduzieren",[9] also über den Unsinn, über den Sinn zu reden, wäre zu reden. „Der *Sinn*, das ist das *Unmögliche* für das mögliche Denken", meint René Magritte, und weiter: „Auf die Frage: ‚Was ist der ‚Sinn' dieser Bilder?' antworten zu können, hieße so viel wie den *Sinn*, das *Unmögliche*, auf ein mögliches Denken zurückzuführen. Auf diese Frage antworten zu wollen, hieße, anzuerkennen, daß sie einen gültigen ‚Sinn' hat".[10] In diesem Zusam-

---

[6] Heinrich von Kleist: Sämtliche Werke und Briefe. Hg. von Helmut Sembdner. 8. Aufl. München 1985, Bd. 2, S. 319.
[7] Paul Celan: Gesammelte Werke in fünf Bänden. Hg. von Beda Allemann und Stefan Reichert unter Mitwirkung von Rolf Bücher. Bd. 2, Gedichte II. Frankfurt a.M. 1986, S. 338.
[8] Unica Zürn: Gesamtausgabe in 8 Bänden. Hg. von Günter Bose und Erich Brinkmann. Bd. 1: Anagramme. Berlin 1988, S. 117.
[9] Oskar Pastior: Das Unding an sich. Frankfurter Vorlesungen. Frankfurt a.M. 1994, S. 76.
[10] René Magritte: Der Sinn der Welt [1954], in: Ders.: Sämtliche Schriften. Hg. von André Blavier. Frankfurt a.M., Berlin, Wien 1985, S. 294–296, hier S. 294f.

menhang sei auch an das Wort des Novalis erinnert: „Der Sinn der Welt ist verlohren gegangen. Wir sind beym Buchstaben stehn geblieben".[11]

Auf Sinn zu verzichten rührt an die Grundfesten jenes Textverständnisses, worauf wir konditioniert sind, durch kulturellen Gebrauch, durch schulische Bildung und durch Hochschulausbildung. Aber Philologen sind keine Apportierhunde, die nur das aus dem Text heraustragen und dem Leser zu Füßen legen, zum geflissentlichen Gebrauch, was dieser zuvor mit seiner Deutungsbüchse erlegt hat. Um wiederum ein Paradox zu bemühen, denn all unser linguistisches, literaturwissenschaftliches, sprachphilosophisches, ja empirisches Wissen spricht dagegen: In der literaturwissenschaftlichen Praxis ist Sinn die Abwesenheit von Bedeutung. So stellt sich die Frage (in Schiller'scher Abwandlung): Was ist und zu welchem Ende betreibt man ‚anagrammatisches Lesen'?

Das anagrammatische Lesen macht die Verschiebungen und Verwerfungen deutlich, die der Text in unserem Diskurs über den Text aufdeckt. Es verzichtet darauf zu fragen, was der Autor gemeint habe, es zerbricht die Vorherrschaft der Autorintention und hört stattdessen darauf, was der Text in uns zum Sprechen bringt. Die Frage nach der Autorintention ist ohnehin eine Erblast des hermeneutischen Sündenfalls, sie unterschlägt, dass Intentionalität literarisch stets als Rollenspiel inszeniert wird, denn in der Literatur ist nichts Zufall, außer der Zufall selbst.

Seiner rhetorischen Bedeutung nach erfüllt das klassische Anagramm, das so alt ist wie die Schriftkultur selbst, die Funktion des delectare, der Unterhaltung, ebenso wie des Änigmatischen, des Rätselhaften, des Verweisens auf Horizonte, die nie begangen, die nie verstanden werden können, deren Vorhandensein aber der Anagrammatiker annimmt. Der Begriff des Anagramms sichert somit auch die Bedeutung der ästhetischen Lust für das Lesen. Roland Barthes spricht von Textlust und Textbegehren, an diese Denktradition gilt es wieder anzuknüpfen. „Lesen

---

[11] Novalis: Schriften. Hg. von Paul Kluckhohn und Richard Samuel. Bd. 2: Das philosophische Werk I, hg. von Richard Samuel in Zusammenarbeit mit Hans-Joachim Mähl und Gerhard Schulz. Darmstadt 1965, S. 594.

heißt, das Werk begehren",[12] schreibt er in *Kritik und Wahrheit*. Anagrammatisch lesen bedeutet, diesem Begehren eine Sprache verleihen. Die Frage heißt nun nicht mehr: was sagt uns der Text, sondern sie lautet nun: was sagen wir zu einem Text? Was lässt der Text in uns sprechen? Welche historischen Voraussetzungen und Verschränkungen nehmen wir wahr, welche Bezüge vermögen wir herzustellen? Welche Digressionen werden sichtbar? Foucault spricht davon, dass es darum gehe zu erkennen, „was im Text als Loch, als Abwesenheit, als Lücke markiert ist".[13]

Sinnlos ist nicht sinnfrei, und sinnlos ist nicht sprachlos. Sinnfrei ist demnach nicht nicht-sprachlich. Ersetzen wir sinnfrei durch un-sinnig. Un-Sinn ist durchaus sprachlich. In der herkömmlichen Ordnung des Textes und seiner Auslegungen wird diese Sinnfreiheit als Un-Sinn begriffen. Die Sprache ist nicht an die Leibeigenschaft des Sinns gekettet. Der Sinn ist der Effekt, den Sprache in der Ordnung des Textes freisetzt und zugleich zeitigt. Es gibt aber einen Sinn diesseits der Sprache, der genauso wenig zu begreifen nötig ist wie die physische Präsenz eines Sprechers oder Schreibers oder die Annahme einer Autorinstanz. Descartes können wir lesen, ohne dass Descartes anwesend ist. Vielleicht meint das Roland Barthes, der im Text „eine menschliche Form" sieht, „er ist eine Figur, ein Anagramm des Körpers".[14] Wir haben lediglich im Laufe der Zeit gelernt, geschickt, gekonnt, vertraut mit diesen Annahmen umzugehen, sie als unverzichtbare Voraussetzungen von Textverstehen dauerhaft zu inthronisieren. Das anagrammatische Lesen überführt die Logizität der Zeichen in die Zeichenhaftigkeit der Un-Logik.

Anagrammatisches Lesen verzichtet auf die Sinnannahme. Das andere Signifikat, welches das Signifikat des Anderen ist, das nicht im Text sich

---

[12] Roland Barthes: Kritik und Wahrheit. Frankfurt a.M. 1967, S. 91.
[13] Michel Foucault: Was ist ein Autor?, in: Ders.: Schriften zur Literatur. Aus dem Frz. von Karin von Hofer und Anneliese Botond. Frankfurt a.M. 1988, S. 28. – Auf die Anagrammstudien Ferdinand de Saussures aus dessen umfassendem Nachlass, auf die literaturtheoretischen Filiationen in der Gruppe Tel Quel, auf Derrida und Baudrillard und schließlich auch auf Lacan, vor allem seine *Radiophonie* (1970; dt. 1988), gehe ich an dieser Stelle nicht ein.
[14] Roland Barthes: Die Lust am Text. Frankfurt a.M. 1990, S. 25f.

verborgen hält, wie Saussure, de Man, Derrida und auch Baudrillard annehmen, konstituiert sich erst im anagrammatischen Lesen. Und anagrammatisches Lesen lässt sich nur in der Abweichung vom vorgegebenen Signifikanten, im Willen zum Signifikat des Anderen ins Werk setzen. Dies ist das Thauma des Textes, nach jenem griechischen Wort, das Verwunderung und Erstaunen bedeutet. Ein Text – und nicht nur ein lyrischer – versetzt uns in Erstaunen, da er uns zu zwingen vermag, mit ihm zu kommunizieren, obgleich wir wissen, dass wir nur mit uns selber sprechen. Das Zwiegespräch mit dem Text ist ein Dialog mit uns selbst als einem fiktiven Anderen.

Ein anderer Theorieansatz bringt nun das anagrammatische Lesen ins Rollen. Die Art von historischer Diskursanalyse, wie sie Foucault in den beiden Vorträgen *Was ist ein Autor?* (1969) und *Die Ordnung des Diskurses* (1970) skizziert, „enthüllt nicht die Universalität eines Sinnes, sondern sie bringt das Spiel der [...] aufgezwungenen Knappheit an den Tag",[15] worunter Foucault die Reduktion auf einen Sinn oder auf wenige verbindliche Sinnauslegungen versteht. Er spricht in diesem Zusammenhang kritisch von der Monarchie des Signifikanten, der man sich verweigern müsse. Dieser Aufruf zum hermeneutischen Jakobinismus, der Zweifel am Absolutismus der Textdeutung hegt, hat bis heute nichts von seinem Charme verloren. Dieser Zweifel ist Voraussetzung für Textarbeit.

Friedrich Schlegel beispielsweise ist ein solcher Zweifler, unendlich und unabschließbar seien die Deutungen, Unendlichkeit also das Geschäft des Philologen. „Die Frage was der Verfasser will, läßt sich beendigen, die was das Werk sei, nicht",[16] schreibt er. Und gilt das Interesse der Philologie dem Werk, dann ist ihr Geschäft unabschließbar. Man kann dies zuspitzen: Der Autor als Subjekt muss den Philologen nicht interessieren. Diese Arbeit überlassen wir den Biographisten. Das scheint Barthes gemeint zu haben, als er schrieb: „ganz verloren mitten im Text (nicht *hin-*

---

[15] Michel Foucault: Die Ordnung des Diskurses. Aus dem Frz. von Walter Seitter. Mit einem Essay von Ralf Konersmann. Frankfurt a.M. 1991, S. 44. – Ders.: Qu'est-ce qu'un auteur?, in: Bulletin de la Société française de Philosophie 63 (1969), 3, S. 75–104.
[16] Schlegel: Kritische Schriften und Fragmente. Studienausgabe, Bd. 5, S. 83.

ter ihm wie ein Deus ex machina) ist immer der andere, der Autor", und ergänzt überspitzt oder vielmehr metaphorisch: „Als Institution ist der Autor tot: als juristische, leidenschaftliche, biographische Person ist er verschwunden".[17] Und schon gar nicht darf dem Werk ein Subjektstatus verliehen werden, da dies eben jenen Abweichungscharakter von Texten auslöscht. Viel eher muss die Fragestellung umgekehrt werden: Weshalb interessieren wir uns so stark für eine, weshalb verbeißen wir uns regelrecht in eine Textsinnsuche, weshalb bedürfen wir eines Subjekt gewordenen Textes? Der Verdacht drängt sich auf, dass dieser Subjektsuche die Projektion eines Wahrheitswillens zugrundeliegt. Erschöpft sich die Bedeutung des Textes also nur in einer philologischen Erlösungsphantasie? Foucault spricht in der *Ordnung des Diskurses* vom „großen unaufhörlichen und ordnungslosen Rauschen des Diskurses", er nennt es auch „das große Wuchern".[18] Was aber ist das Andere des Diskurses, welches das Rauschen bricht, es überhaupt erst vernehmbar macht? Das Andere des Rauschens ist der Text. Anagrammatisches Lesen transformiert das Rauschen in Schrift. Und wieder sei die Literatur bemüht, die diesen Zusammenhang aufs Neue aufdeckt. Bei Herder liest man:

> Es ist fast unvermeidlich, daß eben das Höhere, Weitverbreitete unsres Jahrhunderts auch Zweideutigkeiten der *besten* und *schlimmsten* Handlungen geben muß, die bei engern, tiefern Sphären wegfielen. Eben daß niemand fast mehr weiß, wozu er würkt: das Ganze ist ein Meer, wo Wellen und Wogen, die wohin? aber wie gewaltsam! rauschen – weiß ich, wohin ich mit meiner *kleinen* Woge komme?[19]

Thomas Mann schreibt im Schlusssatz seiner Erzählung *Schwere Stunde*: „Und aus seiner Seele, aus Musik und Idee, rangen sich neue Werke hervor, klingende und schimmernde Gebilde, die in heiliger Form die unendliche Heimat wunderbar ahnen ließen, wie in der Muschel das Meer saust, dem sie entfischt ist."[20] Und George Bataille hat in der Erzählung *Madame Edwarda* seines *Obszönen Werks* exakt den Zusammenhang

---

[17] Barthes: Die Lust am Text, S. 43.
[18] Foucault: Die Ordnung des Diskurses, S. 33.
[19] Johann Gottfried Herder: Sämtliche Werke. Hg. von Bernhard Suphan. 33 Bde. Berlin 1877–1913. 2. Nachdruckaufl. Hildesheim, New York [o.J.], Bd. 5, S. 580f.
[20] Thomas Mann: Der Tod in Venedig und andere Erzählungen. Frankfurt a.M. 1976, S. 196.

zwischen Textbegehren und Körperbegehren beschrieben, wenn man das Rauschen in der Muschel als ein Echo des Begehrens lesen will: „Schließlich kniete ich nieder, ich schwankte, und ich legte meine Lippen auf die lebendige Wunde. Ihr nackter Schenkel liebkoste mein Ohr: mir war, als hörte ich das Rauschen einer Meereswoge, das gleiche Geräusch, das man vernimmt, wenn man das Ohr an eine große Muschel legt."[21]

Natürlich ist dies alles ein metonymisches Sprechen, da es ja nach den zuvor gemachten Einschränkungen nicht heißen kann ‚der Text ist ...' oder ‚der Diskurs ist ...'. Doch es bleibt schwierig, einer Substanzialisierung des Text- und Diskursbegriffs zu entgehen. Vielleicht sollten wir es mit Friedrich Schlegels *Lucinde* halten: „Lieber erst den Diskurs, und hernach die Götter".[22] Was die Literatur längst schon vollzogen hat, beginnend mit den großen Dichtern der frühen klassischen Moderne von Mallarmé über Benn bis hin in unsere Tage zu Friederike Mayröcker und Ernst Jandl, das mangelt der Literaturwissenschaft: Nämlich die radikale Abkehr vom Sinnverständnis, der Verzicht auf ein Gefangensein und Befangensein im Sinndenken. Wer wollte beispielsweise angesichts von Kurt Schwitters *Ursonate* noch von Sinn reden? Dieser Text ist nicht unsinnig, nicht sinnlos, sondern sinnfrei. Anagrammatisches Lesen lässt die Einsicht zu, dass Literatur nicht meint, was sie ist. Sie spielt, nein sie lebt nachgerade von der Abweichung. Über diese Erkenntnis konstituiert sich das, was wir auf einer anderen Diskursebene die Fiktionalität der Texte nennen.

Digressives Lesen ist eine notwendige Voraussetzung für anagrammatisches Lesen. Denn ein Text ist das Produkt dessen, wovon er abweicht, was er nicht enthält, was er verschweigt, was er in die Peripherie drängt, was er der Verschiebung unterwirft. Wir sprechen gerne davon, ‚auf den Text selbst zurückzukommen'. Das aber heißt, auf das zurückzukommen, was im Text als Abwesenheit markiert ist. Und diese Rückkehr zum Text ist kein geschichtlicher Zusatz, sondern verändert den Text notwendigerweise.

---

[21] Georges Bataille: Das obszöne Werk. Deutsche Übersetzung und Nachwort von Marion Luckow. Reinbek bei Hamburg 1990, S. 68.
[22] Schlegel: Lucinde, S. 42.

Der Ort der Sinnproduktion ist im herkömmlichen philologischen Verständnis das schreibende Subjekt. Anagrammatisches Lesen kehrt dies um, demnach ist das Subjekt eine Metapher für die Abwesenheit von Sinn, kunstvoll camoufliert als Sinnschöpfungsinstanz. Das anagrammatische Lesen verzichtet auf die Operation einer Subjektwerdung des Textes, denn gerade hierin erweist sich die grundlegende Differenz zwischen fiktionalen Texten und den Diskursen der abendländischen Philosophie. Es geht keineswegs darum, die Instanz eines schöpferischen Individuums von Texten in Frage zu stellen. Selbst wenn Derrida in seinem Buch *Die Schrift und die Differenz* schreibt, „das ‚Subjekt' der Schrift existiert nicht, versteht man darunter irgendeine souveräne Einsamkeit des Schriftstellers",[23] so bedeutet das nicht, dass er oder andere Theoretiker die Existenz der schreibenden Hand leugneten. Sondern, um in diesem Bild zu bleiben, die Hand, welche schreibt, wird stets geschrieben von einer Hand, die schreibt. Maurits Cornelis Escher hat dieses Paradox in einer Lithographie mit dem Titel *Zeichnen* bildlich dargestellt.

Eines der eindrucksvollsten Textzeugnisse über die Bedeutung des Wortes findet sich am Beginn des Johannes-Evangeliums. Die Parallele zur alttestamentlichen Schöpfungsgeschichte des Beginnens als Wortschöpfung unterstreicht die Bedeutung der Arbeit am Wort: en archā än ho logos – in den Anfang eingegraben, nicht am Anfang, war das Wort, sondern im Anfang, der gewiefte Diskursanalytiker sagt nun: im Anfang war die Rede. Im Anfang war die Rede, und es war nicht die Rede vom Sinn. Gefangen im Käfig der Sinnsuche drapieren wir die Wände unseres engen Raums mit Phantasmen der Großwildjagd; Freiheit, Abenteuer, Wildnis – so sehen wir die Texte, die gefangen, gebändigt und verstanden gehören, schlimmstenfalls erlegt, und wir setzen in imperialer Geste den Fuss auf unsere Jagdtrophäe, lassen uns abbilden und nennen das Ganze Interpretation. Und dabei ist Interpretation nichts anderes als, wie Friedrich Schlegel sagt, „Unterricht in der Kritik des Sinns".[24] Und Kritik bedeutet nach Schlegel „[...] einen Autor besser verstehn als er sich selbst verstanden hat".[25] Diese Ansicht hat eine lange Tradition. Herder

---

[23] Jacques Derrida: Die Schrift und die Differenz. Frankfurt a.M. 1972 [¹1967], S. 344.
[24] Schlegel: Kritische Schriften und Fragmente. Studienausgabe, Bd. 5, S. 183.
[25] Ebd., S. 223.

meint 1778: „Das Leben eines Autors ist der beste Commentar seiner Schriften".[26] Und Hamann schreibt in seiner *Aesthetica in nuce* (1762): „Der Autor ist der beste Ausleger seiner Worte".[27] Anagrammatisches Lesen kehrt diese Perspektive um. Es verzichtet auf den Superlativ eines besten Verstehens, eines besten Kommentars und eines besten Auslegers und setzt stattdessen das Zweifeln, das dem Erstaunen entspringt, ins Recht. Der Zweifel an der Autorität des Autors wurde und wird stets verstanden als Zweifel an der Autorität der Philologie als Wissenschaft, die diese Wissenschaft nicht benötigt.

Das anagrammatische Lesen nimmt seinen Ausgangspunkt von einer sehr genauen Lektüre des Textes. Anagrammatisch lesen muss heißen, unaufhörlich die Frage nach der Grenze zu stellen, nach der Grenze zwischen Beschreibung und Deutung. Die positivistischen Kenntnisse sind hier ebenso unverzichtbar wie es literaturgeschichtliches Detailwissen ist. Nicht das Wissen ist anagrammatisch, sondern die Art seiner Anwendung. Anagrammatik ist ein Anwendungsverfahren, man kann nicht anagrammatisch wissen, aber durchaus anagrammatisch Wissen lesen. Anagrammatik betrifft also den Modus des Umgangs mit Wissen oder Text, und nicht den Modus seiner Darstellung oder seiner Vernichtung. Die Wörtlichkeit des Textes ist natürlich der Ort seiner Ordnung, ihn nicht wörtlich zu nehmen heißt, ihn ortlos zu machen, zum Schweben zu bringen und dem Thauma, dem Zauber des Erstaunens zu folgen. Lesen ist keineswegs die Addition von Buchstaben, insofern gibt es ein wörtliches Verstehen nicht. Der Begriff ‚anagrammatisches Lesen' selbst ist metonymisch zu verstehen. ‚Im Text lesen' ist eine Metonymie, da es ‚den Text' nicht gibt. Die Ordnung der Buchstaben ist nicht die Ordnung des Textes. Die Ordnung des Textes konstituiert sich nicht über die Materialität der Signifikanten, denn *der Text ist ohne seinen Leser nichts*. Deshalb, so wäre zu hoffen, braucht man die Literaturversteher, die nur eine andere Art von Lesern sind.

„Der wahre Leser muß der erweiterte Autor seyn" (Novalis) – wirklich?

---

[26] Herder: Sämtliche Werke, Bd. 8, S. 208.
[27] Johann Georg Hamann: Sokratische Denkwürdigkeiten. Aesthetica in nuce. Mit einem Kommentar hg. von Sven-Aage Jørgensen. Stuttgart 1983, S. 105/107.

DIE VERSTEHENSMASCHINE

Bernd Maubach

Herr Müller, was heißt für Sie „Verstehen literarischer Texte"?
MÜLLER: Weiß ich nicht.
Sie gelten als ein Autor, dessen Texte schwer zu verstehen sind.
MÜLLER: Meine Sprache gilt aus seltsamen Gründen als schwierig, aber nur deshalb, weil sie ganz einfach, direkt und präzise ist. Man ist es nicht mehr gewohnt, präzise Texte zu hören: Sobald etwas präzis formuliert ist, wird es nicht mehr verstanden, weil keiner glaubt, daß das gemeint ist: So einfach kann es ja nicht sein, es muß was dahinterstecken! Daraus entsteht die Legende von der Schwierigkeit. Durch die Suche nach der Bedeutung wird die Sprache schwierig gemacht.
Verstehen Sie Ihre Texte?
MÜLLER: Nein, will ich auch gar nicht.
Warum nicht?
MÜLLER: Das ist nicht meine Aufgabe. Das Problem des Schriftstellers, überhaupt des Künstlers, ist doch, daß er sein ganzes werktätiges Leben versucht, auf das poetische Niveau seiner Träume zu kommen. Das geht nur, wenn er nicht interpretiert, was er hervorbringt. Ich schreibe mehr, als ich weiß. Ich will nicht nachdenken über das, was ich mache.
Kann man schreiben, ohne dabei zugleich zu interpretieren?
MÜLLER: Stücke zu schreiben, ist eine motorische Tätigkeit. Ich kann zum Beispiel einen Dialog nicht im Sitzen schreiben. Ich muß herumgehen. Ich habe neulich einen Text über Shakespeare gelesen, in dem der Autor sich wundert, wie das Gehirn von Shakespeare das alles aushalten konnte. Aber man schreibt nicht mit dem Kopf. Man schreibt mit den Füßen. Brecht konnte mit Schnupfen nicht schreiben, weil er dann körperlich gehemmt war. Der Wahnsinn ergibt sich aus der Motorik. In mir läuft ein Motor, der braucht manchmal Auslauf. Das ist alles. Weshalb es so ist, frage ich nicht. Da bin ich mit Goethe einig, der formuliert hat, Gott möge ihn davor bewahren, sich selbst zu erkennen.
Aber Sie schreiben doch auch, um etwas zu erreichen.
MÜLLER: Ich schreibe Stücke, weil ich nichts anderes kann. Was ich will damit, ist doch völlig belanglos. Auch wenn ich irgendwelche Ideen hätte,

die sind genauso belanglos wie Ihre. Wenn man es vorher weiß, kann man's lassen oder einfach gleich sagen. Deshalb ist die Frage nach Intention oder Motivation sehr theoretisch. Wichtig ist der Text, und damit kann man das machen und das. Es ist vollkommen unwichtig, was ich vielleicht für politische Intentionen oder Impulse hatte beim Schreiben. Der Text ist ganz was anderes und man schreibt ja nicht das, was man will oder was man glaubt zu schreiben. Da gibt es wirklich eine Differenz zwischen Text und Intention. Die Intentionen fürs Schreiben werden beim Schreiben verheizt. Dann entsteht etwas, was man nicht kennt. Wenn man mit dem Text fertig ist, dann kann man vielleicht Ideen dazu haben, aber nicht als Anfang, nicht als Intention. Sonst ist es absolut langweilig. Deshalb bin ich immer in einer schwierigen Lage, wenn ich gezwungen bin, meine eigenen Texte zu interpretieren.

Dann ist Schreiben eine Art Kontrollverlust?

MÜLLER: Die Sprache setzt sich letztlich durch gegen den Autor. Gegen die Intention des Autors. Ich würde nicht behaupten, daß ich mir die Sprache aneigne, sondern es ist paradoxerweise umgekehrt, die Sprache eignet sich mich an. Also meine Fähigkeit ist, ihr nachzugeben, gar nicht so sehr, sie zu beherrschen. Die Vorstellung ist einfach falsch, daß man ein Ziel haben muß, wenn man schreibt. Ein Ziel haben oder etwas Bestimmtes erreichen wollen, das hat damit nichts zu tun. Es ist eine Praxis, keine Theorie. Es ist eine andere Form des Lebens, ein Lebensausdruck. Und je mehr man kalkuliert, desto wirkungsloser wird es, selbst politisch. Es ist ganz einfach eine Methode, die eigenen Erfahrungen zu verarbeiten. Ich schreibe nicht, sondern der Text schreibt. Ich weiß, daß diese Erklärung nach Mystik riecht. Aber genauso ist es. Ein literarischer Text ist eine viel komplexere Angelegenheit als ein Schuh. Man kann nicht genau kalkulieren, was da steht und welche Funktion es haben wird. Einen Schuh, wenn er seine Funktion erfüllt und paßt, kann man nicht in Frage stellen. Und einen Schuh herzustellen ist relativ leicht, wenn man das Schuhmachen einmal gelernt hat. Was ganz und gar kalkuliert ist, wird Kunstgewerbe.

Sie bringen immer auch wieder biographische Elemente in Ihre Texte ein. Das wären doch interpretatorische Ansätze. In HAMLETMASCHINE beispielsweise verarbeiten Sie doch auch den Selbstmord Ihrer zweiten Frau.

MÜLLER: Wenn ich so etwas als Motiv verwende, wird es Literatur und existiert nur noch in diesen Texten. Alles andere ist uninteressant. Das

Problem unserer Zivilisation ist, daß wir auf ein vereinheitlichendes Denken ausgerichtet sind. Wir werden darauf trainiert, alles durch Denken in Bezug zu bringen. Wir wollen die Differenz von Kunst und Politik, die Differenz von Kunst und Geschichte, die Differenz von Kunst und Leben nicht zulassen. Aber die Zeit der Kunst ist eine andere Zeit als die der Politik, der Geschichte, des Lebens. Das Problem ist, ob es die Einheit von Kunst und Leben gibt. Gibt es diese Einheit, dann ist das das Ende der Kunst. Es zeugt von einem tiefen Kulturverfall, daß man sich heute, statt die Texte zu lesen, nur noch für das interessiert, was dahintersteckt. Das zeigt allerdings auch, daß Genußfähigkeit nicht nur vom Geld abhängig ist. Wahrscheinlich ist es so, daß hier Kultur einfach durch Besitz ersetzt wird.

Was denken Sie, woher dieser Kulturverfall kommt?
MÜLLER: Wenn ich einen Text, einen poetischen Text lese, dann will ich den zunächst mal nicht verstehen. Ich will ihn irgendwie aufnehmen, aber mehr als eine sinnliche Tätigkeit denn als eine begriffliche. Und es gibt so eine Tradition von Rationalismus, die verhindert zum Beispiel die sinnliche Wahrnehmung von Texten. Es hängt, glaube ich, damit zusammen, daß Text immer mehr reduziert wird auf Mitteilung, durch diese Inflation von Informationen, diese Informationsschwemme, Fernsehen und so weiter. Da entsteht immer mehr ein Trend zur Computersprache, wo Text wirklich nur noch Information ist, nicht Ausdruck. Ich habe nie das Bedürfnis gehabt, etwas zu verstehen oder zu fragen: warum das an der Stelle. Ich will auch nicht wissen, warum das Licht angeht, wenn ich am Schalter drehe. Das ist ein Negativprodukt von Aufklärung – daß die Leute ständig meinen, sie müßten etwas verstehen im Theater. Aber der Kopf gehört nicht ins Theater, denn dann macht man keine Erfahrungen. Erfahrungen kann man nur blind machen. Und ein wichtiges Charakteristikum der europäischen Kultur ist der ständige Versuch, den Menschen die Fähigkeit abzutrainieren, Erfahrungen zu machen.

Erfahren und Verstehen schließen einander nicht unbedingt aus.
MÜLLER: Erst wenn man einen Text sinnlich wahrnehmen kann, kann man ihn später auch verstehen. Das Verstehen ist aber ein Prozeß und kann nicht eine erst Annäherung sein. Was sofort verstanden wird, hat vielleicht Erfolg, aber keine Wirkung.

Können Sie das erklären?

MÜLLER: Wirkungen bestehen darin, daß kein Erfolg zustande kommt, ich meine jetzt Erfolg als eine allgemeine Harmonie des Publikums, die sich in einem Erlösungsapplaus entlädt. Erfolg ist, wenn die Leute sich zurücklehnen und sagen: Jetzt haben wir etwas erfahren, jetzt wissen wir, was gemeint war, und es war schön. Wirkung ist, wenn sie nicht wissen, was los war. Wenn sie nach Hause gehen, und wenn sie dann noch nach vierzehn Tagen, in der Straßenbahn zum Beispiel, plötzlich denken: Was war denn da, das habe ich nicht kapiert. Wirkung bedeutet Langzeitwirkung anstelle dieser kurzfristigen Übereinstimmung, die Erfolg heißt. Wirkung ist es insofern, weil es dann wirklich ins Leben eingreift, weil es die Leute länger beschäftigt.

Obwohl es doch auch ganz schön sein kann, ins Theater zu gehen und neben der Erfahrung, die man macht, auch ein bisschen was zu verstehen, finden Sie nicht?

MÜLLER: Was heißt „verstehen" im Theater? Das ist für mich schon eine ungeklärte Frage. Kein Mensch „versteht" ein Stück von Shakespeare. Sonst wär's nicht interessant. In der elisabethanischen Renaissance hat man die Shakespeare-Stücke, die heute ungestrichen in vier bis fünf Stunden aufgeführt werden, in zwei, maximal zweieinhalb Stunden abgespult. Es war nur Rhythmus, alles war nur Beat. Niemand hat darüber nachgedacht, was jetzt mit diesem oder jenem Satz gemeint ist – das konnte man ja hinterher, wenn man das Bedürfnis empfand. Der Text darf nicht als Mitteilung verstanden werden, sondern muß eine Melodie sein, die sich frei im Raum bewegt. Jeder Text hat einen Rhythmus, zwar nur unterschwellig, aber doch so spürbar, daß er wie bei einem Popkonzert vom Körper aufgenommen wird. Gute Texte leben von ihrem Rhythmus und strahlen ihre Information über diesen Rhythmus ab, und nicht über die Mitteilung. Das wäre die Qualität, die das Theater wieder bekommen muß, aber dazu braucht es sehr gute Texte.

Schreiben Sie solche sehr guten Texte?

MÜLLER: Ich habe ganz selten erlebt, daß ein Text von mir im Theater zu ertragen war, weil es fast unmöglich ist, Schauspieler dazu zu bringen, daß sie einen Text wie ein musikalisches Material behandeln. Was er natürlich ist. Erst dann wird er auch rezipierbar. Bisher sind meine Texte deshalb alle so schlecht, so falsch inszeniert worden, weil sie mit dieser penetrant aufklärerischen Haltung präsentiert wurden. Es geht aber darum, den Text möglichst wenig einzufärben. Das kann man sicher nie

ganz vermeiden. Die meisten Schauspieler kommen aber aus einer Tradition, wo es eine große Rolle spielt, eine Figur in sich hineinzunehmen und mit der eigenen Subjektivität wieder auf die Bühne zu stellen. Das verdunkelt dann eher die Vorgänge. Der große Schrecken der Schauspieler war immer: Das ist kein Text; den kann man nicht spielen; das ist keine Figur. Aber es ist natürlich immer ein Bedürfnis der Schauspieler, eine Figur zu individualisieren. Die Mißverständnisse darüber, daß meine Texte schwierig sind, entstehen doch daraus, daß die Schauspieler sie für schwierig halten und Mühe haben, sie zu verstehen, und deswegen dem Publikum gegenüber, auch noch von der Regie dazu angehalten, die Haltung von Pädagogen oder Erklärern einnehmen. Wir sind ein bißchen klüger als ihr, ihr seid ein bißchen dümmer, wir erklären euch das jetzt, damit ihr es versteht. Und schon wird ein Text schwierig. Die Legende der Schwer-Verständlichkeit haben die Regisseure zu verantworten, die die Texte dem Publikum immer so präsentiert haben, als ob sie verstanden werden müßten. Daher erscheinen sie dem Publikum als schwierig.
Wenn man Ihre Texte anders inszenieren würde, wären sie zugleich auch leichter zugänglich?
MÜLLER: Mein Text ist ein Telefonbuch, und so muß er vorgetragen werden, dann versteht ihn jeder. Denn dann ist es eine Erfahrung, die man mit einem fremden Material macht. Erfahrungen machen besteht doch darin, daß man etwas nicht sofort auf den Begriff bringen kann. Daß man später beginnt, darüber nachzudenken. Die Nachwirkung hängt damit zusammen, daß das Publikum nicht nachkommt mit dem Verstehen. Wenn man alles auf einen Begriff bringen könnte, würde es nicht nachwirken. Theater hat eine andere Funktion, als begrifflich den Leuten etwas mitzugeben, was sie in den Kasten stecken können. Beim Schreiben hat man die Möglichkeit, Sachen so zu fassen, daß sie nicht plan übersetzt werden können in Begrifflichkeit oder in Theorie.
Können Sie dafür ein Beispiel geben?
MÜLLER: Im Grunde geht es immer um die Herstellung von Metaphern. Sie machen es möglich, mit Erfahrungen umzugehen, die man nicht begreift, die man nicht auf den Begriff bringen kann, auch wegen der schnellen Aufeinanderfolge ganz unterschiedlicher oder widersprüchlicher Erfahrungen. Die werden von der Metapher gebündelt und der, der die Metapher prägt, wird davor bewahrt, unter diesen Erfahrungen zusammenzubrechen. Zur Metapher gehört strukturell, daß Dinge zusam-

mengerissen werden in eine Formulierung oder in ein Bild, die absolut nicht zusammengehören. Die Metapher ist eine Sichtblende gegen so viele Eindrücke, die man nicht verarbeiten kann, so ein Bündelungsinstrument. Sie trägt dich weiter, als du denken konntest vorher, hinterher kannst du das dann vielleicht nachdenken. Eine andere Variante ist die Schreibbewegung Faulkners – die Verdunklung der Information durch eine Hypertrophie des Ausdrucks, der Expression. Außerhalb syntaktischer Ordnungen wird etwas mitgeteilt, was nicht mitteilbar ist. Daran muß der Leser arbeiten, um es auf sich zu beziehen, denn er weiß nicht, was ihm da mitgeteilt wird. Kunst läßt sich nicht kontrollieren. Sie läßt sich nicht zurückführen auf eine Bedeutung, die man begrifflich fassen kann. Das ist das ewige Mißverständnis gegenüber Literatur: Sie behandelt Erfahrenes, nicht Begriffenes.

Gibt es dafür noch weitere Möglichkeiten beim Schreiben?

MÜLLER: Man schreibt auch, was man nicht denkt. Und wenn es mit den Pausen ist. Das Wichtigste an LOHNDRÜCKER zum Beispiel sind die Pausen. Die Leerstelle ist ein konstitutives Element von Drama. Der Text deckt nicht alles ab. Da gibt es immer wieder Lücken, die wichtige Hinweise für das Publikum sind. Ich glaube, eine Gefahr bei unseren Interpretationen (in den Kritiken sowieso) besteht darin, daß immer das Publikum draußen gelassen wird. Aber Drama findet nur statt zwischen Bühne und Zuschauerraum.

Das klingt aber doch sehr nach Kalkulation und Intention.

MÜLLER: Ich komme beim Schreiben immer wieder an Punkte, an denen ich nicht mehr verstehe, was ich schreibe. Ich kann es nicht mehr denken. Ich weiß nur genau: Jetzt drängt sich dieses Wort auf. Das paßt in den Satz. Wenn ich es dann eine Woche später lese, stimmt es auch. Aber ich kann es nicht begründen. Die Autorität ist der Text, nicht der Autor.

(Der Text besteht aus neu zusammengefügten Aussagen Heiner Müllers aus mehreren Jahrzehnten. Sie sind entnommen den Interviews und Schriften. Die Fragen und Aussagen des Interviewers sind frei erfunden.)

Ich und du und wir

Michael Mecklenburg

Charlotte weint!
Känga hat Ferkel soeben in die Wanne mit kaltem Wasser gesteckt und ihm absichtlich unabsichtlich mit dem seifigen Schwamm den Mund gewaschen. Die Reaktion der Tochter hinterlässt den Vater völlig ratlos, denn das ist eine seiner Lieblingsszenen aus Milnes *Pu Bär* und wurde mit entsprechend artistischem Stimmeinsatz vorgetragen. Bisher fanden alle meine Kinder es ausgesprochen komisch, wie Känga so tut, als habe es gar nicht bemerkt, dass nicht Ruh, sondern Ferkel in seinem Beutel war; wie Kaninchen sich unerwarteterweise mit Ruh anfreundet und das kleine Ferkel nun plötzlich alleine sehen muss, wie es aus dieser Situation herauskommt; wie schließlich Heinz Putel-Ferkel davonrennt und sich erst in sicherer Entfernung im Staub wälzt.
Die Tochter schluchzt noch immer, ist kaum zu trösten. Der Vater ist ratlos.
Schließlich beruhigt sie sich und erklärt mir den Fall: Sie habe so schreckliches Mitleid mit dem armen Ferkel, das plötzlich so ganz einsam den Handlungen Kängas ausgeliefert sei. Und überhaupt sei das so ungerecht, schließlich war es doch Kaninchens Plan und jetzt kommt niemand, um Ferkel zu helfen. Dem armen kleinen Ferkel!
Ich merke, wie ein Ärger in mir aufsteigt: Meine Tochter versteht *Pu Bär* nicht. MEINE Tochter versteht *Pu Bär* nicht! Oder habe ich diesmal doch zu früh mit dieser Lektüre begonnen? Der Humor ist höchst hintergründig, die Erzählkonzeption mit mehrfachen Rahmungen komplex. Aber genau das ist es doch, denke ich, dass das Verstehen solcher Literatur meine Kinder bildet. Und mit sechs Jahren sollte das doch schon möglich sein.
Oder habe doch ich den Text nicht verstanden? Heißt ‚Literatur verstehen' vielleicht gar nicht, zu verstehen, was im Text steht, sondern, was er im Leser entstehen lässt. Und wieso überhaupt ‚Leser'? Charlotte hat zugehört, gelesen habe ich. Also habe ich mein Verstehen von Ferkels Abenteuer in eine bestimmte Form des Vor-Lesens gekleidet, aber nicht damit gerechnet, dass ich Ferkels ‚Leiden' damit eine Form gebe, die

ihrerseits interpretationsbedürftig ist. Und plötzlich geht es nicht mehr global um das Verstehen eines literarischen Textes, sondern im doppelten Wortsinne um das Verstehen des Vorlesers und der Zuhörerin. Über Charlotte hat der Vater in diesem Moment mehr erfahren als jemals zuvor über *Pu Bär*.

Charlotte lacht!
Känga hat Ferkel soeben in die Wanne mit kaltem Wasser gesteckt, ihm absichtlich unabsichtlich mit dem seifigen Schwamm den Mund gewaschen. Der Vater ist glücklich, denn das ist eine seiner Lieblingsszenen aus Milnes *Pu Bär* und wurde mit entsprechend artistischem Stimmeinsatz vorgetragen.
Gemeinsam amüsieren wir uns darüber, wie Känga so tut, als habe es gar nicht bemerkt, dass nicht Ruh, sondern Ferkel in seinem Beutel war; wie Kaninchen sich unerwarteterweise mit Ruh anfreundet und das kleine Ferkel nun plötzlich alleine sehen muss, wie es aus dieser Situation herauskommt; – da unterbricht Charlotte mich. Ich bin etwas ärgerlich: ausgerechnet kurz bevor Heinz Putel-Ferkel davonrennt und sich in sicherer Entfernung im Staub wälzt.
Papa, sagt Charlotte, früher habe ich immer geweint, wenn du das vorgelesen hast.
Na ja, antworte ich, früher – das war letztes Jahr. Aber es stimmt schon: Dir hat Ferkel so schrecklich leid getan und ich habe mich geärgert. Tut dir Ferkel jetzt nicht mehr leid?
Charlotte überlegt. Doch, sagt sie schließlich, mir tut Ferkel schon leid, aber ich muss trotzdem lachen. Es ist irgendwie lustig, wie Känga so tut, als wäre Ferkel Ruh, und ich weiß ja auch, dass es gut ausgeht und es ist auch nur eine Geschichte. Komm, Papa, lies mal weiter!
Dem Vater geht das Herz auf. Die Tochter hat die Vielschichtigkeit verstanden: Weder lacht sie Ferkel aus noch hat sie lediglich Mitleid mit ihm. Wir finden zueinander im Verstehen von Literatur, einem Verstehen, in dem wir zueinander finden im Verstehen der Welt, in der Erkenntnis ihrer Mehrdeutigkeit, ihrer Tragik und Komik, einer Ambivalenz, die manchmal nur im Lachen zu ertragen ist.
Und schon im nächsten Jahr höre ich Charlotte leise lachen, während sie gemütlich auf dem Sofa sitzend liest – still – für sich. Sie hat den Humor entdeckt, sagt der Vater leise zu sich und lächelt, sie hat ihn sich erlesen.

Verstehensverstehen

CHRISTIAN MEIERHOFER

Schluss, Aus, Ende. Komm morgen wieder, Wirklichkeit. Ist das denn die Möglichkeit? Nach der Wahrheit die Werbung. Understanding Media. Du liebes bisschen. Ach du meine Güte. Gut, besser, Paulaner. Wir führen Gutes im Schilde. Und jetzt das Wetter. Besser ist das. Wer Wind sät, wird Sturm ernten. Der Sturm im Wasserglas. Aus dieser Quelle trinkt die Welt. Ein reines Wasser muss durch einen tiefen Stein. Steinreich. Mausearm. Da beißt die Maus keinen Faden ab. Katz und Maus. Rubbel die Katz. Katzengold. Reden ist Silber, Schweigen ist Gold. Ohne Worte. Ohnegleichen. The rest is silence. Stille Nacht. Nachts sind alle Katzen grau. Graue Maus. Mäuse. Kröten. Piepen. Kohle. Kohlrabenschwarz. Kohlrabi. Aus deutschen Landen. Deutschländer. Meica macht das Würstchen. Milch macht müde Männer munter. Mars macht mobil bei Arbeit, Sport und Spiel. Die Spielbewegung als solche ist gleichsam ohne Substrat. Mensch ärgere dich nicht. Faites vos jeux. Je veux qu'on est sincère. Ehrlich währt am längsten. Where have all the good times gone? Gone with the wind. The answer, my friend, is blowin in the wind. Wind of change. Mit der Zeit gehen. Wer rastet, der rostet. Wer nicht rudert, fällt zurück. Höher, schneller, weiter. Tiefer, härter, schneller. Komme gleich. Wer zu spät kommt, den bestraft das Leben. Zeit ist Geld. Money talks. Mehr als tausend Worte. Tausendmal berührt, tausendmal ist nichts passiert. Tausend und eine Nacht. Geschichten von außen. Frisch, fromm, fröhlich, frei. Ich bin so frei. Einigkeit und Recht und Freiheit. Wie ein Pfeil zieht sie vorbei, und es dröhnt in meinen Ohren. Taube Ohren. Halt die Ohren steif. Einen Satz heiße Ohren. Immer mitten in die Fresse rein. Doctor, doctor. Die Ärzte aus Berlin. Ich bin ein Berliner. Made in China. Made im Speck. Mitten im Leben. Fest im Sattel. Auf alten Gäulen lernt man reiten. Die Zigarette danach. Unter uns, ich rauche gern. Rauchen kann tödlich sein. Ich will so bleiben, wie ich bin. Du darfst. Ja, ich will. Kinder, die was wollen, kriegen was auf die Bollen. Aber dennoch hat sich Bolle ganz köstlich amüsiert. Wir amüsieren uns zu Tode. Verstehen Sie Spaß? Ein bisschen Spaß muss sein. Auf die Plätze, fertig, Spaß. Alles Müller, oder was? Müller, Meier, Schulze. Hinz und Kunz.

Hans und Franz. Von Hölzchen auf Stöckchen. BILD dir deine Meinung. Morgen früh. Morgen ist heute schon gestern. Nicht von gestern. Up to date. Null acht fünfzehn. Elf acht drei drei. Null zehn, drei zehn. Null hundertneunzig. Da werden Sie geholfen. Hilfe zur Selbsthilfe. Übung macht den Meister. Aus Erfahrung gut. Es kommt nicht auf die Länge an. Vorsprung durch Technik. Hört, hört. Audi. Besser ankommen. Brems. Ist ja zum Quietschen. Die Quietschiboys. Boysetsfire. Fire on Babylon. Es hat gefunkt. Liebe auf den ersten Blick. Wa(h)re Liebe. Falsche Tränen. Große Töne. Die kleinen Freuden des Lebens. Voll bepackt mit tollen Sachen, die das Leben schöner machen. Die poetische Funktion überträgt das Prinzip der Äquivalenz von der Achse der Selektion auf die Achse der Kombination. Auf Achse. Volle Fahrt voraus. Festina lente. Paradigmenwechsel. Bäumchen wechsle dich. Mein rechter, rechter Platz ist frei. Lehrstuhl. Love it or leave it. Hire and fire. Mach die Tür von außen zu. Verpiss dich. Bitte hinsetzen. Da legst dich nieder. Ist denn heut schon Weihnachten? O2 can do. Just do it. Nike. Klotho. Lachesis. Atropos. Brigitte. Freundin. Playgirl. Gretchen. Hänsel und Gretel. Romeo und Julia. Klaus und Klaus. Dick und Doof. Pünktchen und Anton. Emil und die Detektive. Mutter Courage und ihre Kinder. Wir waren jung und brauchten das Geld. Wer wird Millionär? Das ganze Leben ist ein Quiz. You are dismissed. Ich küsse nicht beim ersten Date. Die sieben Todsünden. In guten, wie in schlechten Tagen. GZSZ. Verbotene Liebe. Marienhof. Den Hof machen. Make love, not war. Den Klappstuhl ausgraben. Trab an, du Klappstuhl. Es klappert die Mühle am rauschenden Bach. Cool water. Baden auf eigene Gefahr. Halb zog sie ihn, halb sank er hin. Einer geht noch, einer geht noch rein. Schöne Maid, hast du heut für mich Zeit? Der Duft, der Frauen provoziert. Neue Männer braucht das Land. Die Mauer muss weg. Über kurz oder lang. So oder so. Entweder – oder. Alles oder nichts. Nothing else matters. Alles was zählt. Malen nach Zahlen. La Gioconda. Lachen ist gesund. Wenn Sie sich bitte freimachen wollen. Tief einatmen. Dum spiro spero. Die Hoffnung stirbt zuletzt. Den letzten beißen die Hunde. Das letzte Hemd hat keine Taschen. Fahr zur Hölle. Wir machen den Weg frei. Ab in den Urlaub. Eile tötet. Die Kritik der reinen Vernunft. Von Natur aus wirksam. Nicht wirklich. Wie wirklich ist die Wirklichkeit? Come in and find out. Aus dem Bauch heraus. Flugzeuge im Bauch. Volle Plauze. Schnauze voll. Hummeln im Arsch. Nase zu. Husten, Schnupfen, Heiserkeit. Die meisten Menschen haben einen Schnupfen.

Rotz und Wasser. Zewa wisch und weg. Tempo. Probier's mal mit Gemütlichkeit. Lazy Sunday afternoon. Blue Monday. Blaues Wunder. Er ist's. Amsel, Drossel, Fink und Star. Ich bin gut zu vögeln. Die längste Praline der Welt. Lieschen, Lieschen, Lieschen, komm ein bisschen, bisschen, bisschen. Kondome schützen. Besser ist das. No risk, no fun. Und ab geht's. Sie müssen nur den Nippel durch die Lasche ziehn. Wenn's mal wieder länger dauert. Eins, zwei oder drei, letzte Chance vorbei. Mit einem Wisch ist alles weg. Baby, don't you lose my number. Always Ultra. Auf immer und ewig. Schlimmer geht immer. Dumm und dümmer. Dumm ist der, der Dummes tut. Tut gebrauchen tut man nicht. It's your turn. Auf geht's. Wer nicht wagt, der nicht gewinnt. Verlieben, verloren, vergessen, verzeihen. Merci pur. Danke für diesen guten Morgen. Morgens um sieben ist die Welt noch in Ordnung. Ordnung muss sein. Die Ordnung der Dinge. Les mots et les choses. Res et verba. Hin und her. Hin und weg. Da und dort. Mir nichts, dir nichts. Nothing compares to you. Ich und du, Müllers Kuh. Da steht ein Pferd auf dem Flur. Das Denken soll man den Pferden überlassen. Hoppe, hoppe Reiter. Ringel, rangel, Rose, Butter in die Dose. Weil's Lätta schmeckt. Du Schuft, du. Wo ist der Deinhart? Hoch die Tassen. Flasche leer. Einen trinken wir noch, und dann gehen wir noch lange nicht. Rien ne va plus. Anything goes. Zeig, was in dir steckt. Chacka, du schaffst es. Der Stoff, aus dem die Träume sind. Großes Kino, große Gefühle. Great expectations. Shall I compare thee to a summer's day? She should have died hereafter. Memento mori. Stirb langsam. Zu Tode betrübt. Himmelhoch jauchzend. Über den Wolken muss die Freiheit wohl grenzenlos sein. Es geht in die Freiheit, die Freiheit hinein, die alte Welt muss stürzen, wach auf, die Morgenluft. Morgen, ihr Luschen. Anna soll mir das Frühstück bringen. Ein symfehler im sekt. Träume sind Schäume. Schwester, können Sie mir einen Blasen- und Nierentee bringen? Gute Preise, gute Besserung. Ich nehme den Preis nicht an. Geiz ist geil. Zwanzig Prozent auf alles. Es lebe billig. Billig, stehste doch drauf. Prima leben und sparen. Ich freu mich drauf. Bezahlen Sie einfach mit Ihrem guten Namen. Nomina sunt odiosa. Diskretion, bitte Abstand halten. Noli me tangere. Connected isolation. Das globale Dorf. Come together. Test the west. Go, Trabi, go. The west is the best. Die Hölle, das sind die anderen. But Brutus is an honourable man. Morituri te salutant. Mens sana in corpore sano. Ich-AG. L'état, c'est moi. Ich bin nicht Stiller. Das ist kein Jim Beam. Patchwork Identity. Sinnbastler.

Alter deus. Deus ex machina. Du kommst hier net rein. Huis clos. Limited edition. Immer mehr anderes. Das neue Persil ist so wie das alte, nur viel besser. Nicht nur sauber, sondern rein. Klar wie Kloßbrühe. Die Fünfminutenterrine. Ich esse meine Suppe nicht. Schrank auf, Dose auf. Wenn dich der Milchjeeper packt. Für den Hunger zwischendurch. Mama, Papa und der Bengel, alle essen Eis am Stengel. Gerade mal zwei Kalorien. Und ab in den Ofen. Fertig ist Laube. Da bin ich doch Krüger. Haribo macht Kinder froh. Kinder an die Macht. Keine Macht den Drogen. Sei kein Frosch. Hasenfuß. Ödipus. Kindskopf. Wendehals. Langfinger. Spargeltarzan. Brillenschlange. Hundeblick. Anstandswauwau. Das ist des Pudels Kern. Kerne isst niemand gerne, ich spuck sie in die Ferne, bis zum fernen Sterne. Der Mann im Mond. Der große Gatsby. Der kleine Prinz. Der gestiefelte Kater. Peter Schlemihl. Des Kaisers neue Kleider. Kleider machen Leute. Leute von heute. Modern Talking. Bleibt alles anders. Deutsch und anders. Nichts als die Wahrheit. Ich schwör, Alter. Krass, oda? Keep it real. Real, einmal hin, alles drin. Coffee to go. The winner takes it all. Es kann nur einen geben. Viele Köche verderben den Brei. Rennie räumt den Magen auf. Bei Risiken und Nebenwirkungen fragen Sie Ihren Arzt oder Apotheker. Fragen kostet nichts. Nichts ist umsonst, nur der Tod, und der kostet das Leben. Der Tod ist nicht das Ende. Back to the roots. Alles hat ein Ende, nur die Wurst hat zwei. Gehste inne Stadt, was macht dich da satt, ne Currywurst. Für Besseresser. Es wird gegessen, was auf den Tisch kommt. Komm, Herr Jesus, sei unser Gast und segne, was du uns bescheret hast. Lieber Gott, lass deinen Segen über unsre Teller fegen. Ihr rülpset und ihr furzet nicht, hat's euch nicht geschmecket? Nach dem Essen sollst du ruhn oder tausend Schritte tun. I'm walking. I can't dance. Dancing coins. Kauf mich. Fick dich ins Knie. Fuck you, you fuckin fuck. Fakten, Fakten, Fakten. Stichfeste Beweise. Auf Herz und Nieren geprüft. Die Reifeprüfung. Der Bachelor. Du wollen Rose kaufen? Where the wild roses grow. Auf Rosen gebettet. Wie man sich bettet, so liegt man. Schlaf, Kindlein, schlaf. Der Mond ist aufgegangen. Sonne, Mond und Sterne. The heaventree of stars hung with humid nightblue fruit. He wishes for the cloths of heaven. Es war, als hätt der Himmel die Erde still geküsst. Wenn ich ein Vöglein wär. Piep, piep, piep, wir ham uns alle lieb. Friede sei mit dir. Gewalt ist auch keine Lösung. Neue Brücken bauen. Bridge over troubled water. Über sieben Brücken musst du gehen. Der Weg ist das Ziel. Alle Wege führn nach Rom. Die

Wiege der Menschheit. Aller Anfang ist schwer. Jedem Anfang wohnt ein Zauber inne. Den Aufschub als ursprünglich zu bezeichnen, heißt zugleich den Mythos eines präsenten Ursprungs auszustreichen. Die Vergangenheit ruhn lassen. Pflückt Rosenknospen, solange es geht. Als wenn's kein Morgen gäbe.

Robert Walsers Wurst. Ein Beitrag zur literarischen Anthropologie

HELGA MEISE

Worum geht es der Literatur? Um die „Wurst", weiß Robert Walsers gleichnamiges Prosastück. Der knapp zwei Druckseiten umfassende Text, erstmals erschienen im November 1916 in einem Heft der Broschüren-Reihe *Schriften für Schweizer Art und Kunst* des Zürcher Rascher-Verlages, gehört in die 18 Stücke zählende Sammlung *Prosastücke*, die Walser auf Anfrage des Verlages verfasst hatte. Der Autor reichte das Manuskript wie vereinbart im Oktober 1916 ein, begleitet von einer Stellungnahme seinerseits:

> Von vorliegender Arbeit, die ich Ihnen anvertraue, kann ich mit *festem Bewußtsein* sagen, daß ich sie für gut halte, weshalb ich sie Ihnen mit guter Zuversicht anbiete. Jedes einzelne Stück ist mit starkem Fleiß und mit der sorgfältigsten Behutsamkeit geschrieben, und ich habe mir, um für Sie etwas *Gediegenes* herzustellen, *große Mühe* gegeben. Die Stücke sind teils ernster teils heiterer Natur, auf einer ganz bestimmten *qualitativen* Höhe stehen sie, wie ich überzeugt bin, alle.[1]

Walsers Auszeichnungen rücken die literarische Produktion als solche in den Blick, sein *„festes Bewußtsein"*, sich *„große Mühe"* gegeben zu haben, aber auch die Vorzüge des entstandenen literarischen Produkts, handelt es sich doch nicht nur um etwas *„Gediegenes"*, sondern auch um etwas *„qualitativ"* Hochstehendes. Der literarische Text nimmt für sich in Anspruch, was im besten Falle auch für seinen Gegenstand gilt, die Wurst.

Und doch kreist der gesamte Text um eine einzige Erfahrung: „Ich vermag mich vom Gedanken nicht loszureißen, daß ich eben noch eine Wurst besaß, die nun für immer dahin ist. Ich zog sie aus dem Kleider-

---

[1] Zit. nach Jochen Greven: Nachwort, in Robert Walser: Der Spaziergang. Prosastücke und Kleine Prosa. Frankfurt a.M. 1985 (Robert Walser. Sämtliche Werke in Einzelausgaben hg. von Jochen Greven, Bd. 5), S. 267–273, hier S. 269, Hervorh. i. Orig. Dort auch die Angaben zur Publikationsgeschichte.

schrank hervor, und bei dieser Gelegenheit aß ich sie."[2] An- und Abwesenheit und Vorher–Nachher sind untrennbar miteinander verknüpft:

> Was soeben noch da war, ist fort, und niemand bringt es mir jemals wieder. [...] Was dahin ist, könnte noch ruhig und friedlich da sein, und was auf Nimmerwiedersehen verlorengegangen ist, könnte Appetit erwecken, doch das Appetit Erweckende ist dahin [...] und was weg und fort ist, würde mich noch jetzt mit seiner schönen Gegenwart erfreuen, wenn ich das Beklagenswerte nicht getan hätte [...] (112f).

Der Glücksmoment ist entschwunden, was bleibt, ist die Wahrnehmung des Verlustes, genauer des Verschwindens der Wurst:

> Mit offenbar nur allzu aufrichtigem Behagen habe ich verzehrt, was noch vorhanden sein könnte, wenn ich es nicht vertilgt hätte. Vor wenigen Minuten war die beste saftigste Wurst noch leibhaftig da, doch jetzt ist durch leider nur allzu voreiliges Verzehren die wohlschmeckendste Wurst verschwunden, worüber ich untröstlich bin. [...] was vor wenigen Minuten noch frisch und rot zu meiner Verfügung stand, was aber nun und nimmermehr zu meiner Verfügung stehen wird, weil ich es zu voreilig verbrauchte. (112)

Das Verschwinden wird in der Erinnerung und in der Reflexion mit Hilfe des Fort-Da[3] und des Vorher–Nachher immer wieder neu rückgängig gemacht. Der Augenblick, der Genuss der Gegenwart, verurteilt den Genießer zur ewig wiederkehrenden Betrachtung eben dieses Momentes, einer Gegenwart, die jetzt unweigerlich der Vergangenheit angehört, aber als verlorene Gegenwart weiterlebt. Gleichzeitig verstellt die Unfähigkeit zum Aufschub des Genusses dem Ich Gegenwart und Zukunft gleichermaßen:

> Ich aß, was ich nimmermehr so schnell hätte essen, was ich mir lieber nimmermehr so eilig hätte schmecken lassen sollen.

---

[2] Robert Walser: Die Wurst, in: Ebd., S. 111–114, hier S. 111f. Zitate mit Seitenangabe im Text.
[3] Das Spannungsverhältnis erinnert an das „Spiel mit der Holzspule", das „Fort-da-Spiel", das Freud bei seinem eineinhalbjährigen Enkel beobachtete, vgl. Sigmund Freud: Jenseits des Lustprinzips [1920], in: Ders.: Gesammelte Werke. Frankfurt a.M. 1969, Bd. XIII, S. 11f.

> Ich habe aufgegessen, was mir noch jetzt schmecken könnte, wenn ich der Begierde widerstanden hätte. (112)

Der unaufhebbare Gegensatz von An- und Abwesenheit, von Gegenwart und Vergangenheit bringt Faktum und Imagination, Indikativ und Konjunktiv gegeneinander in Stellung und ruft unweigerlich die Opposition von Leben und Tod auf den Plan: „Was verschwunden ist, könnte vorhanden sein, und was tot ist, könnte fröhlich leben." (113)

Das libidinöse Drama um die eigenen Begierden erfasst den ‚ganzen Menschen'[4]: Es führt das Ich an die Abgründe seiner Existenz. Der unberufene Genießer erkennt den Ursprung seines Leidens: „Schlimme Begierden, ihr habt mich meiner Wurst beraubt." (113) In „Gedanken" (112) – und das heißt im Nachhinein – erscheint der Genuss als erste Stufe eines langen Abstiegs, als Anfang vom Ende: das „Behagen", das der „Gebrauch" der „Begierde" (112) ausgelöst hatte, war sofort in „Klage", dann in „Reue" (113) und tiefstes Bedauern gekippt und war über „Schlappe" und „Niederlage" (113) in Irrtum, Schmerz und Selbsterkenntnis (114) gemündet. Aber gerade dieser Abstieg in das eigene Innere, in die eigenen Gefühle setzt die Umkehr in Gang und damit auch den Widerstand gegen die von der Gesellschaft verordneten, moralisch ‚korrekten' Reaktionen Klage, Reue und Bedauern, die den Genuss verurteilen. Die Erkenntnis, dass „Klage und Reue wenig oder gar nichts nützen" (113), drängt sich auf:

> Reue nützt nichts; sie macht den Wurst-Verlust eher größer als kleiner, ich will daher versuchen, auf Reue zu verzichten, was aber jedenfalls sehr schwer ist, weil die Ursache, reuig zu sein, stark und groß ist. Ich habe mir eine Niederlage zugezogen, weil ich nicht aufgespart habe, was ich unbedingt hätte aufbewahren und in acht nehmen sollen, was ich aber leider nicht in acht nahm, obschon ich es kaum glaube, da ich immer des Glaubens war, daß ich stark und widerstandsfähig sei, worin ich mich aber scheinbar irrte, was mich schmerzt, obschon, wie gesagt, Reue offenbar gar nichts nützt. (113f)

---

[4] Vgl. Hans-Jürgen Schings (Hg.): Der ganze Mensch. Anthropologie und Literatur im 18. Jahrhundert. Stuttgart, Weimar 1994.

Die Einsicht leitet das Ich zu seinem Genuss zurück und lässt es diesen von Neuem erleben:

> O diese Wurst, ich schwöre, sie war herrlich. Wunderbar geräuchert war sie, und mit entzückenden Speckmocken war sie gespickt, und eine durchaus stattliche, annehmbare Länge hatte sie, und einen Duft hatte sie, so milde, so bestrickend, und eine Farbe hatte sie, so rot, so zart, und gekracht hatte sie, als ich sie zerbiß, ich höre noch jetzt beständig, wie sie krachte, und saftig war sie, etwas Saftigers habe ich in meinem ganzen Leben nicht gegessen, und dieses Saftige und Schmackhafte könnte noch jetzt schmackhaft und saftig sein, das Rote und Zarte noch jetzt rot und zart, das Wohlriechende noch jetzt wohlriechend, das Vorzügliche und Appetitliche noch jetzt vorzüglich und appetitlich, das Längliche und Runde noch jetzt rund und länglich, das Geräucherte noch jetzt geräuchert und das Speckgespickte noch jetzt mit Speck gespickt, wenn ich Geduld gehabt hätte. Ich könnte es jetzt noch krachen hören, wenn ich es nicht schon krachen gemacht hätte, und zu beißen gäbe es noch jetzt, was ich leider allzu schnell zerbiß. (114)

Hatte die Vergegenwärtigung des Verschwindens der Wurst in „Gedanken" (112) den moralischen Diskurs aufgerufen, der den Genuss im Blick auf Ökonomie und Kalkül aufschiebt, ein Diskurs, bei dem im Nachhall der Aufklärung gleichsam nur das ‚obere Erkenntnißvermögen'[5] zum Zuge kam, so setzt die Erinnerung an den Genuss, sein Wiederaufleben jetzt das ‚untere Erkenntnißvermögen' frei, alle Sinneserfahrungen, die mit dem Genuss verbunden gewesen waren. Der Wechsel von den ‚oberen' zu den ‚unteren Erkenntnißvermögen' ist gleichzeitig die Kehrtwende vom sich selbst erforschenden Subjekt zum Objekt seiner Begierde, der Wurst. Jenseits von Reue oder Niederlage tritt diese von Neuem in den Blick, und zwar allein als Sensation für die Sinne, ihre Empfindungen, den Genuss. Wieder handelt es sich um eine Abfolge in Stufen, aber jetzt steht der Abwärts- eine Aufwärtsbewegung entgegen, so dass eine Kreisbewegung entsteht, die an den Anfangspunkt zurückführt. Auf der Grundlage des Tastsinns – das Ich „zog" die Wurst „aus dem Kleiderschrank hervor, und bei dieser Gelegenheit aß ich sie." (112); „Was ange-

---

[5] Carsten Zelle: Anthropologisches Wissen in der Aufklärung, in: Michael Hofmann (Hg.): Aufklärung. Epoche – Autoren – Werke. Darmstadt 2013, S. 191–201, hier S. 199.

tastet wurde [...]" (112f) – kommt jeder Sinn zu seinem Recht: zuerst der Geruch – „geräuchert, milde" (114) –, dann das Sehen – „so rot, so zart" (114) – und Hören – sie „krachte" (114) – und schließlich der Geschmack – das „Appetitliche" (114). Die Wurst wird gleichsam doppelt ‚erfahren': Sie erschließt sich jedem Sinn einzeln, gewissermaßen nacheinander, aber wenn die Sensationen in umgekehrter Reihung noch einmal erlebt werden, spiegeln sich alle Sinneserfahrungen wechselseitig ineinander; der Genuss wird ‚verdoppelt', und erst jetzt nimmt die Wurst sowohl in ihrer Länge wie in ihrer Rundlichkeit Gestalt an: „das Längliche und Runde wäre noch jetzt rund und länglich" (114). Allein das Geräusch scheint sich mit dem Spiel der Spiegelungen und Doppelungen nicht zufrieden zu geben: „Ich könnte es jetzt noch krachen hören, wenn ich es nicht schon krachen gemacht hätte, und zu beißen gäbe es noch jetzt, was ich leider allzu schnell zerbiß." (114)

Spiegelung bzw. Doppelung sind literarische Technik und Strategie in einem. Als literarische Verfahren verweisen sie zum einen auf die Wiederholung als zentrales, auf unterschiedlichen Ebenen auftretendes Strukturelement des Textes, wie der Erzähler selbst offenlegt: „Was, wie gesagt, fort ist, brauchte, wie gesagt, nicht bereits abhanden gekommen zu sein, wenn ich widerstandsfähiger und stärker gewesen wäre und bösen Neigungen entsagt hätte." (113) Spiegelung und Doppelung verdeutlichen zum anderen die Verkehrung von mindestens zwei sprichwörtlichen Redewendungen über die Wurst. Anders als die Aufforderung „Verschwinde wie die Wurst im Spinde", die jemanden ermahnt, sich endlich zu verabschieden,[6] nimmt Walsers Text die Wurst gleichsam buchstäblich aus dem Schrank, um sie damit erst eigentlich zum Gegenstand einer Betrachtung zu machen. Und im Gegensatz zu der Redensart „Das ist mir Wurs(ch)t" im Sinne von „Das ist mir gleichgültig"[7] ist Walsers Text die Wurst alles andere als gleichgültig, im Gegenteil, „geht" es doch ausschließlich und im wahrsten Sinne des Wortes „um die

---

6   Duden Redewendungen. Wörterbuch der deutschen Idiomatik. Hg. von der Dudenredaktion. Mannheim [u.a.] 2008, S. 820f: „verschwinde wie die Wurst im Spinde! (ugs.): verschwinde rasch!: Du solltest längst im Bett sein!"
7   Lutz Röhrich: Das große Lexikon der sprichwörtlichen Redensarten. Freiburg, Basel, Wien 1992, Bd. 3, S. 1751. Vgl. auch Duden Redewendungen, S. 889.

Wurst",[8] und zwar als Probe auf die ‚Qualität' des Prosastücks und damit der eigenen Literatur. Als verschwundene wird sie durch alle sprachlichen Mittel in die Gegenwart zurückgeholt, durch die Alternation von Indikativ und Konjunktiv, durch Substantive – Behagen, Begierde, Reue, Schlappe, Niederlage –, Verben – dienen, versuchen, verzichten, aufsparen –, Adjektive – rot, milde, bestrickend, duftig, stattlich, lang, geräuchert –, die sich in immer neuen Wiederholungen ineinander spiegeln. Die in Null Komma nichts verzehrte Wurst wird zum Platzhalter, erst das Nichts bringt das Prosastück hervor.

Verkehrt wird auch die moralische Lehre des Stücks, die nicht am Ende, sondern am Anfang erscheint:

> An was denke ich? An eine Wurst denke ich. Es ist schrecklich. Jünglinge, Männer, die ihr dem Staate dient, auf die der Staat seine Hoffnung setzt, betrachtet mich sorgsam und nehmt an mir ein abschreckendes Exempel, denn ich bin tief gesunken. (111f.)

Sie tritt im Präsens auf, gerät aber im Laufe des Stücks, in dem die Vergangenheit mehr und mehr das Feld behauptet, völlig aus dem Blick. Die Warnung vor dem spontanen, sich dem Augenblick hingebenden Genuss wird nicht nur durch den Genuss selbst, die Freude, die er verschafft hat, ausgehebelt, sondern auch durch die Vorstellung von dem dem Genuss voraufgehenden Zustand, der ‚Ganzheit' der Wurst und der „schönen Gegenwart", die sie unverändert in Aussicht stellt:

> Was grausam zerbissen und zerstückt wurde, könnte ganz sein, aber es ist leider zerstückt, da hilft keine Klage. Was nicht mehr dient, könnte die besten Dienste leisten, und was weg und fort ist, würde mich noch jetzt mit seiner schönen Gegenwart erfreuen, wenn ich das Beklagenswerte nicht getan hätte, was ich leider mit zu viel Grund bedaure. (113)

---

[8] Vgl. Röhrich: Lexikon der sprichwörtlichen Redensarten, 3, 1750f: „Es geht um die Wurst: es geht um die Entscheidung. Die Rda. leitet sich wahrscheinlich von volkstümlichen Wettkämpfen her, bei denen der Sieger eine Wurst erhielt, oder, wie beim Wurstklettern, Wurstschnappen, Wurstangeln usw., sich eine Wurst erringen mußte (1881 für Leipzig belegt)." Vgl. Duden Redewendungen, S. 890: „es geht/jetzt geht es um die Wurst (ugs.): es ist/jetzt ist es wichtig, sich einzusetzen, es kann Entscheidendes erreicht werden: Strengt euch noch mal an, Jungs; die Endrunde haben wir erreicht, jetzt geht es um die Wurst."

Der kommenden ‚Dienste' der Wurst hat sich der ‚Staatsdiener' als unberufener Genießer durch sein schlechtes Beispiel begeben, sein Verhalten lässt an seiner Eignung für den Staatsdienst zweifeln. Aber im Hinblick auf das, was die Wurst noch leisten dürfte, kommen ästhetische Aspekte in den Blick: Das Kleine wird durch die Literatur groß, nur sie vermag es ‚ganz' zu machen und ihre „schöne Gegenwart" vor Augen zu stellen, im Verein mit den ‚unteren Erkenntnißvermögen', die seit Baumgarten für die Ästhetik zuständig sind[9]. Walsers „Wurst" hat jenseits von moralischer Belehrung und Beispielhaftigkeit Bestand, sie lehrt Literatur verstehen.

---

[9] Zelle: Anthropologisches Wissen, S. 199.

So oder so ähnlich.
Begründungen, warum es notwendig ist, Literatur zu verstehen, wie sie so oder so ähnlich einmal geäußert wurden.

Anna-Carina Meywirth

weil sie verführt sagt trojanow
so liebenswert ist dass ich eine ehe mit ihr eingehen würde sagt reich-ranicki
vielmehr ist sie meine geliebte sagt tschechow
ich nenne sie „platonische **liebe** zu einem geschöpf unseres kopfes" sagt schiller
meine letzte leidenschaft säuselt friedrich der große
faust: indes ihr komplimente wechselt kann etwas nützliches geschehen
ringelnatz: wie nicht zu vergessen mit ihr pflanzen für herbarium zu pressen

literatur
verstehen
warum¿

weil sie nur ungelesen völlig harmlos ist
erwartungen erfüllt zugleich protest sein kann und trotzdem nicht in der lage ist
politische wirklichkeit zu verändern die nicht
aber die welt sagt trojanow
weil sie trotz verboten spricht sagt tschechow
mit kontrollierter **wut** sagt grass
ist waffenkammer des menschlichen geistes sagt buckle
weil alle regierungen sie verabscheuen
die **macht** liebt keine andere macht grölt flaubert

warum denn literatur verstehen?

weil sie die welt niederschreibt sagt dürrenmatt
weil sie die gegenwart niederschreibt politik fernsehen werbung sprache sagt stuckradbarre
und die seele nährt sie bessert und tröstet sagt voltaire
sie ist das **wahre leben** sagt proust
faust: es muss auch solche käuze geben

literatur warum?
warum literatur?

weil sie voll *fantasie* und *fantasie* wichtiger als wissen ist sagt einstein
denn wissen ist begrenzt
weil man durch sie in die welt und nicht nur bis zum zaune schaut
schwärmt goethe
wahrheit kann man mit ihr erfinden sagt mocker
und sprache *unsterblich* machen sagt schlegel

warum literatur?
literatur warum?

weil sie **begeisterung** erzeugt sagt schiller sagt voltaire

weil unsere seele mit ihr empor wächst sagt voltaire

INDEM SIE DEM NORMALEN UND DEM ANORMALEN DAS ABSTOSSENDE NIMMT SAGT HAUSCHKA

und indem sie das niederschreibt was man gesehen oder erlitten hat sagt goncourt

sie ist wie ein
schmetterling
der uns entführt und uns
von einer blüte zur nächsten
den *himmel*
ahnen lässt
säuselt laotse
faust: dieser kasus macht mich lachen

warum eigentlich **JA** literatur verstehen?
ich bin ein entwickelter mensch und lese verschiedene bemerkenswerte bücher
aber mir ist die RICHTUNG noch nicht klar was ich eigentlich SOLL:
soll ich leben oder mich erschießen sagt tschechow

    zweifelsohne:
     zweifelsohne:
       zweifelsohne: sie verändert ihr schicksal sagt dominguez
      zweifelsohne: sie wirft neue fragen auf sagt maraini
     zweifelsohne:
    zweifelsohne:
   zweifelsohne:

sie kann das stärkste **RAUSCHGIFT** der menschheit sagt kipling
    faust: vernunft wird nun unsinn

sie ist nichts als ein gelenkter traum sagt borges reich-ranicki: wenn ein traum vorkommt wird es meistens schlechte literatur träume verleiten die autoren zu unkontrollierten darbietungen
    vielmehr die ***axt*** für das gefrorene meer in uns ***brüllt*** kafka
faust: mir wird von alledem so dumm als ging mir ein mühlrad im kopf herum

literatur verstehen, warum? *(mirrored)* **literatur verstehen, warum?**

weil sie notwendig ist um *IDEEN* zu verbreiten sagt mallarmé
    GEIST in form von zeilen sagt tucholsky
weil sie REBELLIERT perfektioniert und abstrahiert sagt gibra

faust: vernunft fängt wieder an zu sprechen und hoffnung wieder an zu blühn

kracht: ich habe keine ahnung was das sein soll

literatur

Vom Nutzen einer Wissenschaft, die im Text Stimmen zu hören vermag und sie zu verstehen sucht

URANIA MILEVSKI

In diesen unseren Zeiten, den Zeiten der Heterogenisierung, der Ökonomisierung und Globalisierung muss man auch als wissenschaftliche Disziplin Nützlichkeit suggerieren. Sich als unverzichtbar darstellen. Im Sinne von: Das, was wir können, das kann sonst keiner. Oder zumindest nur wenige. Oder wenige können das so gut wie wir. Je nach Disziplin gestaltet sich diese Rechtfertigung der eigenen Existenz unterschiedlich. Als Ingenieur_in für Fahrzeugtechnik kann es reichen, sein Gegenüber nach dem morgendlichen Weg zur Arbeit zu fragen: quod erat demonstrandum. Ungleich langatmiger wird diese Legitimationserklärung im Bereich der Geisteswissenschaften, speziell in den Sparten, die sich als Textwissenschaften bezeichnen. Das Erschließen literarischer Texte bringt uns (zumindest physisch) nicht von A nach B, es erzeugt keine Energie, es bekämpft keine Krankheiten, es löst selten politische Konflikte, noch seltener gilt es als Grundlage einer gesunden Marktwirtschaft. Die Frage, wozu wir Literatur eigentlich verstehen wollen oder gar müssen, erscheint hinsichtlich eines alltäglichen Nutzens durchaus berechtigt.

Nicht, dass diese Frage nur von Ingenieur_innen, Wirtschaftswissenschaftler_innen oder Chemiker_innen gestellt würde. Von jenen also, die aus unserem literaturwissenschaftlichen Kämmerlein im Elfenbeinturm mit dem Fernglas gerade noch zu erkennen sind. Auch Studierende tun dies, obwohl oder gerade weil sie sich für ein entsprechendes Fach entschieden haben, für Germanistik, Anglistik, Bibelwissenschaften oder Geschichte. Nicht zuletzt deswegen ist wohl einer der ersten verabreichten Texte bei Beginn des Studiums der germanistischen Literaturwissenschaft Dietrich Naumanns *Wissenschaftstheoretische Voraussetzungen der Texterschließung*. Hier heißt es: „Die Literatur spricht – darstellend, exemplifizierend und ausdrückend, verallgemeinernd und typisierend,

metaphorisch, symbolisch, allegorisch usw. – über die Welt. Und die Literaturwissenschaft spricht möglichst präzise über die Literatur."[1]
Damit wäre der Gegenstand umrissen, nur klafft zwischen dem ersten Vorgang, dem Sprechen der Literatur, und dem zweiten Vorgang, dem Sprechen von der Literatur, eine nicht unerhebliche Lücke. Denn wenn ich als Literaturwissenschaftlerin wissen will, wovon ich spreche, muss ich auch verstehen, wovon gesprochen wird.
Zugegeben: Das hört sich leichter an, als es tatsächlich ist. Insbesondere wenn wir versuchen, die Spuren dieser beschriebenen Welt auf der Spur lyrischer Dichtung zu verfolgen. Es scheint, als würde es uns übermäßig schwer gemacht, weil keine der gebräuchlichen Regeln zur Vermittlung von Informationen eingehalten wird. Die Grice'schen Konversationsmaxime geben vor, sich in Situationen sprachlicher Interaktion so kurz wie möglich zu fassen, nicht zu lügen, klare Benennungen zu bevorzugen und als SprecherIn immer auch den Kontext der Rede im Auge zu behalten.[2] „Fümms bö wö tää zää Uu, pögiff, kwii Ee", heißt es in Kurt Schwitters Dada-Gedicht *Ursonate*, das so ziemlich jede dieser Maxime ignoriert und von der *Zeit* trotzdem als „richtige Antwort auf die Zumutungen dieser Welt"[3] gehandelt wird. Sprechverstehen scheint offensichtlich nicht gemeint zu sein, wenn es um das Verständnis literarischer Texte geht. Dass Literatur anderen Grundsätzen unterliegt, insbesondere die Lyrik nach anderen Regeln als denen der sprachwissenschaftlichen Pragmatik funktionieren muss, wird sofort deutlich. Weniger offensichtlich operieren dahingegen Erzähltexte, die zumindest die Illusion erwecken, sie hätten die Absicht mit uns zu kommunizieren. Auch wenn Botho Strauß aufgrund der inflationären Verwendung des Wortes ‚Kommunikation' dieses als „Müllschluckerwort" bezeichnet und zum Unwort des Jahres küren möchte, aufgebracht, weil der Gedanke, dass ein Autor mit seinem Leser kommuniziere, für ihn völlig absurd ist:[4] Um die Kommunikations-

---

[1] Dietrich Naumann: Wissenschaftstheoretische Voraussetzungen der Texterschließung, in: Helmut Brackert, Jörn Stückrath (Hg.): Literaturwissenschaft. Ein Grundkurs. Erw. und durchges. 8. Aufl. Reinbek bei Hamburg 2004, S. 466.
[2] Herbert Paul Grice: Logik und Konversation, in: Ludger Hoffmann (Hg.) Sprachwissenschaft. Ein Reader. Berlin, New York 2000, S. 168f.
[3] Volker Schmidt: Dada für die Krise! In: Zeit-Online, 20.6.2012. http://www.zeit.de/kultur/literatur/ 2012-06/kurt-schwitters-merz (Abruf 27.3.2014).
[4] Botho Strauß: Der Untenstehende auf Zehenspitzen. München 2004, S. 41.

situation literarischer Texte spannt sich ein ganzes erzähltheoretisches Forschungsfeld, in dessen Mitte die Behauptung steht, dass in Erzähltexten eine Stimme operiere. Ausgehend von einer Überlegung, die das geschriebene Wort in die Tradition mündlicher Erzählungen stellt, macht eine solche Arbeitsthese durchaus Sinn. Außerdem ist sie auch in Bezug auf die Frage nach der Nützlichkeit des Literaturverständnisses produktiv. So „spricht" ein literarischer Text zunächst einmal zu jedem, der ihn lesen kann. Was wiederum bedeutet, dass sich ein_e jede_r Lesende eine Meinung darüber zu bilden vermag, warum es nützlich sei, das Gelesene auch zu verstehen. Eine kleine, absolut nicht repräsentative Umfrage im Kreise von Nicht-Textwissenschaftler_innen förderte das Folgende zutage:

> *Literatur erweitert nur dann den Horizont, wenn man sie auch versteht. Deswegen lese ich keine Bücher auf Swahili, sondern auf Deutsch oder auf Englisch. (Mark K., Grafiker)*

Auf den ersten Blick ein unzweifelhaftes Argument, ist doch das Sprachverstehen unbedingte Voraussetzung eines Vorganges des Denkverstehens, der als Erweiterung des geistigen Horizontes beschrieben werden kann. Auf einen zweiten Blick ist die Frage der Sprache nicht ganz unkritisch zu sehen. Zwar steht die Aussage von Mark K. in nächster Nähe zur Äußerung Ludwig Wittgensteins: „Die Grenzen meiner Sprache bedeuten die Grenzen meiner Welt."[5] Doch lassen wir auch den Autor Junot Díaz zu Wort kommen, dessen Roman *The Brief Wondrous Life of Oscar Wao* (2007) nicht nur in den Vereinigten Staaten für einiges Aufsehen sorgte. Der Protagonist Oscar, übergewichtig, schwarz, Dominikaner und unverbesserlicher Science-Fiction-Nerd, sucht nach der Liebe und erzählt gleichzeitig die Geschichte der Diktatur seiner Heimat. Die Fußnoten können als eigene Erzählung gelesen werden, in der zahlreiche Metaphern einer Welt entlehnt sind, in der sich Oscar ganz selbstverständlich bewegt. Englisch ist Hauptsprache des Textes, doch auch Kompetenzen in Spanisch, Elbisch und US-amerikanischem Straßenslang sind notwendig, um tatsächlich alles verstehen zu können. Es geht um die verschiedenen Codes verschiedener Welten, in welchen Oscar jeweils auf sehr

---

[5] Ludwig Wittgenstein: Tractatus logico-philosophicus, in: Ders.: Schriften. Frankfurt a.M. 1960, § 5.6, S. 64.

verschiedene Art zu Hause ist. Als Díaz in einem Interview gefragt wird, ob er sein Buch für eine potentielle weiße Leserschaft so nicht unlesbar mache, entrüstet er sich auf Twitter darüber, dass man ein Buch zu einem Drittel auf Elbisch verfassen könne, ohne dass sich die weiße Mehrheit ausgeschlossen fühle, während ein Text auf Spanisch Verlustängste provoziere.[6]

> *Verstehen ist Deuten und somit dem Verständnis des jeweiligen Lesers zu überlassen. (Julian K., Controller)*

Friedrich Schleiermacher, einer der Urväter der Hermeneutik, der Theorie des Deutens, unterscheidet im Vorgang der Interpretation zwei Abläufe. Zum einen gilt es, sich die Sprache des Textes respektive des Autors so anzueignen, dass ein genuin grammatikalisches Verstehen gewährleistet werden kann. Wie in der Äußerung Mark K.s angedeutet, ist Swahili also genau dann zu erlernen, wenn es die Sprache des Textes nahelegt. Auch würde Schleiermacher Díaz' Entrüstung teilen, ob eines Publikums, das die Sprache des Autors als (zu) fremd kritisiert statt sich ihrer anzunehmen. Zum anderen gilt es nämlich, dem psychologisierenden Moment, also der individuellen Äußerung im Text auf die Spur zu kommen, der konkreten Benutzung der Sprache durch den Autor. Erst der wechselseitige Bezug beider Verstehensvorgänge, des grammatikalischen und des personifizierten, bedingen den dialektischen Prozess des Deutens nach Schleiermacher.[7] Insbesondere letzteres, das Bestreben ein individuelles Moment in der Stimme des Textes zu finden, erfordert einen in hohem Grade subjektivierten Zugang. Eigene Erfahrungen, Werte und Normen werden als Referenz herangezogen, weshalb zunächst zulässig erscheint, was Julian K. als nützlich erachtet, und zwar dem jeweiligen Rezipienten selbst zu überlassen, wie er Literatur versteht. Doch sobald die hier gewonnen Erkenntnisse in einen größeren Kontext gestellt werden sollen, reicht eine subjektive Deutung, die unter Umständen nicht gänzlich nachvollzogen werden kann, nicht mehr aus. Insbesondere, wenn wir Johann M. auf die nächst höhere Ebene eines solchen Verstehens literarischer Texte folgen:

---

[6] Díaz' Wortwahl ist eine andere. https://twitter.com/JunotDiazDaily/status/ 268774844273934336 (Abruf 27.03.2014).
[7] Friedrich D.E. Schleiermacher: Hermeneutik. 2. verb. und erw. Aufl. hg. von Heinz Kimmerle. Heidelberg 1974, S. 77.

Literatur nicht zu verstehen heißt die eigene Kultur nicht zu verstehen. (Johann M., Doktorand der Ingenieurswissenschaft)

In der Annahme eines Subjektes, dessen Verständnisleistung in einem größeren kulturellen Kontext verortet ist, liegen verschiedene Schlussfolgerungen hinsichtlich des Nutzens vom Verstehen literarischer Texte begründet. So werden hier nicht nur die Wechselwirkungen zwischen sprachlicher und interpretativer Deutung offenbar, wie sie insbesondere Schleiermacher untersuchte, sondern auch diejenigen zwischen Subjekt und Gesellschaft. Auch Paul Ricœur betont in seinen Ausführungen, dass in jeder Bestrebung zu deuten der Wunsch liege, auch sich selbst besser zu verstehen.[8] In Bezug auf ein Nicht-Verstehen, wie es Johann M. setzt, bedeutet dies im Umkehrschluss, dass das Verständnis literarischer Texte ein Verständnis der eigenen Kultur befördern könne. Voraussetzung ist dabei jedoch, dass man die entsprechenden Codierungen im Text zu entschlüsseln vermag, sich selbst in ebenjener Kultur verortet oder zumindest gut auskennt. Innerhalb der Erzähltheorie hat sich zum Nachvollzug etwaiger Schlussfolgerungen in Prosatexten das Konzept eines sogenannten Modell-Lesers etabliert.[9] Dieses anthropomorph organisierte Konstrukt vereinigt in sich jedwedes Wissen, das es braucht, um einen bestimmten Erzähltext vollständig zu verstehen. Dieser Modell-Leser verfügt beispielsweise über genügend Wissen, um in Martin Walsers Roman *Tod eines Kritikers* in Andé-Ehrl-König Marcel Reich-Ranicki zu erkennen sowie die Bezüge zum Personal der deutschen Kulturszene herzustellen. Jahrelang waren Walsers Werke Gegenstand meist erbarmungsloser Kritik Reich-Ranickis, dessen Stellung im deutschen Literaturbetrieb mitunter gerne als moderne Kulturmonarchie beschrieben wurde.

Es ist nützlich Literatur zu verstehen, weil Marcel Reich-Ranicki noch viel witziger ist, wenn man versteht, worüber er sich gerade genau auslässt. (Ferdinand B., Ingenieur für alternative Energien)

---

[8] Paul Ricœur: Existenz der Hermeneutik, in: Ders.: Hermeneutik und Strukturalismus. Der Konflikt der Interpretationen I. München 1973, S. 27.
[9] Fotis Jannidis: Figur und Person. Beiträge zu einer historischen Narratologie. Berlin, New York 2004, S. 28ff.

Der hohe Unterhaltungsfaktor der Verrisse Reich-Ranickis darf als Quelle dieser Ansicht gelten. Literatur verstehen funktioniert in diesem Zusammenhang laut Ferdinand B. als maximierender Faktor der Größe ‚Spaß'. Der Unterhaltungswert der medienwirksamen Kritik speist sich also vornehmlich aus zwei Quellen: aus einem Hang zur Schadenfreude einerseits und der eigenen Stellungnahme zum Gesagten andererseits. Walter Benjamin, der 1919 zum Begriff der Kunstkritik promovierte, zählt nicht umsonst die Schmähschrift zu den geeigneten Mitteln der Gegenwartsliteraturforschung.[10] In Bezug auf *Tod eines Kritikers* jedoch gestaltet sich der Fall etwas differenzierter, wird Walser hier doch nicht nur die Abrechnung mit seinem berühmtesten Rezensenten attestiert, sondern zudem Antisemitismus. Dem Text, der auf Wunsch des Autors vorab im Feuilleton der *Frankfurter Allgemeinen Zeitung* erscheinen sollte, wurde vom leitenden Redakteur Frank Schirrmacher in einem offenen Brief eine Absage erteilt. Dieses „Dokument des Hasses" als literarisierte „Mordphantasie" mache den jüdischen Reich-Ranicki, der die Besetzung Polens als einziger seiner Familie überlebt habe, zum Protagonisten einer „verbrämt wiederkehrenden These, der ewige Jude sei unverletzlich".[11] Aufgrund Schirrmachers Kompetenz, den Roman Walsers zu decodieren, ergaben sich für ihn Schlussfolgerungen, die rechtfertigten, Text nebst Autor des Antisemitismus zu bezichtigen.

> *Literatur zeigt gesellschaftliche Probleme auf, dies kann oder sollte zu deren Verständnis beitragen, gegebenenfalls zum Nachdenken anregen und schließlich zu Veränderungen führen.*
> *(Anneliese F., Lehrerin)*

Insofern darf dieser Literaturskandal, der mitunter als der größte der Nachkriegszeit deklariert wird, durchaus als Diskussion aktueller Probleme der deutschen Gesellschaft gelesen werden. Tatsächlich ist die kritische Auseinandersetzung mit zeitgenössischer Literatur ein recht neues Feld der Literaturwissenschaft, nicht umsonst monierte bereits Roland Barthes, dass man mithin warten müsse, bis die Person tot sei, um sich angemessen der Interpretation ihrer literarischen Erzeugnisse

---

[10] Walter Benjamin: Zweierlei Volkstümlichkeit, in: Tillman Rexroth (Hg.): Walter Benjamin. Gesammelte Schriften. Bd. IV.2. Frankfurt a.M. 1972, S. 673.
[11] Frank Schirrmacher: Offener Brief an Martin Walser, in: Frankfurter Allgemeine Zeitung, 29.5.2002, S. 49.

widmen zu dürfen.[12] Nicht zuletzt der Anspruch, als Fach auch über disziplinäre Grenzen hinaus gesellschaftliche Relevanz zu beanspruchen, rechtfertigte so einen modern(er)en Literaturbegriff.[13] Und so schließt sich hier der Kreis, den Naumanns Text zur Voraussetzung des Verstehens eröffnete, mit seiner Metapher der literarischen Stimme, die über die Welt spricht. Warum es nützlich ist, diese Stimme verstehen zu können? Wenn Literatur über die Welt spricht und wir sie verstehen können, verstehen wir (zumindest ein Stück weit) die Welt.
Durchaus könnten wir, wie Clemens H. die Gegenfrage stellen:

> *Warum ist es nützlich Auto zu fahren?? (Clemens H., Fahrradtechniker)*

Die Antworten darauf könnten ebenso heterogen angelegt sein wie die Standpunkte zum Nutzen des Literaturverstehens: Weil es Spaß macht, weil es Zeit spart, weil Dinge (und Menschen) transportiert werden können, ist es nützlich, Auto zu fahren. Vielleicht würden auch hier diejenigen, die von Berufs wegen mit dem Auto zu tun haben, und diejenigen, die in einer völlig anderen Sparte tätig sind, nicht unbedingt unterschiedliche Meinungen vertreten.

> *Literatur verstehen ist doch eigentlich zweitrangig!? ...sich erstmal darauf einlassen und für sich das heraussuchen und zu erörtern, was für einen selbst wichtig und/oder schlüssig ist, ist da viel essentieller! (Andreas B., Musiker)*

Auch eine Stimme, die Swahili spricht, kann einen Klang aufweisen, den wir angenehm finden. So können einzelne Beschreibungen in Texten, Skizzierungen und Äußerungen einen Anstoß zu Denkprozessen geben, die einem tatsächlichen Verstehen noch fern sind. Der wichtigste Schritt ist immer der erste, der viel mit der Bereitschaft zum Lesen zu tun hat. Die wenigstens würden sich wohl in den grünen, mit Samt bezogenen Ohrensessel im Studierzimmer setzen, mit einer großen Tasse Tee oder einem Cognacschwenker auf dem Beistelltisch dem Prasseln der Scheite

---

[12] Roland Barthes: Kritik und Wahrheit. Frankfurt a.M. 1967, S. 71.
[13] Oliver Jahraus: Die Gegenwartsliteratur als Gegenstand der Literaturwissenschaft und die Gegenwärtigkeit der Literatur. Vortrag auf der Tagung des Literaturbeirats des Goetheinstituts in München am 14.01.2010. http://www.medienobservationen.lmu.de/artikel/allgemein/allgemein_pdf /jahraus_gegenwartsliteratur.pdf (Abruf 24.2.2014).

im Kamin zuhören und nach einem Blick in das wohlgeordnete Bücherregal den Abend mit der Lektüre einer Abhandlung über die Optimierung der Kühlungsprozesse von Kalanderwalzenabfolgen verbringen. Denn auch wenn wir Literatur nicht immer gänzlich verstehen können, liegt der Unterschied doch darin, dass wir in ihrer Stimmenvielfalt Worte (zu) hören (glauben), die uns bewegen (können). Und hier macht es erst einmal keinen Unterschied, wie professionell das Werkzeug ist, das wir anschließend zu deren Deutung einsetzen.[14] Trotz allem gilt früher wie heute Georg Christoph Lichtenbergs Feststellung: „Ein Buch ist wie ein Spiegel, wenn ein Affe hineinsieht, kann kein Apostel herausgucken."[15]

---

[14] Vgl. Karl Eibl: Sind Interpretationen falsifizierbar?, in: Lutz Danneberg, Friedrich Vollhardt (Hg.): Vom Umgang mit Literatur und Literaturgeschichte. Positionen und Perspektiven nach der „Theoriedebatte". Stuttgart 1992, S. 176.
[15] Georg Christoph Lichtenberg: Aphorismen, Schriften, Briefe. München 1974, F111.

Literatur schreibt Kultur

DÉSIRÉE MÜLLER

Literatur schreibt Kultur,
Literatur verstehen heißt Kultur verstehen.

Die Auffassung des Einzelnen von sich selbst und der ihn umgebenden Welt basiert in entscheidendem Maße auf den kanonischen Texten der Menschheitsgeschichte. Aus ihnen schöpfen unaufhörlich alle folgenden Literaturen und erhalten im Sinne einer „Erinnerungskultur" (Jan Assmann 2005) gesamtgesellschaftliche Tradition und Ritus: „Solange nicht geschrieben wird, wird erzählt; und es überlebt nur, was so lange immer wieder erzählt werden kann, bis es aufgeschrieben wird." (Hans Blumenberg 2006) Überdies sind literarische Texte eigenen Evolutionsprozessen unterworfen, d. h. sie variieren, innovieren, schreiben ihre Geschichte(n) immer weiter, wodurch sie oftmals nicht bloß abbilden, sondern Alternativentwürfe von Realität aufzeigen.

Das Lesen von Literatur wird vielfach als ‚Abtauchen in eine andere Welt' beschrieben. Diese Welt kommt uns jedoch nur so anders vor, weil in ihr der Absolutismus der Wirklichkeit abstrahiert wird, quasi heruntergerechnet worden ist auf ein erträgliches Maß, sodass wir trotz aller Andersheit Anteilnahme am Erzählten entwickeln und im besten Fall Verstehen erleben: „Die Sprache des Schriftstellers hat nicht zur Aufgabe, das Reale *darzustellen*, sondern es zu bedeuten" (Roland Barthes 1964), was ebenso heißen kann, Sinn im Dasein zu generieren.

Poetische Schöpfung als zweite Gegenwart ist somit zum einen das „Fundament von Zugehörigkeit oder Identität" (Assmann) und bietet zum anderen eine Möglichkeit „Welt zu haben" (Blumenberg).

Demgemäß muss die eingangs formulierte Antwort ausgeweitet werden: Literatur verstehen heißt Kultur verstehen, heißt Menschsein verstehen.

Tristram Shandy: Liebeserklärung an einen Roman, oder: lebenslanges Lesen als Verstehensprozess

HARTMUT MÜLLER

„The whole entirely depends, added my father, in a low voice, upon the auxiliary verbs, Mr. Yorick."
Ich war Primaner, als mir aus den Büchern meines Vaters, der Bibliothekar war, eine deutsche Ausgabe von Laurence Sternes *Tristram Shandy* in die Hände fiel. Sie war sehr stark gekürzt, und so entging mir, unwissentlich, auch obiger Satz, der mir heute einer der faszinierendsten des ganzen Romans zu sein scheint. Ich jedenfalls las jene Ausgabe, denn ich hatte damals eine etwas eigenartige Neigung zu den ‚altmodischen' Romanen des 19. und 18. Jahrhunderts, hatte schon etliche von Balzac, Flaubert, vor allem von Stendhal und auch Thackeray gelesen. *Tristram Shandy* gefiel mir damals schon recht gut, obwohl ich im Nachhinein nicht weiß, wieso eigentlich, denn ich hatte noch nicht viel davon verstanden. Es ging mir wohl um die Handlung, um die Geschichte von Tristrams Geburt, um die komischen Liebeshändel seines Onkels Toby, der seine Annährungsversuche an die Witwe Wadman so durchführt wie die Belagerungen von Festungen, an denen er teilgenommen hatte und die er nun in seinem Garten nachstellt. In der gekürzten Fassung des Romans traten sie übermäßig hervor.
In meinem zweiten Studiensemester Anglistik in Marburg nahm ich an einem Proseminar über Fieldings *Joseph Andrews* teil, wurde mit den Methoden des ‚close reading' vertraut gemacht und schrieb eine sehr unbeholfene Arbeit über den Erzähler des Romans. Dadurch kam ich wieder mit Sterne in Berührung, las den *Tristram* erneut, und nun mit deutlich mehr Verständnis und mehr Vergnügen. Seither, also seit fast fünfzig Jahren, lese ich diesen Roman immer wieder, mal in einer deutschen, mal in der englischen Ausgabe. Wenn ich fertig bin, fange ich von vorne wieder an, wobei ein Durchgang auch schon einmal ein paar Jahre dauern kann. In diesem Roman steckt – für mich – die ganze Welt, vor allem aber eine „Anleitung", wie man die Welt und die eigene Rolle in derselben sehen kann – nämlich mit der heiteren Erkenntnis, daß eigent-

lich das Meiste, was wir Menschen hienieden so denken, tun und lassen, zutiefst komisch ist. Ich denke, es liegt an der Erzählhaltung des Romans, daß er diese Wirkung auf mich hat. Es ist die Figur des auktorialen Erzählers im *Tristram*, mit der Sterne spielt und durch die er damit permanent mit dem Leser spielt, durch die er ja seine ‚story' immer wieder ironisch bricht und damit den Leser dahingehend manipuliert, alles ebenfalls aus einer gewissen ironischen Distanz zu sehen – tappte man nicht immer wieder in die erzählerischen Fallen, die Sterne einem dabei in den Leseweg stellt. Sie machen für mich den Reiz des Romans aus, führen den Lesegenuß herbei. Man weiß ja bei Sterne nie so recht, ob das, was man da liest, eine tiefsinnige Betrachtung und damit ein Stück ausgebreiteter Lebensweisheit oder doch nur ein einziger großer intellektueller Spaß ist. Dies wird zum Beispiel deutlich, wenn im fünften Buch, Kapitel 42 der Erzähler Tristrams Vater den am Anfang zitierten Satz sagen läßt. Und im nächsten Kapitel folgt eine kurze Abhandlung, in der Vater Shandy die Modalverben auf einen weißen Bären anwendet und so darlegt, daß eben diese Modalverben der Schlüssel zur Bildung aller Ideen und damit eigentlich zur Weisheit und zur ganzen Welt sind – der Bär als Metapher der Welt. Das Ganze ein wunderbar tiefsinniger nonsense! All das hätte ich ohne Kenntnis dessen, was man „Erzählhaltung" nennt, nicht, oder nur sehr vordergründig verstanden, ja vermutlich hätte ich die ungekürzte Fassung des Romans – immerhin knapp 600 Seiten in meiner kleinen OUP „Classics" Ausgabe – bald weggelegt, lange, bevor ich zum weißen Bären vorgedrungen wäre.

Natürlich kann man Literatur „genießen" und wohl auch „verstehen" – das ist eine Frage der Definition – ohne akademische Kenntnisse, so wie Kinder die Asterix-Bände genießen, ohne die historischen Anspielungen und Witze zu verstehen, und natürlich kann man Mozarts Musik „verstehen", ohne den Quintenzirkel zu kennen. Für mich aber sind seither Kenntnisse darüber, wie Literatur gemacht wird, wie Texte funktionieren, notwendig, um sie verstehen und mit höherem Genuß lesen zu können.

Doch dies führt wiederum weg von der so entscheidenden Form und zurück zum Gehalt. Tatsächlich haben sich mir im Lauf der vielen Jahre, bei jeder neuen Lektüre des Romans, immer wieder neue, darin enthaltene Gedanken erschlossen, mit wachsenden Kenntnissen und Erfahrungen stellen sich immer wieder neue, oft überraschende Assoziationen ein. Nur einige Beispiele. Im Kapitel 13 des vierten Buches klagt der Erzähler, daß er mit der Erzählung seines Lebens nicht vorwärts komme, da er für die Schilderung eines einzelnen Tages ein ganzes Jahr brauche. Er sei jetzt schon beim vierten Band, aber immer noch beim ersten Tag seines Lebens, und ruft fast verzweifelt aus: „[...] instead of advancing, as a common writer [...], I am just thrown so many volumes back. At this rate I should just live 364 times faster than I should write – It must follow, [...] that the more I write, the more I shall have to write..." (Irgendwann habe ich erfahren, daß Bertrand Russell sich mit diesem „Paradox des Tristram Shandy" beschäftigt hat.) Doch der Ich-Erzähler glaubt immer noch, wider besseres Wissen, er werde mit seiner Erzählung zu Ende kommen, wenn er nur all seine Digressionen unterlasse und gradlinig fort erzähle, und schreibt, ein früher Sisyphos, unverdrossen weiter. Für mich hat das schon fast existentialistische Züge, scheint Camus vorwegnehmen. Doch dann macht sich der Erzähler ja wieder über sich selbst lustig, wenn er seine ausschweifende Erzählweise im vierzigsten Kapitel des sechsten Buches in fünf wundersam gezackten und geschwungenen Linien und einer linealgraden graphisch darstellt. Wieder ist man in eine Falle getapt. Und hier erlaube auch ich mir eine Digression. Vor wenigen Tagen stoße ich bei der Lektüre von *1913. Der Sommer des Jahrhunderts* auf einen Satz, mit dem Florian Illies Marcel Prousts „Verlorene Zeit" beschreibt als den „Versuch, die Vergangenheit in Sprache bannen zu können – gegen die rennende Zeit". Ich habe den Roman noch nie gelesen, aber natürlich weiß ich, daß Sterne und Proust kaum etwas gemein haben – und doch: der gleiche Gedanke. Ob ich mich doch noch an das monumentale Werk heranwagen soll?

Ich mußte auch selber schon ziemlich weit im Leben fortgeschritten sein, ehe ich die rührend erzählte, schlichte und warmherzige Grabrede an Pfarrer Yorick, eine der Romanfiguren, die in der Klage „Alas, poor YORICK" endet, wirklich nachempfinden und „verstehen" konnte.

– Nicht, daß Sterne nicht auch hier einen Scherz angefügt hätte, indem auf diesen Klageruf im Druck ein schwarzes Grabmalsviereck folgt.

So wächst mein Verständnis dieses Romans über die Jahre und, ohne es mir immer bewußt zu machen, folge ich auch darin Sterne: Ich begann mit „reading straight forwards, more in quest of the adventures, than of the deep erudition and knowledge" und folgte dann seinem Rat: „The mind should be accustomed to make wide reflections, and draw curious conclusions as it goes along..." (Buch IV, Kap. 20).

Laurence Sterne hat mich mit seinem *Tristram* gelehrt, mich selbst in dieser Welt nicht allzu ernst zu nehmen, ja ich möchte sagen, er hat mich gelehrt, mit heiterer Gelassenheit demütig zu sein.

Auch Literatur bestimmt unsere Lage

Jörn Münkner

Literatur geht durch Kopf und Magen und sie verköstigt den ästhetischen Feinsinn. Im windschiefen Leben ist Literatur ein Polarstern. Literatur wirft Lotleinen aus, die bis zur tieferen Wahrheit der Welt hinabreichen. Sie verdichtet Erfahrungen und schreckt vor Widersprüchen nicht zurück. Literatur weiß viel und ahnt noch mehr. Sie bringt Zusammenhänge zur Sprache, für die es keine Worte gibt oder die hypertroph ausarten. Literatur dringt bis zu den Niederungen der Seele vor. Sie ist kein Remedium, sondern eine Zumutung. Literatur ist wahrhaftig, weil sie nicht behauptet, die Wahrheit zu kennen. Sie will den Leser überzeugen, aber nichts beweisen, sie ist undogmatisch, jenseits der Disziplin und doch diszipliniert. Literatur ist gültig, weil sie beobachtet, erklärt und zugleich den Zweifel nährt. Literatur verausgabt sich nicht, wie Walter Benjamin sagt, denn sie ist noch nach langer Zeit der Entfaltung fähig. Literatur ist ein unversiegbarer Quell an Sinn. Literatur ist, dass der Leser sei.

Oft geht Literatur mit Vermutungen schwanger. Gerade weil literarische Aussagen nicht als wahr/falsch kontrollierbar sind, bringt Literatur ein Alternativwissen hervor, welches das Standardwissen testet. Dank des eigentümlichen Codes und vorbegrifflichen Rückhalts von Metaphern werden unwahrscheinliche Szenarien in der Literatur reizvoll und mögliche Wirklichkeit. Literatur thematisiert nicht nur Gegenstände des Wissens und sie bezieht sich nicht nur auf Objekte, die außerhalb ihrer Texte angesiedelt sind, so Joseph Vogl, Literatur bringt auch besondere Ordnungen des Wissens hervor. Vom sprachlich konstituierten Wissen der Literatur führt ein verschlungener Weg zur Poetizität von Wissen.

Die stumme Kraft des Geldes mag die beredte der Literatur in den Schatten stellen. Beiden Medien gemeinsam ist das Problem der Deckung. Jochen Hörischs Feststellung ist zutreffend, dass sich Geld wie Literatur Geltung und Autorität, mithin Deckung verschaffen müssen. Fehlt ihnen diese, verlieren sie jene und damit ihren Wert. Während das monetäre Deckungsproblem die Existenz bedroht, schlägt die Literatur aus ihrem Deckungsdefizit Profit. Als durch keinen Wahrheitsanspruch gedeckter, akzeptierter Code kann die poetische Rede der Deckung und Geltung anderer Codes bevorzugt nachgehen. Gerade im Vergleich zum Leitmedium Geld erweist sich Literatur damit als unbezahlbar; sie ist alles andere als funktional überflüssig, denn sie kann Probleme, die sie nicht hat, umso besser beobachten.

Peter von Matt macht darauf aufmerksam, dass Literatur auf dem Umweg über die Nebensachen zu den Hauptsachen des Lebens gelangt, zu Liebe und Tod. Literatur zieht den beschränkten Horizont des Verstandes in die Breite und wagt den Blick ins Ungeheure. Doch bietet Literatur inmitten der Fährnisse des Lebens Obdach. Weil Literatur keine Selbstverständlichkeit ist, sondern einem verschlossenen Haus mit vielen Zimmern ähnelt, in das nur der passende Schlüssel führt, müssen wir Literatur richtig zu lesen und zu verstehen lernen.

Lesen, Bilden, Menschsein

KATJA REETZ

Von Büchern hab ich großen Hort,
Versteh ich selten auch ein Wort,
So halt ich sie doch hoch in Ehren:
Will ihnen gern die Fliegen wehren.

In Sebastian Brants *Narrenschiff*, das zuerst 1494 in Basel erschien, führt der Scheingelehrte die Riege der Narren an. Er bekundet, nicht nur wenig in seinen Büchern zu lesen, sondern auch wenig von dem Gelesenen zu verstehen, denn das Lernen ist ihm eine Last und sein Latein reicht nur für ein paar Floskeln. Stellen wir uns ihn als Leser vor, zum Beispiel als Leser des in seinem Jahrhundert von Poggio Bracciolini wiederentdeckten Lehrgedichts des Lukrez *De rerum natura*: mit schwachen Lateinkenntnissen, wenig Durchhaltevermögen für sechs Bücher zur Naturphilosophie in Hexametern und ohne Vorwissen zum Atomismus oder zur Seelenlehre. Nicht nur der Text bliebe ihm verschlossen, auch an der regen Auseinandersetzung, die mit der Renaissance begann und noch heute kein Ende genommen hat, hätte er keinen Anteil. Er würde, wie er selbst feststellt, keine Lehre aus seinen Büchern ziehen. Lukrezens allzu tröstliche Botschaft, dass der Tod nicht gefürchtet werden muss, würde ihn nicht erreichen.

Zweifelsohne setzt das Verstehen von Literatur ein Bemühen, ein Studieren im Wortsinn, voraus – sowohl vor als auch nach der Lektüre. Goethe hat die Schwierigkeiten des Lesens und die Bedeutung von Vorstudien einmal Friedrich Soret gegenüber thematisiert, als dieser ihm unvermittelt Étienne Dumonts *Reise nach Paris* zur Lektüre vorlegte, und soll resümiert haben: *Die guten Leutchen wissen nicht, was es für Zeit und Mühe gekostet hat, um lesen zu lernen. Ich habe achtzig Jahre dazu gebraucht und kann noch jetzt nicht sagen, dass ich am Ziele wäre.* Ob räumliche, zeitliche, kulturelle und soziale Divergenzen, ob wissensbezogene Leerstellen oder die ästhetische Gestaltung: Der Zugang zu Literatur ist niemals direkt, niemals vollständig. Sie erschließt sich ihrem Leser in Abhängigkeit von verschiedenen Faktoren wie Welterfahrung, Vorstellungskraft, der gedanklichen Verfügbarkeit vergleichbarer Texte, dem methodisch geschulten Lesen und vor allem Hintergrundwissen – faktisch, geschichtlich, sprachlich, literaturspezifisch. Deren stetige Entwicklung schafft immer wieder neue Ausgangsvoraussetzungen für Lektüre und Deutung. Darum lohnt es sich, Texte mehrfach zu lesen, die Perspektive zu wechseln, zusätzliche Informationen einzuholen, sie mit anderen Texten zu vergleichen, sie vor dem Hintergrund eines Theorietextes erneut zu verstehen oder ein und denselben Text alle paar Jahre wieder vorzunehmen. Denn eigentlich sagen unsere Deutungsversuche vielmehr über uns selbst aus als über den Text.

Verstehen geht über das Nachvollziehen einer Geschichte oder eines Gedankenganges hinaus. Es ist ein Prozess, der den Text in ein Netz aus Vorwissen und Vorerfahrung einbettet. Bei der Lektüre folgt der Leser den Denkpfaden eines Anderen, die mit jedem Wort und jedem Satz mit dem eigenen Weltbild konkurrieren. Die Belohnung für das Ringen mit der Deutung ist die Formung des Geistes, die Bildung des Menschen. Oder mit Carl Hilty: *Bildung kommt nicht vom Lesen, sondern vom Nachdenken über das Gelesene.* Genau dieser Aspekt ist es, der das Interpretieren literarischer Texte zum Obligatorium auf dem Weg zum Abitur macht. Den EPA (Einheitliche Prüfungsanforderungen) für das Fach Deutsch liegt das Verständnis zugrunde, dass *Literatur kulturelle Erfahrungen speichert und deshalb Antworten auf Fragen der menschlichen Existenz bereithält, dass also die Beschäftigung mit Literatur besonders geeignet ist, Hilfestellung bei der Selbstfindung zu leisten und Empathiefähigkeit sowie Fremdverstehen herzustellen.*

Nicht ohne Folgen! Indem Literatur uns andere Welten vortäuscht, sprengt sie die Grenzen unseres eigenen Lebens, erweitert unseren Horizont, vervielfacht unsere Erfahrung. Sie provoziert damit, wie es Mario Vargas Llosa 2010 in seiner Nobelpreisrede *Ein Lob auf das Lesen und die Fiktion* formulierte, einen ständigen *Zwist mit der mittelmäßigen Wirklichkeit*, aus dem unweigerlich ein *Protest gegen die Unzulänglichkeiten des Lebens* hervorgeht. Seine Hommage an die Literatur denkt das Ringen des Lesers weiter: in ihren Konsequenzen für die Wirklichkeit. Denn als Form, das Unmögliche denkbar zu machen, weckt Literatur die Sehnsucht, die Realität zu verändern. Für Llosa ist sie deswegen nicht weniger als eine Bedingung für die Herausbildung und Verbesserung der Zivilisation.

Wer sich den Bemühungen aussetzt, Literatur zu verstehen, wird sich an ihr bilden – als Mensch. Er wird sich nicht mit Floskeln und Schein begnügen müssen, sondern sich selbst ein Stück näher kommen und sich kraft seines Geistes den Herausforderungen der Gegenwart stellen können.

Das Unliterarische der Literatur.
Versuch einer Kontrafaktur*

DIRK ROSE

Literatur verstehen – das kann auf mindestens zwei Ebenen geschehen. In einem klassisch hermeneutischen Sinn geht es dabei um das Verstehen von Texten, denen wir auch darum das Prädikat ‚Literatur' anheften (oder verleihen), weil sie zu einer solchen Verstehensleistung herausfordern (oder einladen). Damit ist bereits die zweite Ebene angedeutet, die das Literaturverstehen impliziert. Sie manifestiert sich in der Frage, was wir überhaupt unter ‚Literatur' verstehen, und warum wir das tun; was im Übrigen auch zu fragen bedeutet, was wir *nicht* unter Literatur verstehen, und wie wir zu einem solchen Verständnis gelangen.

Dieser zweiten Art des Literaturverstehens gilt der folgende Beitrag. Sie lag und liegt verschiedenen Debatten um den Literaturbegriff zu Grunde. In ihnen geht es im Kern um jene spezifische Eigenschaft (oder jenes Bündel von Eigenschaftsmerkmalen) sprachlicher Äußerungen, welche die Literatur als Literatur verstehbar macht und die man Literarizität nennen kann. Hier soll gezeigt werden, dass die Frage nach der Literarizität von Texten untrennbar mit derjenigen nach ihrer Referenzialität verbunden ist. Denn für die meisten, die sich mit Literatur beschäftigen, bleibt es eine irritierende Erfahrung, dass es nicht wenige Texte gibt, die zugleich als Literatur und als etwas anderes, das man der Einfachheit halber Nicht-Literatur nennen könnte, verstanden werden dürfen. Selbstverständlich ist das abhängig von den Autoren und Kontexten der jeweiligen Texte wie auch von den historischen Veränderungen des Literaturbegriffs selbst. Dennoch muss, damit eine solche unterschiedliche Wertung überhaupt möglich werden kann, das Potential zum Literarischen wie Unliterarischen in den Texten bzw. sprachlichen Äußerungen

---

* Der Beitrag basiert auf einem gleichnamigen Vortrag in der Sektion *Literarizität in Theoriebildung, interpretatorischer Praxis und Vermittlung* beim Deutschen Germanistentag 2013 in Kiel. Ich danke den Sektionsleitern Jörn Brüggemann, Mark-Georg Dehrmann und Jan Standke für die Möglichkeit, ihn hier abdrucken zu können. Ein Dank geht außerdem an Matthias Schulz für die kritische Lektüre mit den Augen des Linguisten.

selbst enthalten sein. Es macht also durchaus Sinn, literarische wie unliterarische Elemente nicht in einem Ausschließungsverhältnis, sondern als ein Zusammenwirken verschiedener Referenzebenen innerhalb einer sprachlichen Äußerung zu begreifen. Das mag für diejenigen als Provokation gelten, die ihre Profession von einer klar umrissenen Kontur des Gegenstandes ‚Literatur' ableiten. Vielleicht aber muss man das Paradox aushalten können, dass wir Literatur auch und eventuell sogar nur wegen des Unliterarischen in ihr verstehen können – und zwar nicht zuletzt als Literatur. Den meisten Lesern fällt das ohnehin erstaunlich leicht. Jedenfalls scheint diese Annahme für die alte humanistische Überzeugung notwendig zu sein, durch Literatur ließe sich ‚die Welt' begreifen; letzten Endes sogar unabhängig davon, was man unter Literatur versteht.

I.

Wer über das Unliterarische der Literatur sprechen will, muss sich den Vorwurf gefallen lassen, schon *ex negativo* zu wissen, was Literatur sei und wodurch sie bestimmt wird. Tatsächlich lässt sich kaum leugnen, dass jeder, der sich mit Literatur beschäftigt, bereits ein Vorwissen darüber mitbringt, was mit diesem Wort gemeint sein soll. Ein solcher heuristischer Literaturbegriff wird wesentlich durch die jeweilige Sozialisierung geprägt und kann durch fortwährende Lektüreerfahrungen vertieft, modifiziert, möglicherweise sogar revidiert werden. Weil man sich der Literatur, sofern man eine Schulbildung durchlaufen hat, gar nicht entziehen kann, und weil jeder etwas mit diesem Begriff verbindet, scheint seine terminologische Fixierbarkeit naheliegend – und erweist sich doch als ausgesprochen problematisch. Das zeigt die lange und schwierige Geschichte seiner Definition, die hier nicht noch einmal aufgerollt werden soll.[1]

Von Interesse ist hingegen die Beobachtung, dass nahezu alle Definitionsbemühungen – und damit immer auch Gegenstandsbestimmungen – der Literatur, seien sie nun interner oder externer Natur, offenbar nicht ohne eine Abgrenzungsfigur auskommen. In dem, was Literatur nicht ist bzw. was nicht Literatur ist, zeige sich, so die damit verbundene Hoff-

---

[1] Vgl. weiterführend den Band von Alexander Löck, Jan Urbich (Hg.): Der Begriff der Literatur. Transdisziplinäre Perspektiven. Berlin, New York 2010.

nung, die *differentia specifica* dessen, was man Literatur nennen kann. Das lässt sich ebenso an wertdominierten Literaturdefinitionen beobachten (‚hohe' gegen ‚niedere', ‚komplexe' gegen ‚einfache' Literatur) wie an strukturell orientierten (‚poetische Sprache' versus ‚Alltagskommunikation'). Allen Literaturdefinitionen ist gemein, dass sie nicht vollständig überzeugen können, ja sich sogar teilweise widersprechen. Auch das ist schon oft notiert worden, so etwa von Klaus Weimar, der zusammenfasst: „Der Literaturbegriff [...] hat zwei Seiten (und nicht zwei Teile), die Extension und die Intension, und beide Seiten stehen in dem problematischen Verhältnis wechselseitiger Abhängigkeit voneinander. Die Bestimmung der Extension ist angewiesen auf ein Kriterium, mittels dessen sie Literatur (literarische Texte) von Nicht-Literatur (nichtliterarischen Texten) unterscheiden und abgrenzen kann, und das kann sie nur erhalten aus der Bestimmung der Intension des Literaturbegriffs".[2]

Dieser Hinweis zeigt, dass das Ungenügen aller Literaturbegriffe vorrangig in jener Abgrenzungsfigur begründet liegt, die zwar eine konstitutive Funktion für die Begriffs- und Gegenstandsbestimmung zu erfüllen scheint, damit jedoch zwangsläufig einen Rest des Unliterarischen produziert, der sich nicht in den jeweiligen Literaturbegriff integrieren lässt. Um genau diesen ‚Rest' soll es im Folgenden gehen. Dabei wird, anders als in den gängigen Literaturdefinitionen, denen Klaus Weimar noch in seiner Kritik an ihnen folgt, davon ausgegangen, dass ‚das Unliterarische' nicht auf der Klassifikationsebene von Textbeständen angesiedelt ist, etwa um „literarische Texte" von „nicht-literarischen Texten" zu unterscheiden. Vielmehr wird versucht, es als integrativen Bestandteil dessen zu denken, was Literatur als eine Form sprachlichen Handelns überhaupt ausmacht; und damit dem ‚Unliterarischen' eine Präsenz auch in jenen Texten zuzugestehen, die man „literarisch" zu nennen sich angewöhnt hat.

---

[2] Klaus Weimar: Funktionen des Literaturbegriffs, in: Fotis Jannidis, Gerhard Lauer, Simone Winko (Hg.): Grenzen der Literatur. Zu Begriff und Phänomen des Literarischen. Berlin, New York 2009, S. 78–91, hier S. 88.

II.

Die Frage nach der spezifischen Eigenschaft von Literatur, ihrer Literarizität, stellt sich auch deshalb immer wieder von Neuem, weil sie nicht nur den Gegenstand der Literaturwissenschaft überhaupt erst konstituiert, sondern auch, weil in der Diskussion darüber Grundbedingungen ‚literarischer Kommunikation' in Universität, Schule und Gesellschaft zur Sprache kommen. Literarizität setzt eine spezifische Sprachverwendung voraus, die literarische Kommunikation als solche erkennbar und von anderen Sprachhandlungen unterscheidbar macht. Auf den ersten Blick kann das als ein verhältnismäßig exklusives Konzept erscheinen, wie beispielsweise in der ‚Abweichungspoetik' von Harald Fricke. Ihr zufolge manifestiert sich, grob gesagt, das Literarische einer Sprachhandlung in bestimmten Abweichungen von einer alltagskommunikativen Sprachverwendung. Zwei Einwände lassen sich dagegen vorbringen:[3] Zum einen wird hier eine ‚Normalsprache' als kommunikativer Standard festgelegt, die möglicherweise nirgendwo sonst als in Lehrbüchern existiert, die aber als Matrix notwendig ist, um die vermeintlichen Abweichungen von ihr sichtbar machen zu können. Das Buch von Fricke trägt bekanntlich den Titel *Norm und Abweichung*. Es setzt also, anders gesagt, einen ‚unliterarischen Normalzustand' kommunikativer Verhältnisse voraus und projiziert damit eine ausgesprochen spätmoderne, nämlich ernüchterte und systemrationale Sprachverwendung auf ein überhistorisches Verständnis von Sprache und Sprechakten überhaupt. Zum anderen tendiert dieses Konzept – auch wenn es sich zum Ziel setzt, „von der überkommenen Auffassung [abzugehen], man müßte alle denkbaren Texte säuberlich auf die zwei Schubladen ‚Literarisches' und ‚Außerliterarisches' ohne Rest verteilen können",[4] – zur Nobilitierung eines ostentativ ‚poetischen' Sprechens, wie es beispielswiese in der hermetischen Poesie der klassischen Moderne zu beobachten ist.[5] Denn je höher der Grad der Abweichung von der Standardsprache, desto höher der Grad an Literarizität.

---

[3] Fricke selbst hat diese und weitere Einwände in seinem sehr umsichtig argumentierenden Text bereits zu entkräften versucht; vgl. Harald Fricke: Norm und Abweichung. Eine Philosophie der Literatur. München 1981, S. 100–110.
[4] Ebd., S. 102.
[5] Fricke versucht dieser Tendenz durch die Wahl entgegengesetzter Beispiele zu begegnen, etwa des Dramas *Schlageter* von Hanns Johst; vgl. ebd., S. 215–221.

Frickes ‚Abweichungspoetik' basiert unter anderem auf den Überlegungen des Linguisten Roman Jakobson zur Poetizität als strukturellem Kern ‚literarischer' Äußerungen. Freilich verfolgt Jakobson gerade kein exklusives Konzept, im Gegenteil. Unter seinen Beispielen finden sich ebenso Stegreif-Hochzeitslieder wie Gedichte Puschkins oder Majakowskijs. Denn für ihn ist Poetizität ein Produkt interner Sprachorganisation; sie kann daher im Prinzip bei jeder Sprachhandlung zum Tragen kommen, und zwar „[d]adurch, daß das Wort als Wort, und nicht als bloßer Repräsentant des benannten Objekts oder als Gefühlsausbruch empfunden wird. Dadurch, daß die Wörter und ihre Zusammensetzung, ihre Bedeutung, ihre äußere und innere Form nicht nur indifferenter Hinweis auf die Wirklichkeit sind, sondern eigenes Gewicht und selbständigen Wert erlangen".[6] Poetizität im Sinne Jakobsons ist dann erreicht, wenn die poetische Funktion alle anderen Funktionen einer Sprachhandlung überlagert. In diesem Moment verstehen wir sie als Poesie oder Literatur. Jakobson bleibt jedoch relativ vage, was diese Funktion kennzeichnet. Im Grunde setzt er sie mit einer Selbstreferenz der Sprachhandlung gleich, die alle anderen Referenzialisierungsmöglichkeiten desselben Sprechaktes neutralisiert: „Die *Einstellung* auf die BOTSCHAFT als solche, die Ausrichtung auf die Botschaft um ihrer selbst willen, stellt die POETISCHE Funktion der Sprache dar".[7]

Zwei Aspekte verdienen es, hervorgehoben zu werden. Erstens wird ‚das Poetische' eines Textes oder einer sprachlichen Äußerung nicht als unwandelbare substantielle Eigenschaft konzipiert; stattdessen als variable Funktion, die je nach Kontext in den Vorder- oder Hintergrund treten kann. Das bedeutet aber auch: Die poetische Funktion ist niemals, oder so gut wie nie, die einzig mögliche Funktion eines Textes bzw. einer Sprachhandlung; sie kann nur stärker oder schwächer ausgeprägt sein: „Die Vielfalt [sc. der sprachlichen Kommunikation] beruht nicht auf der getrennten Verwirklichung der einzelnen Funktionen, sondern auf ihrer unterschiedlichen hierarchischen Anordnung. Die jeweils dominierende Funktion bestimmt die Struktur der Mitteilung".[8] Zweitens rückt mit

---

[6] Roman Jakobson: Was ist Poesie? [1934], in: Ders.: Poetik. Ausgewählte Aufsätze 1921–1971. Hg. von Elmar Holenstein und Tarcisius Schelbert. Frankfurt a.M. 1979, S. 67–82, hier S. 79.
[7] Roman Jakobson: Linguistik und Poetik [1960], in: Ebd., S. 83–121, hier S. 92.
[8] Ebd., S. 88.

Jakobsons Überlegungen die Referenz von sprachlichen Äußerungen in den Mittelpunkt, welche über die interne Gewichtung der jeweiligen Funktionen entscheidet (und umgekehrt). Schließlich wird für ihn Poetizität fast ausschließlich durch eine erhöhte Binnenreferenz der Sprache und eine damit einhergehende Minimierung ihrer Außenreferenz definiert. Die Frage nach der Literarizität der Literatur scheint somit allererst eine ihrer Referenzialität zu sein.

III.

Verantwortlich dafür ist vor allem das Material der Literatur: die Sprache. Gerade in ihrer Materialität unterscheidet sich die Literatur maßgeblich von den anderen Künsten. Während sowohl die Musik wie die Malerei auf ein genuines, durch den Gehör- bzw. Sehsinn unmittelbar wirkendes Material zurückgreifen und dieses ihrer künstlerischen Eigenlogik mehr oder weniger problemlos unterstellen können, ist die Literatur in Gestalt der Sprache auf ein Material angewiesen, das gerade nicht primär literarischen Zwecken dient. Ihren Kunstanspruch leitet sie erst aus der spezifischen Nutzung ihres Materials her. Das mag zwar für Farben und Töne auch gelten; dennoch ist in ihnen durch ihre andere sinnliche Vermittlung das ästhetische Potential ungleich höher. Darin ist man sich seit der Antike einig. Für die Literatur hat das zur Folge, dass mit ihrem Material stets auch Möglichkeiten einer anderen Nutzung mittransportiert werden. Schon dadurch also, dass Literatur Sprache ist, scheint das Unliterarische immer in sie eingeschrieben – und zwar als eine Sprachverwendung, von der sie sich abgrenzen muss, um eine spezifisch eigene Literarizität beanspruchen zu können; die aber dennoch durch das Sprachmaterial paradoxerweise präsent bleibt.

Hieran schließt das Problem der Referenzialität unmittelbar an. Bekanntermaßen stellt die Sprache ein multireferentielles Zeichensystem dar. Beinahe jedes lautliche Zeichen kann verschiedene Referenzebenen eröffnen: sei es auf einer etymologisch-lexikalischen, auf einer pragmatisch-handlungsorientierten oder auf einer psychisch-emotiven Ebene. All diesen verschiedenen Referenzebenen ist gemeinsam, dass sie, im Gegensatz zu der von Jakobson skizzierten poetischen Funktion der Sprache, gerade keine Selbst-, sondern Weltreferenz aufbauen, also auf ein Außerhalb der Sprache und ihrer zeichenhaften Kodifizierung verweisen. Jakobson hatte ja selbst darauf aufmerksam gemacht, dass literarische Texte diese Außenreferenz der Sprache zwar minimieren, aber nicht vollständig negieren können. Sie bleibt in Latenz jeder Form von Literarizität inhärent.

Eben darin dürfte die Ursache für die Unmöglichkeit einer ‚sauberen' Begriffsbestimmung der Literatur zu suchen sein. Die in diesem Kontext nicht unübliche ‚Putz-Metapher' wird hier bewusst aufgegriffen: Denn mir scheint, dass alle Konzepte von Literarizität, egal welcher Provenienz und Zielsetzung, auf einer Reinheitsvorstellung literarischen Sprechens aufbauen, das möglichst wenig von den un- oder außerliterarischen Funktionen der Sprache kontaminiert sein soll. Nicht zufällig hat Jakobsons Poetik, bei aller Offenheit für unterschiedliche Textsorten, ihren Ursprung in der Formalästhetik der klassischen Moderne mit ihren Purifizierungsambitionen. Verfolgt man diese Spur weiter, so ließe sich etwa der Dadaismus als radikale Purifizierung der Sprache, als Negation ihrer Außenreferenz und vollständige Konzentration auf ihre poetische Funktion beschreiben. Dass er anderen Konzepten von Literatur gar nicht als solche gilt, vielmehr höchstens als eine höhere Form des Un-, wenn nicht Blödsinns, beruht auf derselben Problemlage, die bloß anders gewichtet wird. Denn der ‚Sinn' von Sprache manifestiert sich weniger in ihren sprachlichen Zeichen als in deren Semantik, das heißt der kontextabhängigen Referenzialisierbarkeit auf außersprachliche Gegenstände und Handlungen. Und um die Negierung dieses Sinnes war es der Dada-Bewegung ja hauptsächlich zu tun gewesen.

Jedenfalls leitet sich aus ihrer Abhängigkeit von einer polyvalenten lexikalischen Semantik nicht nur die besondere Stellung der Literatur in Bezug auf die anderen Künste ab, deren Semantisierung immer akzidentiell bleiben muss. Sie begründet ebenso die spezifische Geltung literarischer Kommunikation. Eben weil Literatur Sprache ist und Sprache niemals auf eine Funktion reduziert werden kann (nenne man sie poetisch oder literarisch), da sie immer in ein Koordinatensystem verschiedener Referenzebenen eingebunden bleibt, ist auch Literatur niemals ‚nur' Literatur. Etwas Unliterarisches ist ihr stets eingeschrieben, und zwar als genuiner Teil ihrer selbst, insofern sie eine Sprachhandlung darstellt, die qua Material unterschiedliche Referenzialisierungsmöglichkeiten zulässt. Dies zugestanden, ergeben sich weitreichende Konsequenzen für den Status und die Geltungsspielräume von Literatur innerhalb sozialer Kommunikation. Zugleich zeigt sich, dass die Frage nach dem Literaturverstehen elementar mit der Frage nach dem Literaturverständnis verknüpft ist. Je nachdem, was man unter Literatur versteht, wird man je Unterschiedliches in ihr und durch sie verstehen. Wichtig dafür ist nur, dass ihre Literarizität lediglich eine Möglichkeit der Referenzialisierung neben anderen, auf die Lebenswelt als sprachlichem Handlungsraum bezogenen, ausmacht. Möglicherweise kennzeichnet Literatur sogar dieser Überschuss an Referenzoptionen wie deren latent unentschiedene Gewichtung.

IV.

Unser soziales Handeln ist vorwiegend sprachliches Handeln, und es liegt nahe, eine durch Sprachlichkeit bestimmte Kommunikationsform namens Literatur als sozialen Handlungsbereich zu begreifen. Freilich als einen, der gegenüber anderen eine gewisse Eigenständigkeit behaupten kann, die Michel Foucault auf den Begriff des „contre-discours" bzw. „non-discours" zu bringen versucht hat.[9] Gemeint ist damit, dass die Literatur zwar einerseits an der diskursiven Verfasstheit sozialen Handelns partizipiert, andererseits aber nicht restlos darin aufgeht. Sie etabliert vielmehr eine Art Metadiskursivität, die andere Kommunikationsformen in sich aufnehmen und neutralisieren bzw. verstärken kann. Das setzt freilich voraus, dass sie auf ein Außerhalb ihrer eigenen Sprachhandlung referenzialisierbar bleibt. Daraus lässt sich dann ein sozialer Geltungsanspruch ableiten, der ebenso sehr vom Unliterarischen wie Literarischen, auf jeden Fall aber durch das Wechselspiel von beidem, bestimmt wird.

Es spricht manches dafür, dass sich seit der Etablierung eines Handlungsbereiches ‚Literatur' im späten 18. Jahrhundert dessen Akteure einer solchen Möglichkeit bewusst geworden sind. Nicht zufällig lässt sich unsere epochal gegliederte Literaturgeschichte seit etwa 1800 auch als Abfolge je unterschiedlicher Intensitäten von Selbst- und Weltreferenz beschreiben, als graduell unterschiedliche Verstärkung bzw. Abschwächung von Literarizität und parallel dazu von Auf- bzw. Abwertung des Unliterarischen der Literatur. Während die Poetik der Frühromantik ebenso wie des Ästhetizismus um 1900 die Selbstreferenz der Literatur

---

[9] Michel Foucault: Les Mots et les Choses. Une Archéologie des Sciences Humaines. Paris 1966, S. 59.

betonen und gerade in der Negation der Weltreferenz die Literarizität der eigenen Produkte demonstrativ ausstellen, macht eine Bewegung wie das Junge Deutschland die Weltreferenz, und damit verbunden einen dezidiert politischen Geltungsanspruch der Literatur, zum ästhetischen Programm. Ob das eine oder das andere ‚mehr' oder ‚bessere' Literatur sei, ist eine müßige und letztlich von privaten Lektürepräferenzen abhängige Frage. Analytisch operationalisierbar ist hingegen die graduelle Verschiebung von ‚Literarizität' als Selbstreferenz im Verhältnis zum ‚Unliterarischen' als Außenreferenz literarischer Kommunikation. Nicht Literarizität allein verdient daher das Interesse der Literaturwissenschaft, sondern auch ihr Verhältnis zu jenem der Literatur gleichfalls inhärenten sprachlichen Handeln, das hier – auch zur Verdeutlichung der Dichotomie – ‚unliterarisch' genannt wird.

Offensichtlich wird dieser Zusammenhang, sobald man den abgesicherten Raum der Textlektüre verlässt. Denn die gesellschaftliche Institutionalisierung von Literatur jenseits ihrer Akademisierung wird nicht unwesentlich von dem Unliterarischen der Literatur bestimmt. Man denke nur an den Streit um das israelkritische Gedicht von Günter Grass im April 2012[10] und die sogar in Talkshows heftig geführte Debatte, ob dieser Text überhaupt noch Literatur oder nicht doch politische Propaganda sei. Hier interessieren weder Pro noch Contra der Diskussion, allein ihre Möglichkeit. Zum einen ist es erstaunlich, dass man die Frage überhaupt stellen kann – und wohl muss –, ob es sich bei dem Text ‚nur' um Literatur oder nicht doch um politische Kommunikation handelt. Das verdeutlicht, dass Literatur in der öffentlichen Wahrnehmung eben meist mehr ist als Literatur, weil sie durch ihre prinzipielle Referenzialisierbarkeit auf außerliterarische Gegenstände auch einen sozialen bzw. politischen Geltungsanspruch erheben kann. Dieser erfährt zwar keine Institutionalisierung innerhalb einer funktional differenzierten Kommunikation, kann aber dennoch nicht einfach ignoriert werden; möglicherweise auch, weil ein solches Sprechen gerade wegen seiner Unzurechenbarkeit kommunikative Routinen innerhalb der jeweiligen Funktionsbereiche in Frage zu stellen vermag. Aus diesem Grund, so die zweite Beobachtung zum ‚Fall Grass', wird im Gegenzug versucht, den Geltungsanspruch von Literatur mit dem Hinweis darauf zu minimieren, es handele sich *nur* um

---

[10] Günter Grass: Was gesagt werden muss, in: Süddeutsche Zeitung, 4.4.2012, S. 11.

Literatur. Mit diesem Verweis auf die Selbstreferenz als Signum von Literarizität soll der Literatur zugleich jene Weltreferenz abgesprochen werden, die qua Sprachhandlung gleichwohl ebenso Teil ihres Handlungsbereiches ist. Nur unter dieser Bedingung nämlich ist eine Debatte wie die um das Gedicht von Grass in der Öffentlichkeit überhaupt möglich.

Man kann aus diesem wie aus unzähligen anderen Fällen lernen, dass die öffentliche Wirkung von Literatur nur bedingt an ihre Literarizität gekoppelt ist. Sie hängt in mindestens gleichem Maße von jenem Unliterarischen ab, das der Literatur ihre gesellschaftliche wie subjektgebundene Relevanz sichert. Im Übrigen dürfte die Mehrzahl der Leser aus diesem Grund überhaupt lesen: Weil das Unliterarische der Literatur die Referenz zur eigenen Lebenswelt und deren Kommunikationspraktiken gleichermaßen herstellt wie transzendiert. Wer eine solche Lektüre der Naivität zeiht, ist selbst naiv, denn er hält Literarizität für die einzig mögliche Funktion einer Kommunikationsform, deren Spezifik gerade darin besteht, sich nicht in den eigenen kommunikativen Regeln zu erschöpfen.

Literarizität, so ließe sich zusammenfassen, sollte daher niemals ohne ihr Gegenteil, das Unliterarische, gedacht werden, weil beide zusammen erst jene Kommunikationsform ‚Literatur' mit ihrer Eigenlogik wie ihren Geltungsansprüchen bilden. Auch deshalb scheint hier jede Form von Begriffspurismus zum Scheitern verurteilt. Denn gerade dass jedem literarischen Text die Negation seiner *differentia specifica*, seiner je eigenen Literarizität, eingeschrieben ist, macht möglicherweise die Faszination von Literatur aus. Das zeigt sich nicht zuletzt in einem Verstehenwollen und Verstehenkönnen von Literatur, das je nach Interpret und Kontext verschieden sein kann und dennoch auf ein intersubjektives Verständnis hoffen darf. Anders gesagt: wir kommen auch und gerade um des Unliterarischen willen nicht von der Literatur los.

Der goldene Schlüssel

NIKOLA ROßBACH

Verstehen oder Feiern

Du musst das Leben nicht verstehen,
dann wird es werden wie ein Fest.

In seinem Gedichtband *Mir zur Feier* (1897/98) fordert Rainer Maria Rilke, das Leben zu feiern anstatt es zu verstehen. Diejenigen, die verstehen wollen, haben nichts zu lachen. Stimmungstöter, die das Fest des Lebens stören.
Verstehen oder Feiern? So einfach ist es wohl nicht. Zunächst wäre zu klären, was man unter Verstehen versteht: Verstandesmäßiges Erkennen. Sinnliches Erfassen. Existenzielles Ergründen. Rilkes Aversion richtet sich vor allem gegen das Streben, durch rational-wissenschaftliche Analyse das große Rätsel der Existenz lösen zu wollen. Davon unbenommen kreist er selbst lebenslang jenes Rätsel ein, versucht schreibend, das Leben nicht nur zu feiern, sondern auch seinen Sinn zu verstehen, zu erfassen – in poetischer Form.

Die dümmsten Idioten

Ist es nicht möglich, verstehen zu wollen – und dennoch zu feiern? Gerade für Literatur und Literaturverstehen ist diese Frage entscheidend. Jules Renard schreibt 1892 in sein Tagebuch:

Ein Buch analysieren!
Was würden wir von einem Gast denken,
der einen reifen Pfirsich verzehrt und dabei
einzeln die Stücke aus dem Mund nimmt,
um sie zu untersuchen?

Die Interpretation eines Textes gefährdet den Lesegenuss. Kommentar zerstört Kunst.
Einen Pfirsich verzehren oder ihn sezieren, einen Text lesen oder ihn analysieren: Was Renard als Gegensatz aufbaut, muss idealiter zusammengebracht werden. Ziel wäre, das sinnlich-ästhetische Erlebnis des

Gegenstandes zu bewahren, zugleich aber dessen Struktur, Komposition, Gehalt zu begreifen. Gerade bei der Lektüre schwieriger literarischer Texte sind ästhetisches Erleben und analytisches Verstehen oft verbunden, funktioniert das eine ohne das andere nicht. Wer verständnislos vor einem hermetisch abgeschlossenen Text steht, empfindet nur eingeschränkten Genuss beim Lektüreerlebnis.

Die Aversion gegen das Literatur-Verstehen-Wollen ist gleichwohl verbreitet, besonders bei den Produzenten der Texte, den Schriftstellern selbst. Sie fürchten um ihre Pfirsiche, scheuen unappetitliche Aufnahmemethoden.

> *die dümmste Haltung ist ja überhaupt,*
> *wenn man etwas verstehen will.*
> *Kein Publikum der Welt versteht ein Stück*
> *von Shakespeare im Theater. Um Verstehen*
> *geht's gar nicht. Es geht darum,*
> *ob man was erfährt, oder was erlebt.*
> *Und hinterher versteht man vielleicht was.*

Eben jene *dümmste Haltung*, die Heiner Müller hier schmäht, schätzt Johann Georg Hamann zweihundert Jahre zuvor überaus. Seiner Meinung nach ist sie geradezu lebenserhaltend.

Die beste Welt wäre längst ein totes Meer geworden,
wenn nicht noch ein kleiner Same von
Idio- und Patrioten
übrig bliebe, die ein hapax legomenon
bogenlang wiederkäuen, zwo Stunden bei Mondschein
zu Übersetzungen, Anmerkungen, Entdeckungen
unbekannter Länder widmen ...

Lesen, Schreiben, Verstehen: Das ebenso idiotische wie essenziell notwendige Ziel. Hat es also doch etwas für sich, (Literatur) verstehen zu wollen, im besten Fall verstehen zu können – und so *unbekannte Länder zu entdecken*?

E-Lektüren

Heiner Müller hält wenig davon, Kunst mit Verstehenwollen, mit Verstand zu begegnen. *Erfahren* und *Erleben* beschreiben das Gegenprogramm – Schlüsselbegriffe übrigens auch der geistesgeschichtlichen

Interpretation des beginnenden 20. Jahrhunderts. Von Wilhelm Dilthey zu Heiner Müller: eine Verbindung, die nicht auf den ersten Blick naheliegt. Die geistesgeschichtliche Methode der Textinterpretation, programmatisch formuliert in Diltheys Werk *Das Erlebnis und die Dichtung* (1905), kehrt sich hart von naturwissenschaftlich orientierten, positivistischen Deutungskriterien ab. Sie setzt auf das (Nach)Erleben eines Kunstwerks, auf Einfühlung – nicht auf analytisches Erkennen und Erklären.

Allerdings ist gerade der Verstehensbegriff bei Dilthey anders besetzt als bei Heiner Müller (der Vergleich hinkt daher terminologisch gesehen ein wenig): ‚Verstehen' wird von Dilthey positiv konnotiert und meint nicht rational-analytisches Erklären, sondern einfühlendes, nacherlebendes Begreifen. *Begreifen, was uns ergreift*, will Emil Staiger fünfzig Jahre später.

Ein antirationalistisches Literaturdeutungsprogramm, das eine unerwartete, wenn auch nicht ungeschwungene Linie von der Geistesgeschichte des Jahrhundertbeginns über die werkimmanente Interpretation der Nachkriegszeit bis zur Gegenwartsliteratur zieht. Und nicht nur zu Heiner Müller. Christoph Hein nennt 1987 das *Schweigen vielleicht die würdigste und angemessenste Art, auf Kunst zu reagieren*, das Verstummen, welches *Ausdruck eines tiefen, sinnlichen Begreifens* und Erlebens von Kunst sei.

Synthese/Analyse

Erfahren, Erleben, Einfühlen, Ergriffenwerden: Lektüremethoden, die nicht nur Vorzüge besitzen. Die Problemzonen sind bekannt: Kompromisslose Subjektivität des Zugangs, Verzicht auf eine analytisch-rationale Perspektive. Anstatt reflektierte Kritik üben zu können, steht der Leser in bewundernder Anbetung vor einem Werk, versucht erlebend und empfindend sich mit ihm gemein zu machen.

Es ist zweifelhaft, ob der Leser sich wirklich gemein machen sollte mit Literatur. Sich osmotisch einsaugen lassen, sie seinerseits aufsaugen. Ist nicht doch ein Diskretionsabstand, ein Sicherheitsabstand zum Text erwünscht – um einen prüfenden Blick überhaupt zu ermöglichen, sekundiert von Blicken auf andere, in Beziehung zu setzende Texte und Kontexte?

Zugegeben: Gefahren der Zerstörung, der Verstörung von Kunst durch Kommentar lauern immer und überall. Lesarten kleben wie Leim an Texten, lassen sie nicht jungfräulich zurück, verstellen die Sicht auf die Literatur selbst, so dass man schlimmstenfalls nur noch in der Lage ist, *die Bilder der Bilder der Bilder wahrzuhaben* (Christoph Hein).
Und doch sind Lesen, Deuten, Verstehenwollen ebenso legitime wie wichtige Reaktionen auf einen literarischen Text. Sie setzen ihn in Beziehung zu anderen Texten und Kontexten, zu Lesern, zum Autor, zur Gesellschaft, zur Welt. Nur so kommt der fixierte Text wieder in Bewegung, nur so gerät er außer sich.
Ein literarischer Text ist ein synthetisches Gewebe aus Zeichen, Wörtern, Sätzen. Es geht um Dinge, Menschen, Gott, Welt. Einem erlebend-einfühlenden Leser muss es scheinen, als ob alles mit allem zusammenhängt, in Ein- und Ganzheit. Doch damit darf man sich nicht begnügen. Andachtsvolles, überwältigtes Verstummen ist nicht immer die angemessene Haltung gegenüber einem literarischen Text. Wer überwältigt hier wen? Für den wissenschaftlichen Leser zumindest muss diese Frage eindeutig zu beantworten sein. Analyse der Synthese.

Sinn oder NichtSinn

Wenn man sich mit Hamann auf das idiotische Ziel einlässt, Texte verstehen zu wollen, setzt dies voraus, dass im Text etwas ist, das verstanden werden kann. Ein wie auch immer gearteter Sinn, eine Bedeutung. Ist das so? Gibt es immer einen Sinn im Text?
Welchen Sinn hat ein dadaistisches Gedicht, das dem Leser ins Gesicht schreit: *Du verstehst mich nicht und sollst es auch nicht.* Das Beispiel ist schlecht gewählt – eine solche Attitüde lässt sich auch für Sinnsucher gut aushalten. Denn selten wird eine literarische Botschaft so deutlich und verständlich verkündet: *Non-sense.*

> *gadji beri bimba glandridi laula lonni cadori*
> *gadjama gramma berida bimbala glandri ga-*
> *lassassa laulitalomini*
> *gadji beri bin blassa glassala laula lonni cadorsu*
> *sassala bim*
> *gadjama tuffm i zimzalla binban gligla wowolimai*
> *bin beri ban*
> *o katalominai rhinozerossola hopsamen laulita-*

> *lomini hoooo*
> *gadjama rhinozerossola hopsamen*
> *bluku terullala blaulala loooo*
> (Hugo Ball 1916)

Schwierige literarische Texte sehen anders aus. Sie geben ihren Sinn, sollte einer vorhanden sein, nicht so bereitwillig preis. Sie lassen Lesende nicht selten verständnislos, an (Be)Deutungsversuchen scheiternd, zurück. Sind solche Texte aber deshalb sinnlos?
Oder muss ich als Leser ihnen selbst den Sinn geben? User Hector sagt dazu eindeutig JA, als Userin Dini sich am 6.10.2005 hilfesuchend unter *www.gedichteforen.de* an die virtuelle Welt wendet.

> *hallöle ich schreibe morgen eine arbeit zu einem gedicht,*
> *also eine gedichtsanalyse, ich habe das gefühl*
> *das das gedicht Gothe-Gefunden drankommt,*
> *weil unsere lehrerin eine andeutung gemacht hat.*
> *könnt ihr mir sagen wie ihr den Inhalt interpretiert?*
> *ist es ein Liebesgedicht? den rest weiss ich.*
> *...*
> *danke bitte schreibt mir was*
> *dini*

Was jener von Dini gewusste Rest ist, bleibt ihr Geheimnis. In jedem Fall ist Hector davon überzeugt, dass eine Deutung mit dem Text kaum etwas, mit dem Leser dafür um so mehr zu tun hat:

was Du dann für eine Interpretationsstory rumbaust,
ist Deiner Phantasie überlassen. Die Möglichkeiten reichen
von Tropenholz mit Zertifikat bei obi,
über Zoo- und Zirkustierhaltung
bis zum einfachen täglichen Miteinander...
Grüsse
Hector

Ein derart narrativ ausgeschmücktes *Anything goes* bleibt dem Text fern, seinem Sinn und seinem Nicht-Sinn. Verstehen? auf diese Weise ein unerreichbares Ziel.
Jedoch: Der Wunsch nach Verstehen (aus welchen Gründen auch immer), die Suche nach einem Sinn ist auch bei dieser digitalen Deutungsdebatte omnipräsent. Eine Geste, die übrigens das Ich im *gedicht Gothe-Gefunden* ausdrücklich verweigert.

Ich ging im Walde
So für mich hin,
Und nichts zu suchen,
Das war mein Sinn.

SinnSucher

Zur Winterszeit, als einmal ein tiefer Schnee lag,
mußte ein armer Junge hinausgehen und Holz auf einem Schlitten ho-
len. Wie er es nun zusammengesucht und aufgeladen hatte, wollte er,
weil er so erfroren war, noch nicht nach Haus gehen, sondern erst Feuer
anmachen und sich ein bißchen wärmen. Da scharrte er den Schnee
weg, und wie er so den Erdboden aufräumte, fand er einen kleinen gol-
denen Schlüssel. Nun glaubte er, wo der Schlüssel wäre, müßte auch das
Schloß dazu sein, grub in der Erde und fand ein eisernes Kästchen.
„Wenn der Schlüssel nur paßt!" dachte er.
„Es sind gewiß kostbare Sachen in dem Kästchen."
Er suchte, aber es war kein Schlüsselloch da, endlich entdeckte
er eins, aber so klein, daß man es kaum sehen konnte.
Er probierte, und der Schlüssel paßte glücklich. Da drehte er einmal
herum, und nun müssen wir warten, bis er
vollends aufgeschlossen und den Deckel aufgemacht hat,
dann werden wir erfahren, was für wunderbare Sachen
in dem Kästchen lagen.

Grimms Märchen *Der goldene Schlüssel* (1815) zeigt den Menschen als Suchenden. Es symbolisiert auf einer existenziellen Ebene den genuinen Akt des Suchens nach Etwas. Der Junge hat sogar einen passenden Schlüssel in der Hand; trotzdem bleibt offen, ob er tatsächlich zum Ziel seiner Suche gelangen wird. Zwar verspricht das Märchen, dass ein solches Ziel – *wunderbare Sachen in dem Kästchen* – existiert. Textintern jedoch bleibt es immer aufgeschoben. Märchenfigur und Leser wissen bis zum Schluss nicht, was in dem eisernen Kästchen ist und ob überhaupt etwas darin ist. Die finale Antwort steht aus für denjenigen, der verstehen will, der nach Bedeutung, nach Sinn strebt.

Triffst du das Zauberwort

Schläft ein Lied in allen Dingen,
die da träumen fort und fort,
und die Welt hebt an zu singen,
triffst du nur das Zauberwort.

Das romantische Märchen vom *Goldenen Schlüssel* lässt sich auf existenzieller, ‚globaler' Ebene verstehen. Hat alles einen Sinn? Die Romantik sagt JA, und man könne diesen Sinn auch entdecken, erleben, am besten in der Poesie erfassen, welche die Dinge auf magische Weise zum Singen, die Welt zum Sprechen bringe. Der Dichter ist ein Zauberer, sagt Eichendorff 1835, Dichtung Zauberwort. Sinn wird intuitiv ausgedrückt – in Bildern, in Geschichten.

Wenn nicht mehr Zahlen und Figuren
Sind Schlüssel aller Kreaturen ...
Wenn dann sich wieder Licht und Schatten
Zu ächter Klarheit werden gatten,
Und man in Mährchen und Gedichten
Erkennt die wahren Weltgeschichten

– dann, so Novalis im Jahr 1800, kommt man der Wahrheit näher. Sinn gestalte sich durch Literatur, nicht durch Wissenschaft.

Das ist ganz mit Hamanns erkenntnisphilosophischer Ästhetik gedacht, die in Systematisierung und Rationalisierung keinen Weg zur Wahrheit erkennen mag. Schlüssel zum Verstehen der Welt ist für Novalis nicht der rationale, berechnende Verstand – Schlüssel zu den *wahren Weltgeschichten* ist die Literatur. Sie ermöglicht durch die erfundene Welt einen Zugang zur realen.

Es ist zweifelhaft, ob diese romantische Sicht allgemein trägt. Ob Poesie der Wahrheit (Wahrheit?) prinzipiell näher kommt als Wissenschaft. Ob LIEBE besser beschrieben ist durch eine Definition chemisch-hormoneller und psychischer Körperprozesse oder durch ein bildgesättigt-verrätseltes Gedicht. Ob man die Unfassbarkeit des Holocaust besser mit der Zahl 6 Millionen erfasst oder mit hämmernden Versen.

Schwarze Milch der Frühe wir trinken sie abends
wir trinken sie mittags und morgens wir trinken sie nachts
wir trinken und trinken
...

> *der Tod ist ein Meister aus Deutschland sein Auge ist blau*
> *er trifft dich mit bleierner Kugel er trifft dich genau*
> *ein Mann wohnt im Haus dein goldenes Haar Margarete*
> *er hetzt seine Rüden auf uns er schenkt uns ein Grab in der Luft*
> *er spielt mit den Schlangen und träumet der Tod ist ein Meister aus Deutschland*
> *dein goldenes Haar Margarete*
> *dein aschenes Haar Sulamith*
> (Paul Celan 1948)

Die Oder-Fragen sind schlecht gestellt. Es gibt kein Richtig oder Falsch bei jenen divergierenden Versuchen, etwas zu erfassen. Das Zauberwort der Literatur ist ein Weg, Welt verstehen zu wollen. Die Wissenschaft ein anderer.

LeseVerSuche

Man kann die Suche des armen Jungen mit dem goldenen Schlüssel in der Hand nicht nur als Parabel einer *existenziellen* Sinnsuche lesen, sondern auch einer *philologischen*. Einer Suche nach dem Sinn im literarischen Text.

Wenn der Schlüssel nur paßt! Wie die Märchenfigur bemüht sich der Leser, einen Text zu entschlüsseln, probiert verschiedene (Lektüre)Schlüssel aus.

Er geht an verschiedene Türen, klopft zuerst beim Autor an.

Was willst du mir damit sagen, lieber Autor?

> *Mit Verlaub*, sagt der Diskursverwalter,
> der die Tür öffnet, *der Autor ist tot,*
> *mausetot, und zwar schon seit den Sechzigern.*
> *Der ganze Hinrichtungsprozess, Barthes, Foucault*
> *– alles an Ihnen vorbeigegangen?*

Naja, eigentlich hatte der (ein wenig verlegene) Leser das schon mitbekommen. Individuelle Personen sind als Textproduzenten ebenso irrelevant geworden wie als Interpretationsinstanzen. Man geht nun einmal nicht mehr hermeneutisch-essenzialistisch davon aus, dass der Autor einen bestimmten Sinn im Text versteckt hat und der Leser diesen wiederum, mit einer gewissen Geschicklichkeit und Fertigkeit, herauspräpa-

rieren muss. Und man glaubt nicht mehr, dass der Autor seinen Text am besten versteht und eine besondere Deutungsmacht über ihn besitzt.
Der Autor hat nichts mehr zu sagen. *Bilde, Künstler, rede nicht*, mahnte schon Goethe, und Christoph Hein ergänzt: *Alles, was ein Künstler uns mitzuteilen hat, steckt in dem Werk, dem Kunstprodukt.*
Zur Ehrenrettung des beim Autor vorsprechenden Lesers: Nicht nur in neohermeneutischen Kreisen ist die Rede vom Autor und seiner Rückkehr längst wieder salonfähig. Dazu trägt sicher die aktuelle kultur- und sozialwissenschaftliche Hinwendung zu den ‚Realien' bei. *Anthropological turn, material turn, realistic turn.* Aus den Signifikantenströmen tauchen plötzlich und unerwartet die Signifikate wieder auf. Der Mensch, der verschwunden sein sollte *wie am Meeresufer ein Gesicht im Sand* (Foucault 1966), lebt.
Wenn also postmortal der Autor als wichtige anthropologische, wenn auch nicht naiv-biographistische Dimension der Textinterpretation beschworen wird, dann scheint dennoch eines sicher: Der Autor wird seinen alten Thron nicht zurückerobern. Nie mehr wird er seine Deutungshoheit über den Text in vollem Umfang zurückerhalten. Nie mehr wird er endgültigst Zauberworte für sinnsuchende Leser entschlüsseln.

Weiter. Welcher Schlüssel passt, wie kann ein Leser die Zauberworte der Literatur verstehen? Ist er selbst seine eigene Rettung, münchhausenzöpfisch: der Leser, vor fast fünfzig Jahren ermächtigt angesichts des Autor-Totalausfalls – der Leser, der seitdem ein wichtiges Wort mitreden darf in (Be)Deutungsangelegenheiten – der Leser, der den partiell unbestimmten Text produktiv durch Lesen vervollständigen soll.
Es bleibt indes die Frage, ob ein vorgängig vorhandener Textsinn existiert, bevor man ihn herausschält, bevor man, hermeneutisch zirkulierend, Zwiebelschale um Zwiebelschale entfernt. Realisiert der Leser durch Lesen das Wirkungspotenzial eines Textes oder bildet er selbst erst Sinn?
Die Macht des Lesers ist auch unter Ästhetikern der Rezeption nicht eindeutig geklärt. Man trifft sich auf der Mitte: Sinn ist potenziell da, muss entfaltet werden, allerdings nicht in beliebiger Weise. Nicht nur eine Deutung ist richtig und alle anderen sind falsch – aber auch nicht jede Deutung ist richtig – es gibt richtige und weniger richtige Deutun-

gen. Abstufungen der Angemessenheit einer Lesart. Textverstehen ist, erklärt Schleiermacher, der Prozess einer unendlichen Approximation. Diese Annäherung an den Text muss nicht ehrfurchtsvoll scheu sein. Der literaturwissenschaftlich geschulte Leser darf selbstbewusst seinen Schlüssel- oder Werkzeugkasten öffnen.

> Das, Text, sind die Instrumente,
> mit denen ich dich untersuche.
> Hier die Erzählsituation (homoheteroautometaextraintradiegetisch).
> Dort Struktur (Zeit- Raum- Handlungs- Kommunikations-).
> Inhalte (Themen, Motive, Stoffe, Topoi).
> Sprache (Lexik, Syntax, Metrik, Rhetorik, Stilistik).
> Gattung (von Arie, Bildungsroman, Canzone bis Zeitungsartikel).
> Kontext (ProduktionDistributionRezeption.
> Kultur-, Sozial-, Mentalitäts-, Zeitgeschichte).
> Etc.

Ist das Verstehen von Literatur also möglich, wenn der Leser nur zum richtigen Werkzeug, zu den je passenden Schlüsseln greift? Vielleicht. Manchmal. Mit Mühe. Mit Vorsicht. Ohne Erfolgsgarantie. Immer in Konkurrenz zu und neben anderen Verstehensweisen.

Ein Kollege des Lesers könnte hier eventuell eine Brücke bauen: der implizite Leser. Er hockt (immer noch) im Text und sein Draht zum Textsinn ist ein durchaus heißer. Er bestimmt jenen Sinn sogar mit, ja soll selbst nichts anderes sein als die rezeptionsbezogene Dimension des Textes, seine Wirkungsstruktur. Das Problem ist nur, dass niemand den impliziten Leser so genau kennt. Man vermutet ihn nahe bei den schwarzen Löchern des Textes: den Leer- und Unbestimmtheitsstellen. Doch er lässt sich nicht wirklich fassen – und wirft einen letztendlich wieder auf den Text selbst zurück.

Der Text selbst nun also.

Was willst du, lieber Text, mir sagen?

> *Sorry, aber ich bin da ratlos.*
> *Meine Kohärenz ist seit langem dahin.*
> *Über Diskurskreuzungen, Signifikantenströmen,*
> *Differenzen, Différancen, Disseminationen*

ist mir mein Sinn abhanden gekommen.
Logos? keine Spur mehr.

Logosverzicht: Die antihermeneutische Methode hat den Grundkonsens aufgekündigt, dass Texte zu verstehen seien. Sinn ist nicht fassbar, Bedeutung nicht festlegbar, sondern immer verschoben, immer flüchtiges Nebenprodukt eines potenziell endlosen Spiels der Signifikation. Die diffundierende Bedeutung entzieht sich prinzipiell. Eine wie auch immer geartete Tiefe unter der Textoberfläche gibt es nicht. Kein letztes Zeichen, kein Logos existiert. Das Schatzkästchen des Jungen mit dem goldenen Schlüssel ist leer.

Ist es das wirklich? Sind wir über die Annahme eines Sinns im Text tatsächlich hinaus, sind Hermeneutiker als professionelle Bedeutungsvoraussetzer und -jäger *old school*? Oder eben doch schon wieder *avantgarde*? Wird postpoststrukturalistisch und neohermeneutisch nicht wieder auf Sinn gesetzt, Sinn vorausgesetzt?

Zu Recht hat die Dekonstruktion das zu selbstsichere Setzen ein-sinniger Lösungen hinterfragt und auf die Unabschließbarkeit jedes Lesevorgangs hingewiesen. Nach jeder Deutung sollte ein seriöser Leser die obligatorische Erklärung abgeben:

Das hier ist nicht die letzte Wahrheit über diesen Text.
Wir sind noch nicht fertig mit ihm.
Wir werden es nie sein.

Und doch: Der Sinn steht in Verdacht, sich unentwegt neu von hinten anzuschleichen. (Der anthropologischen Konstante des Sinnsuchens und -findens wegen?)

DER NICHTSINN IST UNRETTBAR.

Das heißt keinesfalls, dass sich immer ein einheitlicher, klar erkenn- und lesbarer Logos als Sinnzentrum eines Textes ausmachen ließe. Hermeneutik darf sich nicht als *Sinnzentrierungspolitik* und *Heteronomiebeseitigungsverfahren* (Harro Müller) betätigen. Schleiermachers Anspruch – *Jedes Verstehen des Einzelnen ist bedingt durch ein Verstehen des Ganzen*, also des ganzen Textes – ist nicht einlösbar.

Trotzdem muss es das *idiotische* Ziel des Lesers sein, den literarischen Text verstehen zu wollen. Der Sinnentwurf, den er liefert, muss sich an an anderen Entwürfen anderer Leser messen lassen und mit ihnen kommunizieren. Zauberworte sind unterschiedlich auszudeuten, divergierende Textsinne ‚wahr' zu machen.

Zauberer Leser

Der Leser kann nicht zaubern. Im besten Fall ist er ein dummer Idiot, der den Text verstehen will und sich auf die Suche macht. Dornige Pfade nimmt, Sackgassen nicht scheut, vagen Spuren nachgeht – mit dem Hamann'schen Ziel:
Entdeckungen unbekannter Länder.
Der Leser ist kein Zauberer. Allerdings kann er ein paar Tricks ausprobieren.

Verehrtes Publikum
aus diesem Zylinder werde ich nun
eine wunderschöne weiße Taube zaubern
ABRAKADABRA
hier fliegt sie
(Hermeneutiker,
erfolgreich)

Verehrtes Publikum
aus diesem Zylinder werde ich nun
ein paar wunderschöne weiße Tauben zaubern
ABRAKADABRA
hier fliegen sie
(sein Kollege,
Mehrdeutigkeit sehend)

Verehrtes Publikum
aus diesem Zylinder werde ich nun
eine wunderschöne weiße Taube zaubern
ABRAKADABRA
Sie sehen
– einen Frosch
(Hermeneutiker, scheiternd)

Verehrtes Publikum
aus diesem Zylinder werde ich nun
eine wunderschöne weiße Taube zaubern
(indem er einen Vogel von seiner Schulter nimmt
und in den Zylinder setzt)
ABRAKADABRA
hier fliegt sie
(Rezeptionsästhetiker)

Verehrtes Publikum
aus diesem Zylinder werde ich nun
keine wunderschöne weiße Taube zaubern
ABRAKADABRA
ist logoszentrierter Unsinn
Sollte doch mal ein Vögelchen dabei herauskommen,
fliegt es sofort davon
(Dekonstruktivist)

Möglichkeitswelten erschließen

JÖRG SCHÖNERT

Dieter Wellershoffs Diktum vom ‚Simulationsraum Literatur' verweist darauf, daß sich im Lesen und Verstehen von Literatur Möglichkeitswelten erschließen lassen, die über unsere Alltagserfahrungen hinausführen können.
Da solche Möglichkeitswelten vielfach komplexen Organisationsmustern zu ihrer kognitiven und emotionalen Aneignung folgen, ist es – im Sinne eines selbstbewussten (erfahrungserweiternden und bewertungsübenden) Umgangs mit Literatur – wichtig, Verstehensleistungen zu literarischen Texten entwickeln, erklären und bedenken zu können.

„Wo ich schreibe, da wächst kein Gras mehr."
Über hermeneutischen Kannibalismus

GEORG-MICHAEL SCHULZ

Finden bereitet Freude. Wenn man so vor sich hingeht und wenn der Blick dann zufällig im richtigen Augenblick mal gesenkt ist, dann entdeckt man das 50-Cent-Stück auf dem Bürgersteig, man bückt sich, hebt es auf und freut sich. Man denkt wahrscheinlich nicht an den Menschen, der das Geldstück verloren hat. Vielleicht handelt es sich ja um ein Kind, das den Verlust jetzt beweint und das einem leidtun würde, wenn man dies sicher wüsste, oder um einen älteren Mann, der das Geld immer so lose in der Hosentasche trägt, dass er bisweilen mit dem Taschentuch eine Münze mit herauszieht, ohne es zu merken – das geschieht ihm recht! warum steckt er das Geld nicht ins Portemonnaie?! Man freut sich und denkt nicht daran, dass der eigene Fund eines anderen Menschen Verlust ist.

‚Texte verstehen' heißt: Funde machen, geistige Funde machen, Einsichten gewinnen. Wenn Finden Freude bereitet, wie eben festgestellt, dann gilt das auch für geistige Funde. Inwiefern diese Art des Findens auch eine problematische Seite haben kann, um diese Frage geht es mir im Folgenden. Ich versuche, mich der Antwort auf diese Frage zu nähern, indem ich zuerst einmal bemüht bin, das Terrain ein wenig zu erkunden, um das es beim ‚Texte-Verstehen' geht. Zu guter Letzt freilich geht es mir in diesem Beitrag nicht um das ‚Texte-Verstehen' überhaupt, sondern um eine bestimmte Haltung von Interpreten gegenüber einer bestimmten Art von Texten.

‚Geistige Funde', diese etwas geschwollene Wendung soll signalisieren, dass mit der Formel ‚Texte verstehen' natürlich nicht lediglich das gemeint ist, was in der Didaktik ‚Sinn entnehmendes Lesen' heißt, was sich also nur auf das Vermögen bezieht, den Inhalt eines Textes zu rezipieren. Im Auge habe ich vielmehr solche Einsichten, zu denen man durch eine etwas eingehendere Beschäftigung mit einem Text gelangen kann, Einsichten, die man sich vielleicht sogar ‚erarbeiten' muss, da sie nicht auf der Hand liegen. In Frage kommt hier natürlich nicht die so genannte

Schema-Literatur, denn die zu ihr gehörenden Texte ermöglichen keine Einsichten, sondern bestätigen lediglich Vorerwartungen. Im Übrigen gibt es auch eine durchaus anspruchsvollere Textsorte, bei der ebenfalls nicht davon gesprochen werden kann, dass man durch eine eingehendere Beschäftigung zu ‚Einsichten' gelangt. Gemeint sind Parodien, die ja geradezu danach gieren, ‚durchschaut' zu werden, und deren parodistischer Charakter einem sofort ins Auge fällt, wenn man den parodierten Text kennt, mit denen man aber nichts anfangen kann, wenn das nicht der Fall ist. Der seinerzeit bekannte Parodist Robert Neumann hat zahlreiche Parodien auf Texte des früheren 20. Jahrhunderts geschrieben, die heute fast niemand mehr kennt.

Während die bisher ins Auge gefassten Texte ihrem Verstanden-Werden von vornherein willig entgegenkommen, gibt es nun freilich nicht selten Texte, die nicht ganz so gefügig sind, indem sie nämlich bestimmte Kenntnisse, ein bestimmtes Sachwissen auf der Seite des Lesers voraussetzen, zum Beispiel Kenntnisse historischer Art, die vielleicht diesem oder jenem Leser fehlen, während andere Leser wiederum sie als zur Allgemeinbildung gehörend einstufen würden.

Im Prinzip liegen die Verhältnisse auch hier indessen nicht viel anders. Die Texte erschließen sich nämlich alsbald auch dem zuerst noch uninformierten Leser, wenn er sich das nötige Sachwissen verschafft. Es liegt am Leser, ob er bereit ist, sich so zu informieren, dass er sich hernach hinsichtlich seiner Kenntnisse gewissermaßen auf Augenhöhe mit dem Text befindet. „Das Gedicht will, dass man das weiß", mit dieser Feststellung hat der Philosoph Hans-Georg Gadamer sich (in seinem Kommentar zu einem Gedicht Paul Celans) auf eine bestimmte Textstelle bezogen, deren Verständnis ein bestimmtes historisches Wissen voraussetzt. Und Goethe hat nach einer Aufführung von August Wilhelm Schlegels Drama *Ion* gemeint, der Zuschauer, der die mythologische Gestalt des Ion nicht kenne, solle eben nach dem mythologischen Lexikon greifen und sich die nötigen Kenntnisse aneignen.

Bis hierher haben die möglichen Verständnis-Hemmnisse ihre Ursache in Informations-Defiziten des Lesers. Derartige Hemmnisse sind eher banal, denn sie lassen sich jederzeit beseitigen. Heikler wird es, wenn die Hemmnisse ihre Ursache in der Eigenart der Texte selbst haben. Beiseite lassen kann man hier selbstverständlich reine Nonsens-Texte, die von

vornherein gar nicht ‚verstanden' werden wollen und die daher nicht einmal das oben erwähnte ‚Sinn entnehmende Lesen' zulassen.
Kann es sein, dass die schwer verständlichen Texte vielleicht gar nicht verstanden werden wollen? Ich denke, man kann voraussetzen, dass Texte im Prinzip immer adressatenbezogen sind (auch wenn sie nicht auf bestimmte Adressaten zielen), dass es also schlechterdings adressatenlose Texte nicht geben kann. Denn ein Text, der von vornherein darauf aus wäre, von niemandem rezipiert und verstanden zu werden, würde seinen Text-Charakter selbst negieren. Selbst Nonsens-Texte brauchen einen Adressaten, dem sie mit ihrer Sinn-Verweigerung Vergnügen bereiten. Und auch das private Tagebuch besitzt in dem Tagebuch-Schreiber selbst einen potentiellen Leser, mithin einen Adressaten. Man muss somit davon ausgehen, dass auch schwer verständliche Texte durchaus rezipiert werden wollen, wenngleich ihre Rezeption erschwert wird. Die Gründe dafür können freilich vielfältig sein. Möglicherweise liegt es am Thema, das eben sehr komplex ist und das eine vereinfachte Darstellung nicht zulässt, weil Vereinfachungen auf Kosten der Exaktheit gingen. Das mag bei naturwissenschaftlichen Darstellungen der Fall sein oder auch bei juristischen Texten, die der Komplexität von Sachverhalten unbedingt gerecht werden müssen. Hier gibt es somit einen ‚objektiven' Grund für die Verständnisprobleme, und der Text und sein Verfasser sind dadurch ‚entschuldigt'.
Möglicherweise ist aber auch die Art der Darstellung dafür verantwortlich, dass ein Text schwer verständlich erscheint. Naturwissenschaftliche oder juristische Texte, die nicht aufgrund des Themas schwer verständlich sind, sondern aufgrund der unbeholfenen Darstellung, können hier außer Betracht bleiben. Ins Zentrum rücken vielmehr literarische Texte und ihre Verfasser. Und da erhebt sich dann die Frage: Ist möglicherweise pure Willkür im Spiel, und kann oder will der Verfasser seinen Text nicht leichter zugänglich machen? Wenn ein Verfasser allem Anschein nach einfach nicht in der Lage ist, ein bestimmtes Thema anders als in einer eben nicht leicht zugänglichen Weise darzustellen, dann muss man sich damit abfinden. Wenn aber der Verdacht entsteht, dass der Verfasser willentlich eine schwierige Art der Präsentation wählt, dann ergibt sich die Frage nach seinen Motiven. Will er sich vielleicht ein besonderes Ansehen geben, indem er sich ‚elitär' der großen Masse der Leser entzieht? Oder will er sich zumindest gegen eine flotte Konsumier-

barkeit sperren, wie das Theodor W. Adorno in seiner „Rede über Lyrik und Gesellschaft" am Beispiel eines Gedichts von Stefan George hervorgehoben hat.

Im Grunde freilich ist es im Fall von literarischen Texten gar nicht möglich, zwischen unvermeidlichen (der Autor kann nicht anders) und willkürlichen Schwierigkeiten (der Autor will eben nicht anders) zu trennen. Daher hat es auch keinen Sinn, sich auf Spekulationen einzulassen hinsichtlich der möglichen Motive von Autoren, die anders könnten, aber nicht anders wollen.

Für den Leser ist es ja möglicherweise auch von zweitrangiger Bedeutung, warum eine Textstelle schwer zu verstehen ist. Ich denke, es muss jetzt nicht im Detail erläutert werden, was der Leser unternehmen kann, um einen schwierigen Text dennoch zu verstehen. Er muss selbstverständlich bemüht sein, sich fehlende Sachkenntnisse anzueignen, sich das Bedeutungsspektrum vieldeutiger Wörter zu erschließen, kohärente Textelemente zu entdecken usw. Und wenn er dann mit Bezug auf den zu verstehenden Text zu einer tatsächlich oder vermeintlich umfassenden Vorstellung gelangt ist, dann ist er zufrieden oder sogar glücklich, und wenn er von Beruf Literaturwissenschaftler ist, dann wird er seine Interpretation wahrscheinlich veröffentlichen. Er wird dies in der Überzeugung tun, dass mit Hilfe seiner Interpretation die Leser, die vorher auf denselben Text mit Ratlosigkeit reagiert haben, Schuppen von ihren Augen fallen sehen und endlich ebenfalls erkennen, worum es in dem Text eigentlich geht.

Ich habe mich, wie oben angekündigt, bemüht, das Terrain ein wenig zu erkunden, um das es beim ‚Texte-Verstehen' geht. Erreicht habe ich jetzt den Punkt, an dem ich genauer sagen muss, welchen besonderen Aspekt in dem Bereich der Verständnis-Hemmnisse und der Hemmnis-Beseitigungen ich hier eigentlich im Auge habe. Ich gehe von schwerverständlichen, ‚hermetischen' Texten aus, zum Beispiel von den Gedichten Paul Celans. Bei derartigen Texten setzt der Leser im Allgemeinen voraus, dass es einen prinzipiell erschließbaren Sinn gibt, dass dieser Sinn sich aber de facto nicht so ohne Weiteres erschließt. Wenn dann ein Leser einen solchen Sinn dennoch erkannt zu haben meint, dann wird er vielleicht stolz auf die Einsicht sein, zu der er gelangt ist. Aber er wird wahrscheinlich die mögliche Vieldeutigkeit des Textes nicht in Abrede stellen und wird einräumen, dass die kohärente Interpretation eines vordem schwerverständlichen Textes, die ihm gelungen ist, *einen* Zugang zu diesem Text darstellt, ohne andere Zugänge auszuschließen – im Unterschied zu der *einen* Lösung, die es im Allgemeinen bei einem Rätsel gibt. Und er muss dann zudem einräumen, dass ein Text nicht ein Behälter ist, der einen herausschöpfbaren Sinn enthält, sondern dass der jeweilige Zugang zu einem Text auch einen jeweils entsprechenden, also auch immer wieder anderen Sinn dieses Textes vermittelt.

Dennoch: Wie demokratisch auch immer die Gesinnung sein mag, mit der man jedem Interpreten das Recht auf eine eigene Sicht auf einen schwerverständlichen Text einräumt – es ist unbestreitbar, dass man sich einer Interpretation, die einen solchen schwerverständlichen Text erschließt, kaum verweigern kann, ja, dass sie einen imperialen Gestus entfaltet. Und das gilt nicht nur für kohärente Interpretationen ganzer Texte. Auch schon einzelne Hinweise, die im Falle einzelner rätselhafter Stellen geradezu wie ein Schlüssel wirken, können eine apodiktische Qualität erlangen. Ein etwas beliebiges Beispiel: Wie soll man die folgende Wendung verstehen:

„[...] hier, wo die Kirschblüte schwärzer sein will" (Celan: *Hier*)?

In der frühen Aufklärung hat Barthold Hinrich Brockes in seinem Gedicht *Kirschblüte bei der Nacht* das strahlende Weiß der Blüten eines Kirschbaums gefeiert. Aber eine schwarze Kirschblüte? Eine, die sogar noch „schwärzer sein will"? Die vielleicht alles Vergleichbare an Schwärze überbieten will? Wenn man dann freilich den Hinweis bekommt, dass die „Kirschblüte" für Japan stehe und die Farbe ‚schwarz' auf Hiroshima verweise, dann weiß man zwar noch immer nicht, warum diese Kirschblüte nicht nur schwarz, sondern sogar noch „schwärzer sein will". Aber – und das ist hier der springende Punkt – man wird kaum noch in der Lage sein, zu dem Vers eine alternative Interpretation zu liefern, in der die ‚schwarze Kirschblüte' ganz anders gedeutet würde, und dies dennoch mit der gleichen Überzeugungskraft, so dass der Leser dann zwischen zwei alternativen Deutungen wählen könnte.

Noch weiter gehen können die Verständnisschwierigkeiten bei solchen Texten, die im Ganzen erst zugänglich werden, wenn bekannt ist, dass ihr Wortmaterial zu einem großen Teil aus Zitaten aus einem fremden Text besteht; auch dafür finden sich Beispiele unter den Gedichten Celans.

Indessen sind dies nur weitere Belege für den Umstand, dass das Verständnis eines Textes vom Fund des passenden ‚Schlüssels' abhängen kann und dass man sich, wenn man ihn gefunden oder von anderer Seite geliefert bekommen hat, der ‚imperialen' Verständnislenkung durch den Schlüssel kaum entziehen kann.

Tja, mag man konstatieren, so ist es eben. Ist das denn wirklich bedenklich?

Ein kurzer Exkurs: Ich erinnere mich, dass ein Germanist sich einmal kritisch über literaturwissenschaftliche „Mega"-Unternehmungen äußerte, bei denen ein Literaturwissenschaftler ein komplexes Thema in mehreren Bänden erschöpfend zu behandeln suchte. Man denke etwa an Hermann August Korffs *Geist der Goethezeit* oder Friedrich Sengles *Biedermeierzeit*. Der Germanist vermutete bei solchen Unternehmungen die Maxime am Werk: „Wo ich schreibe, da wächst kein Gras mehr." Das sollte heißen: Wenn ich ein Thema behandle, dann so erschöpfend, dass andere Literaturwissenschaftler dazu nichts mehr beisteuern können. Tatsächlich kann die Formulierung aber – unbeabsichtigtermaßen – auch die Vorstellung suggerieren, dass der schreibende Sekundärliterat für eine tabula rasa sorgt und quasi die Primärliteratur gleich mitvertilgt.

Das hat der zitierte Germanist sicher nicht sagen wollen. Dennoch – ich kehre zu meinen vorhergehenden Überlegungen zurück – mag man sich fragen, ob nicht eine Interpretation, die erstmals den Schlüssel zu einem vorher nicht verständlichen Text liefert, nicht nur nachfolgende weitere Interpretationen in ihr eigenes Fahrwasser zwingt, sondern eigentlich auch den zu interpretierenden Text in gewisser Weise in ein Abhängigkeitsverhältnis bringt. Im Prinzip hat eine Interpretation mit gebeugtem Knie dem Verständnis der Primärliteratur zu dienen. Wenn aber für den Rat suchenden Leser ein literarischer Text nur noch vermittelst der den Schlüssel bereithaltenden Interpretation zugänglich ist, dann muss man ja tatsächlich von einem ‚Abhängigkeitsverhältnis' sprechen. Selbstverständlich bleibt der literarische Text der König, aber erst der Diener, der über den Schlüssel zum Thronsaal verfügt, ermöglicht es den Untertanen, dem König zu huldigen.

Wenn man diese Situation noch etwas drastischer als nur mit dem Begriff ‚Abhängigkeitsverhältnis' (der Primär- von der Sekundärliteratur) bezeichnen will, kann man auch davon sprechen, dass hier die Sekundärliteratur sich die Primärliteratur in gewisser Weise aneignet, sie sich gleichsam einverleibt – in quasi kannibalistischer Weise –, so dass die Primärliteratur dann nur noch im Bauch der Sekundärliteratur vorkommt. Eine vergleichbare Situation ist zwar immer dann gegeben, wenn die Primärliteratur früherer Jahrhunderte bis hin zu der des frühen 18. Jahrhunderts dem Leser nur noch vermittelst der Hinweise in der Sekundärliteratur begegnet. Von einer kannibalistischen Intention der Sekundärliteratur wird man aber nur dann sprechen können, wenn die Sekundärliteratur tatsächlich (mit oder ohne Eingeständnis) die Intention verfolgt, den Zugang zu der Primärliteratur zu reglementieren. Man muss dabei nicht unbedingt eine gegen die Primärliteratur gerichtete Aggression unterstellen. Aber gibt es denn nicht doch so manche ‚Kommentare' und ‚Verständnishilfen', die einem Text alle seine kleinen Anspielungen, Ironien, intertextuellen Bezüge, seinen Hintersinn so radikal entreißen, dass der Text hinterher entzaubert und geheimnisleer erscheint? Geistige Funde, von denen oben die Rede war, sollten so vermittelt werden, dass dem Leser nicht die Freude am Mit-Suchen und Mit-Finden vergeht. Andernfalls ist es wie mit dem 50-Cent-Stück. Derjenige, der es findet, steckt es ein. Und dann gibt es da nichts mehr zu finden.

Die Leichtigkeit des Textes
Assoziationen

MARION SCHULZ

Literarische Texte sind nicht nur Aneinanderreihung von Buchstaben zu sinnvollen Zeichen. Sie sind Kompositionen – manchmal virtuos, manchmal banal, manchmal etwas dazwischen. Sie sind *Musik für die Augen*. Sie können erheben in höhere Sphären oder hinunterziehen in unendliche Tiefen. Sie wirken Bilder in meinem Geist. Szenerien, Gestalten, Kostüme, Charaktere – all das fügt der Geist während des Lesens zusammen. Der „fremde" Text wandelt sich in eine „eigene" Komposition, erhält unterschiedliche Farbnuancen, Klangbilder. Es entstehen malerische Kunstwerke, ganze Filme werden gedreht.

Mit den Texten, den Büchern geht es mir wie mit der Begegnung mit einem Menschen: Entweder ist es Liebe auf den ersten Blick – oder es fremdelt – die Chemie stimmt oder eben nicht. So manches Buch kann ich kaum aus der Hand legen, denn der Text nimmt mich „gefangen" – und es wird dann schon einmal eine Nacht „durchgelesen". Wenn es „fremdelt", dann braucht es eine Zeit, bis der Text und ich zueinander finden – aber dann kann es richtig schön werden. Nur wenn das Buch mich so gar nicht packen will, dann wird es aus der Hand gelegt, verschenkt, vergessen, verloren: Es trennen uns Zeiträume und Welten. Wir finden einfach nicht zusammen.

Der Text muss zu mir „sprechen", etwas in Schwingung versetzen, etwas „auslösen" – sei es mit Heiterem, Traurigem, Nachdenklichem, Lehrreichem. Wenn er mich „nicht erreicht", dann schenke ich ihm nicht mehr meine Zeit: Zu kostbar ist sie.

Oft wenn ich an Texte denke, kommt mir nicht Literatur in den Sinn, sondern Lesen. Meine 93-jährige Tante hatte erstmalig mit 88 Jahren Zeit, das Lesen zu entdecken; seitdem versorgen alle ihre Nichten und Neffen sie mit Lektüre, die sie wahrlich verschlingt. Lesen bleibt. Wenn nichts anderes mehr geht, kein Schritt mehr nach draußen, schon gar keine Reise, keine Feste mehr feiern, alles wird weniger und eingeschränkter. Aber in der Lektüre andere Räume und Zeiten zu durchschreiten, das bleibt. Das ist immer noch Teilhabe am Leben.

Oder eine meiner Mitarbeiterinnen: Sie arbeitete lange Jahre in der Buchhaltung eines mittelgroßen Unternehmens. Nachdem dieses dann seine Pforten geschlossen hatte, ist sie schließlich in der Stiftung Frauen-Literatur-Forschung gelandet. Dort hat sie „die Zahlen in Buchstaben gewandelt" – und das Lesen entdeckt.

So unterschiedlich die Texte, so verschieden die Wege dahin. So vielfältig wie die Literatur, so mannigfaltig die Begegnung mit dem Lesen.

Geht es darum, Literatur zu verstehen? Ich glaube, die Antwort darauf kann nur so vielfältig sein, wie es Lesende, Rezipierende gibt. Ich lasse mich gerne von der Phantasie anderer Menschen inspirieren. Streng genommen könnte ich das als eine Art „Schmarotzertum" definieren: Der Ideenreichtum, den andere in Texte verwandeln, speist mein Verlangen nach Kreativität, nach Unterhaltung, nach Erfahrung, stillt meine Neugier auf andere Leben, befriedigt gar einen „voyeuristischen Blick in das Fenster gegenüber". Und schließlich: Was heißt „verstehen"? Gibt es ein „Richtig", ein „Falsch" im Verstehen? Je älter ich werde, je mehr ich lese, je weniger Gewissheiten habe ich.

„Schwierige Texte"? Findet doch sicher, hoffentlich eine jede „ihren" Text, der sie inspiriert, berührt, erheitert, belehrt, bereichert, verdrießt, nachdenklich stimmt .... „Schwierig" heißt es für mich, wenn der Text mir nichts mitteilt, mich nicht weiterbringt, mich quält. Zwischen mir und dem Text liegen dann unüberbrückbare Hindernisse – Trennung. Dann ist es Lebenszeitverschwendung, mich da hindurch mühen zu müssen, zu wollen. Aber ich bin sicher: Ein jeder Text findet seine LeserIn, eine jede LeserIn findet ihren Text.*

Musik für die Augen variiert von

ROMANA WEIERSHAUSEN

Fremd – eigen,
Farbnuancen gedreht.
Liebe auf den ersten Blick fremdelt.
Die Chemie stimmt oder eben nicht.
Gefangen, durchgelesen.
Fremdelt zusammen.

Sprechen – auslösen,
nicht erreicht.
Schwierige Texte?
Literatur lesen verschlingt.
Die Zahlen in Buchstaben gewandelt.
Schmarotzertum,
voyeuristischer Blick
ins Fenster gegenüber.

Verstehen?
Richtig.
Falsch.

„Natürlich, eine alte Handschrift".
Fragmente über das Lesen und Verstehen, die von dem Mönch Adson aus dem Brand der berühmten Bibliothek des Klosters N gerettet, an anderer Stelle publiziert und nun zeitlich geordnet wurden.

PETER SEIBERT

„Auf der Rückreise und später in Melk verbrachte ich viele Stunden mit dem Versuch, jene spärlichen Überbleibsel zu entziffern. Am Ende meiner geduldigen Rekonstruktionsbemühungen zeichnete sich vor meinen Augen so etwas wie eine kleine Bibliothek als Zeichen jener verschwundenen großen ab, eine Bibliothek aus Schnipseln, Fragmenten, Zitaten, unvollendeten Sätzen, Ruinen und Torsi von Büchern."
(A.D. 1313)

„Mein lieber Adson, dies sind, so scheint mir, Worte eines heiligen Textes, dessen Bedeutung über den schlichten Wortlaut hinausgeht. Als ich sie heute morgen nach unserem Gespräch mit dem Cellerar las, fiel mit als erstes auf, dass auch hier wieder von einfachen Leuten und Bauern als Träger einer anderen Wahrheit die Rede ist, einer anderen Wahrheit als jener der Gebildeten."
(A.D. 1268)

„Das Wohl eines Buches besteht darin, gelesen zu werden. Bücher sind aus Zeichen gemacht, die von anderen Zeichen reden, die ihrerseits von den wirklichen Dingen reden. Ohne ein Auge, das sie liest, enthalten sie nur sterile Zeichen, die keine Begriffe hervorbringen und bleiben stumm."
(A.D. 1282)

„Bisher hatte ich immer gedacht, die Bücher sprächen nur von den menschlichen oder göttlichen Dingen, die sich außerhalb der Bücher befinden. Nun ging mir plötzlich auf, dass die Bücher nicht selten von

anderen Büchern sprechen, ja, dass es mitunter so ist, als sprächen sie miteinander. Und im Licht dieser Erkenntnis erschien mir die Bibliothek noch unheimlicher. War sie womöglich der Ort eines langen und säkularen Gewispers, eines unhörbaren Dialogs zwischen Pergament und Pergament? Also etwas Lebendiges, ein Raum voller Kräfte, die durch keinen menschlichen Geist gezähmt werden können, ein Schatzhaus voller Geheimnisse, die aus zahllosen Hirnen entsprungen sind und weiterleben nach dem Tod ihrer Erzeuger?"
(A.D. 1306)

„Je öfter ich in meiner Sammlung lese, desto klarer wird mir, dass sie ein Produkt des Zufalls ist und keine Botschaft enthält. Mich dünkt beinahe, als wäre, was du nun liesest, mein unbekannter Leser, nichts anderes als ein Flickwerk, ein großes Figurengedicht, ein immenses Akrostichon, das lediglich wiederholt, was jene Fragmente mir eingegeben. Je öfter ich mir die Geschichte vergegenwärtige, desto weniger vermag ich zu erkennen, ob sie etwas enthält, das über die natürliche Abfolge der Ereignisse und die sie verbindenden Zeiten hinausweist. Und es ist hart für einen greisen Mönch an der Schwelle des Todes, nicht zu wissen, ob die Lettern einen Sinn enthalten, oder auch mehr als einen, viele gar, oder keinen."
(Kassel 2014)

Ein Versuch, Schwedisch zu verstehen (Auf dem Flughafen einer europäischen Kulturhauptstadt 2014)

Yoko Tawada

(Ein Papierkorb)
„Tack för ditt köp"
Danke für den dritten Körper!
Mein Kopf ist ein Korb voller Papier
Entsorgen durch Sammeln geht zügiger zu dritt

(Werbung in einer Buchhandlung)
Wenn Sie dieses Jahr nur ein Buch lesen wollen, lesen Sie dieses!
Lesen oder lassen?
Die Hormone: das Opfer eines Kriminalromans
Wenn Sie dieses Jahr nur ein Buch lesen wollen, lassen Sie es!

(Ein Zeitungsstand)
Das Fischernetz bleibt intern, triste Nachrichten der Gezeiten
Einer ertrinkt im Tidehochwasser
Ist *„Tidningar"* sein Name?

(Nordisch)
Der Reichtum richtet die Beulen im Hirn aus
Die Freiheit verlässt den Tisch wie eine gesättigte Fliege
Demokratie finden, dehnen, über sie schweben und *norwegen*

(Die Ankunft)
Du *„ankomst"* in Umeå und
findest eine Seifenblase über dem Buchstaben „a".
Ah! stöhnt ein Same. Er ist hier nicht einsam,
Nicht wie in *Birkenstockholm*

Was Literatur versteht

JOSEPH VOGL

In der Literaturwissenschaft geht es nicht darum, Literatur zu verstehen. Ihre Aufgabe besteht vielmehr darin verständlich zu machen, was Literatur über sich, über ihre Zeit, über ihre Zeitgenossenschaft, über ihre Verwicklung in das Wissen, in die Polemiken und Kämpfe ihrer Epochen zu verstehen gibt.

Die drei ??? und der verschwundene Sinn

ANDREAS WICKE

„Er ist verschwunden!", schrie eine heisere Stimme. „Einfach weg!"
„Wer schreit denn da?", fragte Justus seine beiden Kollegen. Die drei Detektive saßen vor der einzigen Eisdiele von Rocky Beach und genossen das erste Eis des Jahres, als sie die entsetzte Stimme aus einem geöffneten Fenster im dritten Stock hörten.
„Das klingt ja furchterregend", erwiderte Peter ängstlich, „Just, was meinst du, was da verschwunden ist?"
„Keine Ahnung, Peter, aber es hat keinen Sinn, hier zu bleiben und zu rätseln. Los, Kollegen, gehen wir ins Haus und schauen nach!"
Die drei ??? legten das Geld für ihre Eisbecher auf den Tisch und machten sich auf den Weg. Das Haustor stand offen, sodass sie ungehindert in den dritten Stock gelangten. ‚Prof. Hermes Remadag' stand auf dem Klingelschild. „Der Name kommt mir irgendwie bekannt vor", sagte der Erste Detektiv. Nachdem er geklingelt hatte, dauerte es eine Weile, bis ein älterer Mann aufmachte. Er hielt ein Buch in der Hand.
„Er ist weg", flüsterte der Mann geistesabwesend, „einfach weg."
„Was meinen Sie, Sir? Wer ist einfach weg?"
„Der Sinn natürlich, ich bin mir sicher, dass dieser Text einen Sinn hatte, und nun ist er weg. Ich finde ihn nicht mehr. Aber wer seid ihr eigentlich und was macht ihr hier?"
„Wir sind Detektive, Professor. Darf ich Ihnen unsere Karte geben?"
„Die drei Detektive. Wir übernehmen jeden Fall", las Remadag. „Erster Detektiv Justus Jonas, Zweiter Detektiv Peter Shaw, Recherchen und Archiv Bob Andrews. Also, da habe ich ja Glück gehabt, vielleicht findet ihr den Sinn in diesem Text wieder?"
„Hm", entgegnete Justus, „eigentlich ermitteln wir Täter, suchen verborgene Schätze, spüren Betrüger auf, wir haben noch nie nach dem Sinn gesucht, das wäre wirklich mal ein spezialgelagerter Sonderfall."
„Ach Just, was redest du", winkte Peter ab. „Sinnsuche ist wenigstens ungefährlich und Professor Remadag sieht so verzweifelt aus, wir sollten ihm wirklich helfen."
„Ja, auf jeden Fall", stimmte Bob zu.

„Ok, Professor Remadag, die drei Detektive übernehmen den Fall. Sie müssten uns aber zunächst einige Fragen beantworten. Erst einmal würde uns interessieren, warum dieser Sinn für Sie von so großer Bedeutung ist."

„Wisst ihr, Jungs, ich bin Wissenschaftler, Literaturwissenschaftler genauer gesagt, mein Beruf ist es, den Sinn von Texten zu ermitteln. Gerade bei diesem Text war ich immer einer der wenigen, die ihn verstanden haben. Meine Mitarbeiter haben mich darum beneidet."

„Verstehe", murmelte Justus.

„Und mein Kollege Jacques wird mich auslachen, wenn dieser Sinn nun plötzlich verschwunden ist. Ihr müsst mir helfen", flehte Remadag.

„Dürfen wir das Buch für unsere Ermittlungen mitnehmen?", fragte Bob.

„Aber natürlich, das Buch an sich ist ja wertlos – und ohne Sinn allemal."

„Wir melden uns bei Ihnen, sobald wir eine Spur haben", sagte Justus und die Detektive verabschiedeten sich. Auf dem Schrottplatz von Onkel Titus und Tante Mathilda angekommen, gingen die drei ??? sofort in die Zentrale.

„Der Kaiser – so heißt es – hat dir, dem Einzelnen, dem jämmerlichen Untertanen, dem winzig vor der kaiserlichen Sonne in die fernste Ferne geflüchteten Schatten, gerade dir hat der Kaiser von seinem Sterbebett aus eine Botschaft gesendet", las Bob den Anfang des Textes vor, dessen Sinn die drei Detektive aufspüren sollten.

„Diese Botschaft müssen wir finden!", rief Peter aufgeregt, aber damit erntete er nur abfällige Blicke seiner beiden Kollegen.

„Wir sollten zunächst alles über den Autor herausbekommen", sagte Bob. „Kafka heißt er, offensichtlich kein Amerikaner, ich schaue im Archiv nach, wer das ist, und ermittle Adresse und Telefonnummer. Er müsste doch am besten wissen, was hier gemeint ist." Als Bob nach wenigen Minuten wiederkam, sah er enttäuscht aus. „Jungs", sagte er, „wir können die Sache vergessen, der Autor ist tot."

„Hm", sagte Justus, „so kommen wir nicht weiter." Dann flüsterte er: *„Die Geburt des Lesers muss mit dem Tod des Autors bezahlt werden.* Das ist es, Kollegen! Wir müssen lesen, Bob, bring mir bitte einen Zirkel!"

„Justus, was soll das? Was meinst du?"

„Frag nicht und hol den Zirkel, nur damit können wir den Text wirklich verstehen."

Bob trottete los und holte aus der Werkzeugkiste einen Zirkel. „Danke, Bob!", sagte Justus und schaute wie gebannt in den Text. „Da steht es: *die Richtigkeit des Gesagten*. Das ist es doch, was wir suchen, also müssen wir den Zirkel dort im Text ansetzen. Vielleicht ergeben die Buchstaben oder Wörter, die durch den Kreis berührt werden, einen Sinn."

„Nein, ich hab's, erinnert ihr euch noch an den Fall mit den geheimnisvollen Botschaften?", fragte Bob. „Da hat Professor Mathewson mit Röntgenstrahlen einen hinter dem eigentlichen Text liegenden Text sichtbar gemacht. Wie hieß das noch? Und in welcher Folge war das?"

„Jetzt werd' bloß nicht metafiktional", sagte Justus abfällig. „Was du meinst, heißt Palimpsest, aber das hier ist doch kein Pergament. Außerdem suchen wir diesmal keinen Schatz, sondern ganz einfach den Sinn."

Peter wusste nicht mehr weiter. „Einfach scheint so ein Sinn sowieso nicht zu sein. Ich habe mal was vom vierfachen Schriftsinn gelesen. Aber wenn wir nicht mal einen finden, ... Warum muss Professor Remadag auch alles verstehen, kann er diese Erzählung nicht einfach so genießen?"

„Aber gerade darum geht es doch", gab Bob zu bedenken, „er will verstehen und genießen – oder genießen, weil er versteht. Lasst uns überlegen, Freunde. Meist hilft es uns beim Lösen unserer Fälle, wenn wir einen Schlüssel haben, notfalls einen Dietrich, gibt es denn so etwas nicht auch hier?"

„*Es ist eine Parabolik, zu der der Schlüssel entwendet ward*", antwortete Justus. „*Jeder Satz spricht: deute mich, und keiner will es dulden.*"

„Red' doch nicht immer so geschwollen, Just, was heißt denn das nun schon wieder?", fragte Peter.

„Das ist doch nicht von mir, du Leerstelle, das sagt Adorno über die Texte Kafkas. Er meint, man könne sie gar nicht entschlüsseln. Wo hab' ich das nur gelesen?"

„Naja, dann müssen wir Professor Remadag eben sagen, dass wir den Fall nicht abschließen können", erwiderte Peter. „Dieser Adorno scheint sich ja auszukennen."

„Ich habe eine bessere Idee, Jungs. Erinnert ihr euch an unsere Telefonlawine?", fragte Justus.

„Klar!" Peter nickte aufgeregt. „Tolle Idee! Wir rufen unsere Freunde an, die wiederum ihre Freunde anrufen, und so erreichen wir in kurzer Zeit viele hundert Menschen. Und alle fragen wir nach dem Sinn."

„Genau", sagte Justus, „der Sinn verzweigt sich so immer weiter. Den ersten, die wir anrufen, lesen wir Kafkas Text noch vor und fragen, was ihnen dazu einfällt. Danach triumphiert das Spiel der Signifikanten. Das gibt eine unendliche Semiose!"

„Ich weiß nicht", gab Bob zu bedenken. „Wenn ich Professor Remadag richtig verstanden habe, sucht er etwas anderes. Ich habe eine bessere Idee. Wenn es den richtigen Schlüssel, also den einen richtigen nicht gibt, dann passen vielleicht mehrere. Und wenn jeder von uns am Schluss einen Schlüssel hat, dann sehen wir weiter. Wie wär's, Kollegen, verbringen wir den Nachmittag in der Stadtbibliothek? Vielleicht knacken wir das Schloss ohne Schlüssel ja doch noch."

„Klasse, Bob!" Justus und Peter waren sofort einverstanden und die drei ??? schwangen sich auf ihre Fahrräder.

Es war schon Abend, als sie wieder in der Zentrale auf dem Schrottplatz eintrafen, und Peter sah ziemlich müde aus. „Das Ganze hat doch keinen Sinn", sagte er.

„Hey, Peter, du musst dich *auf die Unabschließbarkeit des Sinnbildungsprozesses einlassen*", versuchte Justus seinen Kollegen anzuspornen.

„Quatsch", sagte der nur.

„Also, Kollegen, seid ihr fündig geworden?", fragte Justus.

„Ich nicht", antwortete Peter, „ich habe nur einen Brief von diesem Kafka gefunden, den er an seinen Vater verfasst hat, aber er hat vergessen, ihn einzuwerfen. Ich hab' nicht alles gelesen, aber ich habe den Eindruck, die beiden mochten sich nicht sonderlich. Vielleicht schimpft er in diesem Text deswegen so auf den Kaiser?"

Bob hielt ein paar Kopien hoch. „Schaut mal, was ich gefunden habe: ‚Von Derrick bis Derrida. Der Schrift auf der Spur.' Könnte uns das weiterhelfen?"

„Ich glaube nicht", antwortete Justus ungeduldig, er wollte endlich seine Ergebnisse loswerden. „Ich habe über Kafkas Erzählung gelesen, dass ein wichtiger *Aspekt der ins Universelle ausgreifenden Aporie im Gestus hypothetischer Überbietung durch Konditionalgefüge liegt. Das ist doch toll, oder? Und es wird noch besser: Nicht mehr die existentielle Angewiesenheit eines schattenhaften ‚Du' auf die Macht der ‚kaiserlichen Sonne' ist hier ausschlaggebend, sondern die fundamentale Abhängigkeit des Handlungszusammenhangs von der projektiven Phantasie des Träumenden, die als Medium der Entwirklichung den gesamten Text umkodiert und seinen*

Realitätsanspruch von der Randzone her auflöst. Freunde, überlegt euch das mal!"
„Interessant!" Bob atmete geräuschvoll aus. „Meint ihr, der Professor ist zufrieden, wenn wir ihm das alles berichten?"
Am nächsten Nachmittag gingen Justus, Peter und Bob zu Hermes Remadag. Noch bevor sie klingeln konnten, hörten sie die aufgeregte Stimme ihres Auftraggebers. Jemand müsse ihn verleumdet haben, schrie Remadag. Dann knallte er den Hörer auf. Die drei Detektive klingelten und wurden sofort in die Wohnung gelassen.
„Darf ich fragen, mit wem Sie gerade telefoniert haben, Professor?", fragte Justus.
„Mit einem Kollegen, der mit diesem Fall vermutlich doch mehr zu tun hat, als ich dachte."
„Ist es dieser Jacques?"
„Ja, Jacques. Es klingt komisch, aber ich glaube, er hat den Sinn auf dem Gewissen, und damit meine ich nicht nur diesen einen Text. Natürlich hat er ihn nicht geklaut, also nicht im klassischen Sinne, aber ..."
„Ach bitte, könnte ich mal mit diesem Jacques telefonieren?", fragte Justus.
„Sicher", antwortete Remadag, „hier ist seine Nummer."
Nach kurzem Klingeln meldete sich eine schrille und laute Frauenstimme. „Hier spricht Justus Jonas von den drei Detektiven, könnte ich bitte mit Mr. Jacques sprechen?"
„Jacques? Der ist da!", antwortet die Stimme. „Aber er ist beschäftigt, er dekonstruiert!" Dann hörte Justus ein Tuten und legte auf. „Es hat keinen Sinn", sagte er enttäuscht.
„Aber was soll das heißen, Professor Remadag?", fragte Bob, der auch aus der Ferne jedes Wort verstanden hatte. „Was meint diese Frau mit ‚er dekonstruiert'?"
„Tja, wie soll ich euch das erklären? Am einfachsten vielleicht so: Mein Kollege weigert sich anzunehmen, dass literarische Texte einen Sinn haben. Er weist vielmehr auf die Brüche hin." Peter gähnte, man merkte ihm deutlich an, dass dieser Fall ihn nicht interessierte. „Ich hingegen", setzte Remadag erneut an, „ich gehe davon aus, dass es einen Sinn gibt. *Die Ausschöpfung des wahren Sinnes aber, der in einem Text oder in einer künstlerischen Schöpfung gelegen ist, kommt nicht irgendwo zum Abschluss, sondern ist in Wahrheit ein unendlicher Prozess.*"

„Ich glaube, ich verstehe, was Sie meinen, Professor", sagte Justus. „Das ist wie ein Kriminalfall, den jeder von uns anders löst und der trotz verschiedener Lösungen nicht abgeschlossen ist. Nicht einmal Alfred Hitchcock, der berühmte Regisseur, wüsste die richtige Lösung."
„So oder so ähnlich." Professor Remadag lächelte.

Als Justus, Peter und Bob zurück in die Zentrale kamen, dämmerte es schon. „Haben wir den Fall jetzt eigentlich gelöst?", fragte Peter. „Nun ja", Justus schien nachdenklich, „Sinnsuche ist jedenfalls nicht unser Spezialgebiet. Vielleicht sollten wir einfach mal ein paar *Drei ???*-Romane lesen. Zu mir ist die Botschaft jenes Textes, den Professor Remadag uns gegeben hat, jedenfalls nicht durchgedrungen." *„Du aber sitzt an deinem Fenster"*, sagten Bob und Peter fast gleichzeitig, *„und erträumst sie dir, wenn der Abend kommt."* Die Jungen lachten hintersinnig und brachen zu einem plötzlichen Spaziergang auf.

Ein großer Dank an Theodor W. Adorno, Roland Barthes, Jacques Derrida, Hans-Georg Gadamer, Franz Kafka, Wolfgang Iser, Barbara Neymeyr sowie Kaspar H. Spinner und die drei ???.

Mit freundlicher Unterstützung des KOSMOS Verlags. Based on characters by Robert Arthur. „Die drei ???" sind eine eingetragene Marke der Franckh-Kosmos-Verlags-GmbH & Co. KG, Stuttgart.

Rückfrage

STEPHANIE WODIANKA

Die menschliche Unterstellung von Sinn ist kaum abstellbar (hier scheitern wir an uns selbst), und schon da beginnt das unwillkürliche Verstehen von Literatur. Insofern ein Plädoyer für die Rückfrage: Wie könnte man sich davon abhalten?

Verstehen sind viele

JÜRGEN WOLF

Mittelalterliche Texte halten neben einer natürlichen Verstehensbarriere – das heißt der viel bemühten Alterität – viele Ebenen des Verstehens für die je zeitgenössischen, aber mehr noch die ‚modernen' Rezipienten des 21. Jahrhunderts bereit. Begeben wir uns lesend, verstehen wollend in einen beliebigen mittelalterlichen Text hinein, gibt uns die moderne Literaturwissenschaft vielfältige Hilfen an die Hand. Das reicht von der Übersetzung, über den Kommentar bis hin zu einer oft breiten Forschung. Für den Ersteinstieg ungemein wichtig ist zudem eine feste, eindeutige Gattungszuordnung. Wobei jede einzelne ‚Hilfe' immer auch gleich diverse Verstehensoptionen mitliefert und Deutungshoheiten für sich beansprucht.

Die *Übersetzung* transportiert den mittelalterlichen Text in eine andere Sprache, das Neuhochdeutsche. Wie bei jeder Übersetzung aus einer Fremd(en)-Sprache müssen dabei viele Syntagmen, Sachverhalte, Bezeichnungen, Beschreibungen übertragen werden, weil eine exakte 1:1-Entsprechung nicht möglich ist. Erschwert wird dieses Verfahren in unserem Fall zusätzlich durch die Zeitbarriere. Was herauskommt, ist in der Regel eine mehr oder weniger weit vom Ursprung entfernte Interpretation und damit zugleich eine Verstehenshilfe, die unser je eigenes Verstehen begleitet, leitet, aber auch in die Irre führen kann. Letzteres ist übrigens gar nicht so selten der Fall. Ein *Kommentar* gibt Hilfen an die Hand für das direkte – eigene – Verstehen des Textes. Auch erlaubt er, die in der Übersetzung vorliegende ‚Verstehenshilfe' adäquat bewerten zu können. Analoges, bisweilen nur viel feiner, gilt für die Forschungsliteratur.

Eine weitere, oberflächlich betrachtet die vielleicht am wenigsten problematische Verstehenshilfe ist die *Gattungszuordnung*. Sie erlaubt einen – scheinbar – zielsicheren Griff auf das Zentrum des Textes, beruht sie doch in der Regel auf breiter Forschung und Textdurchdringung. Gleichzeitig ist sie angekoppelt an Lexika, Handbücher, Literaturgeschichten und Übersichten, die eine gleichsam sakrosankte Deutungshoheit suggerieren. Diese ‚unproblematische' Verstehenshilfe soll im Zentrum der folgenden Überlegungen stehen.

*

Gattungsbegriffe sind auch der mittelalterlichen Literatur selbst nicht fremd. Von den mittelalterlichen Autoren werden Termini wie *âventiure, buoch, chanson, cronica, historia, klage, liet, roman(z)* verwendet – für moderne Verhältnisse sind die damit beschriebenen Inhalte allerdings eher unspezifisch und konturieren eben gerade keine Gattungen im modernen Sinn. Wie die mittelalterlichen Rezipienten diese Kategorisierungen verstanden, ist offen. Zeitgenössische Definitionen der mittelalterlichen Termini verunklaren das moderne Verstehen eher noch – zumindest wenn man in den Kategorien moderner Gattungsdefinitionen denkt.

Die Literaturwissenschaft der Moderne hat ein solches Gattungssystem in den letzten zwei, drei Jahrhunderten fein ausdifferenziert und seit dem 19. Jahrhundert als allgemein anerkanntes Klassifizierungssystem für Literatur schlechthin etabliert. Dabei kommen für alle Literaturen über die Jahrhunderte hinweg verbindliche Kategorisierungsparameter zur Anwendung, die sich in der Regel aus der antiken (insbesondere der *Poetik* des Aristoteles) und der neuzeitlichen Literatur speisen. Für den Leser bieten sie wichtige Vorinformationen, wichtige Voreinstellungen und wichtige Verstehenshinweise. So weiß man recht genau, worauf man sich bei einem ‚Drama', einem ‚bürgerlichen Trauerspiel', einem ‚Melodram' oder einem ‚Roman' einlässt. Auch für die mittelalterliche Literatur ist dieses System erfolgreich – jedenfalls flächendeckend – in Anwendung gebracht worden. Aus der Gattungsperspektive gesehen erscheint die mittelalterliche Literatur, sieht man über einige zeittypische Spezifika hinweg, wie ein Analogon zur modernen Literatur: Der *Erec* Hartmanns von Aue (um 1170/80) ist sofort als (Artus)epos, die *Kaiserchronik* (um 1150) augenblicklich als Geschichtsschreibung und die *Driu liet von der maget* des Priesters Wernher (1172) umgehend als Geistliche Dichtung/Mariendichtung identifiziert. Diese Gattungszuordnungen steuern wie von Geisterhand nicht nur ‚unser' Verstehen, sondern Forschungsintensität und Forschungsrichtung.

In dem genannten Artusepos suchen wir gleichsam automatisch-gattungskonform den Doppelweg – und finden ihn. Wir suchen König Artus, die sagenumwobene Tafelrunde, gute Ritter, schöne Damen, prächtige Turniere, die höfische Minne, höfisch-galante Âventiuren, aber auch Schurken, Räuber, Bösewichte – in der altnordischen Variante *(Erex Saga)* sogar Flugdrachen – und wir finden alles. In der *Kaiserchronik* erwarten wir gattungskonform ebenso selbstverständlich Kaiser, Könige, Päpste, chronologische Abfolgen, sachlich-nüchterne Berichte, Exempla – wieder finden wir alles. In den *Driu liet von der maget* sollten es die heilige Jungfrau Maria und deren Gottesnähe, Biblisches, geistliche Erzählmuster, die einerseits im Diesseits aufgerufen und andererseits den Weg ins Jenseits, in den Himmel weisen, sein – und wir finden auch hier alles. Unzweifelhaft verfügen alle drei genannten Werke über diese Verstehensdimension – man könnte auch sagen: über die gattungsadäquaten Merkmale. Gerade diese Merkmale waren und sind es ja auch, die im Forschungsdiskurs eine Gattung überhaupt erst konstituieren. Noch ein wenig garniert mit einem Schuss eigener Sozialisation, Chronologie, Literaturtheorie, spezifischen Erwartungen und Zeitströmungen wird aus solchen Merkmalmustern – Gattungen – unversehens eine ‚Literaturgeschichte', an deren Ende aus vielen Einzelbeobachten, vielen Einzelgattungszuordnungen sich schließlich ein Ganzes ergibt. Nennen wir in unserem Fall dieses Ganze einmal die ‚Hochhöfische Blütezeit' – denn in diesen zeitlichen Rahmen (~1150–1220) gehören die genannten mittelhochdeutschen Werke allesamt hinein. Aber geraten wir hier nicht unmerklich in einen Kreis, einen Zirkelschluss: Wenn dies alles erfüllt ist, ist es jenes, und wenn es jenes ist, gehört es zu dieser Gattung, und wenn es zu dieser Gattung gehört, sind diese Merkmale zu erwarten …!

*

Oder ist doch alles anders?
Schauen wir uns unsere Beispiele einmal genauer an. Für die mittelalterliche Literatur steht da zunächst immer die Frage nach der Überlieferung auf der Agenda. Und schon beim *Erec* bekommt unser Kreis empfindliche Dellen, denn das, was wir als den ersten deutschen Artusroman, als Hartmanns *Erec* der Blütezeit kennen oder glauben zu kennen, ist nur in einer Handschrift des beginnenden 16. Jahrhunderts leidlich vollständig überliefert, ist also mehr als 300 Jahre von seiner ‚Gattungszeit' entfernt. Seit mehr als einem Jahrhundert gibt es diese Gattung Artusroman eigentlich schon nicht mehr. Und es wird noch komplizierter, denn mehrere alte *Erec*-Fragmente – die es auch gibt (Wolfenbüttler *Erec*, Zwettler

Erec) –, überliefern einen ganz anderen Text als ‚unser' *Erec*. Doch diese Barriere scheint leicht überwindlich, denn die skizzierten Gattungsmerkmale erfüllen alle Fassungen – alte, neue, völlig andersartige. Am Verstehen ändert die Überlieferungslage nichts – oder doch?
Von der Forschung wird mit gutem Grund vermutet, dass Hans Ried, er kopierte im beginnenden 16. Jahrhundert den *Erec* in das für Kaiser Maximilian bestimmte *Ambraser Heldenbuch* hinein, den Text an einigen markanten Stellen geändert, modernisiert, arturischer gemacht hat. Er hat in seiner Zeit, seinem Horizont *verstanden*. So finden sich im Ried-*Erec* Artusritter, die man im deutschen Sprachraum zur Zeit der Werkentstehung um 1170/80 überhaupt noch nicht kannte. Auch scheint sprachlich von Ried manches erneuert, manches gedeutet, manches missverstanden, das dann seinerseits wieder kanonischen Rang erhält und auf den Ursprungs-*Erec* zurückprojiziert wurde. So ist Enites Sattel bekanntlich wertvoller als Gold und stammt von einem „meister, hiez Umbrîz" (*Erec*, v. 7470). In der Vorlage bei Chrétien de Troyes heißt es: „Un brez taillieres" (*Erec et Enite*, v. 5301) – ein bretonischer Elfenbeinschnitzer hat den Sattel hergestellt. Hat Hans Ried aus der (missverstandenen?) Herkunftsbezeichnung für den Meister einen Namen herausgelesen? Jedenfalls ist der berühmte Meister *Umbrîz* heute – über Hans Ried und die modernen, auf seinem Text fußenden Editionen und Übersetzungen – eine selbstverständliche Größe im Gattungsfeld Artusroman. Für die gesamte mittelhochdeutsche Überlieferung ist dieser berühmte Elfenbeinschnitzer dagegen unbekannt. Ist er vielleicht überhaupt nur ein frühneuzeitliches Moderne gewordenes Missverständnis?
Bohren wir beim *Erec*-Verstehen noch eine Ebene tiefer, beginnt sich bald auch das feste Artusgebäude insgesamt aufzulösen. Nicht nur, dass Artus im Werk kaum in Erscheinung tritt. Neben den gattungskonformen Rittertaten strotzt der Text nur so vor enzyklopädischen und dynastischen Details, wenn etwa zu den beiden Hof- und Hochzeitsfesten Gäste aus aller Herren Länder anreisen und sie im Text samt ihrer Herkunftsländer, Eigenschaften und Accessoires über Hunderte von Versen auch detailliert beschrieben werden. Oder nehmen wir die berühmte Beschreibung von Enites Pferd. Sie hat gar nichts Arturisches, aber umso mehr Rhetorisches, Enzyklopädisches und Theologisches. Schaut man schließlich auf die Schlusspassage des Werks, gewinnt man den Eindruck, eine Predigt vor sich zu haben (*Erec*, v. 10130–10135):

> durch got des bitet alle
> daz uns der lôn gevalle
> der uns gote gehulde
> (deist goldes übergulde)
> nâch disem ellende.
> hie hât diz liet ein ende.

Wobei die beständige Auseinandersetzung mit Gott sowieso das gesamte Werk durchzieht. All diese Dinge verdeckt die Gattungszuordnung – zumindest wenn man streng auf ihren Pfaden den *Erec* verstehen will, doch das Werk ist eben mehr als ‚Artusroman'. Es verlangt viele Verstehen.

Ähnlich komplex stellt sich die Situation bei der *Kaiserchronik* dar. Die sich aus der Gattungszuordnung ‚Geschichtsschreibung' ergebende heilsgeschichtlich-historisch-chronologische Verstehenslogik wird durch das Werk selbst, aber auch durch die Rezeptions- und Überlieferungsmodi einmal mehr an vielen Stellen konterkariert. Schon im Prolog verwirrt der Autor den modernen, auf Gattungseindeutigkeit geeichten Leser/Interpreten, wenn er seinem Werk mit *liet, crônicâ* und *buoch* gleich drei zum Teil gerade nicht mit unserem modernen Gattungsverständnis in Einklang zu bringende zeitgenössische Gattungsbezeichnungen voranstellt. Was er weiter im Prolog ausführt, passt dann zwar wieder leidlich ins Raster ‚Geschichtsschreibung', doch was er von „scophelîchen worten" (*Kaiserchronik*, v. 31) erzählt – was hat das mit Geschichtsschreibung zu tun? Noch verwirrender wird es, beginnt man seine Chronik tatsächlich zu lesen. Über weite Strecken ist das Dargebotene fabulös, fiktiv – unzweifelhaft unhistorisch. Die moderne Geschichtsforschung hat deshalb die *Kaiserchronik* weitgehend links liegen gelassen, man könnte fast sagen: gemieden. Als historische Quelle wollte man sie allenfalls ganz eingeschränkt oder besser gar nicht gelten lassen. Unser modern-historiographisches Verstehen ist ganz auf Faktizität und Historizität fokussiert. Genauso wenig wollte aber auch die Literaturwissenschaft mit diesem Text zu tun haben. Dort war man auf Literarizität, Fiktionalität und Form/Stil fixiert. Das Gattungssignum ‚Geschichtsschreibung' machte den Text für solch eine Lesart per se uninteressant. Von einer „crônicâ" erwartete man stilistisch-literarisch von vornherein nichts Gewinnbringendes.

Schauen wir nun aber auf die mittelalterlichen Verstehensmodi, die die Zeitgenossen diesem Text entgegenbrachten: Über mehr als drei Jahrhunderte hörte und las (*horen unde lesen*) man die *Kaiserchronik* einerseits sehr wohl als ‚wahre' Geschichtsschreibung und schätzte ihre Berichte sogar als so wertvoll ein, dass unzählige Abschriften entstanden (heute sind noch über 50 Textzeugen erhalten), die Berichte in unzählige andere Chroniken hineininterpoliert wurden und mittelalterliche Geschichtsforscher etwa im Kloster Niederaltaich das Werk historisch-dynastisch auswerteten. Auch als Exempel-, Buß- und Andachtsbuch spielte die *Kaiserchronik* eine zentrale Rolle, was im Prolog unmissverständlich angedeutet und im Chroniktext anhand zahlloser Beispiele exemplifiziert ist. Und noch eine weitere Ebene des mittelalterlichen Verstehens darf nicht unterschlagen werden: In der prosaisierten Bearbeitung avancierte die *Kaiserchronik* als sogenannte *Prosakaiserchronik* zum historischen Vorwort des *Schwabenspiegels*, wobei vor allem die Karlsepisode geradezu kanonische Bedeutung für die Wahrnehmung mittelalterlichen Rechts erlangte. Dort setzt Kaiser Karl der Große eingebettet in eine historisch-legendarische ‚Geschichte' die zentralen Rechtsnormen – und zwar in unmittelbarem Einklang mit Gott. Das ist die Quintessenz dieser Passage – nicht die exakte Chronologie.

Andererseits hatte die Chronik aber auch einen solchen literarischen Reiz, dass sie der Rother-Dichter für seinen *König Rother*, der Pfaffe Konrad für sein *Rolandslied*, Wolfram von Eschenbach für seinen *Willehalm* und wohl auch der Nibelungen-Dichter für ‚Lied' und ‚Klage' rezipierten; mehr noch: Man überarbeitete das um 1150 entstandene Geschichtswerk im Laufe von einem Jahrhundert im Sinne der höfischen Stilkunst zweimal so gründlich, dass alle stilistischen Unebenheiten und unreinen Reime beseitig wurden. Die „crônicâ" hatte für alle, „die noch minnent hovelîche kunst" (Strickers *Karl*, v. 115, 118), also auch stilistische Relevanz. In einer der Fortsetzungen dieser stilistisch optimierten Umarbeitungen wird übrigens Wolfram von Eschenbach explizit als Vorbild genannt.

Die Verstehensebenen der *Kaiserchronik* haben sich damit aber längst noch nicht erschöpft: Nebenbei liefert die *Kaiserchronik* die ersten großflächigen Darstellungen von Hofkultur und Rittertum. Auch beschreibt sie erstmalig in deutschen Versen Turniertreiben – was freilich von den auf die hochhöfischen Epen fixierten und mehr noch von der Gattungszuordnung ‚Geschichtsschreibung' ‚geblendeten' Literatur- und Sprachwissenschaft bis in die jüngste Zeit ‚übersehen' wurde. Konzentriert hat sich die Forschung auf die unzähligen Legenden, die in der *Kaiserchronik* jeweils historisch verortet breit erzählt werden. Damit wären wir bei der nächsten Ebene: Predigt, Exemplum, Gottesdienst. Mühelos ließe sich diese Liste etwa um Antike, Bibel, Helden(epik), politische Propaganda, Dynastiegeschichte uvm. erweitern.

Wenden wir uns abschließend noch den eingangs erwähnten *Driu liet von der maget* zu. Auch dieses Werk verfügt auf der Oberfläche über die erwarteten, eindeutigen Gattungsspezifika, die eine Verortung als Geistliche Dichtung bzw. genauer: ‚Marienleben' ergeben. Das Werk erscheint damit bestens verstehbar und schreibt sich in den Kontext der Evangelien ein. Der Text selbst bringt freilich noch einen ganz anderen Verstehensmodus ins Spiel: Habe man die ‚Driu liet' immer bei sich, dann ende jede Schwangerschaft glücklich. Das Werk erhält im Gegenstand ‚Buch' Amulettfunktion; Gattung und Text beginnen sich aufzulösen. Das Buch ist nicht mehr Text bzw. Literatur, sondern Ding. Um dieses Dingliche zu verstehen, bedarf es mehr als der Gattungszuordnung – letztlich sogar mehr als des Textes. Werk und Buch sind Reliquie – nicht mehr Text oder Gattung.

*

Was nach dem kurzen Parforceritt durch einige natürlich nicht zufällig ausgewählte Werke der sogenannten höfischen Blütezeit bleibt, ist die Erkenntnis: ‚Verstehen sind viele'. Mittelalterliche Texte – aber längst nicht nur die – sind nie eindimensional, sind auch nie eindimensional zu verstehen. Ganz im Gegenteil sind der Verstehensebenen (und der Verstehensprobleme) viele: Da ist zunächst unsere Entfernung zu den Texten – die andere Sprache, die andere Zeit, das andere Denken. Wir lesen anders, verstehen anders. Können uns einem – oder vielen – mittelalterlichen Verstehen bestenfalls annähern. Nicht selten verstehen wir aber auch gar nichts oder alles falsch. Da sind zudem unsere ‚Vor-Urteile' – ich nenne sie provokativ ‚Gattungszuordnungen' –, die unser Verstehen nicht selten auf einen falschen, jedenfalls meist zu engen Pfad leiten. Gepaart mit zeitströmungsbedingten Theorie- und Gesellschaftsmodellen zwängen sie die Texte in ein Korsett, das nur ein Verstehen erlaubt.

Zu Beginn der modernen Germanistik, zu Zeiten Tiecks, war dieses Korsett romantisch, dann bei Lachmann und den Grimms philologisch, ein stückweit bierernst-christlich, später dann mal sozialgeschichtlich, mal strukturalistisch, mal diskurstheoretisch, mal poststrukturalistisch oder zuletzt new philologisch. Und wie es einem Korsett eigen ist: es stützt, macht schön, macht schlank, aber es zwingt auch, schnürt ab, tötet. Befreien wir uns daraus und lassen dem Verstehen seinen Lauf, denn die Texte – zumal die faszinierend spannenden, schönen, lehrreichen, bedeutungsschweren, heiligen, lustigen, manchmal auch ironischen oder gar unsinnigen – des hohen Mittelalters verlangen viele Verstehen. Und plötzlich sehen wir nicht *ein* sondern *viele* Mittelalter, verstehen mehr, verstehen die ferne Zeit, verstehen vielleicht auch uns selbst. Solches *Verstehen* lohnt sich!

Quellenhinweise:

Die Antworten von Ulf Abraham, Gundi Feyrer, Norbert Groeben, Sabine Hassinger und Nikola Roßbach entstanden im Kontext der Magus-Preisfrage 2013 „Wenn der Leser nicht zaubern kann...' Worin besteht der Reiz und worin liegt der Sinn, schwierige literarische Texte verstehen zu wollen?", ausgeschrieben von der GWK (Gesellschaft zur Förderung der Westfälischen Kulturarbeit). Sie gehörten zu den 9 Finalisten und Finalistinnen.

Die Antwort von Ernst Kretschmer entstammt seinem Roman *LKW*. Frankfurt a.M.: Dielmann 2012, hier mit neuer Überschrift abgedruckt.